倚天屠龍記

金庸

THE HEAVEN SWORD AND THE DRAGON SABRE

4

少林大會

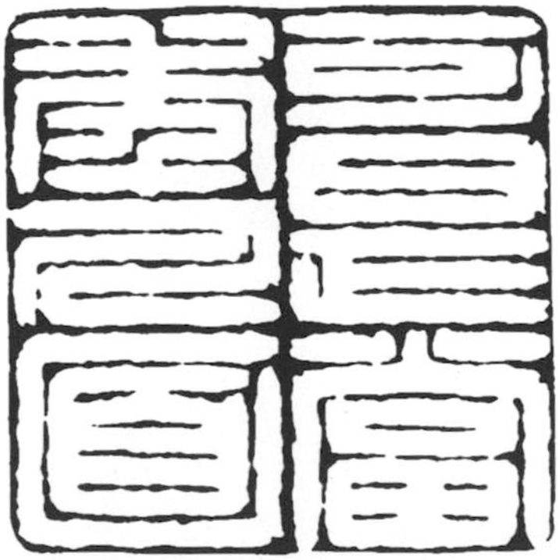

鞠履厚「可是當年人面」
鞠履厚，清乾隆年間、江蘇華亭人，
以博學有聲當時，刀法工緻清麗，屬雲間派。

吳鎮「雙松圖」。吳鎮（1280-1354），浙江嘉興人，博學多聞，藐薄榮利，以村居教讀及卜卦自娛，作畫筆墨豪邁，爛漫慘淡。此圖遠近分明，近者大而遠者小，與西方透視畫理相合，中國古代畫家稱為「平遠法」。

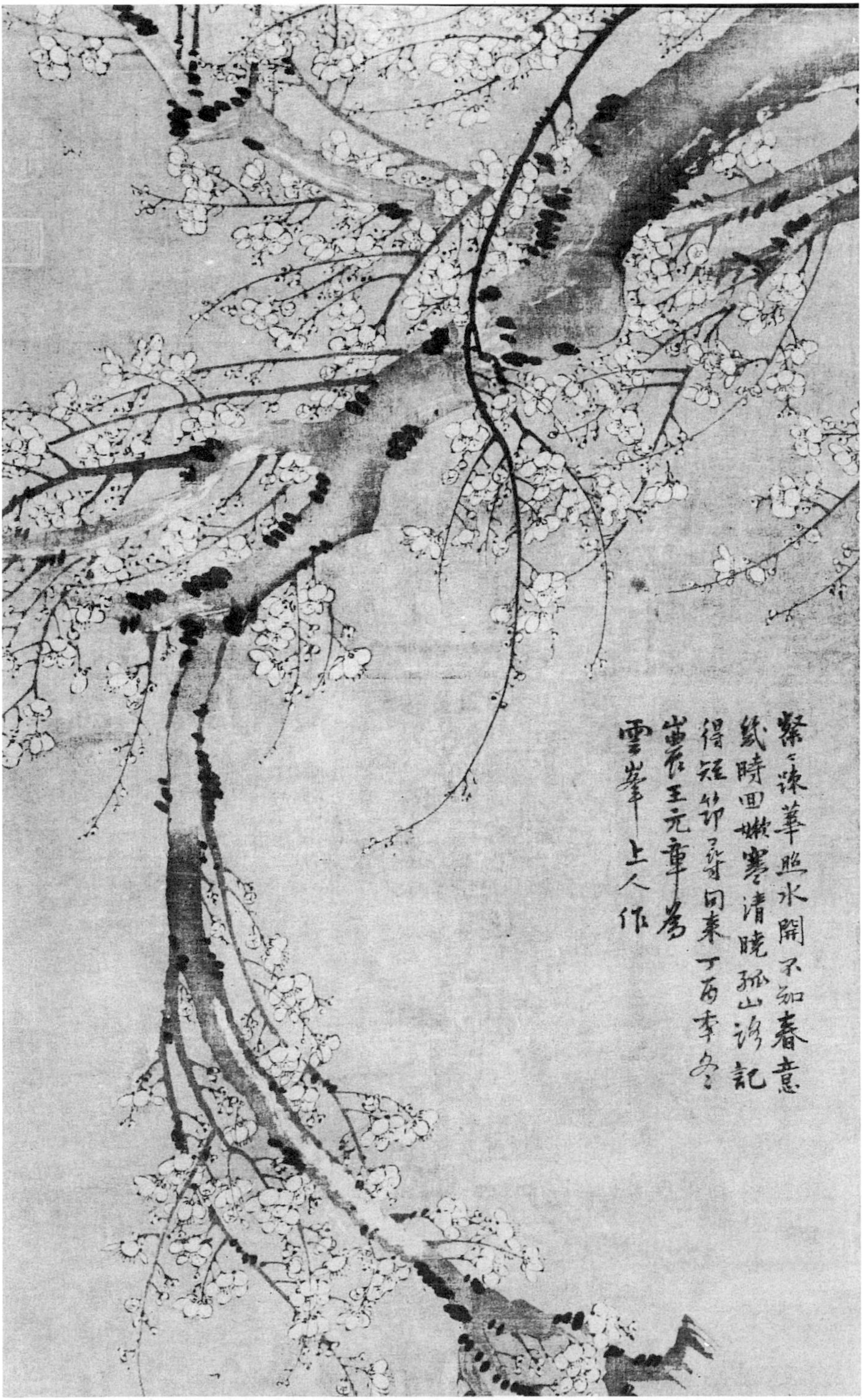

王冕「南枝春早圖」（部分）：王冕（1335-1407），浙江諸暨人，與張無忌同時。曾為朱元璋部將胡大海獻攻紹興方略。「儒林外史」中有描寫朱元璋訪王冕的情節。本圖作於丁酉年（一三五七年），其時張無忌初任明教教主。

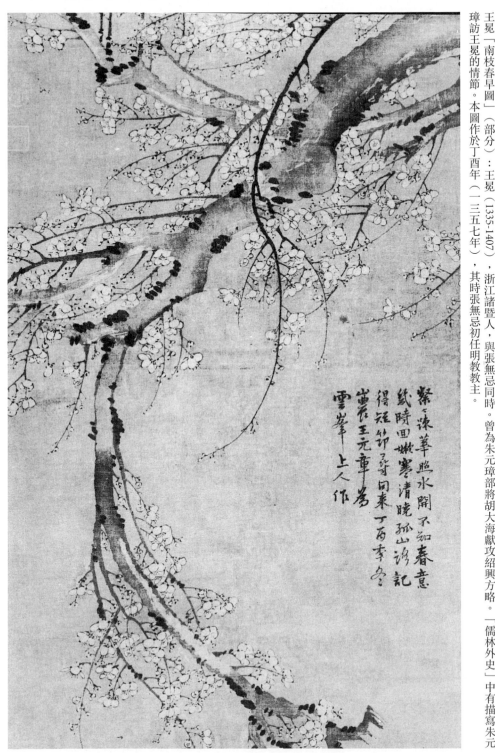

明太祖坐像：傳說中朱元璋相貌醜陋，這是美化了的官方畫像。

明太祖后馬皇后。

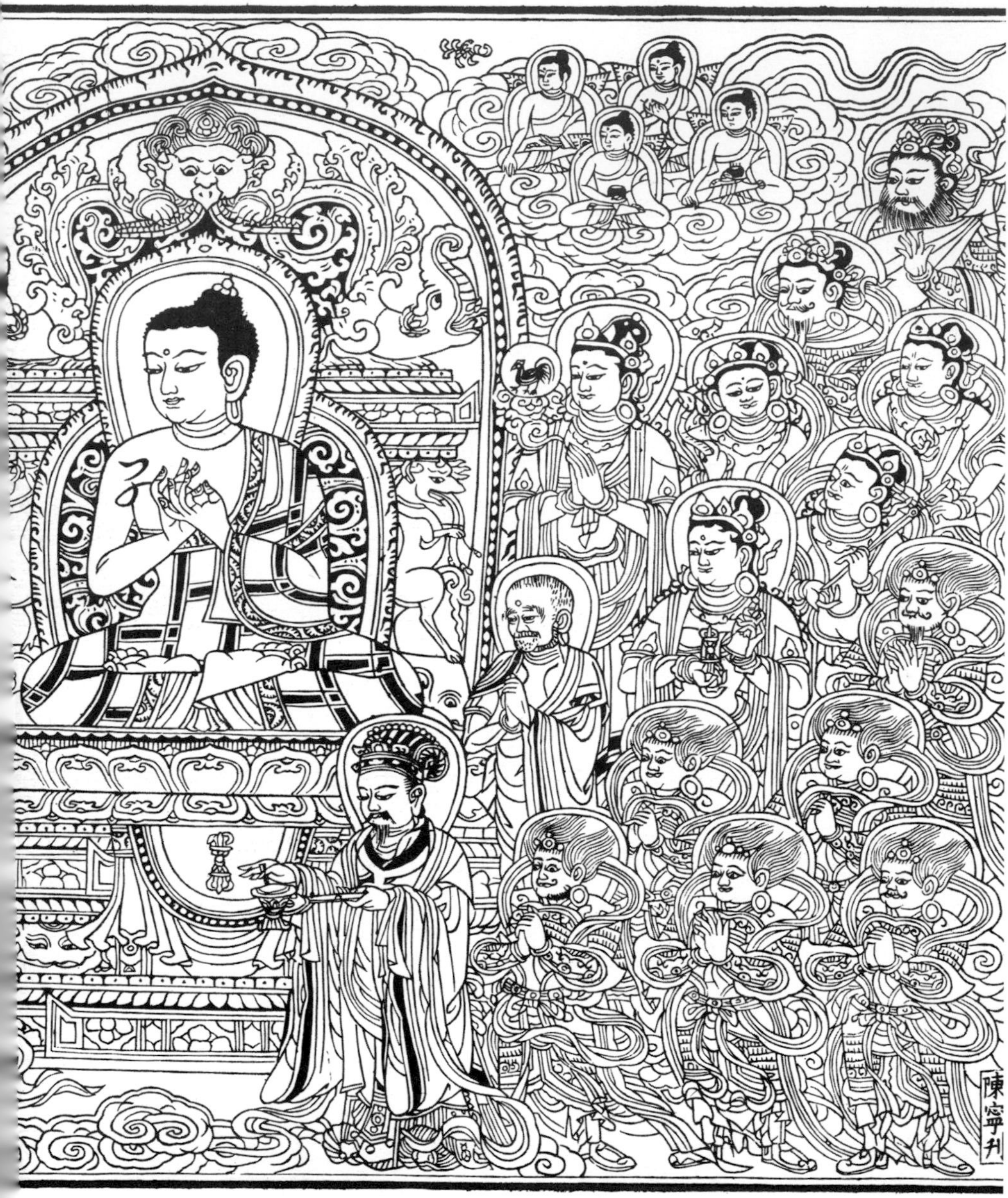
子
陳寧刊

元刊佛經扉圖：蘇州磧砂藏佛經扉圖，陳昇是元代人。本圖為元代版畫佳作。

元順宗后塔濟像：眉毛畫作一字，頭戴高帽，元朝歷代皇后畫像均如此。

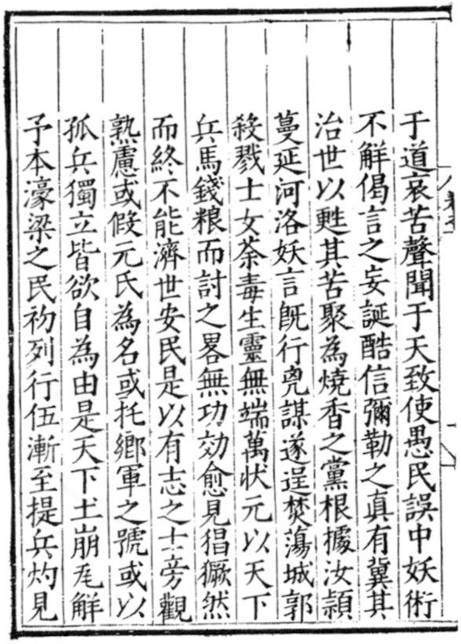
于道衰苦聲聞于天致使愚民誤中妖術
不解偈言之妄誕酷信彌勒之真有冀其
治世以甦其苦聚為燒香之黨根據汝潁
蔓延河洛妖言既行兇謀遂逞焚蕩城郭
殺戮士女荼毒生靈無端萬狀元以天下
兵馬錢粮而討之略無功效愈見猖獗然
而終不能濟世安民是以有志之士旁觀
熟慮或假元氏為名或托鄉軍之號或以
孤兵獨立皆欲自為由是天下土崩瓦解
予本濠梁之民初列行伍漸至提兵灼見

圖一

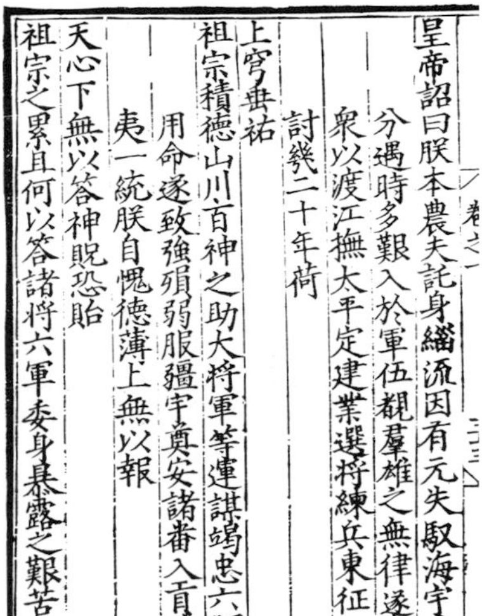
皇帝詔曰朕本農夫託身緇流因有元失馭海宇瓜
分遇時多艱入於軍伍覩羣雄之無律遂率
衆以渡江撫太平定建業選將練兵東征西
討幾二十年荷
上穹垂祐
祖宗積德山川百神之助大將軍等運謀竭忠六師
用命遂致強弱服疆宇奠安諸番入貢華
夷一統朕自愧德薄上無以報
天心下無以答神貺恐貽
祖宗之累且何以答諸將六軍委身暴露之艱苦今

圖二

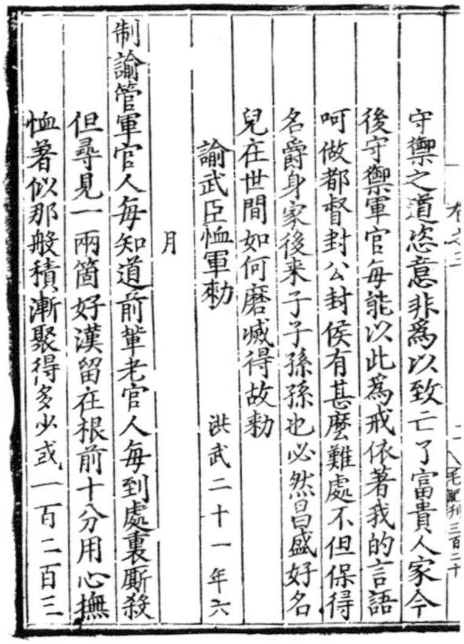
守禦之道恣意非為以致亡了富貴人家今
後守禦軍官每能以此為戒依着我的言語
呵做都督封公封侯有甚麼難處不但保得
名爵身家後來子子孫孫也必然昌盛好名
兒在世間如何磨滅得故勅
諭武臣恤軍勅　洪武二十一年六
月
制諭管軍官人每知道前輩老官人每到處裏廝殺
但尋見一兩箇好漢留在根前十分用心撫
恤着似那般積漸聚得多少或一百二百三

圖三

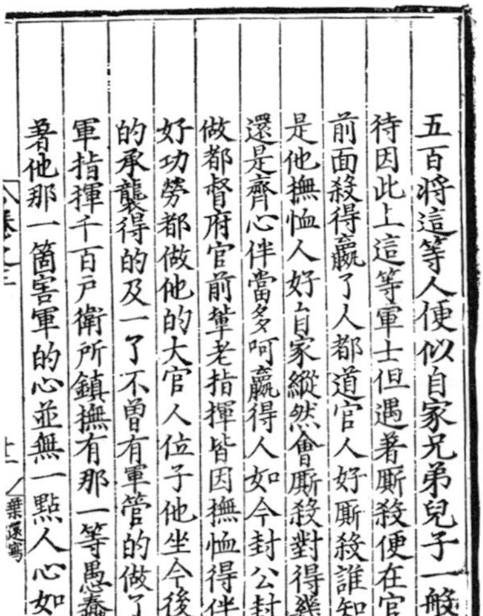
五百將這等人便似自家兄弟兒子一般看
待因此上這等軍士但遇着廝殺便在官人
前面殺得贏了人都道官人好廝殺誰知道
是他撫恤人好自家縱然會廝殺對得幾箇
還是齊心伴當多呵贏得人如今封公封侯
做都督府官前輩老指揮皆因撫恤得伴當
好功勞都做他的大官人位子他坐今後進
的承襲得的及一了不曾有軍管的做了管
軍指揮千百戶衛所鎮撫有那一等愚蠢看
着他那一箇害軍的心並無一點人心如那

圖四

圖一／吳王（朱元璋）討張士誠令：頒於龍鳳十二年（一三六六）十一月。其時龍鳳為韓林兒年號。朱元璋在命令中已公開指責農民義軍。一個月後，韓林兒即亡，龍鳳年號至十二年十二月而止。次年正月，朱元璋稱吳王元年。

圖二／明太祖「議賞征討將士詔」：頒於洪武三年十一月十二日，自稱：「朕本農夫，託身緇流」（做過和尚），歸功「大將軍等運謀竭忠，六師用命」，大將軍指徐達。

圖三、圖四／明太祖「諭武臣恤軍敕」：白話文的聖旨。「每」即「們」，「管軍官人每」，即「管軍官人們」。以上明太祖詔令錄自明嘉靖刊「皇明詔令」。

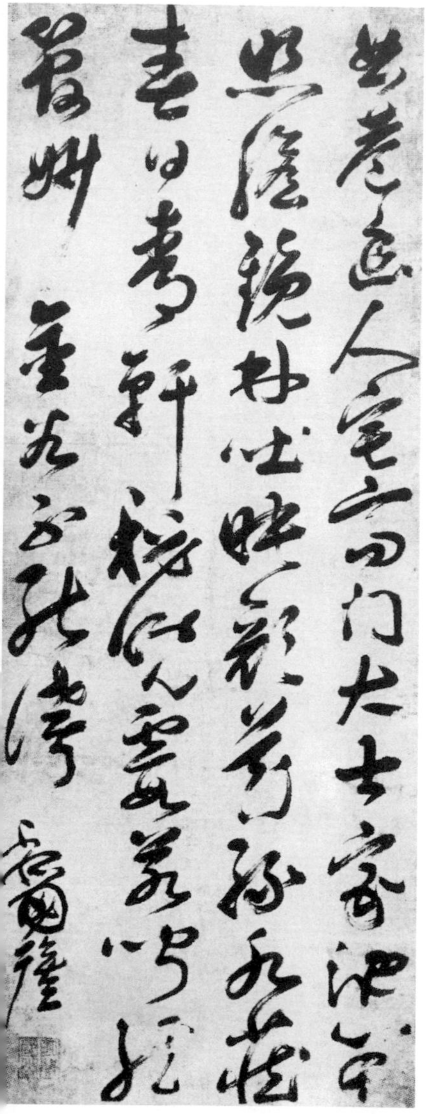

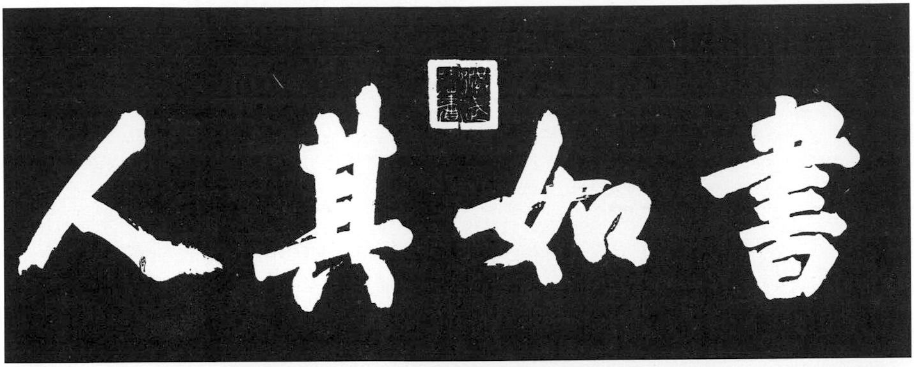

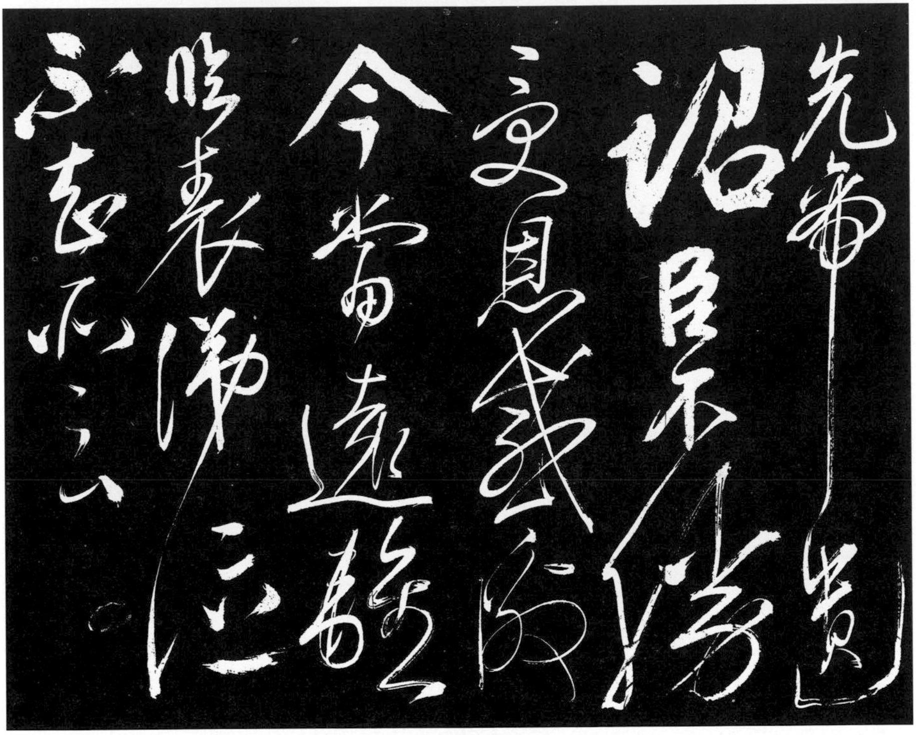

右頁右圖／朱元璋書敕：討論君子之道與小人之道。

右頁左圖／徐達行書：下有「明開國公」印。或疑為徐達後裔所書。原件現為夏威夷美國人私家所藏。

上圖／朱元璋題岳飛書「諸葛亮後出師表」。朱元璋在岳飛書「前出師表」前題「純正不曲」四字，題字上有「洪武御書」印。

下圖／岳飛書「諸葛亮前出師表」（部分）——文為：「……先帝遺詔，臣不勝受恩感激。今當遠離，臨表涕泣，不知所云。」岳飛於宋紹興戊午（一一三八年）八月宿南陽武侯祠，通宵不寐，晨起揮涕而書前後出師表。此卷於清同治年間為袁保恆所得，左宗棠題跋稱：「剛勁飄灑，生氣凜然，如見雅歌投壺氣概，斷非贗書無疑。」

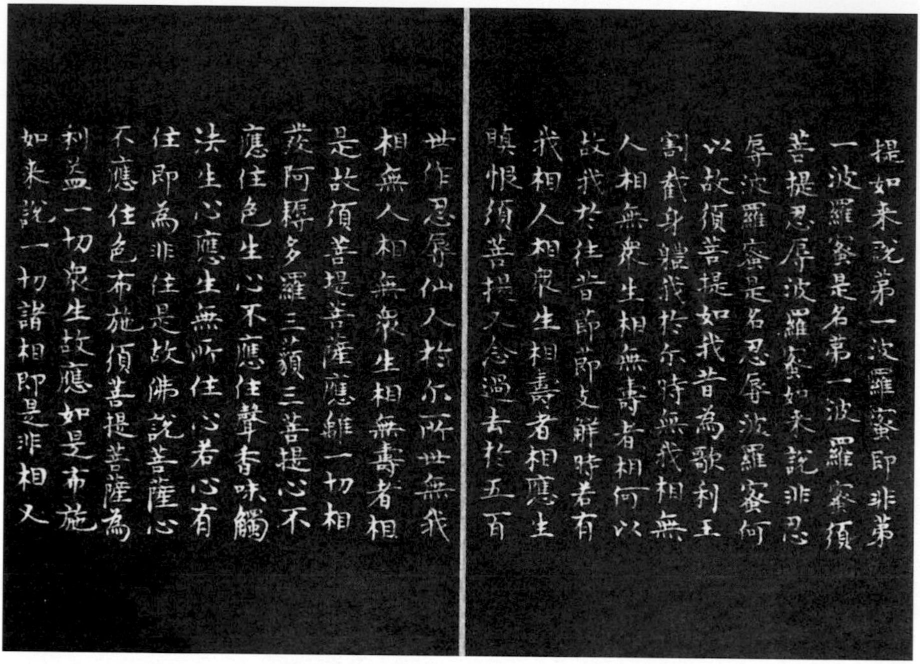

提如來說第一波羅蜜即非第
一波羅蜜是名第一波羅蜜須
菩提忍辱波羅蜜如來說非忍
辱波羅蜜是名忍辱波羅蜜何
以故須菩提如我昔為歌利王
割截身體我於尒時無我相無
人相無衆生相無壽者相何以
故我於往昔節節支解時若有
我相人相衆生相壽者相應生
瞋恨須菩提又念過去於五百
世作忍辱仙人於尒所世無我
相無人相無衆生相無壽者相
是故須菩提菩薩應離一切相
發阿耨多羅三藐三菩提心不
應住色生心不應住聲香味觸
法生心應生無所住心若心有
住即為非住是故佛說菩薩心
不應住色布施須菩提菩薩為
利益一切衆生故應如是布施
如來說一切諸相即是非相又

明成祖寫金剛經。

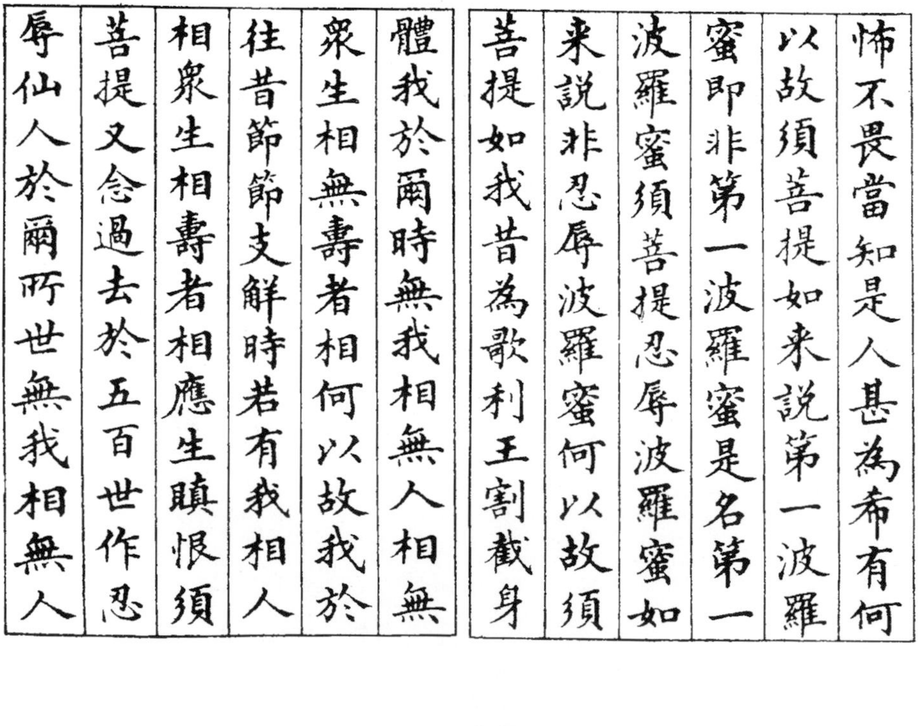

怖不畏當知是人甚為希有何
以故須菩提如來說第一波羅
蜜即非第一波羅蜜是名第一
波羅蜜須菩提忍辱波羅蜜如
來說非忍辱波羅蜜何以故須
菩提如我昔為歌利王割截身
體我於爾時無我相無人相無
衆生相無壽者相何以故我於
往昔節節支解時若有我相人
相衆生相壽者相應生瞋恨須
菩提又念過去於五百世作忍
辱仙人於爾所世無我相無人

清林則徐寫金剛經。

上圖／趙孟頫夫人書金剛經：管道昇雅擅書畫，但剛寫完「如夢幻泡影，如露亦如電」，即寫「用祈良人仕途無荊棘之虞，壽算有綿長之慶」，可見全然不解經義。

下圖／趙孟頫書金剛經。

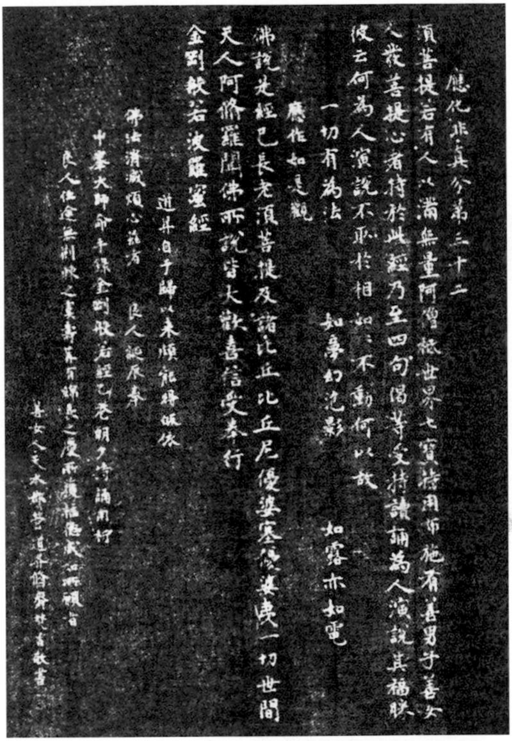

應化非真分第三十二

須菩提若有人以滿無量阿僧祇世界七寶持用布施若有善男子善女人發菩提心者持於此經乃至四句偈等受持讀誦為人演說其福勝彼云何為人演說不取於相如如不動何以故

一切有為法　如夢幻泡影　如露亦如電

應作如是觀

佛說是經已長老須菩提及諸比丘比丘尼優婆塞優婆夷一切世間天人阿脩羅聞佛所說皆大歡喜信受奉行

金剛般若波羅蜜經

道昇自手歸以來頗能釋煩依佛法消滅煩心茲有　良人誕辰奉中峯大師命手錄金剛般若經一卷朝夕持誦用祈良人仕途無荊棘之虞壽算有綿長之慶所獲福德我所願皆　善女人吳興郡管道昇拜手敬書

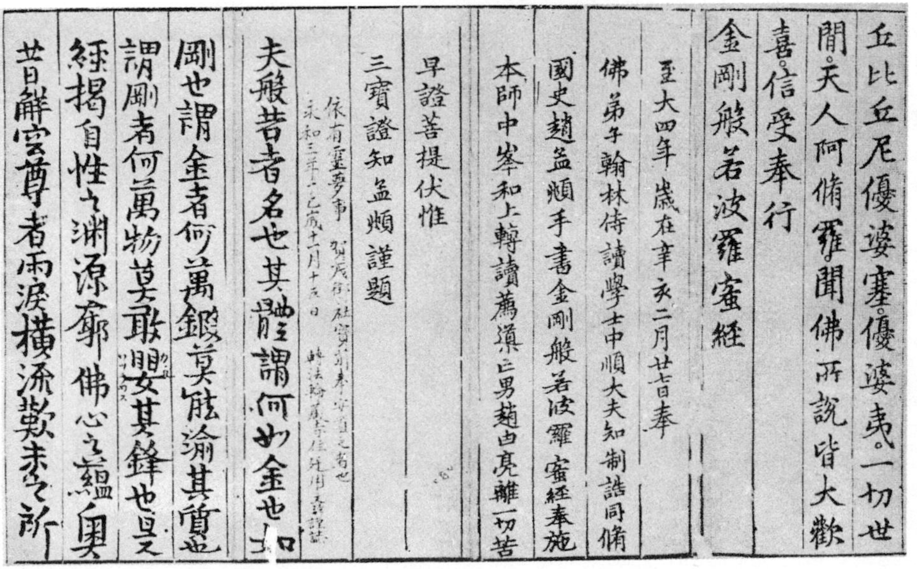

丘比丘尼優婆塞優婆夷一切世間天人阿脩羅聞佛所說皆大歡喜信受奉行

金剛般若波羅蜜經

至大四年歲在辛亥二月廿日奉

佛弟子翰林侍讀學士中順大夫知制誥同脩國史趙孟頫手書金剛般若波羅蜜經奉施

本師中峯和上轉讀薦資亡男趙由亮離一切苦早證菩提伏惟

三寶證知孟頫謹題

夫般若者名也其體謂何如金也如剛也謂金者何萬鍛莫能渝其質也謂剛者何萬物莫敢攖其鋒也是經揭自性之淵源鄣佛心之縕奧昔解空尊者雨淚橫流歎未之所

右圖／明太祖像：醜化了的明太祖，臉有七十二黑子，此圖原來亦藏故宮。

左上圖／明孝陵：明太祖的陵墓，在南京。

左下圖／明孝陵的石獸。

帶過招慾　怪得誰個　吾今指醒　急早看破
認祖歸根　斬絕枝柯　幸遇三期　免爾墮落
五老大慈　拯濟洪波　頒下勅文　三曹會合
明根老祖　代眾解脫　捨身救苦　牢獄枷鎖
陰陽解釋　普赦罪過　願爾同心　性定神和
掃心飛相　無人無我　一團和氣　守定彌陀
共湊圓滿　纔有結果　三乘九品　依功定錄

天元傳旨令　勅令三歲郎　天人交接法
替母挽賢良　離釣坎中客　乾取坤宮娘
陰陽提上岸　好設考佛場　有考有升降
無魔道不光　識得魔之好　魔過有餘香
考選五四盤　引保他名揚　証孰要考正
萬靈一齊彰　設考為那樣　九六昧心腸
輪迴千萬變　結下冤孽賬　千妖下了世

「十誥靈文」：明教至清代在民間已與佛、道教合流，其經文中仍有「明根老祖，代眾解脫」、「無魔道不光，識得魔之好，魔過有餘香」等語。此事承柳存仁先生指教，並借用本經製版。

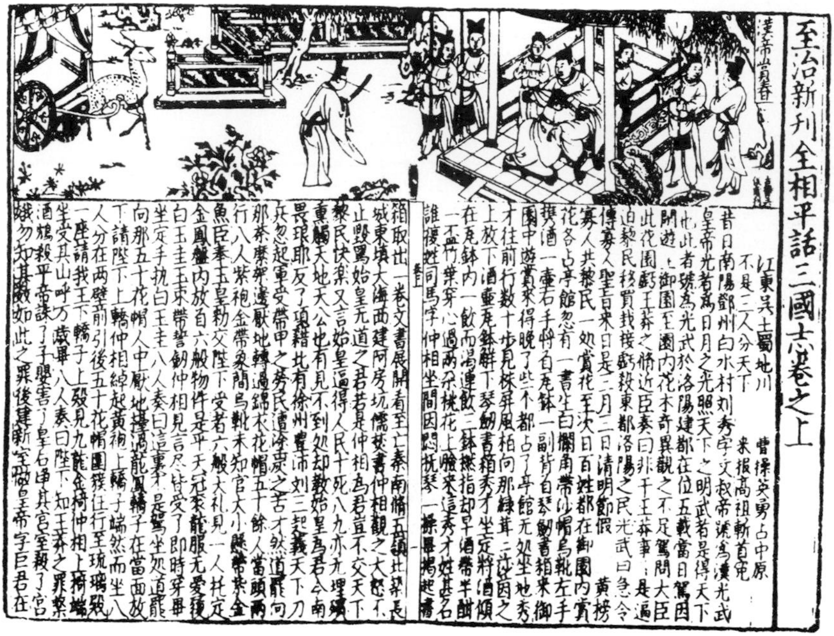

元刊「至治新刊全相平話三國志」：元至治（1321-23）共三年，其時張翠山誕生不久。張無忌、趙敏、朱元璋等均可能讀過此書。這是中國最早的白話長篇章回小說之一，日本國會圖書館尚存有一部，承景嘉先生影印見惠。

倚天屠龍記

4

少林大會

金庸

著

目錄

三十一

刀劍齊失人云亡

周芷若道：「要是我做錯了甚麼事，得罪了你，你會打我、罵我、殺我麼？」張無忌在她左頰上輕輕一吻，說道：「似你這等溫柔斯文、端莊賢淑的賢妻，那會做錯甚麼事？」

殷離敷了波斯人的治傷藥膏之後，仍然發燒不退，囈語不止。她在海上數日，病中受了風寒，那傷藥只能醫治金創外傷，卻治不得體內風邪。張無忌心中焦急，第三日上遙遙望見東首海上有一小島，便吩咐舵工向島駛去。

眾人上得島來，精神為之一振。那島方圓不過數里，長滿了矮樹花草。張無忌請周芷若看護殷離、趙敏，一路分花拂草，尋覓草藥。但島上花草與中土大異，多半不識，張無忌越尋越遠，直到昏黑，仍只找到一味，只得回到原處，將那味草藥搗爛了，餵殷離服下。

五人圍著火堆，用過了飲食。四下裏花香浮動，草木清新，比之船艙中的氣悶局促，另有一番光景。殷離精神也好了些，說道：「阿牛哥哥，今晚咱們睡在這兒，不回船去了。」此議一出，人人讚妙。眼見小島上山溫水清，也無兇禽猛獸，各人放心安睡。

次晨醒轉，張無忌站起身來，只跨出一步，腳下一個踉蹌，險些摔倒，只覺雙腳虛軟無力，那是從所未有之事，揉了揉眼睛，只見那艘波斯船已不在原處。他心下更驚，奔到海灘四下張望，不見船隻的蹤影。

這一驚真是非同小可，叫道：「義父，你安好麼？」卻不聽得謝遜回答，忙奔到謝遜睡臥之處，只見他好端端的睡得正沉，先放了一大半心。

趙敏、周芷若、殷離三人昨晚睡在遠處一塊大石之後。他奔過去看時，只見周芷若和殷離相對而臥，趙敏卻已不在該處。一瞥間見殷離滿臉是血，俯身察看，見她臉上被利刃劃了十來條傷痕，人已昏迷不醒，忙伸手搭她脈搏，幸而尚在微微跳動。再看周芷若時，只見她滿頭秀髮被削去了一大塊，左耳也被削去了一片，鮮血未曾全凝，可是她臉含微笑，兀自做著好夢，晨曦照射下如海棠春睡，嬌麗無限。

他心中連珠價只是叫苦，叫道：「周姑娘，醒來！周姑娘，醒來！」周芷若只是不醒。張無忌伸手去搖她肩頭，周芷若打了個哈欠，側了頭仍是沉睡。張無忌知她必是中了迷藥，昨晚出了這許多怪事，自己渾然不覺，此刻又是全身乏力，自也是中毒無疑。

一時叫周芷若不醒，當下又奔到謝遜身旁，叫道：「義父，義父！」謝遜迷迷糊糊的坐了起來，道：「怎麼啊？」張無忌道：「糟糕！咱們中了奸計。」將波斯船駛走、殷離及周芷若受傷之事簡略說了。謝遜驚問：「趙姑娘呢？」

張無忌黯然道：「不見她啊。」吸一口氣，略運內息，只覺四肢虛浮，使不出勁來，衝口便道：「義父，咱們給人下了『十香軟筋散』之毒。」

六派高手被趙敏以「十香軟筋散」困倒、一齊擄到大都萬安寺中之事，謝遜早已聽到張無忌說過，他站起身來，腳下也是虛飄飄的全無力道，定了定神，問道：「那屠龍刀和倚天劍，也都給她帶走了？」

張無忌一看身周，刀劍皆已不見，心下氣惱無比，幾乎要哭出聲來，沒料到趙敏竟會乘著自己遭逢極大危難之際，又來落井下石，使出這般奸計。

他呆了一陣，掛念殷離的傷勢，忙又奔到殷周二女身旁，推了推周芷若，她仍是沉睡不醒，心想：「我內力最深，是以醒得最早，義父其次。周姑娘內力跟我們二人差得遠了，看來一時難醒。」當下撕了一塊衣襟，替殷離抹去臉上血漬，只見她臉蛋上橫七豎八都是細細的一條條傷痕，顯然是用倚天劍所劃。殷離自被紫衫龍王金花婆婆所傷之後，流血甚多，體內蘊積的千蛛毒液隨血而散，臉上浮腫已退了一大半，幼時俏麗的容顏這數日來本已略復舊觀，此刻臉上多了這十幾道劍傷，又變得猙獰可怖。

張無忌又是心痛，又是惱怒，切齒道：「趙敏啊趙敏，但教你撞在我手裏，張無忌若再饒你，當真枉自為人了。」一定了定神，忙到山邊採了些止血草藥，嚼爛了敷在殷離臉上，又去敷在周芷若的頭皮和耳上。

周芷若打了個呵欠，睜開眼來，忽見他伸手在自己頭上摸索，羞得滿臉通紅，伸手推開他手臂，嗔道：「你……你怎麼啦……」一句話沒說完，想是覺得耳上痛楚，伸手一摸，「啊」的一聲驚呼，跳起身來，問道：「為甚麼？」突然雙膝一軟，撲在張無忌懷中。

張無忌伸手扶住，安慰道：「周姑娘，你別怕。」周芷若看到殷離臉上可怖的模樣，忙伸手撫摸自己的臉，驚道：「我……我也是這樣了麼？」張無忌道：「不！你只受了些輕傷。」周芷若道：「是那些波斯惡徒幹的麼？我……我怎地一些兒也不知道？」張無忌嘆了口氣，幽幽的道：「只怕……只怕是趙姑娘幹的。昨晚的飲食之中，她下了毒。」

周芷若呆了半晌，摸著半邊耳朵，哭出聲來。張無忌慰道：「幸好你所傷不重，耳朵受了些損傷，將頭髮披下來蓋過了，旁人瞧不見。」周芷若道：「還說頭髮呢？我頭髮也沒有了。」張無忌道：「頂心上少了點兒頭皮，兩旁的頭髮可以攏過來掩住……」周芷若嗔道：「我為甚麼要把兩旁頭髮攏過來掩住？到這時候，你還在竭力迴護你的趙姑娘。」

張無忌碰了個莫名其妙的釘子，訕訕的道：「我才不迴護她呢！她這般心狠手辣，將殷姑娘傷成這般，我……我才不饒她呢。」眼見殷離臉上的模樣，不禁怔怔的掉下淚來。

身當此境，張無忌不由得徬徨失措，坐下一運功，察覺中毒著實不淺。本來「十香軟筋散」非趙敏的獨門解藥不能消解，但此時只能以內功與劇毒試相抗衡，當下運起內息，將散在四肢百骸的毒素慢慢搬入丹田，強行凝聚，然後再一點一滴的逼出體外。運功一個多時辰後，察覺見效，心中略慰，只是此法以九陽神功為根基，無法傳授謝遜和周芷若照行，惟有待自己驅毒淨盡之後，再助謝周二人驅毒。

這功夫說來簡捷，做起來卻十分繁複，他到第七日上，也只驅除了體內三成毒素。好在這毒藥只是令人使不出內勁，於身子卻是無害。

周芷若起初幾日極是著惱，後來倒也漸漸慣了，陪著謝遜捕魚射鳥，燒水煮食。她晚間在島東一個山洞中獨居，和張無忌等離得遠遠地。

張無忌暗自慚愧，心想趙敏之禍，全是由己而起。這趙姑娘明明是蒙古的郡主，是明教的對頭死敵，武林中不知有多少高人曾折在她的手裏，自己對她居然不加防範，當真愚不可及。謝遜和周芷若對他倒並無怨責，然他二人越是一句不提，他心中越是難過，有時見到周芷若的眼色，隱隱體會到她是在說：「你為趙敏的美色所迷，釀成了這等大禍。」

但殷離的傷勢卻越來越重。這小島地處南海，所生草木大半非胡青牛醫經所載，他空自醫術精湛，又明知殷離的傷勢可治，然而手邊就是沒藥。偏生島上樹木都是又矮又小，僅能作柴薪之用，否則他早已紮成木筏，冒險內航。他若不明醫術，也不過是焦慮而已，此時卻如萬把尖刀日夜在心頭剜割。這一晚他嚼了些退熱的草藥，餵在殷離口中，眼見她難以下咽，心中一酸，淚水一顆顆滴在她臉上。

殷離忽然睜開眼來，微微一笑，說道：「阿牛哥哥，你別難過。我要到陰世去見那個狠心短命的小鬼張無忌去了。我要跟他說，世上有一個阿牛哥哥，待我這樣好，可比你張無忌好上千倍萬倍。」

張無忌喉頭哽咽，一時打不定主意，是否要向她吐露自己實在就是張無忌。

殷離握住了他手，說道：「阿牛哥哥，我始終沒答應嫁給你，你恨我麼？我猜你是為了討我歡喜，說著騙騙我的。我相貌醜陋，脾氣古怪，你怎會要我？」

張無忌道：「不！我沒騙你。你是一位情深意真的好姑娘，要是得能娶你為妻，實是我生平之幸。等你身子大好了，咱們諸事料理停當，便即成婚，好不好？」

殷離伸出手來，輕輕撫他的面頰，搖頭道：「阿牛哥哥，我是不能嫁你的。我的心，早就許給了那個兇惡狠心的張無忌了……阿牛哥哥，我有點兒害怕，到了陰世，能遇到他麼？他仍然會對我這麼狠霸霸的麼？」

張無忌見她說話神智清楚，臉頰潮紅，心下暗驚：「這是迴光返照之象，難道她便要畢命於今日嗎？」一時呆呆出神，沒聽見她的話。殷離抓住了他手腕，又問了一遍。

張無忌柔聲道：「他永遠會待你很好的，當你心肝寶貝兒一般。」殷離道：「能有你待我一半兒好麼？」張無忌道：「老天爺在上，張無忌誠心誠意的疼你愛你，他早就懊悔小時候待你這般兇狠了。他……他對你之心，跟我一般無異，沒半點分別。」

殷離嘆了口氣，嘴角上帶著一絲微笑，道：「那……那我就放心了……」握著他的手漸漸鬆開，雙目閉上，終於停了呼吸。

張無忌將她屍身抱在懷裏，心想她直到一瞑不視，仍不知自己便是張無忌。這些日來，她始終昏昏沉沉，無法跟她說知真相。當她臨終前的片刻神智清明之際，卻又甚麼也來不及說了。其實，到了這個地步，說與不說，也沒甚麼分別。他心頭痛楚，竟哭不出聲來，只想：「若不是趙敏又傷她臉頰，她的傷未必無救。若不是趙敏棄了咱們在這荒島之上，只要數日間趕回中原，我定有法子救得她的性命。」恨恨的衝口而出：「趙敏，你這般心如蛇蠍，有朝一日落在我手中，張無忌決不饒你性命。」

忽聽背後一個冷冷的聲音說道：「待得你見到她如花如玉的容貌，可又下不了手啦。」轉過身來，只見周芷若俏立風中，臉上滿是鄙夷之色。他又是傷心，又是慚愧，說道：「我對著表妹的屍身發誓，若不手誅妖女，張無忌無顏立於天地之間。」

周芷若道：「那才是有志氣的好男兒。」搶上幾步，撫著殷離的屍身痛哭起來。謝遜聽到哭聲，尋聲而至，得知殷離身亡，也不禁傷感。

張無忌到山岡之陰去挖墓，島上浮泥甚淺，挖得兩尺，便遇上堅硬的花崗石，手邊又無鋤鏟，只得將殷離的屍身放入淺穴，待要將泥土堆上，見到她臉上的腫脹與血痕，心想：「碎石泥塊堆在臉上，可要擦傷了她。」折了些樹枝架在她屍身上，再輕輕放上石塊，似乎她死後尚有知覺，生恐她給石塊壓痛了。折下一段樹幹，剝去樹皮，用殷離的匕首在樹幹上刻道：「愛妻蛛兒殷離之墓」，下面刻道：「張無忌謹立」。一切停當，這才伏地大哭。

周芷若勸道：「殷姑娘對你一往情深，你待她也是仁至義盡。只須你不負了今日之言，殺了趙敏為她報仇，殷家妹子在九泉之下也是含笑的了。」

張無忌一番傷心，本已凝聚在丹田之中的毒素復又散開，再多費了數日之功，才漸行凝聚，待得盡數驅出體外，又是十餘日之後了。

小島地氣炎熱，諸般野果甚多，隨手採摘，即可充饑，日子倒也過得並不艱難。周芷若知張無忌心傷殷離之死，惱恨趙敏之詐，復又憐惜小昭之去，待他加意的溫柔體貼。

張無忌運神功替謝遜驅去了體內毒性後，本該替周芷若驅毒，但想這驅毒之法須以一掌貼於對方後腰，一掌貼於臍上小腹，青年男女，怎能如此肌膚相親？但若非這般運功，又不能將自身的九陽真氣輸入她體內，一連數日，心下好生躊躇，難以決斷。

這日晚間，謝遜忽道：「無忌，咱們在此島上，你想要過多少日子？」張無忌一怔，道：「那就難說得很，只盼能有船隻經過，救咱們回歸中土。」謝遜道：「這一個多月來，遠遠也曾見到船帆的影子麼？」張無忌道：「沒有。」謝遜道：「是了！說不定明天便有船隻來到，但說不定再過一百年也沒船經過。」張無忌嘆道：「這荒島孤懸海中，非海船航道所經，咱們是否能重回中土，原是十分渺茫。」

謝遜道：「嗯，解藥是不易求的了。十香軟筋散的毒素留在體中，除了四肢乏力之外，可有其他害處？」張無忌道：「時候不長，那也沒有多大害處，但這種劇毒侵肌蝕骨，日子久了，五臟六腑難免都受損傷。」

謝遜道：「是啊。那你怎能不儘早設法給周姑娘驅毒？你說周姑娘和你從小相識，當年你身中玄冥寒毒之時，她曾有惠於你。這等溫柔有德的淑女，到那裏求去？難道你嫌她相貌不美麼？」張無忌道：「不，不，周姑娘倘若不美，天下那裏還有美人？」謝遜道：「那我替你作主，娶了她為妻。這男女授受不親的腐禮，就不必顧忌了。」

周芷若在旁聽著他二人說話，忽聽說到自己身上來了，羞得滿臉通紅，站起身來便走。謝遜躍起身來，張開雙手，攔在她身前，笑道：「別走，別走！我今日這媒人是做定的了。」周芷若嗔道：「謝老爺子，你為老不尊！咱們只盼想個法兒回歸中土，這當兒怎地說起這些不三不四的話來？」

謝遜哈哈大笑，說道：「男女好合，是終身大事，怎麼不三不四了？無忌，你父母也是在荒島上自行拜天地成婚。他們當日若非破除了這些世俗禮法，世上那裏有你這個小子？何況今日有你義父為你主婚。難道你不喜歡周姑娘麼？不想替她驅除體內的劇毒麼？」

周芷若掩了面只是要走，謝遜拉住她衣袖，笑道：「你走到那裏去？明日咱們不見面了麼？啊，我知道了，你是不肯叫我這老瞎子做公公？」周芷若道：「不，不，不是的。謝老爺子是當世豪傑……」謝遜道：「那你是答應了？」周芷若只說：「不，不！」謝遜道：「你是嫌我這義兒太過不成材麼？」

周芷若頓了一頓，說道：「張公子武功卓絕，名揚江湖。得……得婿如此，更有何求？只是……只是……」謝遜道：「怎麼？」周芷若向張無忌微微掠了一眼，說道：「他……他心中實在喜歡趙姑娘，我是知道的。」

謝遜咬牙道：「趙敏這小賤人害得咱們如此慘法，無忌豈能仍然執迷不悟？無忌，你自己倒說說看。」

張無忌心中一片迷惘，想起趙敏盈盈笑語、種種動人之處，只覺若能娶趙敏為妻，長自和她相伴，那才是生平至福，但一轉念間，立時憶起殷離臉上橫七豎八、血淋淋的劍傷來，忙道：「趙姑娘是我大仇，我要殺了她為表妹雪恨。」

謝遜道：「照啊，周姑娘，那你還有甚麼疑忌？」周芷若低聲道：「我不放心。除非……除非你要他……立下一個誓來。否則我寧可毒發身死，也不要他助我驅毒。」謝遜道：「無忌，快立誓！」

張無忌雙膝跪地，說道：「我張無忌若是忘了表妹血仇，天地不容。」

周芷若道：「我要你說得清楚些，對那位趙姑娘怎樣？」

謝遜道：「無忌，你就說得更清楚些。甚麼『天地不容』，太含糊了。」

張無忌朗聲道：「妖女趙敏為其韃子皇室出力，苦我百姓，傷我武林義士，復又盜我義父寶刀，害我表妹殷離。張無忌有生之日，不敢忘此大仇，如有違者，天厭之，地厭之。」

周芷若嫣然一笑，道：「只怕到了那時候，你又手下容情哩。」

謝遜道：「我說呢，揀日不如撞日，咱們江湖豪傑，還管他甚麼婆婆媽媽的繁文縟節，你小倆口不如今日便拜堂成親罷。這十香軟筋散早一日驅出好一日。」

張無忌道：「不！義父，芷若，你們聽我一言。殷姑娘待我情意深重，她自幼便心中以我為夫，我心中也已以她為妻，雖無婚姻之事，卻有夫婦之義。她屍骨未寒，我何忍即行另結新歡？」

謝遜沉吟道：「這話倒也說得是，依你說那便如何？」張無忌道：「依孩兒之見，孩兒今日先和周姑娘訂立婚姻之約，助她療傷驅毒，這就方便得多。倘若天幸咱們得回中土，待孩兒手刃趙敏，奪回屠龍寶刀交回義父手中，那時再和周姑娘完婚，可說兩全其美。」謝遜笑道：「你倒想得挺美。要是十年八年，咱們也回不了中土呢？」張無忌道：「三年之後，不論咱們是否能離此島，就請義父主持孩兒的婚事便是。」

謝遜點了點頭，問周芷若道：「周姑娘，你說怎樣？」周芷若垂頭不答，隔了半晌，才道：「我是個孤苦伶仃的女孩兒家，自己能有甚麼主意？一切全憑老爺子作主。」

謝遜哈哈笑道：「很好，很好。咱三人一言為定。你小倆口是未婚夫婦，不必再有甚麼顧忌。無忌，你給我的兒媳婦驅毒罷。」說著大踏步走向山後。

張無忌道：「芷若，我這番苦衷，你能見諒麼？」

周芷若微笑道：「只因是我這個醜樣的，你才推三阻四，要是換了趙姑娘啊，只怕你今晚就……」說到這裏，轉過了頭，不好意思再說。

張無忌怦然心動，尋思：「當大夥兒同在小船中飄浮之時，我曾癡心妄想，同娶四美。其實我心中真正所愛，竟是那個無惡不作、陰毒狡猾的小妖女。我枉稱英雄豪傑，心中卻如此不分善惡，迷戀美色。」

周芷若回過頭來，見他兀自怔怔的出神，站起身來，便要走開。張無忌伸手握住她手一拉。不料周芷若功力未復，腳下無力，身子一晃，便倒在他懷裏，掙扎不起來，嗔道：「我是一生一世受定你的欺侮啦。」

張無忌見她輕顰薄怒，楚楚動人，抱著她嬌柔的身子，低聲道：「芷若，咱倆幼時在漢水中一見，不意竟能得有今日。在光明頂我獨鬥崑崙、華山兩派四老之時，你指點關竅，救我性命。當時我也只感激你的關懷，卻不敢另有妄念。」周芷若倚在他的懷裏，說道：「那日我刺你一劍，你難道不恨我麼？」張無忌道：「你沒刺正我的心口，我便知你對我暗有情意了。」周芷若呸了一聲，臉頰暈紅，說道：「早知如此，當日我一劍刺正你的心口，多少乾淨，也免得以後無窮歲月之中，給你欺侮，受你的氣。」張無忌抱著她的雙臂緊了一緊，說道：「我此後只有加倍疼你愛你。我二人夫婦一體，我怎會給你氣受？」

周芷若側過身子，望著他臉，說道：「要是我做錯了甚麼事，得罪了你，你會打我、罵我、殺我麼？」

張無忌和她臉蛋相距不過數寸，只覺她吹氣如蘭，忍不住在她左頰上輕輕一吻，說道：「似你這等溫柔斯文、端莊賢淑的賢妻，那會做錯甚麼事？」周芷若輕輕撫摸他的後頸，說道：「便是聖人，也有做錯事的時候。我從小沒爹娘教導，難保不會一時胡塗。」張無忌道：「當真你做錯甚麼，我自會好好勸你。」

周芷若道：「你對我決不變心麼？決不會殺我麼？」張無忌在她額上又是輕吻一下，柔聲道：「你別胡思亂想了。那有此事？」周芷若顫聲道：「我要你親口答應我。」張無忌笑道：「好罷！我對你決不變心，決不會殺你。」

周芷若凝視他雙眼，說道：「我不許你嘻嘻哈哈，要你正正經經的說。」張無忌笑道：

「你這個小小腦袋之中，不知在想些甚麼。」心想：「總是我對趙敏、對小昭、對表妹人人留情，令她難以放心。可是自今而後，怎會更有此事？」於是收起笑容，莊言道：「芷若，你是我的愛妻。我從前三心兩意，只望你既往不咎。我今後對你決不變心，就算你做錯了甚麼，我連重話也不捨得責備你一句。」

周芷若道：「無忌哥哥，你是男子漢大丈夫，可要記得今晚跟我說過的話。」指著初升的一勾明月，說道：「天上的月亮，是咱倆的證人。」

張無忌道：「對，你說得不錯。天上明月，是咱倆的證人。」

他仍是將周芷若摟在懷裏，望著天邊明月，說道：「芷若，我一生受過很多很多人的欺騙，從小為了太過輕信，不知吃過多少苦頭，到底有多少次，這時候也記不起來了。只有在冰火島上，和爹爹、媽媽、義父在一起的時候，那才沒人世間的奸詐機巧。我第一次回歸中原，便遇上一個叫化子弄蛇，他騙我探頭到布袋中去瞧瞧，不料他把布袋套在我頭上，將我擒住。我又那料得到，咱們同生死、共患難的來到這小島之上，趙姑娘竟會在第一晚的食物之中，便下了劇毒？」周芷若笑道：「你是不到黃河心不死，到得黃河悔已遲。」

張無忌心中突然充滿了幸福之感，說道：「芷若，你才真正是我永遠永遠的親人。你一直待我很好。日後咱們倘若得能回歸中原，你會幫我提防奸滑小人。有了你這個賢內助，我會少上很多當了。」

周芷若搖頭道：「我是個最不中用的女子，懦弱無能，人又生得蠢。別說和絕頂聰明的趙姑娘天差地遠，便是小昭，她這等深刻的心機，我又怎及得上萬一？你的周姑娘是個老老實實的笨丫頭，難道到今天你還不知道麼？」
張無忌道：「只有你這等忠厚賢慧的姑娘，才不會騙我。」
周芷若轉過身來，將臉伏在他懷裏，柔聲道：「無忌哥哥，我能和你結為夫婦，心裏快活得不得了，只盼你別因我愚笨無用，瞧我不起，欺侮我。我……我會盡我所能，好好的服侍你。」

次日張無忌即運九陽神功助周芷若驅毒，初時竟是出於意料之外的方便，想是她飲食不多，中毒不如他與謝遜之深。但驅到第七日上，忽覺她體內有一股陰寒的阻力，跟他送過去的九陽真氣相激相抗，周芷若雖盡力克制，仍不易引導九陽真氣入體。
張無忌驚異之下，向義父請教。謝遜沉吟半晌，說道：「這道理我也說不上來，多半是她峨嵋派歷代師父都是女子，所習內力偏於陰柔一路。」張無忌點頭稱是。好在周芷若內功修為和他相差甚遠，他催動神功，便將她體內陰勁壓制了下去，但如此運功，卻又比替謝遜驅毒時費力得多。
張無忌隱隱覺得她體內陰勁此時雖然尚弱，但日後成就，委實是非同小可，讚道：「芷若，尊師滅絕師太真是一代人傑。她傳給你的內功，法門高深之至，此刻我已覺得出來。你依此用功，日後或可和我的九陽神功並駕齊驅，各擅勝場。」周芷若道：「你騙我呢！峨嵋派武功怎能和張大教主的九陽神功、乾坤大挪移法相比？」
張無忌道：「你天性淳厚，武功的招數上雖然所學不多，但內功的根基已紮得極佳。我太師父言道，武學鑽研到後來，成就大小往往和各人資質有關，而且未必聰明穎悟的便一定能學到最高境界。據說貴派創派祖師郭女俠的父親郭靖大俠，資質便十分魯鈍，可是他武功修為震鑠古今，太師父說，他自己或者尚未能達到郭大俠當年的功力。你峨嵋派內功的法門似乎尚在武當派之上，依我瞧啊，你將來的成就當可超過尊師滅絕師太。」

周芷若橫了他一眼，嬌嗔道：「你要討好我，也不用說我武功好。我只要能學到師父本事的一成兩成，也就心滿意足了。你幾時把你的九陽神功、挪移乾坤功夫教我一兩手，我才多謝你呢。」張無忌沉吟未答。周芷若道：「你說我不配做張大教主的徒弟嗎？」張無忌道：「不！我察覺你的內功和我所學截然不同，那是壓根兒相反的路子。你要是學我的功夫，那是世上艱險無比之事。」

周芷若道：「你不肯教，也就算了。學武功最多是學不成，還能有甚麼危險？」張無忌正色道：「不，不！我這九陽神功是純粹陽剛的內功，你現下所習的峨嵋派內功，走的卻純是陰柔路子。要是你再練我的功夫，陰陽匯於一體，除非是如我太師父這等武學奇才，或許能使之水火相濟，剛柔相調，否則只要差得一步，便是走火入魔的大禍。嗯，等你日後內功大成之時，我那挪移乾坤的心法，倒是可以學的。」周芷若笑道：「我跟你說著玩呢。以後我時時刻刻都跟你在一起，你的武功和我的武功有甚麼分別？我生來懶懶散散，你的九陽神功一定難練得緊，你便是逼著我練，我也怕難呢。」張無忌聽她如此說，心中甚感甜蜜。

如此情意纏綿，不覺時日之逝。忽忽過了數月，周芷若說自覺內力全復，身體更無異狀，想來毒性已然驅盡。

這一日島東幾株桃花開得甚美，張無忌折了幾枝桃花，去插在殷離的墓前。只見那根刻著「愛妻蛛兒殷離之墓」的木條橫在地下，不知是被甚麼野獸撞倒了的，於是拾了起來，重又插好。想起表妹一生困苦，恐怕連一天福也沒享過。

正自神傷，忽聽得海中鷗鳥大聲聒噪，抬起頭來，忽見遠處海上一艘帆船正鼓風駛來，這一下喜出望外，忙縱聲叫道：「義父，芷若，有船來啦，有船來啦！」

謝遜和周芷若聽到叫聲，先後奔到他身旁。周芷若顫聲道：「怎麼會有船隻到這荒島上來？」張無忌道：「當真奇了，難道是海盜船麼？」

不到半個時辰，帆船已在島外下錨停泊，一艘小艇划向島來。張無忌等三人迎到海灘。只見小艇中的水手都穿蒙古水師軍裝，張無忌心中一動：「難道趙姑娘良心發現，又回到島上來？」斜向周芷若一瞥，見她秀眉微蹙，胸口起伏，顯是也擔著極大的心事。

片刻間小艇划到，五名水手走上海灘，為首的一名水師軍官躬身向張無忌道：「這位是張無忌張公子？」張無忌道：「正是。長官何人？」那人聽到張無忌自承，神色間極是欣慰，說道：「小人賤名拔速台，今日找到了公子，當真幸運之至。小人奉命前來，迎接張公子、謝大俠回歸中土。」他只說張謝二人，卻不提周芷若的名字。張無忌道：「長官遠來辛苦，卻不知是奉何人所遣？」拔速台道：「小人是駐防福建的達花赤魯水師提督麾下，奉勃爾都思將軍之命，前來迎接。勃爾都思將軍一共派出海船八艘，在這一帶閩浙粵三省海面尋找公子和謝大俠，想不到倒是小人立下首功。」言下之意，顯是他上司許下諾言，誰能找到張無忌的便有升賞。

張無忌聽他所說那些蒙古將軍的名字均不相識，料想那些將軍也是輾轉奉了趙敏之命，問道：「你可知貴上司為何派長官前來接我？」拔速台道：「勃爾都思將軍吩咐，張公子是大大的貴人，乃是當世的英雄豪傑，命小人找到之後，用心侍候。至於何以迎接公子，小人職位低微，未蒙將軍示知。」

周芷若插口問道：「可是紹敏郡主之意麼？」拔速台一怔，道：「紹敏郡主？小人沒福見過。」周芷若冷冷的道：「甚麼福不福的？」拔速台道：「紹敏郡主乃我蒙古第一美人，不，乃天下第一美人，文武全才，是汝陽王爺的千金。小人怎有福氣一見郡主的金面？」周芷若哼了一聲，不再言語了。

張無忌向謝遜道：「義父，那麼咱們便上船罷。」謝遜道：「咱們到那邊山洞中取了隨身物品，便可上船，長官請在此稍候。」拔速台道：「讓小人和水手們替三位搬行李罷。」謝遜笑道：「咱們有甚麼行李？不敢勞動。」他攜了張無忌和周芷若的手，走到山後，說道：「趙敏忽然派船來接咱們回去，其中必有陰謀，你們想該當如何應付？」

張無忌道：「義父，你想趙……你想趙敏她……她會在船上麼？」謝遜道：「這小妖女若在船上，那倒好辦了。咱們只須留心飲食，免再著了她的道兒。」張無忌道：「不錯，咱們把這兒收藏著的鹹魚、乾果帶上船去，再帶上清水，決不去吃喝船上的物事。」

謝遜道：「我料想趙敏決計不在船上。她是欲師那些波斯人的故智，將咱們騙上船去，待航到大海之中，便有蒙古水師船隻出現，開炮將咱們的座船轟沉。」

張無忌心中一陣酸痛，顫聲道：「她……她用心竟如此毒辣？她將咱們放逐在這小島之上，讓咱們自生自滅，永世不得回歸中土，也就是了。咱三人又沒甚麼事對不起她。」

謝遜冷笑道：「你將她囚在萬安寺中的六大派高手一齊放了出來，她焉有不記恨之理？再說，明教教主失蹤，此刻教中上下人等定在大舉訪尋，難保不尋到這荒島上來。只有令咱們葬身海底，那才是斬草除根。」

張無忌道：「開炮轟船？豈不是連拔速台等這些蒙古官兵，一起都枉送了性命？」謝遜哈哈一笑，隨即嘆道：「無忌孩兒，這些執掌軍國重任之人，焉會愛惜人命？若是似你這般心腸仁慈，蒙古人能橫絕四海、掃蕩百國麼？自古以來，那一個立大功名的英雄不是當機立斷，要殺便殺？別說區區官兵，便是自己父母子女，也顧不得呢。」

張無忌呆了半晌，黯然道：「義父說得是。」他向來知道蒙古人對敵人十分殘忍暴虐，但想對自己部下總須愛惜，此刻聽了謝遜之言，身上不禁涼了半截，自覺此番便算能回歸中土，統率中原豪傑驅除韃子，但說到治國致太平，決非自己所能。

周芷若道：「義父，你說咱們該當如何？」謝遜道：「我的兒媳婦有甚麼妙計？」周芷若道：「那麼咱們便別上這船罷，跟那蒙古軍官說，咱們在這兒住得很好，不想回中原去了。」謝遜笑道：「真是傻丫頭的傻主意。咱們不上船，敵人也決計放咱們不過。咱們把這艘船中的官兵盡數殺了，他們不能再派十艘八艘來麼？何況中原有多少大事，要無忌回去擔當，怎能讓他老死於這荒島之上？」周芷若俊臉通紅，低聲道：「還是義父出個主意罷，我們只聽義父吩咐便是。」

謝遜略一沉吟，道：「須得如此如此。」張無忌和周芷若一聽，齊稱妙計。

張無忌便到殷離墓前禱祝一番，灑淚而別，這才上了大船。周芷若在島上日長無聊，曾彫刻了不少小木馬、小木人兒，這時包了一個大包，負在背上。張無忌在艙內艙外巡查一過，果然並無趙敏在內，船上也無礙眼人物，官兵、水手看模樣均非身有武功之人。

座船拔錨揚帆之後，只駛出數十丈，張無忌反手一搭，已抓住拔速台右腕，另一手抽出他腰間佩刀，架在他後頸，喝道：「你聽我的號令，命梢公向東行駛！」拔速台大吃一驚，顫聲道：「張公……公子，小……小人沒敢得罪你啊。」張無忌道：「你聽我吩咐行事。稍有違抗，我便砍下你的腦袋。」拔速台道：「是，是！」喝令道：「梢……梢公！快……快向東行駛。」梢公依言轉舵。那船橫掠小島，向東駛去。

張無忌喝道：「你蒙古人意欲謀害於我，我已識破你們詭計，快快招來！若有虛言，小心你的性命。」說著舉起右掌，往船邊上一拍，木屑紛飛，船邊登時缺下一大塊來。船上官兵見到，無不駭然。拔速台道：「公子明鑒：小人奉上司之命，迎接公子回去，此外更無別情。小人……小人只盼立此功勞，得蒙上司升賞，實無半分歹意。」

張無忌見他說得誠懇，料非虛言，於是放開他手腕，走到船頭，左手提起一隻鐵錨，右手又提起一隻鐵錨，喝道：「眾人看清楚了！」雙手一揚，兩隻大鐵錨一齊飛向半空。眾官兵譁的一聲，齊聲驚喊。待兩隻大鐵錨落將下來，張無忌使出挪移乾坤的心法，雙手一掠一推，兩隻鐵錨又飛了上去。如此連飛三次，他才輕輕接住，將兩隻鐵錨放在船頭。

蒙古人從馬上得天下，最佩服武勇之士，見他武功如此驚人，一齊拜伏，再也不敢稍起異心。

梢公遵依張無忌命令，駕船東駛，直航入大洋之中，一連三天，所見唯有波濤接天。謝遜料得趙敏所遣的炮船必在閩粵一帶海面守候巡視，現下座船航入大洋已遠，決不至和炮船相遇，到第五日上，才命梢公改道向北。這一向北，更接連駛了二十餘日，憑他趙敏聰明十倍，也難猜到此船的所在，於是再命梢公折向西行，航返中土。這一個多月之中，張無忌等不是取用自攜的食物，便是捕捉海中鮮魚為食，於船上飲食絕不沾唇。

這一日午間，遙見西方出現了陸地。蒙古官兵航海已久，眼見歸來，盡皆歡呼。到得傍晚，那大船已停泊岸旁。這一帶都是山石，海水甚深，大船可直泊靠岸。謝遜道：「無忌，你上岸去瞧瞧，這是甚麼地方。」張無忌答應了，飛身上岸。

一路行去，只見四下裏都是綠油油的森林，地下積雪初融，極是泥濘。走了一陣，樹木更加蔭深，一株株參天古松，都是數人方能合抱。他飛身上了一株高樹，但見四下樹木無邊無際，竟是到了林海之中，再無人跡。他想便再向前也是如此，當下回向船來。

尚未走到岸旁，忽聽得一聲慘呼，聲音極是淒厲，正是從船上發出。他吃了一驚，飛奔而回，撲上船頭。只見滿船橫七豎八，盡是蒙古官兵的屍首，自拔速台以下，個個屍橫船中，謝遜和周芷若好端端的站著，卻不見敵人的蹤影。

張無忌驚問：「義父，芷若，你們沒事罷？敵人到那裏去了？」謝遜道：「甚麼敵人？你見到敵蹤麼？」張無忌道：「不！這些蒙古人……」謝遜道：「是我和芷若殺的。」張無忌更是驚奇，道：「想不到這些韃子一回中土，便膽敢起意害人。」

謝遜道：「他們沒敢起意害人，是我殺了滅口。這些人一死，趙敏便不知咱們已回中土。從此她在明裏，咱們在暗裏，找她報仇便容易得多了。」

張無忌倒抽了口涼氣，半晌說不出話來。謝遜淡淡的道：「怎麼？你怪我手段太辣麼？韃子官兵是咱們敵人，用得著以菩薩心腸相待麼？」

張無忌不語，心想這些人對自己一直服侍唯謹，未有絲毫怠忽，雖說是敵人，但如此殺絕，總覺心中過意不去。謝遜道：「常言道得好：量小非君子，無毒不丈夫。己不傷人，人便傷己。那趙敏如此對待咱們，咱們便當以其人之道，還治其人之身。」張無忌道：「義父說的是。」但見到拔速台等人的屍身，忍不住便要流下淚來。

謝遜道：「放一把火，將船燒了。芷若，搜了屍首身上的金銀，撿三把兵刃防身。」

兩人在船上放了火，分別躍上岸來。這船船身甚大，直燒到半夜，方始煙飛火滅，連眾人屍首一齊化灰沉入海底。張無忌見這麼一來，乾手淨腳，再無半點痕跡，心想義父行事雖然狠辣了些，畢竟是老江湖，非己所及。

三人胡亂在岸旁睡了一覺，次晨穿林向南而行。走到第二日上，才遇到七八個採參的客人，一問之下，原來此地竟是關外遼東，距長白山已然不遠。

待得和那些採參客人分手，周芷若道：「義父，是否須得將他們殺了滅口？」張無忌喝道：「芷若你說甚麼？這些採參客人又不知咱們是誰。難道咱們此後一路上見一個便殺一個麼？」周芷若窘得滿臉通紅，張無忌一生之中，從未如此疾言厲色的對她說話。

謝遜道：「依我原意，也是要將這些採參客人殺了。教主既不願多傷人命，咱們快些設法換了衣服，免露痕跡。」

當下三人快步而行，走了兩日，才出森林。又行一日，見到一家農家，張無忌取出銀兩，向農民購買衣服。但那農家極是貧寒，並無多餘衣服可以出讓，接連走了七八家人家，三人方湊齊了三套污穢不堪的衣衫。周芷若素來愛潔，聞到衣褲上陳年累積的臭氣，幾欲作嘔。謝遜卻十分歡喜，命二人用泥將臉塗污。張無忌在水中一照，只見已活脫成了遼東一丐，趙敏便對面相逢，也未必相識。

一路南行，進了長城，這日來到一處大鎮甸上。

三人走向鎮上一處大酒樓，張無忌摸出一錠三兩重的銀子，交在櫃上，說道：「待咱們用過酒飯，再行結算。」他怕自己衣衫襤褸，酒樓中不肯送上酒飯。豈知那掌櫃恭恭敬敬的站了起來，雙手將銀兩奉還，說道：「爺們光顧小店，區區酒水粗飯，算得甚麼？由小店作東便是。」張無忌很是詫異，坐定後，低聲問周芷若道：「咱們身上可露出了甚麼破綻？怎地這掌櫃的不肯收受銀子？」周芷若細查三人身上衣服形貌，宛然是三個乞丐，那裏有甚麼形跡顯露？謝遜道：「我聽那掌櫃的語氣之中，頗存懼意，咱們小心些便是。」

只聽樓梯上腳步聲響，走上七個人來，說也湊巧，竟然也都是乞丐的打扮。這七人靠著窗口大模大樣的坐定。只見店小二恭恭敬敬的上前招呼，口中爺前爺後，當他們是達官貴人一般。張無忌見這些乞丐有的負著五隻布袋，有的負著六隻，都是丐幫中職司頗高的弟子。店小二將酒菜吩咐了下去，尚未送上，又有六七名丐幫子弟上來。片刻之間，酒樓上絡絡繹繹來了三十餘名丐幫幫眾，其中竟有三人是七袋弟子。

張無忌這才恍然大悟，原來丐幫今日在此聚會，酒樓掌櫃誤會他三人也是丐幫中人，低聲向謝遜道：「義父，咱們還是避開這裏罷，免得多惹事端，丐幫到的人可不少。」

正在此時，店小二送上一大盤牛肉，一隻燒雞，五斤白酒。謝遜腹中正餓，多月來從未好好的飽餐過一頓，聞到燒雞的香味，食指大動，說道：「咱們悶聲不響的吃了酒肉便行，又礙他們甚麼事了？」說著端起碗來，骨嘟嘟的喝了半碗白酒，心道：「天可憐見，謝遜流落海外二十餘年，直至今日，方得重嚐酒味。」這白酒烈而不醇，乃是常釀，在他卻是如飲醍醐，似喝瓊漿。

他吁了口長氣，只感說不出的快美舒暢，將一碗白酒都喝乾了，忽然低聲道：「小心，兩個大本領的人物來啦！」張無忌聽到樓梯上的腳步之聲，果然上樓來的兩人武功了得。

那兩人一走上樓梯頂口，嘩喇喇一陣響，樓上羣丐一齊站起。謝遜作個手勢，三人也站起相迎。他三人坐在靠裏偏角，和眾人一齊坐著，並不惹眼，但當人人都站起身來，他三人倘若仍是坐著不動，只怕當場便有亂子。

張無忌見第一人中等身材，相貌清秀，三絡長鬚，除了身穿乞丐服色之外，神情模樣似個不第秀才。後面那人滿臉橫肉，虬髯戟張，相貌十分兇猛，只須再黑三分，活像是關公身旁執大刀的周倉。這二人都是五十多歲年紀，鬍鬚均已花白，背上各負九隻小小的布袋。這九隻袋子只是表明他們身分，形體甚小，很難裝甚麼物事。

張無忌心下尋思：「丐幫號稱江湖上第一大幫。聽太師父言道，昔日丐幫幫主洪七公仁俠仗義，武功深湛，不論白道黑道，無不敬服。其後黃幫主、耶律幫主等也均是出類拔萃的人物，但數十年來主持非人，丐幫聲望大非昔比。現任幫主史火龍極少在江湖上露面，不知其人如何。這二人背負九袋，在丐幫中除了幫主而外，當以他二人位份最尊。那日靈蛇島上，丐幫中人來奪義父的屠龍刀，不知和他二人也有牽連麼？」

這一次屠龍刀和倚天劍為趙敏盜去，那六根聖火令卻仍在張無忌懷中，沒有失落，想是趙敏忌憚他武功太強，生怕他中了十香軟筋散後仍有出奇的本領，不敢到他懷中搜索。張無忌眼見丐幫勢眾，不敢大意，伸手懷中，摸了摸六根聖火令。

兩名九袋長老走到中間一張大桌旁坐下。羣丐紛紛歸坐，吃喝起來，伸手抓菜，捧碗喝湯，吃得狼藉一團。張無忌和謝遜留神傾聽，想聽那兩個九袋長老說些甚麼。不料他二人儘是飲酒吃菜，除了說些「你來一碗」「這牛肉很香」之類，一言不涉及正事。待得兩名龍頭長老食畢下樓，羣丐也已酒醉飯飽，一鬨而散。

謝遜待羣丐散盡，低聲道：「無忌，你瞧如何？」張無忌道：「丐幫這許多人物在此聚會，決不會大吃大喝一頓便算。我猜他們晚間在僻靜之處定然再行聚集，商量正事。」謝遜點頭道：「必是如此。丐幫向來與本教為敵，焚燒光明頂便有他們的份，又曾派人來奪我屠龍刀。咱們須得打探明白，瞧他們是否另有圖謀本教的奸計。」

三人下樓到櫃面付帳，掌櫃的甚是詫異，說甚麼也不肯收。張無忌心想：「丐幫鬧得這裏的菜館酒樓都嚇怕了，吃喝不用付錢。只此一端，已可知他們平素的橫行不法。」

三人找了一家小客店歇宿。鎮上丐幫幫眾雖多，但依照向例，無一住店，因此在客店中倒不虞撞到丐幫人物。謝遜道：「無忌，我眼不見物，打探訊息的事幹起來諸多不便，芷若武功不高，陪著你去也幫不了忙，還是偏勞你一人罷。」張無忌道：「正該如此。」他在客店中稍作休息，便即出門。在大街上自南端直走到北端，竟沒見到一名丐幫弟子。

張無忌尋思：「不到半個時辰之間，鎮上丐幫幫眾突然人影全無，料想走得不遠。」當下走向一間南貨店，瞪起雙眼，伸拳在櫃檯上一擊，喝道：「喂，掌櫃的，我那許多兄弟們走向那裏去啦？」眾店伴見到他這副凶神惡煞的模樣，只道是丐幫中的一個惡丐，個個心驚肉跳，內中一人膽子較大，指著北方，陪笑道：「貴幫朋友絡繹都向北去了。大爺喝杯茶麼？」張無忌喝道：「不喝！喝甚麼他媽的臭茶？」轉身大踏步向北，肚中暗暗好笑。

他快步走出鎮甸不遠，只見左首路旁長草中人影一閃，一名丐幫弟子站了起來，瞧模樣是要上來喝問。張無忌腳下加快，倏忽而過。那丐幫弟子擦了擦眼睛，還疑心自己眼花，怎地忽然似乎有人，轉眼間卻又不見了。

張無忌心想丐幫沿途布了卡子，好不戒備森嚴，當下展開輕功，向北疾馳。丐幫布在樹後、草中、山間、石邊的卡子，一一落入他眼中，反倒成為指引的路標。奔出四五里路，但見三步一崗，五步一卡，哨位越來越密。這些人武功雖然不高，但青天白日之下，要盡數避過他們的眼光卻也不易，到了後來，只得避開大路，曲曲折折的繞道而行。

眼見一條山道通向山腰中的一座大廟，料知羣丐必在廟中聚會，提氣奔向東北角上，再折而向西，繞過羣丐的卡子，直欺到廟側。只見廟前一塊匾上寫著「彌勒佛廟」四個大字，廟貌莊嚴，甚是雄偉。張無忌暗想：「這次丐幫中要緊人物定然到得不少。我若混在人叢之中，難免給他們發覺。」四下打量，見大殿前庭中左邊一株古松，右邊一株老柏，雙樹蒼勁挺立，高出殿頂甚多，枝葉密茂，頗可藏身其間。繞到廟後，飛身上了屋頂，匍匐爬到簷角，輕輕一縱，如一溜煙般落到了松樹之頂，從一根大枝幹後望將出去，暗叫一聲：「僥倖！」殿中風光，盡收眼底。

只見大殿地下黑壓壓的坐滿了丐幫幫眾，少說也有三百數十人。這些人均朝內而坐，是以他躍上松樹，竟然無人知覺。殿中放著五個蒲團，虛座以待，顯是在等甚麼人到來，殿中雖聚了三四百人，卻無半點聲息，和酒樓上亂糟糟地搶菜爭食的情景渾不相同。他想：「丐幫享名數百年，近世雖然中衰，昔日典型，究未盡去。那酒樓中的混亂模樣只是平日的情狀。看來幫中長老部勒幫眾，執法實極嚴謹。」

大殿居中坐著一尊彌勒佛，袒胸露出了一個大肚子，張大了笑口，慈祥可親。張無忌正打量間，忽聽得殿上一人喝道：「掌缽龍頭到！」羣丐一齊站起。那秀才模樣的九袋長老手捧破缽，緩步而出，站在右首。又有人喝道：「掌棒龍頭到！」那周倉般的九袋長老雙手高舉一根鐵棒，大踏步出來，站在左首。那人喝道：「執法長老到！」只見一個身形瘦小的老丐走了出來，手中持著一根破竹片，腳下輕捷，走動時片塵不起。張無忌心道：「此人好高的輕功，只較韋蝠王稍遜。」有人喝道：「傳功長老到！」這次出來的是個白鬚白髮的老丐，空著雙手，身形步法之中卻看不出武功的深淺。

四名老丐將四個蒲團移向下首，只留下中間一個蒲團，彎腰躬身，齊聲說道：「有請幫主大駕！」張無忌心中一凜：「但聽說丐幫幫主名叫『金銀掌』史火龍，武林中極少有人見過他的真面目，卻不知是何等樣的人物？」

大殿上羣丐一齊躬身，過了一會，屏風後腳步聲響，大踏步走出一條大漢來。但見他身高六尺有餘，魁梧之極，紅光滿面，有似大官豪紳般模樣，走到大殿正中，雙手叉腰站立。羣丐齊聲道：「座下弟子，參見幫主大駕。」

那丐幫幫主史火龍右手一揮，說道：「罷了！小子們都好啊？」羣丐道：「幫主安好。」待史火龍在中間蒲團上坐下，各人才分別坐地。史火龍轉頭向掌鉢龍頭說道：「翁兄弟，你把金毛獅王和屠龍刀的事，向大夥兒說說。」

張無忌聽到「金毛獅王和屠龍刀」這幾個字，心中大震，更是全神貫注的傾聽。

掌鉢龍頭站起身來，向幫主打了一躬，轉身說道：「眾家兄弟：魔教和本幫爭鬥了六十年，積怨極深。近年魔教立了一個新教主，名叫張無忌，本幫有人參與圍攻光明頂之役，曾見到此人是個無知少年。諒這等乳臭未乾、黃毛未褪的小兒，成得甚麼大事？焉能與本幫史幫主的雄才偉略相抗？」羣丐歡聲雷動，一齊鼓掌，史火龍臉上現出得意的神色。

掌鉢龍頭又道：「只是魔教立了新魔主後，本來四分五裂、自相殘殺的局面登時改觀，倒成了本幫的心腹大患。近一年來，魔教的眾魔頭在各路起事，淮泗一帶，有韓山童、朱元璋，兩湖一帶有徐壽輝等人，連敗元兵，佔了不少地方，可說頗成氣候。假若真給他們成了大事，逐出韃子，得了天下，那時候本幫十數萬兄弟，可都要死無葬身之地了。」

羣丐大怒吆喝：「決不能讓他們成事！」「丐幫誓與魔教死拚到底。」「魔教要是佔了天下，本幫兄弟還有命活嗎？」「韃子是要打的，卻萬萬不能讓魔教教主坐了龍廷。」

張無忌尋思：「想不到我身在海外數月，弟兄們幹得著實不錯。丐幫這番顧慮，也非無因。丐幫人數眾多，幫中也頗有豪傑之士，若得與他們聯手抗元，大事更易成功。該當如何方得和他們盡釋前嫌、化敵為友？」

掌缽龍頭待羣丐騷嚷稍靜，說道：「史幫主向來在蓮花山莊靜養，長久不涉足江湖，但遇上了這等大事，非得親自主持不可。也是天祐我幫，八袋長老陳友諒結識了一個武當弟子，得到了一個極其重要的訊息。」他提高聲音叫道：「陳長老！」

壁後有人應道：「在！」兩人攜手而出。一個三十來歲年紀，神情剽悍，正是靈蛇島上謝遜饒了他一命的陳友諒。另一個二十七八歲，相貌俊美，卻是宋遠橋之子宋青書。

張無忌先聽得說「陳友諒結識了一個武當弟子」，料來只是那一位師伯叔門下的尋常弟子，豈知竟會是這個武當第三代弟子中的第一人，心想：「宋師哥怎會跟丐幫混在一起？」隨即又想：「武當派與丐幫都是俠義道，雙方交好，那也不奇。」

陳友諒和宋青書先向史火龍行禮，再向傳功、執法二長老，掌棒、掌缽二龍頭作揖，然後向羣丐團團抱拳。掌缽龍頭說道：「陳長老，你將此事的前因後果，跟眾兄弟說說。」

陳友諒攜著宋青書的手，說道：「眾家兄弟，這位宋青書宋少俠，是武當派宋遠橋宋大俠的公子，日後武當派的掌門，非他莫屬。那魔教教主張無忌可說是宋少俠的師弟，因此魔教中的種種情由，宋少俠盡皆瞭如指掌。數月之前，宋少俠和我說起，魔教的大魔頭金毛獅王謝遜，已到了東海靈蛇島上……」執法長老插嘴道：「武林中找尋金毛獅王，當真無所不用其極，數十年來始終不知他的下落，宋少俠卻何以忽然得知？老夫想要請教。」

張無忌心中一直存著一個疑團：「紫衫龍王因武烈父女而得知我義父的所在，前去接他南來靈蛇島，此事該當隱秘之極，何以竟會讓丐幫得知，因而派人去島上奪刀？」這件事他曾和謝遜參詳過幾次，始終不明其理，這時聽執法長老問起，自是加意留神。

只聽陳友諒道：「托賴幫主洪福，機緣十分湊巧。東海有一個金花婆婆，不知如何，竟會得知了謝遜的所在。這老婆婆生長海上，精熟航海之事，居然給她找到了謝遜所居的極北荒島，將他接上靈蛇島。那靈蛇島上囚禁著父女兩人，名叫武烈、武青嬰，是大理南帝一派武學的傳人。他父女乘著金花婆婆前赴中原，殺了看守之人，逃了出來，在山東遇到危難，幸蒙宋少俠搭救，說起各種前因，宋少俠方知金毛獅王的下落。」

執法長老點頭道：「嗯，原來如此。」

張無忌心中，也是這樣說道：「嗯，原來如此。」又想：「武烈父女實非正人，當年朱長齡和他們苦心設下巧計，從我口中騙出我義父的所在。但也幸而如此，紫衫龍王方能獲知我義父的下落。當今之世，說到水性和航海之術，只怕很少有人能勝得過紫衫龍王，若不是由她出馬，茫茫北海之中，又有誰能有此本領找得到冰火島？縱令是我爹爹媽媽復生，也未必能夠，可見冥冥之中，自有天意。」

陳友諒又道：「兄弟和宋少俠乃生死之交，得悉了這訊息之後，即行會同季鄭二位八袋長老，率同五名七袋弟子，前赴靈蛇島，意欲生擒謝遜，奪獲屠龍寶刀，獻給幫主。不料魔教大幫人馬也於此時前赴靈蛇島。兄弟們雖然竭力死戰，終於寡不敵眾，季長老和四名七袋弟子為幫殉難。靈蛇島上的戰況，請鄭長老向幫主稟報。」

那肢體殘斷的鄭長老從人叢中站起身來，敘述靈蛇島上明教和丐幫之戰。他不說丐幫眾人圍攻謝遜，卻說明教如何人多勢眾，自己一干人如何英勇禦敵，最後說到陳友諒捨身救他性命的仗義之處，更是慷慨激昂，口沫橫飛，說謝遜為陳友諒的正氣折服，終於不敢動手。

大殿上羣丐只聽得聳然動容，齊聲喝采。那傳功長老說道：「陳兄弟智勇雙全，而如此義氣，更是難得。」陳友諒躬身道：「做兄弟的承幫主和長老們教誨，本幫大義所在，赴湯蹈火，在所不辭。這區區小事，倒勞鄭長老的稱讚，做兄弟的好生不安。」羣丐見他如此謙遜，毫不居功，更是大讚不已。

張無忌在樹上越聽越氣，心想此人卑鄙無恥，竟至如此，明明是賣友求生，卻變成了仗義救人，只是他做得天衣無縫，連鄭長老也瞧不出破綻，實是個大大的奸雄。言念及此，忽地心下黯然：「這奸人的詭計，當時義父給他騙過，我也給他騙過，只是騙不過紫衫龍王和趙姑娘。唉，趙姑娘聰明多才，人品卻是這般……」

執法長老站起身來，冷冷的道：「本幫又有這許多兄弟為魔教所害，這血海深仇，咱們便此罷了不成？」羣丐大聲鼓噪：「咱們非給季長老報仇不可！」「踏平光明頂！掃蕩魔教！」「宰了張無忌，宰了謝遜！」「本幫和魔教勢不兩立，見一個殺一個，見兩個殺一雙！」「幫主快下號令，天下丐幫弟子，齊向魔教攻殺！」

執法長老向史火龍道：「幫主，報仇雪恨之舉，如何行事，便待幫主示下。」史火龍皺眉道：「這個嘛，這是本幫的大事，嗯，嗯，須得從長計議。你叫七袋弟子以下的幫眾，暫且退出，咱們好好兒商量商量。」執法長老應道：「是！」轉身喝道：「奉幫主號令：七袋弟子以下，退出大殿，在廟外相候。」羣丐轟然答應，向史火龍等躬身行禮，一齊退出了廟門。大殿上只剩下八袋長老以上的諸首腦。

陳友諒走上一步，躬身道：「啟稟幫主，這位宋青書宋兄弟於本幫頗有功績，幫主如若恩准，許他投效本幫，以他的身分地位，日後更可為本幫建立大功。」

宋青書道：「這個，似乎不……」他只說了一個「不」字，陳友諒兩道銳利的目光直射到他臉上。宋青書見到他的神色，登時低下了頭，不再說話。

史火龍道：「這個甚好。宋青書投入我幫，可暫居六袋弟子之位，歸八袋長老陳友諒統率。須得遵守本幫幫規，為本幫出力，有功者賞，有過者罰。」

宋青書眼中流露出憤恨之色，但隨即竭力克制，上前向史火龍跪下，說道：「弟子宋青書，向幫主叩頭。多謝幫主開恩，授予六袋弟子之位。」跟著又參見眾長老。

執法長老說道：「宋兄弟，你既入本幫，便受本幫幫規約束。日後雖然你做到武當派掌門，也得遵從本幫的號令。這個你知道了麼？」語氣甚是嚴峻。宋青書道：「是。」執法長老又道：「本幫與武當派雖然同為俠義道，終究路子不同。既然武當掌門之位日後定當落在你身上，何以你卻甘心投入本幫？此事須得說個明白。」宋青書向陳友諒望了一眼，說道：「陳長老待弟子極有恩義，弟子敬慕他的為人，甘心追附驥尾。」

陳友諒笑道：「此處並無外人，說出來也無干係。峨嵋派掌門人滅絕師太死後，新任掌門人是個年輕美貌的女子，名叫周芷若。此女和宋兄弟青梅竹馬，素有婚姻之約，那知卻給魔教的大魔頭張無忌橫刀奪愛，攜赴海外。宋兄弟氣憤不過，求教於我。做兄弟的拍胸膛擔保，定要助他奪回周女。」

張無忌越聽越怒，暗想：「此人一派胡言，那有此事？」忍不住便要縱身入殿，直斥其非，但終於強抑怒火，繼續傾聽。

史火龍哈哈一笑，說道：「自來英雄難過美人關，那也無怪其然。一個是武當掌門，一個是峨嵋掌門，不但門當戶對，而且郎才女貌，本來相配得緊啊。」

執法長老又問：「宋兄弟既受此委屈，何不求張三丰真人和宋大俠作主？」陳友諒道：「宋兄弟言道：那張無忌小賊，便是武當派張翠山的兒子。張三丰平生對張翠山最為喜愛，因此武當派近來頗有與魔教攜手之意。張三丰和宋大俠都不願得罪魔教。眼下中原武林之中，唯有本幫和魔教誓不兩立，力量又足可和羣魔相抗。」執法長老點頭道：「那就是了，只須滅得魔教，宰了張無忌那小子，宋兄弟的心願何愁不償。」

張無忌隱身樹中，回想當日在西域大漠之中、光明頂上，宋青書對待周芷若的神情果是頗為奇特，此刻一加印證，才知他早就對周芷若懷有情意，然而總覺詫異：「武當弟子要加入丐幫，似乎也不是不可以，但總須先得稟告太師父和宋師伯才是。他為了一個女子而背叛師門、背叛親父，人品豈非太差？何況芷若對我一片真心，宋青書縱得丐幫之助，又怎能逼得她順從？宋大哥在江湖上聲名早著，號稱是武當派後起之秀，怎地會這麼胡塗？」

只聽陳友諒道：「啟稟幫主：弟子在大都附近擒得魔教中一名重要人物，此人和本幫大業頗有干係，請幫主發落。」史火龍喜道：「快帶上來。」陳友諒雙手拍了三下，說道：「帶那魔頭上來。」殿後轉出四名丐幫幫眾，手執兵刃，押著一個雙手反綁之人。

張無忌看那人時，見是個二十來歲的青年，相貌甚熟，記得在蝴蝶谷明教大會之中見過，卻已記不起他姓名。那人臉上滿是氣憤憤的神色，走過陳友諒身畔時，突然一張口，一口濃痰向他臉上吐去。陳友諒閃身避過，反手一掌，正中那人左頰。他臉頰登時腫了起來。押著他的丐幫弟子在他背後一推，喝道：「見過幫主，跪下，磕頭。」那人一聲咳嗽，又是一口濃痰，向史火龍臉上吐去。

那人和史火龍相距既近，這一口痰又是勁力十足，史火龍急忙低頭，竟沒能讓過，拍的一聲，正中額頭。陳友諒橫掃一腿，將那人踢倒，攔在史火龍身前，指著那人喝道：「大膽狂徒，你不要命了麼？」那人罵道：「老子既落在你們手中，本就沒想活著回去。」陳友諒這麼一攔，史火龍已乘機將額上濃痰抹去。陳友諒倒退兩步，說道：「啟稟幫主，這小子是魔教中的一流高手，武功似乎尚在四大護教法王之上，咱們可不能小看他了。」

張無忌聽了此言，初時頗為詫異，但立即明白，陳友諒故意誇張那人武功，旨在為幫主遮醜。可是史火龍身為丐幫幫主，竟然避不開這口濃痰，太過不合情理，同時受了這等侮辱之後，臉上不現憤怒之色，反而顯得有些驚惶失措。

執法長老道：「陳兄弟，此人是誰？」陳友諒道：「他名叫韓林兒，是韓山童之子。」張無忌暗暗點頭：「是了。那日蝴蝶谷大會，他一直跟在他父親身後，沒跟我說話，是以想不起他名字來。」執法長老喜道：「啊，他是韓山童之子。陳兄弟，你這場功勞可更大了。啟稟幫主：韓山童近年來連敗元兵，大建威名，他手下大將朱元璋、徐達、常遇春等人，都是魔教中的厲害人物。咱們擒獲了這小子作為人質，不愁韓山童不聽命於本幫。」

韓林兒破口罵道：「做你媽的清秋大夢！我爹爹何等英雄豪傑，豈能受你們這些無恥之徒的要脅？我爹爹只聽張教主一人的號令。你丐幫妄想和我明教爭雄，太過不自量力。你丐幫的臭幫主，給我張教主提鞋兒也不配呢。」

陳友諒笑嘻嘻的道：「韓兄弟，你把貴教張教主說得如此英雄了得，咱們大夥兒十分仰慕，很想見見他老人家一面。你就給咱們引見引見罷。」韓林兒道：「張教主擔當大事，就是本教兄弟，也輕易見他老人家不著。他那有空閒見你？」陳友諒笑道：「江湖上人人都說，張無忌已被元兵擒去，早在大都斬首正法，連首級都已傳送各處，你還在這兒胡吹大氣呢！」韓林兒大怒，呸的一聲，喝道：「放你的狗屁，韃子能把我張教主擒去？便是有千軍萬馬團團圍住，我教主也能來去自如。張教主大都倒也是去過的，那是去救出六大門派的武林人物。甚麼斬首正法？你少嚼蛆罷！」

陳友諒也不生氣，仍是笑嘻嘻的道：「可是江湖上都這麼說，我也不能不信啊。為甚麼這半年來只聽得明教中有甚麼韓山童、徐壽輝，有甚麼朱元璋、彭瑩玉和尚，卻不聽得有一個張無忌？可見他定是死了無疑。」

韓林兒滿臉通紅，脹得額頭青筋凸了起來，大聲道：「我爹爹和徐壽輝他們，都是奉張教主的命令行事，怎能和張教主相比？」

陳友諒輕描淡寫的道：「張無忌那人武功是算不差的，但生就一副短命橫死之相，有人給他算命，說他活不過今年年初……」

便在這時，庭中那株老柏的一根枝幹突然間輕輕一顫，大殿上諸人都沒知覺，張無忌卻已聽到那枝幹後傳出幾下輕微的喘氣之聲，但那人隨即屏氣凝息，克制住了。張無忌心想：「原來老柏中竟然也藏得有人。此人比我先到，這麼許久我都沒有察覺，此人武功可也不錯啊。」凝目向柏樹瞧去，在枝葉掩映之間，見到了青衫一角，那人躲得極好，衣衫又和柏樹同色，若非張無忌眼光特佳，也真不易發見。

只聽韓林兒怒道：「張教主宅心仁厚，上天必然福祐。他年紀還輕得很，再活一百年也不希奇。」陳友諒嘆道：「可是世上人心難測啊。聽說他遭奸人陷害，以致為朝廷擒殺。其實那也不奇，凡是見過張無忌之人，都知他活不過三八二十四歲那一關……」

忽然老柏上青影一晃，一人竄下地來，喝道：「張無忌在此，是誰在咒我短命橫死！」語聲未歇，身子已竄進殿中。站在殿門口的掌棒長老張開大手往那人後頸抓去。那人輕輕巧巧的一側身，已然避開。

但見他方巾青衫，神態瀟然，面瑩如玉，眼澄似水，正是穿了男裝的趙敏。

張無忌斗見趙敏現身，心頭大震，又驚又怒，又愛又喜，禁不住輕輕噫了一聲。大殿上羣丐都在全神提防趙敏，誰也沒聽到他這聲驚噫。

丐幫眾人都不識得張無忌，只知明教教主是個二十來歲的少年，武功極高，見趙敏避開掌棒長老這一抓時身法輕靈，確屬一流高手，均以為確是明教教主到了，無不凜然。

但陳友諒見她相貌太美，年紀太輕，話聲中又頗有嬌媚之音，和江湖上所傳張無忌的形貌頗有不同，喝道：「張無忌早死了，那裏又鑽出一個假冒貨來？」

趙敏怒道：「張無忌好端端的活著，為何你口口聲聲咒他？張無忌洪福齊天，長命百歲，等這兒的人個個死絕了，他還要活八十年呢。」

張無忌聽她說這幾句話時語帶悲音，似乎想到將自己抛在荒島之下，良心不免自責，但轉念又想：「這等陰狠忍心之人，講甚麼良心自責？張無忌啊張無忌，你對她戀戀不捨，心中儘生些一廂情願的念頭。」

陳友諒道：「你到底是誰？」趙敏道：「我便是明教教主張無忌。你幹麼捉拿我手下兄弟，快快將他放了，有甚麼事，衝著我本人來便是。」

忽聽得旁邊一人冷笑道：「趙姑娘，旁人不識你，我宋青書難道不識？啟稟幫主：這女子是汝陽王的女兒。她手下高手甚多，須得提防。」

執法長老撮唇呼哨，喝道：「掌棒長老，你率領眾兄弟赴廟外迎敵，防備敵人攻入。」掌棒長老應聲而出，霎時之間，東南西北，四下裏都是丐幫弟子的呼嘯之聲。

趙敏見了這等聲勢，臉上微微變色，雙手一拍，牆頭飄下二人，正是玄冥二老鹿杖客和鶴筆翁。

執法長老喝道：「拿下了！」便有四名七袋弟子分撲鹿鶴二老。玄冥雙老武功奇強，只三招之間，四名七袋弟子均已受傷。那白鬚白髮的傳功長老站起身來，呼的一掌直向鶴筆翁擊去，風生虎虎，威猛已極。

鶴筆翁一招「玄冥神掌」還擊了過去。砰的一聲巨響，雙掌相對，對到三掌之後，傳功長老已是相形見絀。那邊廂鹿杖客使動鹿角杖，雙戰執法長老和掌缽龍頭二人，一時難分高下。掌棒龍頭見傳功長老臉紅如血，一步步後退，不禁暗自駭異，心想傳功長老功力深厚，乃本幫第一高手，怎地不敵這個老兒？眼見他對到第五掌時，喘息聲響，白鬚飄動，已現狼狽之態，雖知他對敵之時向來不喜旁人相助，但到此地步，終不能任由他喪生敵手，當下舉起鐵棒，向鶴筆翁腳下橫掃過去。

趙敏當玄冥二老到來之時，便欲退走，卻被陳友諒抽出長劍擋住。趙敏在萬安寺中學得六大門派武功的精髓，反手刷刷刷三劍，一招華山劍法，一招崑崙劍法，第三招是崆峒派劍招絕學，待得第四招使出，已是峨嵋派的「金頂九式」。陳友諒一驚之下，竟然招架不來。趙敏長劍圈轉，直刺他心口，忽地噹的一聲響，左首一劍橫伸而來，將她這一劍格開了，出招的卻是宋青書。

大殿上眾人相鬥，張無忌隱身在古松之上，看得招招清楚。但見宋青書施展武當劍法，又穩又狠，確已得了宋遠橋的真傳。陳友諒從旁夾攻。趙敏所習絕招雖多，終究駁雜不純，何況以一敵二，早已遮攔多而進攻少。

張無忌暗暗心焦，又感奇怪：「她為何只使一柄尋常的長劍？若將倚天劍取將出來，對方兵刃立斷，便可闖出重圍。」但見她衣衫單薄，身形苗條，腰間顯然並未藏著倚天劍。張無忌焦急了一會，不禁又自責起來：「張無忌，這小妖女是害死你表妹的兇手，何以你反而為她擔憂？不但對不起表妹，可也對不起義父和芷若啊。」

眾人鬥得片刻，丐幫又有幾名高手加入，趙敏手下卻無旁人來援。鹿杖客見情勢不佳，叫道：「郡主娘娘，師弟，咱們退到庭院之中，乘機走罷。」趙敏道：「很好。這姓陳的毀謗張公子，說他橫死短命，我氣他不過，你們重重的治他一下子。」玄冥二老齊道：「遵命。郡主先退便是，這小子交在我們身上。」趙敏又道：「那韓林兒對張公子很是忠心，你們設法救他出來。」鹿杖客道：「郡主請先行一步，救人之事，咱兄弟倆俟機行事便了。」他三人在強敵圍攻之中，商議退卻救人，竟將對方視若無物。

大殿中鬥得甚緊，丐幫幫主史火龍站在殿角，始終不作一聲。傳功、執法二長老聽得趙敏和玄冥二老對答之言，連下號令，命屬下攔截。

突然之間，鹿杖客和鶴筆翁撇下對手，猛向史火龍衝去，這一下身法奇快，眼見史火龍難以抵擋，那知陳友諒當趙敏和二老講話之時，料到二老要以進為退，施此一著，已先行繞到史火龍身旁。玄冥二老掌力未到，陳友諒已在史火龍肩頭一推，將他推到了彌勒佛像之後。玄冥二老掌力擊出，撲的一聲輕響，佛像泥屑紛飛，搖搖欲墜。鶴筆翁搶上一步，再補上兩掌，一尊大佛像半空中倒將下來。

羣丐齊聲驚呼，躍開相避。趙敏乘著這陣大亂，已躍入了庭院。宋青書和掌棒龍頭劍棒齊施，追擊而至，驀地裏廟門邊三條桿棒捲到，齊往趙敏腳下掃去。趙敏既要擋架宋青書的長劍和掌棒龍頭的鐵棒，又要閃避腳下三條桿棒，避開了兩條，卻避不開第三條，只覺左脛上一痛，已被一棒擊中，站立不定，向前摔倒。宋青書倒轉劍把，便往趙敏後腦砸去，要將她砸暈了生擒活捉。

眼見劍柄距她後腦已不到半尺，忽然掌棒龍頭手中的鐵棒伸過來在劍柄上一撩，將宋青書的長劍盪開了，但見一條人影飛起，躍出牆外。宋青書轉過身來，問掌棒龍頭道：「幹麼放她逃走？」掌棒龍頭怒道：「你撩我鐵棒幹麼？」宋青書道：「是你用棒盪開我劍柄的，還說……」掌棒龍頭喝道：「多爭無益，快追！」

兩人一齊躍出牆去，只見牆角邊躺著一名七袋弟子，摔得腿骨折斷，爬不起來。掌棒龍頭問道：「那妖女逃向何方去了？」在牆外守衛的七名丐幫弟子齊道：「沒有啊，沒見到有人。」掌棒龍頭怒道：「剛才明明有人從這裏躍將出來，你們眼睛都瞎了麼？」一名六袋弟子伸手扶起那跌斷腿骨的七袋弟子，說道：「適才便是這位大哥躍牆而出，沒再見到有第二個人。」掌棒龍頭搔了搔頭皮，問那七袋弟子道：「你幹麼躍牆而出？」那七袋弟子哼哼唧唧的道：「我……我是給人抓著摔出來的。那妖女好怪異的手法。」

掌棒龍頭轉頭對著宋青書，滿臉怒色的喝道：「適才你用劍柄撩我鐵棒，是何用意？你才入本幫，便來幹吃裏扒外這一套了？」宋青書又驚又怒，說道：「弟子正要用劍柄砸那妖女，龍頭大哥用棒擋開了我劍柄，才給那妖女逃走了。」掌棒龍頭怒道：「豈有此理！我擋開你劍柄幹甚麼？我在本幫數十年，身居掌棒龍頭高位，難道反來相助外人？我再問你，你為何不用劍尖刺她，卻要倒轉劍柄，假意砸打？哼哼，我老眼未花，須瞞不過去。」

宋青書在武當派中雖是第三輩的少年弟子，但武當門下都知他是未來的掌門人，縱然俞蓮舟、張松溪等幾位師叔，對他亦極客氣，從無半句重語。他一向高傲慣了，雖知掌棒龍頭在幫中身分地位比自己這新入幫的要高得多，但此事明明曲在彼方，不肯便此忍氣吞聲，當下說道：「『吃裏扒外』四字，可不是胡亂說的。龍頭大哥以此相責，須有人證。小弟適才這一劍柄砸下去，明明是你用棒擋開的，這裏眾目昭彰，未必就無旁人目睹。」

掌棒龍頭聽他言下之意，反冤枉自己吃裏扒外，放走了趙敏，他本就性如烈火，大聲喝道：「你這小子不敬長者，可是仗著武當派的聲勢來頭麼？」說著刷的一棒，便往宋青書頭頂砸落，暴怒之下，這一棒勁力極是剛猛。

宋青書一口氣忍不下去，舉起長劍一擋。劍棒相交，噹的一聲，迸出幾星火花。宋青書反感虎口隱隱作痛。掌棒龍頭喝道：「姓宋的，你膽敢犯上作亂，是敵人派至本幫來臥底的麼？」說著第二棒又擊了下去。

廟門中突然搶出一人，伸劍在鐵棒上一搭，將這一招盪了開去，說道：「龍頭大哥，請莫生氣。」此人正是八袋長老陳友諒，問道：「趙敏那小妖女呢？」掌棒龍頭氣呼呼的指著宋青書道：「是他放了。」宋青書忙道：「不，是龍頭大哥放的。」

兩人正自爭辯不已，玄冥二老已從廟中呼嘯而出，四下不見趙敏，知她已然脫身。兩人一聲長笑，四掌齊出，登時有四名丐幫弟子中掌倒地，待得傳功長老、執法長老等人追到，玄冥二老的長笑之聲已在十餘丈之外，再也追不上了。

原來當時張無忌見宋青書倒轉長劍擊向趙敏後腦，這一擊可輕可重，輕則令她昏暈，下手稍重，卻立時取了她的性命，當下更不思索，從古松上縱身而下，使出挪移乾坤的神功，在掌棒龍頭身後推動他手中鐵棒，掠過去盪開了宋青書的長劍。他所習的挪移乾坤心法本已神妙無方，這幾個月來在荒島上日長無事，再研習小昭所譯的「聖火令秘訣」，兩者一相結合，比之波斯三使的詭異武功更高明了十倍。此刻突然使將出來，雖以掌棒龍頭和宋青書這等高手，竟也無法察覺。掌棒龍頭只道宋青書格開了他的鐵棒，宋青書卻明明見到掌棒龍頭伸棒過來盪開他的長劍。張無忌乘著他二人同時一驚的一瞬之間，左手反過來抓住一名七袋弟子，擲出牆外。掌棒龍頭和宋青書見到一個人影越牆而出，認定是趙敏逃了出去，雙雙追出。張無忌卻已抱起趙敏，躍上了殿頂。

青天白日之下，本來萬物無所遁形，但羣丐一窩蜂的跟著掌棒龍頭和宋青書追出廟門，雖有許多人眼睛一花，似乎有甚麼東西在頭頂越過，然大殿中彌勒神像倒下後塵沙飛揚，煙霧瀰漫，羣丐紛紛湧出，廟門前後正自亂成一團。武功高的在圍攻玄冥二老，功力較弱的但求自保，是以竟無一人察覺。

趙敏危急中得人相救，身子被抱在一雙堅強有力的臂膀之中，猶似騰雲駕霧般上了廟頂，轉過頭來，耀眼陽光之下，只見那人濃眉俊目，正是張無忌。她幾乎不相信自己的眼睛，叫道：「是你！」

張無忌伸手按住她嘴巴，四下裏一瞥，但見彌勒廟前後左右都擁滿了丐幫弟子，若要救了趙敏就此脫身，原亦不難，但既知丐幫正密謀對付明教，武當派的宋師哥又入了丐幫，不將事情打聽明白，就此脫身而去，未免可惜。他又見到宋青書和掌棒龍頭爭吵，掌棒龍頭已然目露凶光，丐幫中頗有奸險之輩，說不定宋青書竟遭了他們毒手。何況韓林兒忠心耿耿，務須救出。見大殿中塵沙飛揚，於是索性涉險入殿，覓地躲藏。

他向前一竄，從屋簷旁撲了下去，雙足鉤住屋簷，跟著兩腿一縮，滑到了左側一座佛像之後。只見殿中只剩下幾名被佛像壓傷的丐幫弟子躺在地下呻吟，韓林兒卻不知已被帶往何處。

張無忌遊目四顧，一時找不到妥善的躲藏之所。趙敏向著一隻大皮鼓一指，那鼓高高安在一隻大木架上，離地一丈有餘，和右側的巨鐘相對。張無忌登時省悟，貼牆繞進，走到皮鼓之後，縱起身子，右手食指在鼓上橫劃而過，嗤的一聲輕響，蒙在鼓上的牛皮已裂開了一條大縫。他左足搭在木架的橫撐上，食指再豎直劃下，兩劃交叉成一十字。他抱著趙敏，從十字縫中鑽了進去。

皮鼓雖大，兩人躲在其中，卻也轉動不得。趙敏靠在張無忌身上，嬌喘細細。巨鼓製成已久，滿腹塵泥，張無忌在灰塵和穢氣之中聞到趙敏身上的陣陣幽香，心中愛恨交迸，有千言萬語要向她責問，苦於置身處非說話之所，但覺趙敏的身子靠在自己懷中，根根柔絲，擦到臉上。他心下一驚：「我出手相救，已是不該，如何再可和她如此親暱？」伸手將她的頭一推，不許她將頭靠在自己肩上。趙敏心下著惱，手肘往他胸口撞去。張無忌借力打力，將她撞來的勁道反彈了轉去，趙敏吃痛，忍不住便叫。他早已料到，伸手將她嘴按住了。

只聽得執法長老的聲音在下面響起：「啟稟幫主：敵人已逃走無蹤，屬下無能，未得擒獲，請幫主降罪。」史火龍道：「罷了！敵人武功甚高，大家都是親見。他媽的，是大夥兒倒霉，跟長老毫不相干。」執法長老道：「多謝幫主。」

接著便是掌棒龍頭指控宋青書放走敵人，宋青書據理而辯，雙方各執一辭，殿中充滿火氣。史火龍道：「陳兄弟，你瞧當時實情如何？」陳友諒道：「啟稟幫主：掌棒龍頭是本幫元老，所言自無虛假。但宋兄弟誠心加盟本幫，那姓趙的妖女又是他對頭，亦無有意賣放之理。依兄弟愚見，這姓趙妖女武功怪異，想是她借力打力，以龍頭大哥的鐵棒，盪開了宋兄弟手中長劍。混亂中雙方不察，致起誤會。」

張無忌心下暗讚：「這陳友諒果然厲害，他不見當時情景，卻猜了個八九不離十。」只聽史火龍道：「此話極為有理。兩位兄弟，大家都是為本幫效力，不必為此小事傷了兩家和氣。」掌棒龍頭氣憤憤的道：「就算他……」陳友諒不待他說完，便即插口道：「宋兄弟，龍頭大哥德高望重，就算責備錯你了，也當誠心受教。你快向龍頭大哥陪罪。」宋青書無奈，只得上前施了一禮，說道：「龍頭大哥，適才小弟多有得罪，還請原恕則個。」那掌棒龍頭滿腔怒氣，給堵住了發作不出，只得哼了一聲，道：「罷了！」

陳友諒的話似乎是委屈了宋青書，其實他說趙敏「以龍頭大哥的鐵棒，盪開了宋兄弟手中長劍」，又說「龍頭大哥德高望重，就算責備錯你了，也當誠心受教」，都是在派掌棒龍頭的不是，丐幫中諸長老都聽了出來。但陳友諒近來是幫主跟前一個大大的紅人，史火龍對他言聽計從，眾人也就沒甚麼話說。

史火龍道：「陳兄弟，適才前來搗亂的小妖女，是汝陽王的親生愛女。魔教是朝廷的對頭，怎麼咱們說到魔教的小魔頭張無忌，他媽的這小妖女反而為他出頭？」陳友諒沉吟未答，掌缽龍頭道：「我見那韃子郡主眼淚汪汪的，神色十分氣憤。陳兄弟咒的是魔教教主，那韃子郡主卻像是聽到旁人咒她父兄一般，實令人大惑不解。」宋青書道：「啟稟幫主：此中情由，屬下倒也知道。」史火龍道：「宋兄弟你說。」宋青書道：「魔教雖然跟朝廷作對，但這個郡主小妖女卻迷上了張無忌，恨不得嫁了他才好，因此一力護著他。」

丐幫羣豪聽了此言，都「啊」的一聲，人人頗出意外。

張無忌在巨鼓中聽得清楚，心中也是怦怦亂跳，腦中只是自問：「是真的麼？是真的麼？」趙敏轉過頭來，雙目瞪視著他。鼓中雖然陰暗，但張無忌目光銳敏，藉著些些微光，已見到她眼中流露出柔情無限，不禁胸口一熱，抱著她的雙臂緊了一緊，便想往她櫻唇上吻去，突然間想起殷離慘死之狀，一番柔情登時化作仇恨，右手抓著她手臂使勁一捏。

他這一捏雖非出以全力，趙敏卻已然抵受不住，只覺眼前一黑，痛得幾欲暈去，忍不住便要學殷離那樣罵了出來：「你這狠心短命的小鬼。」總算她竭力自制，沒有出聲，淚水卻已撲簌簌的流了下來，一滴滴的都流在張無忌手背之上，又沿著手背流上了他衣襟。張無忌心下剛硬，毫不理睬。

但聽得陳友諒問道：「你怎知道？當真有這等怪事？」宋青書恨恨的道：「張無忌這小子相貌平平，並無半點英俊瀟灑之處，只是學到了魔教的邪術，善於迷惑女子，許多青年女子便都墮入了他的彀中。」執法長老點頭道：「不錯，魔教中的淫邪之徒確有這項採花的法門，男女都會。峨嵋派的女弟子紀曉芙，就因中了魔教楊逍的邪術，鬧得身敗名裂。張無忌的父親張翠山，也是被白眉鷹王之女的妖法所困。那韃子郡主必是中了這小魔頭的採花邪法，因而失身於他，木已成舟，生米煮成熟飯，便自甘墮落而不能自拔了。」

丐幫羣豪一齊點頭稱是。傳功長老義憤填膺，說道：「這等江湖上的敗類，人人得而誅之，否則天下良家婦女的清白，不知更將有多少喪在這小淫賊之手。」史火龍伸出舌頭，舐舐嘴唇，笑道：「他媽的，張無忌這小淫賊倒是艷福不淺！」

張無忌只氣得混身發顫，他迄今仍是童子之身，但自峨嵋派滅絕師太起，口口聲聲罵他是淫賊的，已數也數不清了，當真是有冤無處訴。至於說趙敏失身於己、木已成舟云云，更不知從何說起，想到此處，突然一驚：「趙姑娘和我相擁相抱的躲在這裏，萬萬不能讓他們發覺，否則的話，更加證實了這不白之誣。」

只聽傳功長老又道：「峨嵋派周芷若姑娘既落在這淫賊手中，想必貞潔難保。宋兄弟，此事你也不必放在心上，咱們必然助你奪回愛妻，決不能讓紀曉芙之事重見於今日。」執法長老道：「大哥此言甚是。武當派當年庇護不了殷梨亭，今日自也庇護不了宋青書。宋兄弟投入本幫，咱們若不給他出這口氣，不助他完成這番心願，他好好的武當派掌門傳人，何必到本幫來當一名六袋弟子？」

丐幫羣豪大聲鼓噪，都說誓當宰了張無忌這淫賊，要助宋青書奪回妻子。

趙敏將嘴湊到張無忌耳邊，輕輕說道：「你這該死的小淫賊！」

這一句話似嗔似怒，如訴如慕，說來嬌媚無限，張無忌只聽得心中一蕩，霎時間意亂情迷，極是煩惱：「倘若她並非如此奸詐險毒，害死我的表妹，我定當一生和她長相廝守，甚麼也顧不得了。」

只聽得宋青書含含糊糊的向羣丐道謝。執法長老又問：「那淫賊如何迷姦韃子郡主，你可知道麼？」宋青書道：「這中間的細節，外人是無法知悉的了。那日這小妖女率領朝廷武士，來武當山擒拿我太師父，一見到那淫賊之面，便即乖乖退去，武當派一場大禍，登時消去。我三師叔俞岱巖於二十年前被人折斷肢骨，也是小妖女贈藥於那淫賊，因而接續了斷骨的。」執法長老道：「這就是了，想武當派自來是朝廷眼中之釘，那韃子郡主若不是戀姦情熱，忘了本性，決不致反而贈藥助敵。如此說來，那小淫賊雖然人品不端，對於太師父和眾師叔伯倒還頗有香火之情。」宋青書道：「嗯，我想他還不致於全然忘本。」

陳友諒道：「啟稟幫主：兄弟聽了宋兄弟之見，倒有一計在此，可制得那小淫賊服服貼貼，令魔教上下盡數聽令於本幫。」史火龍喜道：「陳兄弟竟然有此妙計，請快快說來。」陳友諒道：「此間耳目眾多，雖然都是自家兄弟，仍恐洩漏了機密。」

大殿中語聲稍停，只聽得腳步聲響，有十餘人走出殿去，想是只剩下丐幫中職份最高的幾名首領。陳友諒道：「此事千萬不能洩露半點風聲，宋兄弟，兩位龍頭大哥，咱們前後搜查一遍，且看是否有人偷聽。」只聽得颼颼兩聲，掌棒龍頭和掌鉢龍頭已上了屋頂，陳友諒和宋青書在殿前殿後仔細搜查，連各座神像之後、帷幕之旁、匾額之內，到處都察看過了。張無忌暗服趙敏心思機敏，大殿中除了這巨鼓以外，確無其他更好的藏身處所。

四人查察已畢，重回殿中。陳友諒低聲道：「這事還須著落在宋兄弟的身上。」宋青書奇道：「我？」陳友諒道：「不錯，掌鉢龍頭大哥，請你配幾份『五毒失心散』，交由宋兄弟帶上武當山去，暗中下在張真人和武當諸俠的飲食之中。咱們在山下接應，得手之後，將張真人和武當諸俠一鼓擒來，那時以此要脅，何愁張無忌這小賊不聽命於本幫？」

史火龍首先鼓掌叫道：「妙計，妙計！」執法長老也道：「此計不錯。本幫的五毒失心散十分厲害，要在張無忌的飲食之中下毒，他魔教防範周密，只怕難得其便。宋兄弟是武當子弟，要去擒拿武當派的人嘛，所謂家賊難防，當真是神不知，鬼不覺，手到擒來。」

宋青書躊躇道：「這個……這個……要兄弟去毒害家父，那是萬萬不可。」陳友諒道：「這五毒失心散是本幫的靈藥，不過令人暫時神智迷糊，並不傷身。令尊宋大俠仁俠重義，我們素來十分敬仰的，決不致傷他老人家一根毫毛。」

宋青書仍是不肯答應，說道：「兄弟投效本幫，事先未得太師父與家父允可，日後他們知道了，勢必重責，兄弟已不知如何辯解才好。不過本幫向來是俠義道，與武當派的宗旨並無差別，因此也不算是大罪。但要兄弟去幹這等不孝犯上之事，兄弟決計不敢應承。」

陳友諒道：「兄弟，你這可想不通了。自來成大事者不拘小節，古人大義滅親，向來都是有的，何況咱們的宗旨是在對付魔教，擒拿武當諸俠，只不過是箝制張無忌那小淫賊的一個方策而已。當年六大派圍剿魔教，武當派不也出了大力嗎？」宋青書道：「兄弟倘若做了此事，一來良心不安，二來在江湖上被萬人唾罵，有何面目立於天地之間？」

陳友諒道：「適才我為甚麼要八袋長老他們都退出殿去？為何要上下前後仔細搜查？就是怕此事洩漏出去啊。宋兄弟，你下藥之後，自己也可假作昏迷，我們將你縛住，和你太師父、尊大人，以及眾師叔關在一起，誰也不會疑心於你。除了咱們此間七人之外，世上更有何人得知？我們只有佩服你是個能夠擔當大事的英雄好漢，誰會笑你？」

宋青書沉吟半晌，囁嚅道：「幫主和陳大哥有命，小弟原不敢辭，再說小弟新投本幫，自當乘機立功，縱然赴湯蹈火，也當盡心竭力。只是人生於世，孝義為本，要小弟去算計家父，那說甚麼也不能奉命。」

丐幫中向來於「孝」之一字極為尊崇，羣丐聽他如此說，均感不便再行相強。

陳友諒忽地冷笑一聲，說道：「以下犯上，那是我輩武林中人的大忌，不用宋兄弟說，這個我也明白。但不知莫七俠和宋兄弟如何稱呼？是他輩份高，還是你輩份高？」

宋青書不語，隔了良久，忽道：「好，既然幫主和眾位有命，小弟遵從號令就是。但各位須得應承，既不能損傷家父半分，也不能絲毫折辱於他。否則小弟寧可身敗名裂，也決計不能幹此不孝勾當。」

史火龍、陳友諒等盡皆大喜。陳友諒道：「這個自是應承得。宋兄弟跟我們兄弟相稱，宋大俠便是大夥兒的尊長。宋兄弟就算不提此言，我們自也會對他老人家盡子姪之禮。」

張無忌心下起疑：「宋師哥一直不肯答允，何以陳友諒一提莫七叔，宋師哥便不敢再行推辭，此中定有蹊蹺。看來只有當面問過莫七叔，方知端詳。」

只聽執法長老和陳友諒等低聲商議，於張三丰、宋遠橋等人中毒之後，丐幫羣豪怎生上山接應。每逢陳友諒如何說，史火龍總是道：「甚好，妙計！」

掌缽龍頭道：「此時方當隆冬，五毒蟄伏土下，小弟須得赴長白山腳挖掘，多則一月，少則二十日，當可合成五毒失心散。從冰雪之下掘出來的五毒毒性不顯，服食時不易知覺，對付第一流的高手，倒是這等毒物最好。」

執法長老道：「陳兄弟、宋兄弟兩位，陪同掌缽龍頭赴長白山配藥，咱們先行南下。一個月後在老河口聚齊。今日是十二月初八，準定年後正月初八相會便了。」又道：「那韓林兒落在咱們手中，甚是有用，請掌棒龍頭加意看守，以防魔教截奪。咱們分批而行，免入敵人的耳目。」

當下眾人紛紛向幫主告辭，掌缽龍頭和陳友諒、宋青書三人先向北行。片刻之間，彌勒廟前前後後的丐幫人眾散了個乾淨。

三十二
冤蒙不白愁欲狂

——

張無忌橫腿急掃，捲起地下大片積雪，向四俠灑了過去，正是聖火令上所載的一項怪招。武當四俠在霎時之間但覺飛雪撲面，雙目不能見物，立時後躍。

張無忌聽得羣丐去遠，廟中再無半點聲響，於是從鼓中躍了出來。趙敏跟著躍出，理一理身上衣衫，似喜似嗔的橫了他一眼。張無忌怒道：「哼，虧你還有臉來見我？」趙敏俏臉一沉，道：「怎麼啦？我甚麼地方得罪張大教主啦？」

張無忌臉上如罩嚴霜，喝道：「你要盜那倚天劍和屠龍刀，我不怪你！你將我拋在荒島之上，我也不怪你！可是殷姑娘已然身受重傷，你何以還要再下毒手！似你這等狠毒的女子，當真天下少見。」說到此處，悲憤難抑，跨上一步，左右開弓，便是四記耳光。趙敏在他掌力籠罩之下，如何閃避得了？拍拍拍拍四聲響過，兩邊臉頰登時紅腫。

趙敏又痛又怒，珠淚滾滾而下，哽咽道：「你說我盜了倚天劍和屠龍刀，是誰見來？誰說我對殷姑娘下了毒手，你叫她來跟我對質。」

張無忌愈加憤怒，大聲道：「好！我叫你到陰間去跟她對質。」左手圈出，右手回扣，已叉住了她項頸，雙手使勁。趙敏呼吸不得，伸指戳向他胸口，但這一指如中敗絮，指上勁力消失得無影無蹤。霎時之間，她滿臉紫脹，暈了過去。

張無忌記著殷離之仇，本待將她扼死，但見了她這等神情，忽地心軟，放鬆了雙手。趙敏往後便倒，咚的一聲，後腦撞在大殿的青石板上。

過了好一陣，趙敏才悠悠醒轉，只見張無忌雙目凝望著自己，滿臉擔心的神色，見她睜眼，這才吁了一口氣。趙敏問道：「你說殷姑娘過世了麼？」張無忌怒氣又生，喝道：「給你這麼斬了十七八劍，她……她難道還活得成麼？」

趙敏顫聲道：「誰……誰說我斬了她十七八劍？是周姑娘說的，是不是？」張無忌道：

「周姑娘決不在背後說旁人壞話，她沒親見，不會誣陷於你。」趙敏道：「那麼是殷姑娘自己說的了？」張無忌大聲道：「殷姑娘早不能言語了。那荒島之上，只有咱們五人，難道是義父斬的？是我斬的？是殷姑娘自己斬的？哼，我知道你的心思，你怕我跟我表妹結為夫婦，是以下此毒手。我跟你說，她死也好，活也好，我都當她是我妻子。」

趙敏低頭不語，沉思半晌，又問：「你怎地回到中原來啦？」張無忌冷笑道：「那倒多蒙你的好心了，你派水師到島上來迎接我們，幸好我義父不似我這等老實無用，我們才不墮入你的奸計。你派了炮船候在海邊，要開炮轟沉我們座船，這番心計卻是白用了。」

趙敏撫著紅腫炙熱的面頰，怔怔的瞧著他，過了一會，眼光中漸漸露出憐愛的神色，長嘆了口氣。

張無忌生怕自己心動，屈服於她美色和柔情的引誘之下，將頭轉了開去，突然一頓足，說道：「我曾立誓為表妹報仇，算我懦弱無用，今日下不了手。你作惡多端，終須有日再撞在我的手裏！」說著大踏步便走出廟門。

他走出十餘丈，趙敏追了出來，叫道：「張無忌，你往那裏去？」張無忌道：「跟你有甚麼相干？」趙敏道：「我有話要問謝大俠和周姑娘，請你帶我去見他二人。」張無忌道：「我義父下手不容情，你這不是去送死？」趙敏冷笑道：「你義父心狠手辣，可不似你這等胡塗。再說，謝大俠殺了我，你是報了表妹之仇，豈不是正好償了你的心願？」張無忌道：「我胡塗甚麼？我不願你去見我義父。」

趙敏微笑道：「張無忌，你這胡塗小子，你心中實在捨不得我，不肯讓我去給謝大俠殺了，是也不是？」張無忌給她說中了心事，臉上一紅，喝道：「你別囉唆！我讓你多行不義必自斃。你最好離得我遠遠的，別叫我管不住自己，送了你性命。」

趙敏緩緩走近，說道：「我這幾句話非問清楚謝大俠和周姑娘不可，我不敢在背後說旁人壞話，當面卻須說個明白。」張無忌起了好奇之心，問道：「你有甚麼話問他們？」趙敏道：「待會你自然知道。我不怕冒險，你反而害怕麼？」

張無忌略一遲疑，道：「這是你自己要去的，我義父若下毒手，我須救不得你。」趙敏道：「不用你為我擔心。」張無忌怒道：「為你擔心？哼！我巴不得你死了才好。」趙敏笑道：「那你快動手啊。」

張無忌呸了一聲，不去理她，快步向鎮甸走去。趙敏跟在後面。兩人將到鎮甸，張無忌停步轉身，說道：「趙姑娘，我曾答應過你，要給你做三件事。第一件是為你找屠龍刀，這件事算是做到了。還有兩件事未辦。你見我義父，那是非死不可。你還是走罷，待我替你辦了那兩件事，再去會我義父不遲。」

趙敏嫣然一笑，說道：「你在給自己找個不殺我的原因，我知道你實在捨不得我。」張無忌怒道：「就算是我不忍心，那又怎樣？」趙敏道：「我很歡喜啊。我一直不知你是否真心待我，現下可知道了。」張無忌嘆了口氣，道：「趙姑娘，我求求你，你自個兒走罷。」趙敏搖頭道：「我一定要見謝大俠。」

張無忌拗她不過，只得走進客店，到了謝遜房門之外，在門上敲了兩下，叫道：「義父！」口中叫門，身子擋在趙敏之前，叫了兩聲，房中無人回答。張無忌一推門，房門卻關著，他心下起疑，暗想以義父耳音之靈，自己到了門邊，他便在睡夢之中也必驚醒，若說出外，何以房門卻又閂了？當下手上微微使勁，拍的一聲，門閂崩斷，房門開處，只見謝遜果不在內。但見一扇窗子開著一半，想是他從窗中去了。

他走到周芷若房外，叫了兩聲：「芷若！」不聽應聲，推門進去，見周芷若也不在內，炕上衣包卻仍端端正正的放著。

張無忌驚疑不定：「莫非遇上了敵人？」叫店伴來一問，那店伴說不見他二人出去，也沒聽到甚麼爭吵打架的聲音。張無忌心下稍慰：「多半是他二人聽到甚麼響動，追尋敵蹤去了。」又想謝遜雙目雖盲，然武功之強，當世已少有敵手，何況有一個精細謹慎的周芷若隨行，當不致出甚麼岔子。他從謝遜窗中躍了出去，四下察看，並無異狀，又回到房中。

趙敏道：「你見謝大俠不在，為甚麼反而欣慰？」張無忌道：「又來胡說八道，我幾時欣慰了？」趙敏微笑道：「難道我不會瞧你的臉色麼？你一推開房門，怔了一怔，繃起的臉皮便放鬆了。」張無忌不去睬她，自行斜倚在炕上。

趙敏笑吟吟的坐在椅中，說道：「我知道你怕謝大俠殺我，幸好他不在，倒免得你為難。我知道你真是不捨得我。」張無忌怒道：「不捨得你便怎樣？」趙敏笑道：「我歡喜極了。」張無忌恨恨的道：「那你為甚麼幾次三番的來害我？你倒捨得我？」

趙敏突然間粉臉飛紅，輕聲道：「不錯，從前我確想殺你，但自從綠柳莊上一會之後，我若再起害你之心，我敏敏特穆爾天誅地滅，死後永淪十八層地獄，萬劫不得超生。」

張無忌聽她起誓的言語甚是鄭重，便道：「那為甚麼你為了一刀一劍，竟將我拋在荒島之上？」趙敏道：「你既認定如此，我是百口難辯，只有等謝大俠、周姑娘回來，咱們四人對質明白。」張無忌道：「你滿口花言巧語，只騙得我一人，須騙不得我義父和周姑娘。」

趙敏笑道：「為甚麼你就甘心受我欺騙？因為你心中喜歡我，是不是？」張無忌忿忿的道：「是便怎樣？」趙敏道：「我很開心啊。」

張無忌見她笑語如花，令人瞧著忍不住動心，而她給自己重重打了四個耳光後，臉頰兀自紅腫，瞧了又不禁憐惜，便轉過了頭不去看她。

趙敏道：「在廟裏躭了半日，肚裏好餓。」叫店伴進來，取出一小錠黃金，命他快去備一席上等酒菜。店伴連聲答應，水果點心流水價送將上來，不一會送上酒菜。

張無忌道：「咱們等義父回來一起吃。」趙敏道：「謝大俠一到，我性命不保，還是先吃個飽，待會兒做個飽鬼的好。」張無忌見她話雖如此說，神情舉止之間卻似一切有恃無恐的模樣。趙敏又道：「我這裏金子有的是，待會可叫店伴另整酒席。」張無忌冷冷的道：「我可不敢再跟你一起飲食，誰知你幾時又下十香軟筋散。」

趙敏臉一沉，說道：「你不吃就不吃。免得我毒死了你。」說罷自己吃了起來。

張無忌叫廚房裏送了幾張麵餅來，離得她遠遠的，自行坐在炕上大嚼。趙敏席上炙羊烤雞、炸肉鱠魚，菜肴極是豐盛。她吃了一會，忽然淚水一點點的滴在飯碗之中，勉強又吃了幾口，拋下筷子，伏在桌上抽抽噎噎的哭泣。

她哭了半晌，抹乾眼淚，似乎心中輕快了許多，望望窗外，說道：「再過一個時辰，天就黑了，那韓林兒不知解向何處，若是失了他的蹤跡，倒是不易相救。」張無忌心中一凜，站起身來，道：「正是，我還是先去救了韓兄弟回來。」趙敏道：「也不怕醜，人家又不是跟你說話，誰要你接口？」

張無忌見她忽嗔忽羞，忽喜忽愁，不由得心下又是恨，又是愛，當真不知如何才好，匆匆將半塊麵餅三口吃完，便走出去。趙敏道：「我和你同去。」張無忌道：「我不要你跟著我。」趙敏道：「為甚麼？」張無忌道：「你是害死我表妹的兇手，我豈能和仇人同行？」趙敏道：「好，你獨自去罷！」

張無忌出了房門，忽又回身，問道：「你在這裏幹麼？」

趙敏道：「我在這兒等你義父回來，跟他說知你救韓林兒去了。」張無忌道：「我義父嫉惡如仇，焉能饒你性命？」趙敏嘆了口氣，道：「那也是我命苦，有甚麼法子？」張無忌沉吟片刻，道：「你還是避一避的好，等我回來再說。」趙敏搖頭道：「我也沒甚麼地方好避。」張無忌道：「好罷！你跟我一起去救韓林兒，再一起回來對質。」

趙敏笑道：「這是你要我陪你去的，可不是我死纏著你，非跟你去不可。」張無忌道：「你是我命中的魔星，撞到了你，算是我倒霉。」

趙敏嫣然一笑，說道：「你等我片刻。」順手帶上了門。

過了好一會，趙敏打開房門，卻已換上了女裝，貂皮斗篷，大紅錦衣，裝束極是華麗，張無忌沒想到她隨身包裹之中竟帶著如此貴重的衣飾，心想：「此女詭計多端，行事在在出人意表。」趙敏道：「你呆呆的瞧著我幹麼？我這衣服好看麼？」張無忌道：「顏如桃李，心似蛇蠍。」

趙敏哈哈一笑，說道：「多謝張大教主給了我這八字考語。張教主，你也去換一套好看的衣衫罷。」張無忌惱道：「我從小穿得破破爛爛，你若嫌我衣衫襤褸，儘可不必和我同行。」趙敏道：「你別多心。我只是想瞧瞧你穿了一身好看的衣衫之後，是怎生一副模樣。你在這兒少待，我去給你買衣。反正那些花子走的是入關大道，咱們腳下快一些，不怕追不上。」也不等他回答，已翩然出門。

張無忌坐在炕上，心下自責，自己總是不能剛硬，給這小女子玩弄於掌股之上，明明是她害死了我表妹，仍是這般對她有說有笑，張無忌啊張無忌，你算是甚麼男子漢大丈夫？有甚麼臉來做明教教主、號令羣雄？

久等趙敏不歸，眼見天色已黑，心想：「我幹麼定要等她？不如獨個兒去將韓林兒救了。」一轉念又想：倘若她買了衣衫回來，正好撞上謝遜，被他立時一掌擊在天靈蓋上，腦漿迸裂，死於非命，衣衫冠履散了一地，想到這等情狀，不自禁的心悸。坐下又站起，站起又坐下，只是胡思亂想，直到腳步細碎、清香襲人，趙敏捧了兩個包裹，走進房來。

張無忌道：「等了你這麼久！不用換了、快去追敵人罷。」趙敏微笑道：「已等了這許多時候，也不爭在這更衣的片刻。我已買了兩匹坐騎，連夜可以趕路。」說著解開包裹，將衣褲鞋襪一件件取將出來，說道：「小地方沒好東西買，將就著穿，咱們到了大都，再買過貂皮袍子。」張無忌心中一凜，正色道：「趙姑娘，你想要我貪圖富貴，歸附朝廷，可乘早死了這條心。我張無忌是堂堂大漢子孫，便是裂土封王，也決不能投降蒙古。」

趙敏嘆了口氣，說道：「張大教主，你瞧這是蒙古衣衫呢，還是漢人服色？」說著將一件灰鼠皮袍提了起來。張無忌見她所購衣衫都是漢人裝束，便點了點頭。趙敏轉了個身，說道：「你瞧我這模樣是蒙古的郡主呢，還是尋常漢家女子？」

張無忌心中怦然一動，先前只覺她衣飾華貴，沒想到蒙漢之分，此時經她提醒，才想到她全然是漢人姑娘的打扮。只見她雙頰暈紅，眼中水汪汪的脈脈含情，他突然之間，明白了她的用意，說道：「你……你……」

趙敏低聲道：「你心中捨不得我，我甚麼都夠了。管他甚麼元人漢人，我才不在乎呢。你是漢人，我也是漢人。你是蒙古人，我也是蒙古人。你心中想的盡是甚麼軍國大事、華夷之分，甚麼興亡盛衰、權勢威名，無忌哥哥，我心中想的，可就只一個你。你是好人也罷，壞蛋也罷，對我都完全一樣。」

張無忌心下感動，聽到她這番柔情無限的言語，不禁意亂情迷，隔了片晌，才道：「你害死我表妹，是為了怕我娶她為妻麼？」

趙敏大聲道：「殷姑娘不是我害的。你信也罷，不信也罷，我便是這句話。」

張無忌嘆了口氣，道：「趙姑娘，你對我一番情意，我人非木石，豈有不感激的？但到了今日這步田地，你又何必再來騙我？」

趙敏道：「我從前自以為聰明伶俐，事事可佔上風，那知世事難料。無忌哥哥，今天咱們不走了，你在這兒等謝大俠，我到周姑娘的房中等她。」張無忌奇道：「為甚麼？」趙敏道：「你不用問為甚麼。韓林兒的事你不用擔心，我擔保一定救他出來便是。」說著翩然出門，走到周芷若房中，關上了房門。

張無忌一時捉摸不到她用意何在，斜倚炕上，苦苦思索，突然想起：「莫非她已料想到我和芷若已有婚姻之約，因此害了我表妹一人不夠，又想用計再害芷若？莫非那玄冥二老離開彌勒佛廟之後，便到這客店中來算計我義父和芷若？」一想到玄冥二老，登時好生驚恐，鹿杖客和鶴筆翁武功實在太強，謝遜縱然眼睛不盲，也未必敵得過任何一人。

他跳起身來，走到趙敏房外，說道：「趙姑娘，你手下的玄冥二老那裏去了？」趙敏隔著房門道：「他二人多半以為我脫身回去關內，向南追下去了。」張無忌道：「你此話可真？」趙敏冷笑道：「你既不信我的話，又何必問我？」張無忌無言可對，呆立門外。趙敏道：「假若我跟你說，我派了玄冥二老，來這客店中害死了謝大俠和你心愛的周姑娘，你信是不信？」

這兩句話正觸中了張無忌心中最驚恐的念頭，立即飛足踢開房門，額頭青筋暴露，顫聲道：「你……你……」

趙敏見他這等模樣，心下也害怕起來，後悔適才說了這幾句言語，忙道：「我是嚇嚇你的，決沒那回事，你可別當真。」

張無忌凝視著她，緩緩說道：「你不怕到客店中來見我義父，口口聲聲要跟他們對質，是不是你明知他二人現下已不在人世了？」說著走上兩步，和她相距不過三尺，只須手起一掌，立即便能斃她於掌底。

趙敏凝視著他雙眼，正色道：「張無忌，我跟你說，世上之事，除非親眼目睹，不可妄聽人言，更不可自己胡思亂想。你要殺我，便可動手，待會見到你義父回來，你心中卻又怎樣？」

張無忌定了定神，暗自有些慚愧，說道：「只要我義父平安無事，自是上上大吉。我義父的生死安危，不許你拿來說笑。」趙敏點頭道：「我不該說這些話，是我的不是，你別見怪。」張無忌聽她柔聲認錯，心下倒也軟了，微微一笑，說道：「我也忒以莽撞，得罪了你。」說著回到了謝遜房中。

但這晚等了一夜，直到次晨天明，仍不見謝遜和周芷若回來。張無忌更加擔心起來，胡亂用了些早點，便和趙敏商量，到底他二人到了何處。趙敏皺眉道：「這也當真奇了。咱們不如追上史火龍等一干人，設法探聽。」張無忌點頭道：「也只有如此。」當下兩人結算店帳出房，交代掌櫃，如謝遜、周芷若回來，請他們在店中等候。

店伴牽過兩匹栗色的駿馬來。張無忌見雙駒毛色光潤，腿高軀壯，乃是極名貴的良駒，不禁喝了聲采，料想是她率領追蹤丐幫之時帶了來的，昨日出去買衣，便去牽了來。趙敏微微一笑，翻身上了馬背。兩騎馬並肩出鎮，向南疾馳。旁人但見雙駿如龍，馬上男女衣飾華貴，相貌俊美，還道是官宦人家的少年夫妻並騎出遊。

兩人馳了一日，這天行了二百餘里，途中宿了一宵，次晨又再趕道。

將到中午時分，朔風陣陣從身後吹來，天上陰沉沉地，灰雲便如壓在頭頂一般，又馳出二十餘里，鵝毛般的雪花便大片大片飄將下來。一路上張無忌和趙敏極少交談，眼見雪越下越大，他仍是一言不發的縱馬前行。這一日途中所經，盡是荒涼的山徑，到得傍晚，雪深近尺，兩匹馬雖然神駿，卻也支持不住了。

他見天色越來越黑，縱身站在馬鞍之上，四下眺望，不見房屋人煙，心下好生躊躇，說道：「趙姑娘，你瞧怎生是好？若再趕路，兩匹牲口只怕挨不起。」趙敏冷笑道：「你只知牲口挨不起，卻不理人的死活。」張無忌心感歉仄，暗想：「我身有九陽神功，不知疲累寒冷，急於救人，卻沒去顧她。」

又行一陣，忽聽得忽喇一聲響，一隻獐子從道左竄了出來，奔入了山中。張無忌道：「我去捉來做晚餐。」一身隨聲起，躍離馬鞍，跟著那獐子在雪中留下的足跡，直追了下去。轉過一個山坡，暮靄朦朧之中，見那獐子鑽向一個山洞。他一提氣，如箭般追了過去，沒等獐子進洞，已一把抓住牠後頸。那獐子回頭往他手腕上咬去。他五指使勁，喀喇一聲，已將獐子頸骨扭斷。見那山洞雖不寬大，但勉強可供二人容身，當下提著獐子，回到趙敏身旁，說道：「那邊有個山洞，我們暫且過一晚再說，你說如何？」

趙敏點了點頭，忽然臉上一紅，轉過頭去，提韁縱馬便行。

張無忌將兩匹馬牽到坡上兩株大松樹下躲雪，找了些枯枝，在洞口生起火來，山洞倒頗乾淨，並無獸糞穢跡，向裏望去，黑黝黝的不見盡處，於是將獐子剖剝了，用雪擦洗乾淨，在火堆上烤了起來。趙敏除下貂裘，鋪在洞中地下。火光熊熊，烘得山洞溫暖如春。

張無忌偶一回頭，只見火光一明一暗，映得她俏臉倍增明艷。兩人相視而嘻，一日來的疲累饑寒，盡化於一笑之中。

獐子烤熟後，兩人各撕一條後腿吃了。張無忌在火堆中加些枯柴，斜倚在山洞壁上，說道：「睡了罷？」趙敏嫣然微笑，靠在另一邊石壁上，合上了眼睛。張無忌鼻中聞到她身上陣陣幽香，只見她雙頰暈紅，真想湊過嘴去一吻，但隨即克制綺念，閉目睡去。

睡到中夜，忽聽得遠處隱隱傳來馬蹄之聲，張無忌一驚而起，側耳聽去，共是四匹馬自南向北而來，見洞外大雪兀自不停，心想：「深夜大雪，冒寒趕路，定有十二分的急事。」蹄聲來到近處，忽然停住，過了一會，蹄聲漸近，竟是走向這山洞而來。張無忌一凜：「這山洞僻處山後，若非那獐子引路，我決計尋覓不到，怎麼有人跟蹤而至？」隨即省悟：「是了！咱們在雪地裏留下了足跡，雖然下了半夜大雪，仍未能盡數掩去。」

這時趙敏也已醒覺，低聲道：「來者或是敵人，咱們且避一避，瞧是甚麼人。」說著抄起洞外白雪，掩熄了火堆。

這時馬蹄聲已然止歇，但聽得四人踏雪而來，頃刻間已到了洞外十餘丈處。張無忌低聲道：「這四人身法好快，竟是極強的高手。」若是出外覓地躲藏，非給那四人發覺不可。正沒計較處，趙敏拉著他手掌，走向裏洞。那山洞越向裏越是狹窄，但竟然甚深，進得一丈有餘，便轉過彎去，忽聽得洞外一人說道：「這裏有個山洞。」

張無忌聽得話聲好熟，正是四師伯張松溪，甫驚喜間，又聽得另一人道：「馬蹄印和腳印正是到這山洞來的。」卻是殷梨亭。

張無忌正要出聲招呼，趙敏伸過手來，按住了他嘴，在他耳邊低聲道：「你跟我在這裏，給他們見了，多不好意思。」張無忌一想不錯，自己和趙敏雖是光明磊落，但一對少年男女同宿山洞，給眾師伯叔見了，他們怎信得過自己並無苟且之事？何況趙敏是元室郡主，曾將張松溪等擒在萬安寺中，頗加折辱，此時仇人相見，極是不便，心想：「我還是待張四伯、殷六叔他們出洞後，再單身趕去廝見，以免尷尬。」

只聽得俞蓮舟的聲音道：「咦！這裏有燒過松柴的痕跡，嗯，還有獐子的毛皮血漬。」另一人道：「我一直心中不定，但願七弟平安無事才好。」那是宋遠橋的聲音。

張無忌聽得宋俞張殷四位師叔伯一齊出馬，前來找尋莫聲谷，聽他們話中之意，似乎七師叔遇上了強敵，心下也有些掛慮。

只聽張松溪笑道：「大師哥愛護七弟，還道他仍是當年少不更事的小師弟，其實近年來莫七俠威名赫赫，早非昔比，就算遇上強敵，七弟一人也必對付得了。」殷梨亭道：「我倒不擔心七弟，只擔心無忌這孩子不知身在何處。他現下是明教教主，樹大招風，不少人要算計於他。他武功雖高，可惜為人太過忠厚，不知江湖上風波險惡，只怕墮入奸人的術中。」

張無忌好生感動，暗想眾位師伯叔待我恩情深重，時時記掛著我。趙敏湊嘴到他耳邊，低聲道：「我是奸人，此刻你已墮入我的術中，你可知道麼？」

只聽得宋遠橋道：「七弟到北路尋覓無忌，似乎已找得了甚麼線索，只是他在天津客店中匆匆留下的那八個字，卻叫人猜想不透。」張松溪道：「『門戶有變，亟須清理。』咱們武當門下，難道還會出甚麼敗類不成？莫非無忌這孩子……」說到這裏，便停了話頭，語音中似暗藏深憂。殷梨亭道：「無忌這孩子決不會做甚麼敗壞門戶之事，那是我信得過的。」

張松溪道：「我是怕趙敏這妖女太過奸詐惡毒，無忌少年人血氣方剛，惑於美色，別要似他爹爹一般，鬧得身敗名裂……」四人不再言語，都長嘆了一聲。

接著聽得火石打火，松柴畢剝聲響，生起火來。火光映到後洞，雖經了一層轉折，張無忌仍可隱約見到趙敏的臉色，只見她似怨似怒，想是聽了張松溪的話後甚是氣惱。張無忌心中卻惕然而驚：「張四伯的話倒也有理。我媽媽並沒做甚壞事，已累得我爹爹如此。這趙姑娘殺我表妹、辱我太師父及眾位師伯叔，如何是我媽媽之比？」想到此處，心中怦怦而跳，暗想：「若給他們發現我和趙姑娘在此，那便傾黃河之水也洗不清了。」

只聽得宋遠橋忽然顫聲道：「四弟，我心中一直藏著一個疑竇，不便出口，若是說將出來，不免對不起咱們故世了的五弟。」張松溪緩緩的道：「大哥是否擔心無忌會對七弟忽下毒手？」宋遠橋不答。張無忌雖不見他身形，猜想他定是緩緩點了點頭。

只聽張松溪道：「無忌這孩兒本性淳厚，按理說是決計不會的。我只擔心七弟脾氣太過莽撞，若是逼得無忌急了，令他難於兩全，再加上趙敏那妖女安排奸計，從中挑撥是非，那就……那就……唉，人心叵測，世事難於逆料，自來英雄難過美人關，只盼無忌在大關頭能把持得定才好。」殷梨亭道：「大哥，四哥，你們說這些空話，不是杞人憂天麼？七弟未必會遇上甚麼凶險。」宋遠橋道：「可是我見到七弟這柄隨身的長劍，總是忍不住心驚肉跳，寢食難安。」俞蓮舟道：「這件事確也費解，咱們練武之人，隨身兵刃不會隨手亂放，何況此劍是師父所賜，當真是劍在人在，劍亡人……」說到這個「人」字，驀地住口，下面這個「亡」字硬生生忍口不言。

張無忌聽說莫聲谷拋下了師賜長劍，而四位師伯叔頗有疑己之意，心中又是擔憂，又是氣苦。過了一會，隱隱聞到內洞中有股香氣，還夾雜著野獸的騷氣，似乎內洞甚深，不是此刻藏有野獸，便是曾有野獸住過。他生怕給宋遠橋等發覺，連大氣也不敢透一口，拉著趙敏之手，輕輕再向內行，為防撞到凸出的山石，左手伸在身前。只走了三步，轉了個彎，忽然左手碰到一件軟綿綿之物，似乎是個人體。

張無忌大吃一驚，心念如電：「不論此人是友是敵，只須稍出微聲，大師伯們立時知覺。」左手直揮而下，連點他胸腹間五處要穴，隨即扣住他的手腕。觸手之處，一片冰冷，那人竟是氣絕已久。張無忌借著些微光亮，凝目往那人臉上瞧去，隱隱約約之間，竟覺這死屍便是七師叔莫聲谷。他驚惶之下，顧不得是否會被宋遠橋等人發見，抱著屍體向外走了幾步。光亮漸強，看得清清楚楚，卻不是莫聲谷是誰？但見他臉上全無血色，雙目未閉，越發顯得怕人，他又驚又悲，一時之間竟自呆了。

他這麼幾步一走，宋遠橋等已聽到聲音。俞蓮舟喝道：「裏面有人！」寒光閃動，武當四俠一齊抽出長劍。

張無忌暗暗叫苦：「我抱著莫七叔的屍身，藏身此處，這弒叔的罪名，無論如何是逃不掉的了。」一想起莫聲谷對自己的種種好處，斗然見他慘遭喪命，心下又是萬分悲痛，霎時間腦海中閃過千百個念頭，卻沒想到宋遠橋等進來之時，如何為自己洗刷。

趙敏的心思可比他轉得快得多了，縱身而出，舞動長劍，直闖了出去，刷刷刷刷四劍，俱是峨嵋派拚命的招數，分向武當四俠刺去。四俠舉劍擋架，趙敏早已闖出洞口，飛身躍上四俠乘來的一匹坐騎，反手劍格開宋遠橋刺來的一劍，伸足在馬腹上猛踢，那馬吃痛，疾馳而去。

趙敏方慶脫險，突然背上一痛，眼前金星亂舞，氣也透不過來，卻是吃了俞蓮舟一招飛掌。只聽得武當四俠展開輕功，急追而來。她心中只想：「我逃得越遠，他越能出洞脫身。否則這不白之冤，如何能夠洗脫？好在這四人都追了來，沒想到洞中尚有別人。」但覺背心劇痛，難熬難當，伸劍在馬臀上一刺。那馬長聲嘶鳴，直竄了出去。

張無忌見趙敏闖出，一怔之間，才明白她是使調虎離山之計，好救自己脫身，當下抱著莫聲谷的屍身，奔出洞來。耳聽得趙敏與武當四俠是向東而去，於是向西疾行。奔出二里有餘，在一塊大巖石後將屍身藏好，再回到大路之旁，縱上一株大樹，良久良久，心中仍是怦怦亂跳，想到莫聲谷慘死，又是淚流難止，心想：「我武當派直是多難如此，不知殺害七師叔的兇手是誰？七師叔背上肋骨斷裂，中的是內家掌力。」

過了小半個時辰，聽得三騎馬自東而來，雪光反映下，看到宋遠橋和俞蓮舟各乘一馬，殷梨亭和張松溪兩人共騎。只聽俞蓮舟道：「這妖女吃了我一掌，連人帶馬摔入了深谷，料來難以活命。」張松溪道：「今日才報了萬安寺被囚之辱，出了胸中惡氣。只是她竟會躲在這山洞之中，世事奇幻，委實出人意表。」殷梨亭道：「四哥，你猜她一個人鬼鬼祟祟的在洞裏幹甚麼？」張松溪道：「那就難猜了。殺了妖女，沒有甚麼，只有找到了七弟，咱們才真的高興。」四人漸行漸遠，以後的話便聽不到了。

張無忌待宋遠橋等四人去遠，忙縱下樹來，循著馬蹄在雪中留下的印痕，向東追去，心下說不出的焦急難受，暗想：「她雖狡詐，這次卻確是捨命救我。倘若她竟因此送了性命，我……我……」越奔越快，片刻間已馳出四五里地，來到一處懸崖邊上。雪地裏但見一大灘殷紅的血漬，地下足印雜亂，懸崖邊上崩壞了一大片山石，顯是趙敏騎馬逃到此處，慌不擇路，連人帶馬一起摔了下去。

張無忌叫道：「趙姑娘，趙姑娘！」連叫四五聲，始終不聽到應聲。他更是憂急，向懸崖下望去，見是一個深谷，黑夜中沒法見到谷底如何。懸崖陡峭筆立，並無容足之處。

他吸一口氣，雙足伸下，面朝崖壁，便向下滑去。滑下三四丈後，去勢越來越快，當即十指運勁，插入崖邊結成了厚冰的雪中，待身子稍停，又再滑下。如此五六次，才到谷底，著足處卻軟軟的，急忙躍開，原來是踏在馬肚皮上，只見趙敏身未離鞍，雙手仍是牢牢的抱著馬頸。

張無忌伸手探她鼻息，尚有細微呼吸，人卻已暈了過去。他稍稍放心。谷中陰暗，一冬積雪未融，積雪深及腰間。料想趙敏身未離鞍，摔下的力道都由那馬承受了去，坐騎登時震死，她卻只是昏暈。張無忌搭她脈搏，知道雖然受傷不輕，性命當可無礙，於是將她抱在懷裏，四掌相抵，運功給她療傷。

趙敏所受這一掌是武當派本門功夫，療傷不難，不到半個時辰，她已悠悠醒轉。張無忌將九陽真氣源源送入她的體內。又過大半個時辰，天色漸明，趙敏哇的一聲，吐出了一大口瘀血，低聲道：「他們都去了？沒見到你罷？」

張無忌聽她最關心的乃是自己是否會蒙上不白之冤，好生感激，說道：「沒見到我。你……你可受了苦啦。」他口中說話，真氣傳送仍是絲毫不停。

趙敏閉上了眼，雖然四肢沒半點力氣，胸腹之間甚感溫暖舒暢。九陽真氣在她體內又運走數轉，她回過頭來，笑道：「你歇歇罷，我好得多啦。」張無忌雙臂環抱，圍住了她腰，將右頰貼住她的左頰，說道：「你救了我的聲名，那比救我十次性命，更加令我感激。」趙敏格格一笑，說道：「我是個奸詐惡毒的小妖女，聲名是不在乎的，倒是性命要緊。」

便在此時，忽聽懸崖上有人朗聲怒叫：「該死的妖女，果然未死，你何以害死莫七俠，快快招來。」卻是俞蓮舟的聲音。

張無忌大吃一驚，不知四位師伯叔怎地去而復回。趙敏道：「你轉過頭去，不可讓他們見到你臉。」

張松溪喝道：「賊妖女，你不回答，大石便砸將下來了。」

趙敏仰頭上朝，果見宋遠橋等四人都捧著一塊大石，只須順手往下一摔，她和張無忌都是性命難保。她在張無忌耳邊低聲說道：「你先撕下皮裘，蒙在臉上，抱著我逃走罷。」張無忌依言撕下皮袍的一條衣襟，蒙在臉上，在腦後打了個結，又將皮帽低低壓在額上，只露出了雙眼。

武當四俠追趕趙敏，將她逼入谷底，但這四人行俠江湖，久經歷練，料想趙敏以郡主之尊，不致孤身而無護衛。四人假意騎馬遠去，行出數里之後，將馬繫在道旁樹上，又悄悄回來搜索。四俠先回山洞，點了火把，深入洞裏，見到兩隻死了的香獐，已被甚麼野獸咬得血肉模糊，體香兀自未散。四人再搜出洞來，終於見到張無忌所留的足印，一路尋去，卻發見了莫聲谷的屍體，但見他手足都已被野獸咬壞。四俠悲憤莫名，殷梨亭已是哭倒在地。

俞蓮舟拭淚道：「趙敏這妖女武功雖然不弱，但憑她一人，決計害不了七弟。六弟且莫悲傷，咱們須當尋訪到所有的兇手，一一殺了給七弟報仇。」

張松溪道：「咱們隱伏在山洞之側，到得天明，妖女的手下必會尋來。」他足智多謀，宋遠橋等向來對他言聽計從，當下強止悲聲，各在山洞兩側尋覓巖石，藏身守候。

到得天明，卻不見有趙敏手下人尋來，四俠再到趙敏墮崖處察看，隱隱聽到說話之聲，向下望去，只見一個錦衣男子抱著趙敏，原來這妖女竟然未死。四俠要逼問莫聲谷的死因，不願便用石頭擲死二人。這雪谷形若深井，四周峭壁，唯有西北角上有一條狹窄的出路。張松溪喝道：「兀那元狗，快從這邊上來，若再延擱，大石塊砸將下來了。」

張無忌聽得四師伯誤認自己為蒙古人，想是自己衣飾華貴，又是跟隨著趙敏之故，但見四下裏並無可以隱伏躲避之處，四俠若砸下大石，自己雖可跳躍閃避，趙敏卻是性命難保，眼下只有依言上去，走得一步算一步了，於是抱著趙敏從那窄縫中慢慢爬將上來。他故意顯得武功低微，走幾步便滑跌一下。這條窄縫本來極難攀援，他更加意做作，大聲喘氣，十分狼狽，搞了半個時辰，摔了十七八交，才攀到了平地。

他一出雪谷，本想立即抱了趙敏奪路而逃，憑著自己輕功，手中雖然抱了一人，四俠多半仍然追趕不上。但張松溪極是機靈，瞧出他上山之時的狼狽神態有些做作，早已通知了三個師兄弟，四人分布四角，張無忌一步踏上，四柄長劍的劍尖已離他身子不及半尺。

宋遠橋恨恨的道：「賊韃子，你用毛皮蒙住了鬼臉，便逃得了性命麼？武當派莫七俠是誰下手害死的，好好招來！若有半句虛言，我將你這狗韃子千刀萬剮，開肚破膛。」他本來恬淡沖和，但眼見莫聲谷死得如此慘法，忍不住口出惡聲，那是數十年來極為罕有之事。

趙敏嘆了口氣，說道：「押魯不花將軍，事已如此，你就對他們說了罷！」跟著湊嘴在張無忌耳邊，低著聲道：「用聖火令武功。」

張無忌本來決不願對四位師伯叔動武，但形格勢禁，處境實是尷尬之極，一咬牙，驀地裏舉起趙敏的身子向殷梨亭拋了過去，粗著嗓子胡胡大呼，在半空中翻個空心觔斗，伸臂向張松溪抓到。殷梨亭順手接住了趙敏，一呆之下，便點了她穴道，將她摔開。

在這瞬息之間，張無忌已使開聖火令上的怪異武功，拳打宋遠橋，腳踢俞蓮舟，一個頭槌向張松溪撞到，反手卻已奪下了殷梨亭手中長劍。這幾下兔起鶻落，既快且怪。武當四俠武功精強，原是武林中的第一流高手，但給他這接連七八下怪招一陣亂打，登時手忙腳亂，均感難以自保。

那日在靈蛇島上，以張無忌武功之高，遇上波斯明教流雲三使的聖火令招數，也是抵敵不住，何況此時他已學全六枚聖火令上的功夫，比之流雲三使高出何止數倍？這聖火令上所載，本非極深邃的上乘功夫，只是詭異古怪，令人捉摸不定，若在庸手單獨使來，亦非武當派內家正宗武功之敵。但張無忌以九陽神功為根基，以挪移乾坤心法為脈絡，加之對武當派武功盡數了然於胸，一招一式，無不攻向四俠的空隙之處。鬥到二十餘招時，那聖火令功夫越來越奇幻莫測。

趙敏躺在雪中，大聲叫道：「押魯不花將軍，他們漢人蠻子自以為了得，咱們蒙古這門祖傳摔跤神技，今日叫他們嘗嘗滋味。」

張松溪叫道：「以太極拳自保，這門韃子拳招古怪得緊。」四人立時拳法一變，使開太極拳法，將門戶守得嚴密無比。

張無忌突然間坐倒在地，雙拳猛搥自己胸膛。

武當四俠生平不知遭逢過多少強敵，見識過多少怪招，張無忌的乾坤大挪移心法，已算得是武學中奇峯突起的功夫了，但這韃子坐在地下自搥胸膛，不但見所未見，連聽也沒聽見過。四俠本已收起長劍，各使太極拳守緊門戶，此時一怔之下，宋遠橋、俞蓮舟、張松溪三柄長劍又刺向張無忌身前。殷梨亭的長劍已被張無忌奪去擲開，但他身邊尚攜著莫聲谷的佩劍，跟著也拔出來刺了過去。

張無忌突然橫腿疾掃，捲起地下大片積雪，猛向四俠灑了過去。這一招聖火令上的怪招，本來是山中老人霍山殺人越貨之用。他於未曾創教立派之時，慣常在波斯沙漠中打劫行商，見有商隊遠遠行來，便坐地搥胸，呼天搶地的哭號，眾行商自必過去探問。他突然間踢起飛沙，迷住眾商眼目，立即長刀疾刺，頃刻間使數十行商血染黃沙，屍橫大漠，實是一招極陰毒的手法。張無忌以此招踢飛積雪，功效與踢沙相同。

武當四俠在霎時之間，但覺飛雪撲面，雙眼不能見物，四人應變奇速，立時後躍。但張無忌出手更快，抱住俞蓮舟雙腿著地一滾，順手已點了他三處大穴，跟著一個觔斗，身在半空，落下時右腿的膝蓋在殷梨亭頭頂一跪，竟然撞中了他頂門「五處」和「承光」兩穴。殷梨亭一陣暈眩，摔倒在地。宋遠橋飛步來救，張無忌向後一坐，撞入他的懷中。宋遠橋迴劍不及，左手撤了劍訣，揮掌拍出，掌力未吐，胸口已是一麻，被他雙肘撞中了穴道。

張松溪心下大駭，眼見四人中只剩下自己一人，無論如何非此人敵手，但同門義重，決計不能獨自逃命，挺起長劍，刷刷刷三劍，向張無忌刺了過來。

張無忌見他身當危難，可是步法沉穩，劍招絲毫不亂，這三劍來得淩厲，但每一劍仍是嚴守武當家法，心下暗暗喝采：「若不是我學到了這一門古怪功夫，要抵擋四位師伯叔的聯手進攻，大非易事。」驀地裏腦袋亂擺，劃著一個個圈子，張松溪不為所動，不去瞧他搖頭晃腦的裝模作樣，嗤的一聲，長劍破空，直往他胸口刺來。張無忌一低頭，將腦袋往劍尖上迎去，忽地臥倒，向前撲出，張松溪小腹和左腿上四處穴道被點，摔倒在地。

張無忌所點這四處穴道只能制住下肢，正要往他背心「中樞」穴補上一指，猛聽得張松溪大聲慘呼，雙眼翻白，上身一陣痙攣，直挺挺的死了過去。張無忌這一下只嚇得魂不附體，心想適才所點穴道並非重手，別說不會致命，連輕傷也不致於，難道四師伯身有隱疾，陡然間遇此打擊，因而發作麼？他背上刹那間出了一陣冷汗，忙伸手去探張松溪的鼻息。

突然之間，張松溪左手一探，已拉下了他臉上蒙著的衣襟。兩人面面相覷，都是呆了。

過了好半晌，張松溪才道：「好無忌，原來……原來……是你，可不枉了咱們如此待你。」他說話聲音已然哽咽，滿臉憤怒，眼淚卻已涔涔而下，說不出是氣惱還是傷心。原來他自知不敵，但想至死不見敵人面目，不知武當四俠喪在何人手中，當真死不瞑目，是以先裝假死，拉下了他蒙在臉上的皮裘。

張無忌一來老實，二來對四師伯關心過甚，竟爾沒有防備。他此刻心境，真比身受凌遲還要難過，失魂落魄，登時全然胡塗了，只道：「四師伯，不是我，不是我……七師叔不是我……不是我害的……」

張松溪哈哈慘笑，說道：「很好，很好，你快快將我們一起殺了。大哥、二哥、六弟，你們都瞧清楚了，這狗韃子不是旁人，竟是咱們鍾愛的無忌孩兒。」

宋遠橋、俞蓮舟、殷梨亭三人身子不能動彈，一齊怔怔的瞪著張無忌。

張無忌神智迷亂，便想拾起地下長劍，往頸中一抹。

趙敏忽然叫道：「張無忌，大丈夫忍得一時冤屈，打甚麼緊，天下沒有不能水落石出之事。你務須找到殺害莫七俠的真兇，為他報仇，才不枉了武當諸俠疼愛你一場。」

張無忌心中一凜，深覺此言有理，說道：「咱們此刻該當如何？」說著走到她身前，在她背心和腰間諸穴上推宮過血，解開了她被點的穴道。趙敏柔聲安慰道：「你別氣苦！你明教中有這許多高手，我手下也不乏才智之士，定能擒獲真兇。」

張松溪叫道：「張無忌，你若還有絲毫良心，快快將我們四人殺了。我見不得你跟這妖女卿卿我我的醜模樣。」

張無忌臉色鐵青，實是沒了主意。趙敏道：「咱們當先去救韓林兒，再回去找你義父，一路上探訪害你莫七叔的兇手，探訪害你表妹的兇手。」張無忌一呆，道：「甚……甚麼？」趙敏冷冷的道：「莫七俠是你殺的麼？為甚麼你四位師伯叔認定是你？殷離是我殺的麼？為甚麼你認定是我？難道只可以你去冤枉旁人，卻不容旁人冤枉於你？」

這幾句話如雷轟電震一般，直鑽入張無忌的耳中，他此刻親身經歷，方知世事往往難以測度，深切體會到了身蒙不白之冤的苦處，心中只想：「難道趙姑娘她……她……竟然和我一樣，也是給人冤枉了麼？」

趙敏道：「你點了四位師伯叔的穴道，他們能自行撞開麼？」張無忌搖頭道：「這是聖火令上的奇門功夫，師伯叔們不能自行撞解，但過得十二個時辰後，自會解開。」趙敏道：「嗯，咱們將他們四位送到山洞之中，即便離去。在真兇找到之前，你是不能再跟他們相見的了。」張無忌道：「那山洞中有野獸的，有獐子出入來去，莫七叔的屍身，就給野獸咬壞了。」趙敏嘆道：「瞧你方寸大亂，甚麼也想不起來。只須有一位上身能夠活動，手中有劍，甚麼野獸能侵犯得他們？」

張無忌只道：「不錯，不錯。」當下將武當四俠抱起，放在一塊大巖石後以避風雪。四俠罵不絕口。張無忌眼中含淚，並不置答。

趙敏道：「四位是武林高人，卻如此不明事理。莫七俠倘若是張無忌所害，他此刻一劍將你們殺了滅口，有何難處？他忍心殺得莫七俠，難道便不忍心加害你們四位？你們若再口出惡言，我趙敏每人給你們一個耳光。我是奸詐惡毒的妖女，說得出便做得到。當日在萬安寺中，我瞧在張公子的份上，對各位禮敬有加。少林、崑崙、峨嵋、華山、崆峒五派高手，人人被我截去了手指。但我對武當諸俠可有半分禮數不周之處麼？」

宋遠橋等面面相覷，雖然仍是認定張無忌害死了莫聲谷，但生怕趙敏當真出手打人，大丈夫可殺不可辱，被這小妖女打上幾記耳光，那可是生平奇恥，當下便都住口不罵了。

趙敏微微一笑，向張無忌道：「你去牽咱們的坐騎來，馱四位去山洞。」張無忌猶豫道：「還是我來抱罷。」趙敏心念一動，已知他的心意，冷笑道：「你武功再高，能同時抱得了四個人麼？你怕自己一走開，我便加害你四位師伯叔。你始終是不相信我。好，我去牽坐騎，你在這裏守著罷。」張無忌給她說中了心事，臉上一紅，但確是不敢將四位師伯叔的性命，交託在這個性情難以捉摸的少女手中，便道：「勞駕你去牽牲口，我在這裏守著四位師伯叔。你傷勢怎樣，走路不礙嗎？」

趙敏冷笑道：「你再殷勤好心，旁人還是不信你的。你的赤心熱腸，人家只當你是狼心狗肺。」說著轉身便去牽馬。

張無忌咀嚼著她這幾句話，只覺她說的似是師伯叔疑心自己，卻也是說自己疑心於她；目送著她緩步而行，腳步蹣跚，顯是傷後步履艱難，心中又是憐惜，又是過意不去。

眼見趙敏走沒多遠，忽聽得一陣急促的馬蹄聲沿大路從北而來，一前二後，共是三乘。

趙敏聽到蹄聲，當即奔回，說道：「有人來了！」張無忌向她招了招手。趙敏奔到大石之後，伏在他身旁，眼見俞蓮舟的身子有一半露在石外，便將他拉到石後。

俞蓮舟怒目而視，喝道：「別碰我！」趙敏笑道：「我偏要拉你，瞧你有甚麼法子？」張無忌喝道：「趙姑娘，不得對我師伯無禮。」趙敏伸了伸舌頭，向俞蓮舟裝個鬼臉。

便在此時，一乘馬已奔到不遠之處，其後又有兩乘馬如飛追來，相距約有二三十丈。第一乘馬越奔越近，張無忌低聲道：「是宋青書宋大哥！」趙敏道：「快阻住他。」張無忌奇道：「幹甚麼？」趙敏道：「別多問，彌勒廟中的話你忘了麼？」

張無忌心念一動，拾起地下一粒冰塊，彈了出去。嗤的一聲，冰塊破空而去，正中宋青書坐騎的前腿。那馬一痛，跪倒在地。

宋青書一躍而起，想拉坐騎站起，但那馬一摔之下，左腿已然折斷。宋青書見後面追騎漸近，忙向這邊奔來。張無忌又是一粒堅冰彈去，撞中他右腿穴道。趙敏伸出手指，接連四下，點了武當四俠的啞穴，及時制止宋遠橋的呼喚。只聽得宋青書「啊」的一聲叫，滾倒在雪地之中。

這麼接連兩次阻擋，後面兩騎已然奔到，卻是丐幫的陳友諒和掌缽龍頭。張無忌暗自奇怪：「他三人同去長白山尋覓毒物配藥，怎麼一逃二追，到了這裏？」跟著又想：「是了。想是宋大哥天良發現，不肯做此不孝不義之事，幸好撞在我的手裏，正好相救。」

陳友諒和掌缽龍頭翻身下馬，只道宋青書的坐騎久馳之下，氣力不加，以致馬失前蹄，宋青書也因此墮馬受傷，但想他武功不弱，縱然受傷，也必輕微，兩人縱身而近，兵刃出手，指住他身子。

張無忌指上又扣了一粒冰塊，正要向陳友諒彈去，趙敏碰他臂膀，搖了搖手。張無忌轉頭瞧她。趙敏張開左掌，放在自己耳邊，再指指宋青書，意思說且聽他們說些甚麼。

只聽得掌缽龍頭怒道：「姓宋的，你黑夜中悄悄逃走，意欲何為？是否想去通風報信，說與你父親知道？」他手揮一柄紫金八卦刀，在宋青書頭頂晃來晃去，作勢便要砍落。

宋遠橋聽得那八卦刀虛砍的劈風之聲，掛念愛兒安危，大是著急。張無忌偶一回頭，見到他眼中焦慮的神色霎時間變作了求懇，便點了點頭，示意：「你放心，我決不讓宋大哥身受損傷。」心想：「父母愛子之恩當真天高地厚。大師伯對我如此惱怒，恨不得將我千刀萬剛，但一知宋大哥遭逢危難，立時便向我求情。但若是大師伯自身遭難，他是英雄肝膽，決計不屑有絲毫示弱求懇之意。」剎那之間，又想到宋青書有人關懷愛惜，自己卻是個無父無母的孤兒。

只聽宋青書道：「我不是去向爹爹報信。」掌缽龍頭道：「幫主派你跟我去長白山採藥，那麼你何以不告而別？」宋青書道：「你也是父母所生，你們逼我去加害自己父親，心又何忍？我決不能作此禽獸勾當。」掌缽龍頭厲聲道：「你是決意違背幫主號令了？叛幫之人該當如何處置，你知道麼？」

宋青書道：「我是天下罪人，本就不想活了。這幾天我只須一合眼，便見莫七叔來向我索命。他怨魂不散，纏上了我啦。掌缽龍頭，你一刀將我砍死罷，我多謝你成全了我。」掌缽龍頭高舉八卦刀，喝道：「好！我便成全了你！」

陳友諒插口道：「龍頭大哥，宋兄弟既然不肯，殺他也是無益，咱們由他去罷。」掌缽龍頭奇道：「你說就此放了他？」陳友諒道：「不錯。他親手害死他師叔莫聲谷，自有他本派中人殺他，這種不義之徒的惡血，沒的污了咱們俠義道的兵刃。」

張無忌當日在彌勒廟中，曾聽陳友諒和宋青書說到莫聲谷，有甚麼「以下犯上」之言，當時也曾疑心宋青書得罪了師叔，但萬萬料不到莫聲谷竟會是死在他的手中。宋遠橋等四人雖然目光被巖石遮住，但宋青書的聲音清清楚楚傳入耳中，無不大為震驚。唯有趙敏事先已料到三分，嘴角邊微帶不屑之態。

只聽宋青書顫聲道：「陳大哥，你曾發下重誓，決不洩漏此事的機密，只要你不說，我爹爹怎會知道？」陳友諒淡淡一笑，道：「你只記得我的誓言，卻不記得你自己發過的毒誓。你說自今而後，唯我所命。是你先毀約呢，還是我不守諾言？」

宋青書沉吟半晌，說道：「你要我在太師父和爹爹的飲食之中下毒，我是寧死不為，你快一劍將我殺了罷。」陳友諒道：「宋兄弟，常言道：識時務者為俊傑。我們又不是要你弒父滅祖，只不過下些蒙藥，令他們昏迷一陣。在彌勒廟中，你不是早已答應了嗎？」宋青書道：「不，不！我只答應下蒙藥，但掌缽龍頭捉的是劇毒的蝮蛇、蜈蚣，那是殺人的毒藥，決非尋常蒙汗藥物。」

陳友諒悠悠閒閒的收起長劍，說道：「峨嵋派的周姑娘美若天人，世上再找不到第二個了，你竟甘心任她落入張無忌那小子的手中，當真奇怪。宋兄弟，那日深宵之中，你去偷窺峨嵋諸女的臥室，給你七師叔撞見，一路追了你下來，致有石岡比武、以姪弒叔之事。那為的是甚麼？還不是為了這位溫柔美貌的周姑娘？事情已經做下來了，一不做，二不休，馬入夾道，還能回頭麼？我瞧你為山九仞，功虧一簣，可惜啊可惜！」

宋青書搖搖晃晃的站了起來，怒道：「陳友諒，你花言巧語，逼迫於我。那一晚我給莫七叔追上了，敵他不過，我敗壞武當派門風，死在他的手下，也就一了百了，誰要你出手相助？我是中了你的詭計，以致身敗名裂，難以自拔。」

陳友諒笑道：「很好，很好！莫聲谷背上所中這一掌『震天鐵掌』，是你打的，還是我陳友諒打的？那是你武當派的功夫罷？我可不會。那晚我出手救你性命，又保你名聲，倒是我幹錯了？宋兄弟，你我相交一場，過去之事不必再提。你弒叔之事，我自當守口如瓶，決不洩露片言隻字。山遠水長，咱們後會有期。」

宋青書顫聲問道：「陳……陳大哥，你……你要如何對付我？」言語中充滿疑慮之意。陳友諒笑道：「要如何對付你？甚麼也沒有。我給你瞧一樣物事，這是甚麼？」

張無忌和趙敏躲在巖石之後，都想探頭上來張望一下，瞧陳友諒取了甚麼東西出來，但終於強自忍住。

只聽宋青書「啊」的一聲驚呼，顫聲道：「這……這是峨嵋派掌門的鐵指環，那是周姑娘之物啊，你……你從何處得來？」

張無忌心下也是一凜，暗想：「我和芷若分手之時，明明見她戴著那枚掌門鐵指環，如何會落入陳友諒手中？多半是他假造的贋物，用來騙人。」

但聽陳友諒輕輕一笑，說道：「你瞧仔細了，這是真的還是假的。」隔了片刻，宋青書道：「我在西域向滅絕師太討教武功，見過她手上這枚指環，看來倒是真的。」只聽得噹的一聲響，金鐵相撞，陳友諒道：「若是假造的贋物，這一劍該將它斷為兩半了。你瞧瞧，指環內『留貽襄女』這四個字，不會是假的罷？這是峨嵋派祖師郭襄女俠的遺物玄鐵指環。」宋青書道：「陳大哥，你……你從何處得來？周姑娘她……她呢？」

陳友諒又是一笑，說道：「掌缽龍頭，咱們走罷，丐幫中從此沒了這人。」腳步聲響，兩人轉身便行。

宋青書叫道：「陳大哥，你回來。周姑娘是落入你手中了麼？她此刻是死是活？」

陳友諒走了回來，微笑道：「不錯，周姑娘是在我手中，這般美貌的佳人，世上男子漢沒一個見了不動心的。我至今未有家室，要是我向幫主求懇，將周姑娘配我為妻，諒來幫主也必允准。」宋青書喉頭咕噥了一聲，似乎塞住了說不出話來。

陳友諒又道：「本來嘛，君子不奪人之所好，宋兄弟為了這位周姑娘，闖下了天大的禍事，陳友諒豈能為美色而壞了兄弟間義氣？但你既成了叛幫的罪人，咱們恩斷義絕，甚麼也談不上了，是不是？」宋青書又咕噥了幾聲。

張無忌眼角一瞥宋遠橋，只見他臉頰上兩道淚水正流將下來，顯是心中悲痛已極。

忽聽得宋青書道：「陳大哥，龍頭大哥，是我做兄弟的一時胡塗，請你兩位原宥，我這裏給你們陪罪啦。」

陳友諒哈哈大笑，說道：「是啊，是啊，那才是咱們的好兄弟呢。我拍胸膛給你擔保，只須你去將這蒙汗藥帶到武當山上，悄悄下在各人的茶水之中，你令尊大人性命決然無憂，美佳人周芷若必成你的妻房。咱們不過要挾制張三丰張真人和武當諸俠，逼迫張無忌聽奉號令。倘若害死了張真人和令尊，張無忌只有來找丐幫報仇，對咱們又有甚麼好處？」宋青書道：「這話不錯。」陳友諒又道：「等到丐幫箝制住明教，驅除韃子，得了天下，咱們幫主登了龍位，你我都是開國功臣，封妻蔭子，那不必說了，連令尊大人都要沾你的光呢。」宋青書苦笑道：「我爹爹淡泊名利，我只盼他老人家不殺我，便已心滿意足了。」

陳友諒笑道：「除非令尊是神仙，能知過去未來，否則怎能知道其中的過節？宋兄弟，你的腳摔傷了麼？來，咱們共乘一騎，到前面鎮上再買腳力。」

宋青書道：「我走得匆忙，小腿在冰塊上撞了一下，也真倒霉，剛好撞正了『築賓穴』，天下事真有這般巧法。」他當時只顧到掌缽龍頭和陳友諒在後追趕，萬沒想到前面巖後竟會有人暗算，只道是自己不小心，剛好將穴道撞正了冰塊尖角。

陳友諒笑道：「這那裏是倒霉？這是宋兄弟艷福齊天，命中該有佳人為妻。若非這麼一撞，咱們追你不上，你執迷不悟起來，自己固然鬧得身敗名裂，也壞了咱們大事。從此這位香噴噴、嬌滴滴的周姑娘跟陳友諒一世，那不是彩鳳隨鴉，一朵鮮花插在牛糞上了麼？」

宋青書「哼」了一聲，道：「陳大哥，不是做兄弟的不識好歹，信不過你……」陳友諒不等他說完，插口道：「你要見一見周姑娘，是不是？那容易之至。此刻幫主和眾位長老都在盧龍，周姑娘也隨大夥在一起。咱們同到盧龍去相會便是。等武當山的大事一了，做哥哥的立時給你辦喜事，叫你稱心如願，一輩子感激陳友諒大哥，哈哈，哈哈！」

宋青書道：「好，那麼咱們便上盧龍去。陳大哥，周姑娘怎地會……會跟著本幫？」

陳友諒笑道：「那是龍頭大哥的功勞了。那日掌棒龍頭和掌缽龍頭在酒樓上喝酒，見有三個面生人裝作本幫弟子，混在其中，後來命人一查，其中一位竟然是那位千嬌百媚的周姑娘。掌缽龍頭便派人去將她請了來。你放心，周姑娘平安大吉，毫髮不傷。」

張無忌暗暗叫苦：「原來那日在酒樓之上，畢竟還是讓他們瞧了出來。倘若義父並非失明，他老人家定能瞧出其中蹊蹺。唉，我和芷若卻始終不覺。但不知義父也平安否？」

可是陳友諒說話中，卻一句不提謝遜，只聽他道：「周姑娘和你成了親，峨嵋、武當兩派都要聽丐幫號令，再加上明教，聲勢何等浩大？只須打垮蒙古人，這花花江山嗎，嘿嘿，可要換個主兒啦。」他說這幾句話時志得意滿，不但似乎丐幫已得了天下，而且他陳友諒已然身登大寶，穩坐龍廷。掌鉢龍頭和宋青書都跟著他嘿、嘿、嘿的乾笑數聲。

陳友諒道：「咱們走罷。宋兄弟，莫七俠是死在這附近的，他藏屍的山洞似乎離此不遠，是不是？你逃到這裏，忽然馬失前蹄，難道是莫七俠陰魂顯聖麼？哈哈，哈哈！」宋青書不再答話。三人走向馬旁，上馬而去。

張無忌待三人去遠，忙替宋遠橋等四人解開穴道，拜伏在地，連連磕頭，說道：「師伯、師叔，姪兒身處嫌疑之地，難以自辯，多有得罪，請師伯師叔重重責罰。」

宋遠橋一聲長嘆，雙目含淚，仰天不語。

俞蓮舟忙扶起張無忌，說道：「先前我們都錯怪了你，是我們的不是。咱們親如骨肉，這一切不必多說了。真想不到青書……唉，若非咱們親耳聽見，又有誰能夠相信？」

宋遠橋抽出長劍，說道：「原來七弟撞見青書這小畜生……這小畜生……私窺峨嵋女俠寢居，這才追下來清理門戶。三位師弟，無忌孩兒，咱們這便追趕前去，讓我親手宰了這畜生。」說著展開輕功，疾向宋青書追了下去。

張松溪叫道：「大哥請回，一切從長計議。」宋遠橋渾不理會，只是提劍飛奔。

張無忌發足追趕，幾個起落，已攔在宋遠橋身前，躬身道：「大師伯，四師伯有話跟你說。宋大哥一時受人之愚，日後自必自悟，大師伯要責罰於他，也不忙在一時。」

宋遠橋哽咽道：「七弟……七弟……做哥哥的對你不起。」霎時間想起當年張翠山為了對不起俞岱巖而自殺，此刻才深深體會到當時五弟的心情，迴過長劍，便往自己脖子抹去。

張無忌大驚，施展挪移乾坤手法，夾手將他長劍奪過，但劍尖終於在他項頸上一帶，劃出了一道長長的血痕。

這時俞蓮舟等也已追到。張松溪勸道：「大哥，青書做出這等大逆不道的事來，武當門中人人容他不得。但清理門戶事小，興復江山事大，咱們可不能因小失大。」宋遠橋圓睜雙眼，怒道：「你……你說清理門戶之事還小了？我……我生下這等忤逆兒子……」張松溪道：「聽那陳友諒之言，丐幫還想假手青書，謀害我等恩師，挾制武林諸大門派，圖謀江山。恩師的安危是本門第一大事，天下武林和蒼生的禍福，更是第一等的大事。青書這孩兒多行不義，遲早必遭報應。咱們還是商量大事要緊。」宋遠橋聽他言之有理，恨恨的還劍入鞘，說道：「我方寸已亂，便聽四弟說罷。」殷梨亭取出金創藥來，替他包紮頸中傷處。

張松溪道：「丐幫既謀對恩師不利，此刻恩師尚自毫不知情，咱們須得連日連夜趕回武當。這陳友諒雖說要假手於青書，但此等奸徒詭計百出，說不定提早下手，咱們眼前第一要務是維護恩師金軀。恩師年事已高，若再有假少林僧報訊之事，我輩做弟子的萬死莫贖。」說著向站在遠處的趙敏瞪了一眼，對她派人謀害張三丰之事猶有餘憤。

宋遠橋背上出了一陣冷汗，顫聲道：「不錯，不錯。我急於追殺逆子，竟將恩師的安危置於腦後，真是該死，輕重倒置，實是氣得胡塗了。」連叫：「快走，快走！」

張松溪向張無忌道：「無忌，搭救周姑娘之事，便由你去辦。事完之後，盼來武當一敘。」張無忌道：「遵奉師伯吩咐。」張松溪低聲道：「這趙姑娘豺狼之性，你可要千萬小心。宋青書是前車之鑒，好男兒大丈夫，決不可為美色所誤。」張無忌紅著臉點了點頭。

當下武當四俠和張無忌將莫聲谷的屍身葬在大石之後，五人跪拜後痛哭了一場。宋遠橋等四人先行離去。

趙敏慢慢走到張無忌身前，說道：「你四師伯叫你小心，別受我這妖女迷惑，宋青書是前車之鑒，是也不是？」張無忌臉上一紅，忸怩道：「你怎知道？你有順風耳麼？」趙敏哼了一聲，道：「我說啊，宋大俠他們事後追想，定然不怪宋青書梟獍之心，反而會怪周姊姊紅顏禍水，毀了一位武當少俠。」張無忌心想說不定會得如此，但口中卻道：「宋師伯他們都是明理君子，焉能胡亂怪人？」

趙敏冷笑道：「越是自以為是君子的，越會胡亂怪人。」她頓了一頓，笑道：「快去救你的周姑娘罷，別要落在宋青書手裏，你可糟糕了。」

張無忌又是臉一紅，道：「我為甚麼糟糕？」

三十三 簫長琴短衣流黃

——

四名白衣少女，四名黑衣少女分攜琴簫，分站八方。悠揚樂聲之中，緩步走進一個身披淡黃輕紗的美貌女子，左手攜著一個十二三歲的女童。

張無忌去牽了坐騎，和趙敏並騎直奔關內。心想義父如確是落入丐幫之手，丐幫要以他來挾制明教，眼前當不致對他有所傷害，只是屈辱難免；但芷若冰清玉潔，遇上了陳友諒之險毒、宋青書之無恥，若遇逼迫，惟有一死。言念及此，恨不得插翅飛到盧龍。但趙敏身上有傷，卻又決計不能無眠無休的趕路。

當晚兩人在一家小客店中宿歇。張無忌躺在炕上，越想越是擔心，走到趙敏窗外，但聽她呼吸調勻，正自香夢沉酣。他到櫃檯上取過筆硯，撕下一頁帳簿，草草留書，說道事在緊急，決意連夜趕路，事成之後，當謀良晤，囑她小心養傷，緩緩而歸。將那頁帳簿用石硯壓在桌上，躍出窗外，向南疾奔而去。

次晨購買馬匹，一路不住換馬，連日連夜的趕路，不數日間已到了盧龍。但如此快追，中途並未遇上陳友諒和宋青書，想是他晚上趕路之時，陳宋二人和掌缽龍頭正在客店之中睡覺，是以錯過。

盧龍是河北重鎮，唐代為節度使駐節之地，經宋金之際數度用兵，大受摧破，元氣迄自未復，但仍是人煙稠密。張無忌走遍盧龍大街小巷、茶樓酒館，說也奇怪，竟一個乞兒也遇不到。他心下反喜：「如此一個大城，街上竟無化子，此事大非尋常。陳友諒說丐幫在此聚會，當非虛言，想是城中大大小小的化子都參見幫主去了。只須尋訪到他們聚會之所，便能探聽到義父和芷若是否真被丐幫擒去。」他在城中廟宇、祠堂、廢園、曠場到處察看，找不到端倪，又到近郊各處村莊踏勘，仍是不見任何異狀。

到得傍晚，他越尋越是焦躁，不由得思念起趙敏的好處來：「若是她在身旁，我決不致這般束手無策。」只得到一家客店中去借宿，用過晚飯後小睡片刻，挨到二更時分，飛身上屋，且看四下裏有何動靜。

遊目四顧，一片寧靜，更無半點江湖人物聚會跡象，正煩惱間，忽見東南角上一座高樓上兀自亮著火光，心想：「此家若非官宦，便是富紳，和丐幫自拉扯不上半點干係……」念頭尚未轉完，遙遙似乎望見人影一閃，有人從樓窗中躍了出來，只是相隔甚遠，看不清楚，心道：「莫非有綠林豪客到這大戶人家去做案？左右無事，便去瞧瞧。」

當下展開輕功，奔到了那巨宅之旁，縱身翻過圍牆，只聽得有人說道：「陳長老也忒多事，明明言定正月初八大夥在老河口聚集，卻又急足快報，傳下訊來，要咱們在此等候。他又不是幫主，說甚麼便得怎麼，當真豈有此理。」聲音洪亮，語帶氣憤，說的卻顯然是丐幫中事。張無忌一聽之下，心中大喜。

聲音從大廳中傳出，張無忌悄悄掩近，只聽丐幫幫主史火龍的聲音說道：「陳長老是挺了不起的，那個他奶奶的金毛獅王謝遜，江湖上這許多人尋覓了二十多年，誰也抓不到一根獅毛的屁影子來聞聞，陳長老卻將他手到擒來，別說本幫無人可及，武林之中，又有那一人能夠辦到……」張無忌又驚又喜，心想義父下落已知，丐幫中並無如何了不起的高手，相救義父當非難事，湊眼到長窗縫邊，向裏張望。

只見史火龍居中而坐，傳功、執法二長老，掌棒龍頭及三名八袋長老坐在下首，另有一個衣飾華麗的中年胖子，衣飾形貌活脫是個富紳，背上卻也負著六隻布袋。張無忌暗暗點頭：「是了，原來盧龍有一個大財主是丐幫弟子。叫化子在大財主屋裏聚會，那確是誰也想不到的了。」

只聽史火龍接著道：「陳長老既然傳來急訊，要咱們在盧龍相候，定有他的道理。咱們圖謀大事，他奶奶的，這個……這個，務當小心謹慎。」掌棒龍頭道：「幫主明鑒：江湖上羣豪尋覓謝遜，為的是要奪取武林至尊的屠龍寶刀。現下這把寶刀既不在謝遜之手，不論怎麼軟騙硬嚇，他始終不肯吐露寶刀的所在。咱們徒然得到了一個瞎子，除了請他喝酒吃飯，又有何用？依兄弟說，不如狠狠的給他上些刑罰，瞧他說是不說。」史火龍搖手道：「不妥，不妥，用硬功夫說不定反而壞事。咱們等陳長老到後，再行從長計議。」掌棒龍頭臉露不平之色，似怪幫主甚麼事都聽陳友諒的主張。

史火龍取出一封信來，交給掌棒龍頭，說道：「馮兄弟，你立刻動身前赴濠州，將我這封信交給韓山童，說他兒子在我們這裏，平安無事，只須韓山童投誠本幫，我自會對他兒子另眼相看。」掌棒龍頭道：「這送信的小事，似乎不必由兄弟親自走這一趟罷？」史火龍臉色微沉，說道：「這半年來韓山童等一夥鬧得好生興旺。聽說他手下他媽的甚麼朱元璋、徐達、常遇春，打起仗來都很有點兒臭本事。這次要馮兄弟親自出馬，一來是要說得韓山童歸附本幫，服服貼貼，又須察看他自己和手下那些大將有甚麼打算，二來探聽這一路明教人馬有他媽的甚麼希奇古怪。馮兄弟肩上的擔子非輕，怎能說是小事？」掌棒龍頭不敢再說甚麼，便道：「謹遵幫主吩咐。」接過書信，向史火龍行禮，出廳而去。

張無忌再聽下去，只聽他們儘說些日後明教、少林、武當、峨嵋各派歸附之後，丐幫將如何興盛威風。這史火龍的野心似反不及陳友諒之大，言中之意，只須丐幫獨霸江湖，稱雄武林，便已心滿意足，卻沒想要得江山、做皇帝，粗言穢語，說來鄙俗不堪。他聽了一會，心感厭煩，尋思：「看來義父和芷若便是囚在此處，我先去救了出來，再將這些大言不慚的叫化子好好懲誡一番。」右足一點，輕輕躍上一株高樹，四下張望，見高樓下有十來名丐幫弟子，手執兵刃，來往巡邏，料想便是囚禁謝遜和周芷若之所。

他溜下樹來，掩近高樓，躲在一座假山之後，待兩名巡邏的丐幫弟子轉身行開，便即竄到樓底，縱身而上。但見樓上燈燭明亮，他伏身窗外，傾聽房內動靜。聽了片刻，樓房內竟是半點聲息也無。他好生奇怪：「怎麼一個人也沒有？難道竟有高手暗伏在此，能長時閉住呼吸？」又過一會，仍是聽不到呼吸之聲，探身向窗縫中張望，只見桌上一對大蠟燭已點去了大半截，室中卻無人影。

樓上並排三房，眼見東廂房中無人，又到西廂房窗外窺看。房中燈光明亮，桌上杯盤狼藉，放著七八人的碗筷，杯中殘酒未乾，菜肴初動，卻一人也無，似乎這些人吃喝未久，便即離房他去。中間房卻黑洞洞地並無燈光。他輕推房門，裏面上著門閂，他低聲叫道：「義父，你在這兒麼？」不聽得應聲。

張無忌心想：「看來義父不在此處，但丐幫人眾如此嚴密戒備，卻是為何？難道有意的實者虛之、虛者實之嗎？」突然聞到一陣血腥氣，從中間房傳了出來。他心頭一驚，左手按在門上，內力微震，格的一聲輕響，門閂從中斷截。他立即閃身進房，接住了兩截斷折的門閂，以免掉落地下，發出聲響。

他只跨出一步，腳下便是一絆，相觸處軟綿綿地，似是人身，俯身摸去，卻是個屍體。

這人氣息早絕，臉上兀自微溫，顯是死去未久。摸索此人頭顱，小頭尖腮，並非謝遜，當即放心。跨出一步，又踏到了兩人的屍身。他伸指在西邊板壁上戳出兩個小孔，燭光從孔中透了過來。只見地下橫七豎八的躺滿了屍體，盡是丐幫弟子，顯然都是受了極重的內傷。他提起一屍，撕開衣衫，但見那人胸口拳印宛然，肋骨齊斷，拳力威猛非凡。

張無忌大喜：「原來義父大展神威，擊斃看守人眾，殺出去了。」在房中四下察看，果見牆角上用尖利之物刻著個火燄的圖形，正是明教的記號，又見窗閂折斷，窗戶虛掩，心想：「是了，適才我見這樓上有黑影一閃，便是義父脫身而去了，只不知義父如何會被丐幫所擒？想是他老人家目不見物，難以提防丐幫的詭計。他們若非用蒙汗藥物，便是用絆馬索、倒鉤、漁網之類物事擒他。」

他心中喜悅不勝，走出房外，縮身門邊，向下張望，見眾丐兀自來回巡邏，對樓上變故全不知情，尋思：「義父離去未久，快去追上了他，咱爺兒倆回轉身來，鬧他個天翻地覆，方教羣丐知我明教手段。」思念及此，豪氣勃發，適才見那黑影從西方而去，當下縱身躍起，在一株高樹上一點，躍出圍牆，提氣向西疾奔。

沿著大路追出數里，來到一處岔道，四下一尋，見一塊岩石後畫著個火燄記號，指向西南的小路。張無忌大喜，心想義父行蹤已明，立時便可會見。明教中諸般聯絡指引的暗號，他曾聽楊逍詳細說過，又見這火燄記號雖只寥寥數劃，但鉤劃蒼勁，若非謝遜這等文武全才之士，明教中沒幾人能畫得出來。

此時他更無懷疑，沿著小路追了下去，直追到沙河驛，天已黎明，在飯店中胡亂買了些饅頭麵餅充飢，更向西行，到了榛子鎮上。只見街角牆腳下繪著個火燄記號，指向一所破祠堂。他心中大喜，料想義父定是藏身其間，走進門去，只聽得一陣呼么喝六之聲，大廳上圍著一羣潑皮和破落戶子弟正自賭博，卻是個賭場。

賭場莊頭見張無忌衣飾華貴，只道是位大豪客來了，忙笑吟吟的迎將上來，說道：「公子爺快來擲兩手，你手氣好，殺他三個通莊。」轉頭向眾賭客道：「快讓位給公子爺，大夥兒端定銀子輸錢，好讓公子爺雙手捧回府去啊！」

張無忌眉頭一皺，見眾賭客中並無江湖人物，提聲叫道：「義父，義父，你老人家在這兒嗎？」隔了一會，不聽有人回答，他又叫了幾聲。

一個潑皮見他不來賭博，卻來大呼小叫的擾局，當即應道：「乖孩兒，我老人家就在這兒，你快快來擲骰子啊。」眾潑皮哄堂大笑。

張無忌問那莊頭：「你可曾見到一位黃頭髮、高身材的大爺進來，是一位雙目失明的大爺？」那莊頭見他不來賭博，卻是來尋人，心中登時淡了，笑道：「笑話奇談，天下竟有瞎子來賭骰子的？這瞎子是失心瘋的嗎？」

張無忌追尋義父不見，心中已沒好氣，聽這莊頭和那潑皮出言不遜，辱及義父，踏上兩步，一手一個，將那莊頭和潑皮抓了起來，輕輕一送，將兩人擲上了屋頂。這兩人雖未受傷，卻已嚇得殺豬般的大叫起來。張無忌推開眾人，拿起賭台上兩錠大銀，說道：「公子爺把銀子捧回府去了。」揣在懷內，大踏步走出祠堂。眾潑皮驚得呆了，誰敢來追？

他續向西行，不久又見到了火燄記號。傍晚時分到了豐潤，那是冀北的大城，依著記號所指，尋到一處粉牆黑門之外。但見門上銅環擦得晶亮，牆內梅花半開，是家幽雅精潔的人家。他拿起門環，輕敲三下。不久腳步細碎，黑門呀的一聲開了，鼻中先聞到一陣濃香，應門的是個身穿粉紅皮襖的小鬟，抿嘴一笑，說道：「公子爺這久不來啦，姊姊想得你好苦，快進來喝茶。」說著又是一笑，向他拋了個媚眼。

張無忌猶如丈二金剛摸不著頭腦，問道：「你怎識得我？你姊姊是誰？」那小鬟笑道：「你明知故問，快來罷，別讓我姊姊牽肚掛腸啦。」伸手握住了他右手，引著他進內。

張無忌大奇：「怎地她跟我一見如故？」轉念一想：「啊，是了，想必芷若寄身此間，知我日內必定循著記號尋來，命這小鬟日夜應門。唉，多日不見，芷若原是牽肚掛腸，想得我苦。」他心中一陣溫馨，便隨著那小鬟，經過一條鵝卵石鋪的小徑，穿過一處院落，來到一間廂房之中。只聽得簷間一隻鸚哥尖起嗓子叫道：「情哥哥來啦，姊姊，情哥哥來啦。」張無忌臉上一紅，心想：「連鸚哥兒也知道了。」

只見房中椅上都鋪著錦墊，炭火熊熊，烘得一室皆春，几上點著一爐香。那小鬟轉身出去，不久托著一隻盤子進來，盤中六色果子細點，一壺清茶。那小鬟款款的斟了茶，遞在張無忌手中，卻在他手腕上輕輕捏了把。張無忌眉頭一皺，心想：「這丫頭怎地如此輕狂？」礙著周芷若面子，卻也不好說她，問道：「謝老爺呢？周姑娘在那裏？」

那小鬟笑道：「你問謝老爺幹麼？喝乾醋麼？我姊姊就來啦，瞧你這急色兒的模樣，你啊，好沒良心，到我們這兒，心上卻又牽記著甚麼周姑娘、王姑娘的。」張無忌一怔，說道：「你滿口胡言亂語，瞎扯些甚麼？」

那小鬟又是抿嘴一笑，轉身出去。過了一會，只聽得環珮丁冬，帷子掀開，那小鬟扶了一個二十一二歲的女子進來。只見她膚色白膩，眉毛彎彎，頗具姿色，右嘴角上點著一粒風流痣，眼波盈盈，欲語先笑，體態婀娜，嬝嬝婷婷的迎了上來。張無忌只覺濃香襲人，心下甚不自在。只聽那女子道：「相公貴姓？今兒有閒來坐坐，小女子真是好大的面子。」一面說，左手便搭到了他肩頭。

張無忌滿臉通紅，急忙避開，說道：「賤姓張。有一位謝老爺子和一位姓周的姑娘，可是在這兒麼？」那女子笑道：「這兒是梨香院啊，你要找周纖纖，該上碧桃居去。你給那一個小妮子迷得失了魂，上梨香院來找周纖纖了？嘻嘻！」

張無忌恍然大悟，原來此處竟是所妓院，說道：「對不起。」閃身便即出門。那小鬟追了出來，叫道：「公子爺，我家姊姊那一點比不上周纖纖？你便片刻兒也坐不得？」張無忌連連搖手，摸出一錠從賭場搶來的銀子往地下一擲，飛步出門。

這麼一鬧，心神半晌不得寧定，眼見天色將黑，夜晚間只怕錯過了路旁的火燄記號，便向一家客店借宿，心頭思潮起伏：「義父怎地又去賭場，又去妓院？他老人家此舉，到底含著甚麼深意？」睡到中夜，突然間驚醒：「義父雙目失明，怎能一路上清清楚楚的留下這許多記號？難道是芷若從旁指引？還是敵人故意假冒本教的記號，戲弄於我？甚至是引我入伏？哼，便是龍潭虎穴，好歹也要闖他一闖。」

次晨起身，在豐潤城外又找到了火燄記號，仍是指向西方。午後到了玉田，見那記號指向一家大戶人家。這家門外懸燈結綵，正做喜事，燈籠上寫著「之子于歸」的紅字，看來是女兒出嫁，鑼鼓吹打，賀客盈門。張無忌這次學了乖，不再直入打聽謝遜的下落，混在賀客羣中察看，未見異狀，便即出來找尋記號，果在一株大樹旁又找到了。

火燄記號引著他自玉田而至三河，更折而向南，直至香河。此時他已然想到：「多半是丐幫發見了我的蹤跡，使調虎離山之計將我遠遠引開，以便放手幹那陰毒勾當。」他雖然焦急，卻又不敢不順記號而行，只怕記號確是謝遜和周芷若所留。「倘若他們正給厲害敵人追擊，奔逃之際，沿路留下記號，只盼我趕去救援，我若自作聰明，逕返盧龍，義父和芷若竟爾因此遇難，那可如何是好？事已至此，只有跟著這火燄記號，追他個水落石出。」

自香河而寶城，再向大白莊、潘莊，已是趨向東南，再到寧河，自此那火燄記號便無影無蹤，再也找不到了。他在寧河細細查察，不見有絲毫異狀，心想：「果然是丐幫將我引到了這裏，教我白白的奔馳數日。」

當下買了匹坐騎，重回盧龍，在故衣店買了件白色長袍，借了硃筆，在白袍上畫了個極大的火燄，決意堂堂正正的以明教教主身分，硬闖丐幫總堂。

他換上白袍，大踏步走到那財主巨宅門前，只見兩扇巨大的朱門緊緊閉著，門上碗口大的銅釘閃閃發光。他雙掌推出，砰的一聲，兩扇大門飛了起來，向院子中跌了進去，乒乒乓乓一陣響亮，兩隻大金魚缸打得粉碎。

這數日之中，他既掛念義父和周芷若的安危，又連遭戲弄，在冀北大繞圈子，心中鬱怒難宣，這時回到丐幫總舵，決意大鬧一場。他劈破大門，大踏步走了進去，舌綻春雷，喝道：「丐幫眾人聽了，快叫史火龍出來見我。」

院子中站著丐幫的十多名四五袋弟子，見兩扇大門陡然飛起，已是大吃一驚，又見一個白衣少年闖進，登時有七八人同聲呼喝，迎上攔住，紛紛叫道：「甚麼人？幹甚麼？」

張無忌雙臂一振，那七八名丐幫弟子砰砰連聲，直摔了出去，只撞得一排長窗盡皆稀爛。他穿過大廳，砰的一掌，又撞飛了中門，見中廳上擺著一桌筵席，史火龍居中而坐。一干丐幫首領聽得大門口喧譁之聲，正派人出來查詢。張無忌來得好快，半路上迎住那匆匆出來查問的七袋弟子，劈胸抓住，便向史火龍擲去。

那財主模樣的主人坐在下首，眼見那七袋弟子向席上飛來，伸臂往那人身上抱去，一抱抱個正著，但覺一股勁力排山倒海般撞到，腳下急使「千斤墜」，要待穩住身形，不料登登登連退七八步，背心靠上了大柱，這才停住，雙手一鬆，將那七袋弟子拋在地下，一口氣喘不過來，全身癱軟，倒在柱邊。羣丐見此情景，無不駭然。

便在此時，張無忌「咦」的一聲，驚喜交集，見圓桌左首坐著個女子，赫然便是周芷若。她身旁坐著的卻是宋青書。周芷若驚呼一聲：「無忌哥哥！」站起身來，身子一晃，便委頓在地。張無忌吃了一驚，搶上前去俯身抱起。他身子尚未挺直，背上拍的一聲，砰的一響，已被宋青書擊了一掌，再被另外一名丐幫高手打了一拳。

張無忌此時九陽神功早已運遍全身，這一掌一拳打在背上，掌力拳力盡數卸去。他抱起周芷若，縱身躍回院子，問道：「義父呢？」周芷若顫聲道：「我……我……」張無忌問道：「他老人家可好嗎？」周芷若道：「我給他們點中了穴道……」張無忌只是關心謝遜，又問：「義父呢？」周芷若道：「不知道啊，我給他們擒來此處，一直不知義父他老人家的下落。」張無忌在她腿關節上推拿了幾下，將她放在地下。那知周芷若被點中穴道的手法甚是特異，他這兩下推拿竟不奏效。她雙足著地，卻無法站直，兩膝一彎，便即坐倒。

羣丐紛紛離座，走到階前。史火龍抱拳道：「閣下便是明教張教主了？」張無忌心想他是一幫之主，倒不可失了禮數，當下抱拳還禮，說道：「不敢。在下擅闖貴幫總舵，還乞史幫主恕過無禮之罪。」史火龍道：「張教主近年來名震江湖，在下如雷……這個貫耳，今日見到老兄身手，果然厲害得緊，嘿嘿，佩服，佩服。」張無忌道：「在下來得魯莽，倒教史幫主見笑了。我義父金毛獅王在那裏？請他老人家出來相見。」

史火龍臉上一紅，隨即哈哈一笑，說道：「張教主年紀輕輕，說話卻如此陰損。我們一番好意，請謝獅王來……來那個……喝一杯酒，那知謝獅王不告而別，還下重手傷了敝幫八名弟子，他奶奶的，這筆帳不知如何算法？卻要請張教主來打打算盤了。」

張無忌一怔，心想：「那八名丐幫弟子果是我義父以重手拳所殺。看來他老人家確已不在此間，但到了何處呢？」便道：「這位周姑娘呢？貴幫又為甚麼將她囚禁在此？」史火龍一怔，道：「這個……」陳友諒插口道：「人道明教張無忌武功雖強，卻是個蠻不講理的小魔頭……哈哈……」張無忌沉著臉道：「怎樣？」陳友諒道：「今日一見，嘿嘿，果然是樹的影兒，人的名兒，半點也不錯。」張無忌道：「我怎麼蠻不講理了？」

陳友諒道：「這位周姑娘乃峨嵋派掌門，名門正派的首腦人物，跟貴教旁門左道之士又有甚麼干係？這位宋青書兄弟是武當派後起之秀。他和周姑娘郎才女貌，珠聯璧合，當真是門當戶對，一雙兩好。他二人雙雙路過此間，丐幫邀他二位作客，共飲一杯。何以明教教主竟來橫加干預？真是好笑啊好笑！」羣丐隨聲附和，哈哈大笑。

張無忌道：「若說周姑娘是你們客人，何以你們又點了她的穴道？」

陳友諒道：「周姑娘一直好好的在此飲酒，談笑自若，誰說是點了她的穴道？丐幫和峨嵋派淵源極深，世代交好。峨嵋派創派師祖郭女俠，是敝幫上代黃幫主的親生女兒。敝幫上代耶律幫主是郭女俠的親姊夫。武林中若非乳臭小兒的無知之輩，這些史實總該知曉。我們丐幫豈能得罪現任峨嵋派的掌門？張教主信口雌黃，怎不教天下英雄恥笑？」

張無忌冷笑道：「如此說來，周姑娘是自己點了自己穴道？」陳友諒道：「那也未必。這兒人人親眼目睹，張教主飛縱過來，強加非禮，一把將周姑娘抱了過去。周姑娘掙扎不服，尊駕自是順手點了她的穴道。張教主，雖說英雄難過美人關，好色之心，人皆有之，可是如此大庭廣眾之間，眾目睽睽之下，張教主這等急色舉動，不是太失自己身分了麼？」

張無忌口才本就遠遠不及陳友諒，被他這麼反咬一口，急怒之下，更是難以分辯，只氣得臉色鐵青，喝道：「如此說來，你們定是不肯告知我義父的行蹤了？」

陳友諒大聲道：「張教主，貴教光明使者楊逍，當年姦殺峨嵋派紀曉芙女俠，天下武林同道，無不髮指。你如自恃武功高強，又來幹這種卑鄙齷齪的勾當，只怕難逃公道。」

張無忌轉頭對周芷若道：「芷若，你倒說一聲，他們如何擄劫你來此處？」周芷若道：「我……我……我……」連說了三個「我」字，忽爾身子一斜，暈了過去。

羣丐紛紛鼓噪，叫道：「明教魔頭殺了人啦！」「張無忌逼姦不遂，害死了峨嵋派的掌門！」「殺了淫賊張無忌，為天下除害。」

張無忌大怒，踏步向前，便向史火龍衝去，心想：「擒賊先擒王，只要抓住了史火龍，好歹著落在他身上，逼問出我義父的下落。」

掌棒龍頭和執法長老雙雙攔上。掌棒龍頭揮動鐵棒，執法長老右手鋼鉤、左手鐵拐，兩個人三件兵刃，同時向他打來。張無忌一聲清嘯，乾坤大挪移心法使出，叮噹一聲響，執法長老右手鋼鉤格開了掌棒龍頭的鐵棒，左手單拐向他脅下砸去。

旁邊傳功長老長劍遞出，叫道：「這小子武功怪異，大夥兒小心了。」刷刷刷三劍，吐勢如虹，連指張無忌胸口小腹。張無忌見他招數凌厲，叫道：「好劍法。」側身避開，左手食指點向他大腿。傳功長老長劍圈轉，劍尖對準張無忌指尖戳去。這一下變招既快，劍尖所指更是不差毫釐，單此一劍，已是武林中罕見的高招。張無忌心中暗讚：「丐幫名揚江湖，百年不衰，幫中臥虎藏龍，果是有傑出的人材。」那日在彌勒廟中曾見玄冥二老和丐幫高手交戰，只是身藏樹中，不敢探首，所見不切，此刻親自交手，才知傳功、執法兩長老足可列名當世一流高手。掌棒龍頭火候較淺，卻也只是稍遜一籌而已。

瞬息之間，丐幫三老已和張無忌拆了二十餘招。陳友諒突然高聲叫道：「擺殺狗陣！」羣丐荷荷高呼，刀光似雪，二十一名丐幫好手各執彎刀，將張無忌圍在垓心。這二十一人或口唱蓮花落，或呻吟呼痛，或伸拳猛擊胸口，或高叫：「老爺、太太，施捨口冷飯！」張無忌先是一怔，隨即明白，這些古怪的呼叫舉動，旨在擾亂敵人心神。只見羣丐腳步錯雜，然進退趨避，卻是嚴謹有法。

傳功長老喝道：「且住！」退了兩步，橫劍當胸。執法長老和掌棒龍頭也各躍開。排成「殺狗陣」的羣丐卻仍是奔躍來去，絲毫不停。傳功長老叫道：「張教主，我們以眾欺寡，原本不該，但丐幫中任何一人均非閣下對手。除奸殺賊，可顧不得俠義道中單打獨鬥的規矩了。」張無忌微微一笑，道：「好說，好說。」傳功長老又道：「我們人人均有兵刃，張教主卻是空手，丐幫所佔便宜未免太多。張教主要使甚麼兵刃，儘管吩咐，自當遵命奉上。」

張無忌心想：「這位傳功長老武功既高，人也仗義，與陳友諒這干人倒是頗有不同。」說道：「跟各位玩玩，又何必掄刀動杖？在下要用兵刃，自己不會取麼？」

他說到此處，身形一晃，已從殺狗陣中閃出，雙手分在陳友諒與宋青書二人肩頭一按，夾手奪了二人手中長劍，側身斜退，又回入陣中。他一出一入，二十一名舞刀急奔的幫眾竟沒碰到他一片衣角。羣丐正自駭然，只聽他朗聲說道：「貴幫『殺狗陣』的名字取得甚好。只是殺狗容易，要想降龍伏虎，此陣便不管用。」說著雙劍一振，一股勁力傳到劍身之上，但聽得喀喇兩響，雙劍從中折斷。

掌棒龍頭大呼：「大夥兒上啊。」鐵棒向他胸口點到，執法長老的鉤拐也舞成兩團雪花，疾捲而至。張無忌向左一衝，身子卻向右方斜了出去，乾坤大挪移手法使將出來，但見白光連連閃動，噗噗噗之聲不絕，殺狗陣羣丐手中的彎刀都被他奪下拋上，一柄柄都插在大廳的正樑之上。二十一柄彎刀整整齊齊列成一排，每柄刀都沒入木中尺許。

猛聽得陳友諒叫道：「張無忌，你還不住手？」張無忌回過頭來，只見陳友諒手中又執著一柄長劍，劍尖指在周芷若的後心。

張無忌冷笑道：「百年來江湖上都說『明教、丐幫、少林派』，教派以明教居首，幫會推丐幫為尊，各位如此作為，也不怕辱沒了洪七公老俠的威名？」

傳功長老怒道：「陳長老，你放開周姑娘，我們跟張教主決一死戰。丐幫傾全幫之力，拾奪不下明教教主孤身一人，竟要出此下策。咱們大夥兒還有臉面做人麼？」

陳友諒笑道：「大丈夫寧鬥智，不鬥力。張無忌，你還不束手待縛？」

張無忌大笑道：「也罷！今日教張無忌見識了丐幫的威風。」突然間倒退兩步，向後一個空心觔斗，凌空落下，雙足已騎在丐幫幫主史火龍的肩頭。他右掌平放在史火龍的頂門，左掌拿住他後頸的經脈。

這一招聖火令武功竟如此輕易得手，連張無忌自己也頗出意料之外。他原意是使一招怪招、出其不意的欺近史火龍，心中算定了三招厲害後著，要快如閃電的將史火龍擒拿過來，只怕陳友諒心狠手辣，說不定真的會向周芷若猛下毒手。那知他所想好的三招厲害殺手竟一招也使不上，史火龍不經招架，便已被擒。他騎在史火龍肩頭，猶如兒童與大人戲耍一般，形相甚是不雅，但既已制住對方頂門要穴，卻也不願縱身下地，以致另生波折。

羣丐見幫主被擒，齊聲驚呼。張無忌右手手掌平平按在史火龍頂門的「百會穴」上，那「百會穴」是足太陽經和督脈之交，最是人身大穴，他只須掌力輕輕一吐，史火龍立時經脈震斷而斃，無藥可救。羣丐誰也不敢動彈。一陣呼喝過後，大廳上突然間一片寂靜，人人睜大了雙眼望著張無忌和史火龍，不知如何是好。

正在此時，忽聽得屋頂上傳下來輕輕數響琴簫和鳴之聲，似是有數具瑤琴、數枝洞簫同時奏鳴。樂聲縹緲宛轉，若有若無，但人人聽得十分清楚，只是忽東忽西，不知是從屋頂的那一方傳來。

張無忌大奇，實不知這琴簫之聲是何含意。陳友諒朗聲道：「何方高人駕臨丐幫？若是明教羣魔，不妨就此現身，何必裝神弄鬼？」

瑤琴聲錚錚錚連響三下，忽見四名白衣少女分從東西簷上飄然落入庭中，每人手中都抱著一具瑤琴。這四具琴比尋常的七絃琴短了一半，窄了一半，但也是七絃齊備。四名少女落下後分站庭中四方。跟著門外走進四名黑衣少女，每人手中各執一枝黑色長簫，這簫卻比常見的洞簫長了一半。四名黑衣少女也是分站四角。四白四黑，交叉而立。

八女站定方位，四具瑤琴上響起樂調，接著洞簫加入合奏，樂音極盡柔和幽雅。張無忌不懂音樂，然覺這樂聲宛轉悅耳，雖是身處極緊迫的局面之下，也願多聽一刻。

悠揚的樂聲之中，緩步走進一個身披淡黃輕衫的女子，左手攜著一個十二三歲的女童。那女子約莫二十七八歲年紀，風姿綽約，容貌極美，只是臉色太過蒼白，竟無半點血色。那女童卻相貌醜陋，鼻孔朝天，一張闊口，露出兩個大大的門牙，直有凶惡之態。她一手拉著那個美女，另一手卻持一根青竹棒。

羣丐一見這兩個女子進來，目光不約而同的都凝視著那根青竹棒。張無忌見這許多女子進來，自覺仍是騎在史火龍肩頭，未免太過兒戲，但陳友諒的劍尖不離周芷若後心，自己可不能輕易放開了丐幫幫主。但見羣丐人人目不轉睛的瞪著那女童手中的竹棒，似乎天下唯有這根竹棒才是第一要緊的物事，甚麼白衣少女、黑衣少女、黃衫美女，以及這個醜女童本人，誰都是對之視若無物。他暗暗詫異，打量這竹棒時，只見那棒通體碧綠，精光溜滑，不知多少年來經過多少人的摩挲把弄，但除此之外，卻也別無異處。

那黃衫美女目光一轉，猶似兩道冷電，掠過大廳上眾人，最後停在張無忌臉上，冷冰冰的道：「張教主，你年紀也不小了，正經事不幹，卻在這兒胡鬧。」這幾句話中微含責備之意，但辭語頗為親切，猶似長姊教訓幼弟一般。

張無忌臉上一紅，分辯道：「丐幫的陳長老以卑鄙手段，制住我的……我的同伴，我只好擒住他們的幫主。」

那美女微微一笑，柔聲道：「將人家幫主當馬騎，不太過份一點嗎？我從長安來，道上聽人說明教教主是個小魔頭，今日一見，唉，唉！」說著螓首輕搖，頗有不以為然的神色。

史火龍突然大叫：「張無忌你這小淫賊，快快下來！」想伸手去扳他腿，苦於後頸經脈被拿，半點勁道也使不出來。張無忌聽他當著婦道人家的面斥罵自己為「小淫賊」，又羞又怒，左手一股內力從他後頸透了過去。史火龍全身酸麻難當，忍不住大聲「啊喲，啊喲」的呻吟起來。

羣丐見張無忌如此無禮，而本幫幫主卻又這等孱弱，無不羞憤交集，均覺史火龍在敵人手下居然出聲呻吟，實大失英雄好漢的身分，別說他是江湖上第一大幫之主，便是尋常一個丐幫弟子，也不該對敵人低頭示弱。

陳友諒道：「張無忌，你放開我們史幫主，我便收劍如何？」他不待對方答應，當即還劍入鞘。他料得這一著必可收效，果然張無忌說道：「甚好。」身形一晃，已站在周芷若身邊，但見她雙眉深鎖，神情委頓，不由得甚是憐惜，扶她在庭中一張石鼓凳上坐下。

陳友諒轉向那黃衫美女，拱手說道：「芳駕惠臨敝幫，不知有何教言？尊姓大名，可得見示否？」又問那醜陋女童道：「小姑娘，你這根竹棒是那裏來的？」

那黃衫美女冷冷的道：「混元霹靂手成崑在那裏？請他出來相見。」張無忌聽到「混元霹靂手成崑」七字，心下大奇，卻見陳友諒臉上陡然變色。但他神色迅即寧定，淡淡的道：「混元霹靂手成崑？那是金毛獅王謝遜的師父啊。你該問明教張教主才是。」黃衫美女道：「閣下是誰？」陳友諒道：「在下姓陳，草字友諒，乃丐幫的八袋長老。」

黃衫美女嘴角向史火龍一撇，問道：「這傢伙是誰？模樣倒是雄赳赳的一副英雄氣概，怎地如此膿包？給人略加整治，便即大呼小叫，不像樣子。」

羣丐都感臉上無光，暗自羞慚，有些人瞧向史火龍的眼色之中，已帶著三分輕蔑，兩分氣惱。陳友諒道：「這位便是本幫史幫主。他老人家近來大病初愈，身子不適。你是客人，我們讓你三分。若再胡言亂道，得罪莫怪。」說到最後兩句，已是聲色俱厲。

那黃衫美女神色漠然，向一名黑衣少女道：「小翠，將那封信還了給他。」那黑衣少女應道：「是！」從懷中取出一封信來，托在手中。張無忌一瞥，見封皮上寫著：「面陳明教韓大爺山童親啟」，另一行寫著四個小字：「丐幫史緘。」

掌棒龍頭一見那信，登時滿臉紫脹，罵道：「小賤婢，原來途中一再戲弄老子的偷信賊，便是你這死丫頭。」挺起手中鐵棒，便要撲上前去廝拚。那黑衣少女格格一笑，說道：「我丫頭是丫頭，可是沒死。這麼大的人，連封信也看不住，不害羞。」說著纖手一揚，那封信平平穩穩的向掌棒龍頭飛來。掌棒龍頭當即一把抓住。

張無忌那晚曾見史火龍命掌棒龍頭送信去給韓山童，以韓林兒為要挾，脅他歸降丐幫，此時聽了這番對答，料知必是那些白衣黑衣少女途中戲耍掌棒龍頭，盜了他的書信，以致他迫得重返盧龍。但掌棒龍頭武功精強，聽他說話，竟是直至此刻方知戲耍他的人是誰，那麼這八名少女若非有過人的機智，便是身具極高武功，更可能是那黃衫美女暗中主持，將一位丐幫高手耍得團團亂轉。想到此處，不禁對那黃衫女子好生感激。

那黃衫女子說道：「韓山童起義淮泗，驅逐韃子，道路傳言，都說他仁厚好義，不擾百姓。既是這麼一位英雄人物，豈能為了兒子而背叛明教，投降丐幫？你們就算將這信送到韓大爺手中，那也只自討沒趣而已。我見這位龍頭大哥胡塗得可笑，又因丐幫中有件大事，須他親自在場，才截下他的信來。」

張無忌抱拳道：「多謝大姊援手相助，張無忌有禮。」黃衫女子還了一禮，道：「不必客氣。」

黃衫女子又向丐幫眾人道：「你們以為擒住了韓林兒，便能逼迫韓山童投降麼？掌棒龍頭大哥，那日你在道上接連受阻，以為改行小道，便能避過麼？嘿嘿，就算避過了，這信送到韓山童手中，於你丐幫也無好處。」

陳友諒心中一動，接過那封信來，只見封皮完好無缺，撕開封皮，抽出信箋，一瞥之下，臉色登時大變。原來一封向韓山童招降的信，已變成丐幫向明教投誠的降書，文字中卑躬屈膝，盡極謙抑，自罵過去所作所為實是萬惡不赦，聲稱自今而後，決定痛改前非，務懇明教寬洪大量，既往不咎，收錄作為下屬，俾為驅趕元虜的馬前先行。

黃衫女子冷笑道：「不錯，這信我是瞧過啦，可不是我改的。我看了此信才知掌棒龍頭早已著了人家手腳，上了大當。我念著跟丐幫上一代的淵源，雅不願威名赫赫的天下第一大幫，到今日如此出醜露乖，這才截了下來。你們想想，此信由丐幫掌棒龍頭親手送到了明教手中，丐幫今後還有顏面立足於江湖之上麼？」

傳功長老、執法長老、掌缽龍頭、掌棒龍頭等先後接過信來，一看之下，無不驚怒，心下卻又不禁暗叫：「慚愧！」果如黃衫女子所言，這封卑辭奴言、沒半分骨氣的降書一落入明教之手，丐幫醜名揚於天下，所有丐幫弟子，再難在人前直立。如此說來，黃衫女子截下這封書信，實是幫了丐幫一個大忙。然則偷換書信，卻又是何人？

黑衣少女小翠笑道：「你們想問：這封信是誰換的，是不是？」丐幫不答，但人人臉上均露出急欲知曉的神色。小翠道：「掌棒龍頭，你除下外袍，便知端的。」

掌棒龍頭早已滿臉脹得通紅，頸中青筋根根凸起，聽得此言，當即雙手拉住外袍兩邊衣襟一扯，噗噗數聲輕響過去，扣子盡數崩斷。他向後一甩，已將外袍丟下，喝道：「那便怎地？」只聽得他身後羣丐齊聲「咦」的驚呼，似乎瞧到了甚麼怪異事物。掌棒龍頭道：「甚麼？」轉過身來，只見六七人指著他的背脊。掌棒龍頭更是焦躁，雙手一陣亂扯，撕破內衫前襟，將貼肉的衣衫除下，露出一身虬纏糾結的肌肉，揮過內衫一瞧，只見衫上用靛青繪著一隻青色大蝙蝠，雙翼大張，猙獰可怖，口邊點著幾滴紅色血點。

傳功長老、執法長老等齊聲叫道：「青翼蝠王韋一笑！」

韋一笑從前少到中原，聲名不響，但近年來在江湖上神出鬼沒、大顯身手，威名之盛，已頗不下於白眉鷹王。張無忌心下暗喜：「若非韋兄這等來無影、去無蹤的輕功，原是難以戲弄得這掌棒龍頭全無知覺。」

掌棒龍頭一怔，提起那件內衫，劈臉向張無忌打來，罵道：「好啊，原來是你們這批魔崽子戲弄老夫。」張無忌衣袖一拂，那內衫被一股勁風帶得冉冉上升，掛在庭中一株銀杏樹椏枝之上，臨風飄揚，衫上那隻吸血大蝙蝠更顯得栩栩如生。張無忌笑道：「掌棒龍頭，敝教韋蝠王手下留情，你難道不知麼？他當日若要取你性命，你便怎樣？」掌棒龍頭一想，不由自主的打個寒噤。

陳友諒心知此事越鬧越臭，只有擱下不理，是為上策，問那黃衫女子道：「請問姑娘高姓，不知與我們有何淵源。」

黃衫女子冷笑道：「跟你們有甚麼淵源？我只跟這根打狗棒有些淵源。」說著向醜女童中的青竹棒一指。

羣丐早認出這是本幫幫主信物打狗棒，卻不明何以會落入旁人手中，各人的眼光都瞧著史火龍，但見他臉色慘白，不知所措。傳功長老問道：「幫主，這女孩拿著的打狗棒，是假的麼？」史火龍道：「我……我看多半是假的。」

黃衫女子道：「好，那麼你將真的打狗棒取將出來，比對比對。」史火龍道：「打狗棒是丐幫至寶，怎能輕易示人？我也沒隨身攜帶，若有失落，豈不糟糕？」羣丐一聽，都覺這句話不成體統，身為丐幫幫主，怎會怕打狗棒失落？

那女童高舉竹棒，大聲道：「大家來看。這打狗棒是本幫……本幫一代代傳下來的棒兒，怎麼會假？」羣丐聽她口稱「本幫」，暗自驚奇，走近細看，見這棒晶潤如玉，堅硬勝鐵，確是本幫幫主的信物打狗棒無疑。各人面面相覷，不明其理。

黃衫女子道：「素聞丐幫幫主以降龍十八掌及打狗棒法二大神功馳名天下。小虹，你先向史幫主討教討教降龍十八掌的功夫。小玲，你待小虹姊姊勝了之後，再向史幫主討教討教打狗棒法的功夫。」兩名手持長簫的少女應聲躍出，分站左右。

陳友諒怒道：「姑娘不肯見示姓名，已是沒將丐幫放在眼中，更令兩名小婢向我們幫主挑戰，江湖上焉有這個道理？史幫主，待弟子先料理了這兩個丫鬟，再來領教這位姑娘的高招。咱們要瞧瞧到底是何方高人，如此輕視丐幫。」史火龍道：「他奶奶的，很好，就請陳長老下場。」陳友諒刷的一聲拔出長劍，緩步走到中庭。

那小虹道：「姑娘叫我討教降龍十八掌，你會這路掌法？使降龍十八掌是用劍的麼？」陳友諒喝道：「史幫主何等身分，怎能跟你小丫頭動手過招？降龍十八掌的神功，豈是你小丫頭輕易見得的？」說著又踏上了一步。

黃衫女子向張無忌道：「張教主，我求你一件事。」張無忌道：「姑娘請說。」黃衫女子道：「請你將這姓陳的傢伙攆了開去，將那冒充史幫主的大騙子揪將出來。」

張無忌先前只一招便將史火龍擒住，覺得他武功實在平庸之極，再想起那日韓林兒一口濃痰吐去，史火龍竟然沒能避開，心下早已起疑，又見他事事聽陳友諒指點，自己沒半點主意，憑他武功、識見，決不能為丐幫之主，這時聽黃衫女子說他是「冒充幫主的大騙子」，前後一加印證，已自明白了六七成，一點頭，已欺到史火龍身前。

史火龍一招「沖天炮」打出，砰的一拳，打在張無忌胸口。張無忌哈哈大笑，說道：「降龍十八掌神功，是如此膿包嗎？」伸手抓住他胸口衣襟，將他提了出來。陳友諒自知非張無忌敵手，不等他動手，已自行退入了人叢之中。

那醜女童突然放聲大哭，撲將上來，抓住史火龍亂撕亂打，叫道：「你害死我爹爹，害死我爹爹，你這惡賊。」史火龍被張無忌拿住後心穴道，動彈不得。他身材高大，那女童的小拳頭只打到他的肚子。張無忌手臂一拗，將他腦袋揿了下來。那女童抓住他頭髮一扯。史火龍滿頭頭髮忽然盡皆跌落，露出油光晶亮的一個光頭。原來他竟是個禿頭，頭上戴的是假髮。亂抓之下，那女童忽然又抓下了他一塊鼻子，卻無鮮血流出。

眾人驚奇已極，凝目細看，原來他鼻子低塌，那高鼻子也是假裝的。羣丐一陣大譁，齊問：「你是誰？怎地來冒充史幫主？」

張無忌提起他身子重重一頓，只摔得他七葷八素，半晌說不出話來。張無忌微微一笑，自行退開，心想此人冒充史火龍，真相既然大白，自有羣丐跟他算帳。

掌棒龍頭性如烈火，上前左右開弓，拍拍拍拍打了他七八個重重的耳光。那假幫主雙頰紅腫，大叫：「不干我事，不干我事。是陳……陳長老叫我幹的。」執法長老心頭一凜，喝道：「陳友諒呢？」卻已不見陳友諒人影，料想他一見事情敗露，早已逃之夭夭。執法長老道：「快追他回來！」數名七袋弟子應聲而出，追出門去。

掌棒龍頭罵道：「直娘賊！你是甚麼東西，要老子向你磕頭，叫你幫主。」提起蒲扇大的巴掌，又要往他臉上摑去。執法長老忙伸手格開，說道：「馮兄弟不可魯莽。你一掌打死了他，甚麼事都查不出來了。」轉身向那黃衫女子抱拳行禮，恭恭敬敬的道：「若非姑娘拆穿此人奸謀，我們至今兀自蒙在鼓裏。姑娘芳名可能見示否，敝幫上下，同感大德。」

黃衫女子淡淡一笑，道：「小女子幽居深山，自來不與外人往還，姓名也沒甚麼用處。至於這一位小妹妹，你們之中難道沒人認得她嗎？」

羣丐瞧著這個女童，沒一人認得。傳功長老忽地心念一動，踏上一步，道：「她……她……她的相貌有點像史幫主夫人哪……莫非……莫非……」

黃衫女子道：「不錯，她姓史名紅石，是史火龍史幫主的獨生女兒。史幫主臨危之時，要他夫人抱了這孩子，攜帶打狗棒前來找我，替他報仇雪恨。」

傳功長老驚道：「姑娘！你說史幫主已經歸天了？他……他老人家是怎麼死的？」

上代丐幫幫主所傳的那降龍十八掌，在耶律齊手中便已沒能學全，此後丐幫歷任幫主，最多也只學到十四掌為止。史火龍所學到的共有十二掌，他在二十餘年之前，因苦練這門掌法時內力不濟，得了上半身癱瘓之症，雙臂不能轉動，自此攜同妻子，到各處深山尋覓靈藥治病，將丐幫幫務交與傳功、執法二長老，掌棒、掌缽二龍頭共同處理。

但二長老、二龍頭不相統屬，各管各的，幫中污衣淨衣兩派又積不相能，以致偌大一個丐幫漸趨式微。待這假幫主最近突然現身，年輕的丐幫弟子從未見過幫主，而傳功長老等人和史火龍一別二十餘年，見這假幫主相貌甚似，又有誰想得到竟會是假冒的？

黃衫女子嘆了口氣，說道：「史幫主是喪生在混元霹靂手成崑的手下。」

張無忌「咦」了一聲，心想自己在光明頂上親眼見到成崑屍橫就地，怎麼會去殺死史火龍？那麼定是他在上光明頂之前幹的事了，問道：「請問姑娘，史幫主喪生已有多久了？」黃衫女子道：「去年十月初六，距今兩月有餘。」張無忌道：「這就奇了。不知姑娘何以知道是成崑那老賊下的毒手。」

黃衫女子道：「史夫人言道：史幫主和一名老者連對一十二掌，那老者嘔血而走。史幫主也為那老者掌力所傷。史幫主自知傷重不治，料想那老者三日之後，必定元氣恢復，重來尋釁，當即向夫人囑咐後事，說出仇人姓名，乃是混元霹靂手成崑。史幫主雙臂癱瘓之症，其時已愈了九成，他曾得降龍十八掌中的十二掌真傳，武功已是江湖上一流高手，但竭盡全力，十二掌使完，仍是難逃敵人毒手。」女童史紅石聽到這裏，放聲大哭起來。

傳功長老臉現悲憤之色，將骯髒的衣袖替史紅石擦去淚水，說道：「小世妹，幫主之仇，即我幫上下數萬弟子之仇，咱們終當擒住那混元霹靂手成崑，碎屍萬段，以報幫主的大恨。不知你媽媽眼下在那裏？」

史紅石指著黃衫女子，說道：「我媽媽在楊姊姊家裏養傷。」眾人直至此時，方知那黃衫美女姓楊，至於她是何等人物，仍是猜不到半點端倪。

黃衫女子輕輕嘆了口氣，說道：「史夫人也挨了成崑一掌，傷勢著實不輕，長途跋涉來到舍下，已然奄奄一息，今後是否能夠痊可，那也……那也難說。」

執法長老恨恨的道：「這成崑不知跟老幫主有何仇怨，竟爾下此毒手？」黃衫女子道：「據史夫人轉述史幫主遺言，他和這成崑素不相識，仇怨兩字，更是無從說起。因此他老人家直到臨終，仍是不明原由。據史夫人推測，多半是丐幫中人甚麼地方得罪了成崑，因而找到史幫主頭上。」執法長老沉吟道：「這成崑為了躲避謝遜，數十年前便已在江湖上銷聲匿跡，不知所終，丐幫弟子怎能和他結仇？看來其中必有重大誤會。」

掌缽龍頭一直在旁靜聽，一言不發，這時突然抓起一柄彎刀，架在那假冒史火龍的禿子頸中，喝道：「你叫甚麼名字？為甚麼膽敢假冒史幫主？快快說來，若有半字虛言，哼，哼！」說著彎刀一斜，將一張椅子劈為兩半，隨即又架在那禿子頸中。

那禿子嚇得魂不附體，道：「我……我……小人名叫癩頭黿劉敖，本是山西解縣亂石岡山寨中的一名頭目，這天下山做沒本錢的買賣，撞到了陳友諒陳長老，還有陳長老的師父。陳長老一腳將小人踢翻了，提劍要殺，小人連忙磕頭求饒。陳長老對小人左瞧右瞧，忽然說道：『師父，這小賊挺像咱們前天所見的那個人哪。』他師父搖頭道：『嘿嘿，年紀不對，鼻子塌了，又是個禿頭。』陳長老笑道：『弟子有法子弄他像來。』於是叫小人跟著他們到解縣，住在客店之中。陳長老去弄了些石膏，裝高了小人鼻子，又叫我戴上假的白頭髮，喬扮成這等模樣……各位老爺，小人便有天大的膽子，也不敢來戲弄諸位，只是陳長老這麼說，小人只好這麼幹。小人狗命一條，全揑在他手裏，那……那是無可奈何，小人家中尚有八十歲的老娘，眾位大爺饒命則個。」說著雙膝跪倒，磕頭便如搗蒜。

執法長老沉吟道：「陳友諒出身少林派，他師父是少林寺的高僧，他……他還有甚麼師父？」

這一言提醒了張無忌，當即接口道：「不錯，他師父便是成崑。」於是將成崑化名圓真、混入少林寺拜神僧空見為師等情簡略說了，跟著又說圓真如何偷襲光明頂，終於為殷野王所擊斃，但屍身卻又突然失蹤。

掌缽龍頭和執法長老齊聲道：「此事已無可疑。在光明頂上，成崑乃是假死，混亂之中悄悄溜走了。」傳功長老怒道：「原來罪魁禍首竟是陳友諒這奸賊。他師徒二人野心勃勃，妄圖獨霸天下，是以害死了史幫主，命這小毛賊冒充，做他們傀儡，再想進一步挾制明教，籠絡少林、武當、峨嵋三大派。這奸計不可謂不毒，野心不可謂不大。宋青書呢？宋青書到那裏去了？」各人這些時候中只注視著丐幫幫主、黃衫女子、史紅石等人，沒防到宋青書竟也步著陳友諒後塵，不知何時溜之大吉了。

說到此時，印證各事，陳友諒的奸計終於全盤暴露。

傳功長老向黃衫女子深深一揖，說道：「姑娘有大德於敝幫，丐幫不知何以為報。」

黃衫女子淡淡一笑，笑道：「我先人和貴幫上代淵源甚深，些些微勞，何足掛齒？這位史家小妹妹，你們好好照顧。」躬身一禮，黃影一閃，已掠上屋頂。

傳功長老叫道：「姑娘且請留步。」

那四名黑衣少女、四名白衣少女一齊躍上屋頂，琴聲丁冬、簫聲嗚咽，片刻間琴簫之聲飄然遠引，曲未終而人已不見，倏然而來，倏然而去。眾人心下均感一陣悵惘。

傳功長老攜了史紅石的手，向張無忌道：「張教主，且請進廳內說話。」羣丐恭恭敬敬的站在一旁，請張無忌先行。

張無忌走進廳內，和傳功長老等分賓主坐定，周芷若坐在他肩下。張無忌請問了傳功長老、執法長老諸人的姓名之後，便道：「曹長老，我義父金毛獅王若在貴幫，便請出來相見，否則亦盼示知他老人家的下落。」

傳功長老嘆了口氣，道：「陳友諒這奸賊玩弄手段，累得丐幫愧對天下英雄。不瞞張教主說，謝大俠和這位周姑娘，確是我們在關外合力請來，其時謝大俠身染疾病，昏迷在床。我們沒經動手過招，就請他大駕到了此間。五日之前的晚間，謝大俠突然擊斃了看守他的敝幫弟子，脫身而去。所斃丐幫人眾，棺木尚停在後院未葬。張教主若是不信，可請移駕到後院審察。」

張無忌聽他言語誠懇，何況那晚丐幫弟子屍橫斗室，自己親眼目睹，便道：「曹長老既如此說，在下焉敢不信？」又問：「從盧龍一路向西，留有敝教聯絡的記號，在下查得卻非本教兄弟所作，不知此事跟貴幫有關否？」

傳功長老道：「說不定是陳友諒那廝所作的手腳，說來慚愧，兄弟實無所知。」

張無忌點點頭，沉吟片刻，便即明白：「那成崑在光明頂上出入自如，我教的記號他自然知道。此人既然未死，這些玄虛自是他鬧的了。但若我義父竟是落入了成崑手中……」念及此事，額頭不禁出汗，定了定神，問史紅石：「小妹妹，這位楊姊姊住在那裏？你從前識得她麼？」

史紅石搖頭道：「我從前不識。爹爹死後，媽媽同我，帶了爹爹的竹棒兒，坐車走了好幾天，就不坐車了，上山去。媽媽走不動了，歇一歇，在地下爬一會，後來到了樹林外邊，媽媽大叫幾聲。後來一個穿黑衣的小姊姊出來，後來楊姊姊出來，問了媽媽許多話，拿這棒兒去了半天。後來媽媽昏了過去。後來楊姊姊便帶了我，又帶了八個穿白衣裳、黑衣裳的小姊姊，坐了車子來啦。」她年紀幼小，說不出個所以然，問到地名日子，也是一概不知，從她口中竟探不到半點端倪。

傳功長老道：「貴教韓山童大爺的公子，卻在敝幫。」他轉頭吩咐了幾句，一名丐幫弟子匆匆進去。

過不多時，只聽得韓林兒破口大罵的聲音從後堂傳出：「你們這些個個不得好死的臭叫化，又來欺騙老子！我們張教主身分何等尊貴，豈能駕臨到你們這臭叫化窩來。你乘早送老子上西天去。鬼鬼祟祟的奸計，一概不管用。」丐幫眾長老聽了，均有慚色。

張無忌敬重韓林兒的骨氣為人，站起身來，搶上幾步，見他怒氣沖沖的從後壁大踏步走出來，便道：「韓大哥，我在這裏，這幾天委屈了你啦。」

韓林兒一怔，不勝之喜，當即跪下拜倒，說道：「張教主，果然是你老人家來啦，這可想煞了小人。你快傳下號令，將這些臭叫化兒殺個乾淨。」張無忌含笑扶起，說道：「韓大哥，丐幫諸位長老也是中了旁人奸計，致生誤會。此刻已分解明白，原來大家都是好朋友。」

韓大哥瞧在兄弟面上，不必介意。」韓林兒站起身來，向傳功長老等怒目而視，本想痛罵幾句，一出心中怒氣，但教主既已如此吩咐，只得強自忍耐。

執法長老道：「張教主今日光降，實是敝幫莫大榮寵。快整治筵席！大夥兒一來給張教主接風，二來向峨嵋派周掌門致歉，三來向韓大哥陪罪。」早有眾弟子答應了下去。

張無忌心懸義父安危，有許多話要向周芷若詢問，實是無心飲食，當即抱拳說道：「諸位美意，甚是感謝。只是在下急於尋訪義父，只好日後再行叨擾，莫怪，莫怪。」

傳功長老等挽留再三。張無忌見其意誠，倘若就此便去，不免得罪了丐幫，只得留下與宴。席間丐幫諸高手又鄭重謝罪，並說已派丐幫中弟子四出尋訪謝遜下落，一有訊息，立即遣急足報與明教知道。張無忌謝了，與諸長老、龍頭席上訂交，痛飲而散。

丐幫眾高手見他年紀雖輕，但武功既高而絕無傲人之態，豁達大度，殷殷以攜手共抗韃子為勉，眾人均是大為心折，直送至盧龍城外十里，方始分手。

三十四

新婦素手裂紅裳

突然間身旁紅影閃動，
一人追到了趙敏身後，
紅袖中伸出纖纖素手，
五根手指向趙敏頭頂疾插而落。
這一下兔起鶻落，迅捷無比，
出手的正是新娘周芷若。

張無忌、周芷若、韓林兒三人騎了丐幫那大財主所贈駿馬，沿官道南下。韓林兒對教主十分恭謹，不敢並騎而行，遠遠跟在後面，沿途倒水奉茶，猶如奴僕般服侍張周二人。張無忌過意不去，說道：「韓大哥，你雖是我教下兄弟，但我敬你為人，在公事上你聽我號令，日常相處，咱們平輩論交，便如兄弟朋友一般。」韓林兒甚是惶恐，說道：「屬下對教主死心塌地的敬仰，平輩論交，如何克當？平時無緣多親近教主，今日得以小小盡心，服侍教主，實是屬下生平之幸。」

周芷若微笑道：「我不是你教主，你卻不必對我這般恭敬。」韓林兒道：「周姑娘是天人一般的人物，小人能跟你說幾句話，已是前生修來的福氣。言語粗魯，姑娘莫怪。」周芷若聽他說得誠懇，眼光中所流露的崇敬，實將自己當作了天仙天神。她自知容色清麗，所有青年男子遇到自己無不心搖神馳，但如韓林兒這般五體投地的拜倒，卻也是平生從所未遇，少女情懷，也不禁欣喜。

張無忌問起她當日被丐幫擒獲的經過。周芷若言道：那日他出了客店不久，謝遜突然渾身顫抖，胡言亂語起來。她心中害怕，竭力勸慰，但謝遜似乎不認得她了，在店房中亂跳亂竄，過了一會，便即癱瘓在地，人事不知。便在此時，丐幫中有六七名高手同時搶進房來，她不及抽劍抵禦，即給制住，和謝遜二人同時被送到盧龍。

張無忌幼時便知義父因練七傷拳傷了心脈，兼之全家為成崑所害，偶爾會心智錯亂，只沒料到他竟會在這當口發作，以致無法抵擋丐幫的侵襲，不勝歎息。兩人琢磨謝遜不知此刻到了何處，均感茫無頭緒。

張無忌道：「京師是各路人物會聚之處，咱們南下路過，便可去大都打探一下消息。我想青翼蝠王韋兄手中，多半會有若干線索。」周芷若抿嘴笑道：「你去大都啊，當真是想見韋一笑麼？」張無忌明白她言中之意，不禁臉上一紅，說道：「也不一定找得到韋兄。若能遇上楊左使、苦頭陀、彭和尚他們，也總能幫我出些主意。」周芷若微笑道：「有一位神機妙算、足智多謀的人兒，你到大都去找她，更能幫你出些好主意。楊左使、苦頭陀、彭和尚他們，萬萬不及這位姑娘聰明。」

張無忌一直不敢跟她說起與趙敏相遇之事，這時聽她提及，不由得神色間頗為忸怩，說道：「你總是念念不忘趙姑娘，高興起來便損我兩句。」周芷若笑道：「念念不忘於她的，也不知是我呢，還是另有旁人。你自己作賊心虛，當我瞧不出你心中有鬼麼？」

張無忌心想自己與周芷若已有白頭之約，此時生死與共，兩情不貳，甚麼都不該瞞她，說道：「芷若，有一件事我該當與你說，請你別生氣。」

周芷若道：「我該生氣便生氣，不該生氣便不生氣。」

張無忌心中一窒，暗想自己曾對她發下重誓，決意殺了趙敏，為表妹殷離報仇，但與趙敏相見後非但不殺，反而和她荒郊共宿，連騎並行，這番經過委實難以出口。他不善作偽，自覺羞慚，神色間便盡數顯了出來。

他沉吟之間，雙騎已奔近一處小鎮，眼見天色不早，便找一家小客店投宿。晚飯過後，他又替周芷若在背心穴道上推拿了一陣，雖然解穴的法門不合，但點穴後為時已久，推拿後血脈運轉，被封住的穴道終於也解開了。他暗想：「丐幫諸長老武功雖非極強，點穴手法卻大是神妙。芷若心性高傲，不肯在席間求他們解穴，那出手點穴之人居然也假裝忘記了。嘿嘿，這些化子死要面子，一敗塗地之餘，勉強在點穴法上佔些上風也是好的。」

周芷若嫌客店中有股污穢霉氣，說道：「咱們到外面走走，活活血脈。」張無忌道：「好！」攜了她的手，走到鎮外。

其時夕陽下山，西邊天上晚霞如血，兩人閒步一會，在一株大樹下坐了，但見太陽緩緩下山，周遭暮色漸漸逼來。張無忌鼓起勇氣，將彌勒廟中如何遇見趙敏、如何發現莫聲谷的屍體、如何和宋遠橋等相會、如何循著明教的火燄記號在冀北大兜圈子等情一一說了，說到最後，雙手握著周芷若的兩手，道：「芷若，你是我未過門的妻子，咱倆夫妻一體，我甚麼事也不會瞞你。趙姑娘堅要再見我義父一面，說有幾句要緊的話問他。我當時便起了疑心，此刻回思，越想越是害怕。」說到最後這幾句話，聲音也發顫了。

周芷若道：「你害怕甚麼？」張無忌只覺掌中的一雙小手寒冷如冰，也是輕輕發抖，便道：「我想起義父患有失心瘋之症，發作起來，人事不知。當年他瘋疾大發，竟要扼死我媽媽，他一對眼睛便是因此給我媽媽射瞎的。當我出生之時，義父又想殺死我爸爸媽媽，幸而聽到我的哭聲，這才神智清醒。我怕……我真怕……」

周芷若道：「你怕甚麼？」張無忌嘆了口氣，道：「此話我本不該說，但我確是擔心，我表妹是……是……義父殺的。」周芷若跳起身來，顫聲道：「謝大俠仁俠仗義，對咱們後輩更是慈愛，怎會去殺殷姑娘？」張無忌道：「我只是憑空猜測，當然作不得準。就算我表妹真為義父所殺，那也是他老人家舊疾突發，猶如夢魘一般，決不是他老人家的本意。唉，這一切帳，都該算在成崑那惡賊身上。」

周芷若沉思半晌，搖頭道：「不對，不對！難道咱們齊中『十香軟筋散』之毒，也是義父他老人家作的手腳？他又從何處得這毒藥？一個人心智突然糊塗，殺人倒也不奇，卻又怎會細心細致的在飲食之中下毒？」

張無忌眼前猶如罩了一團濃霧，瞧不出半點光亮。只聽周芷若冷冷的道：「無忌哥哥，你是千方百計，在想替趙姑娘開脫洗刷。」張無忌道：「倘若趙姑娘真是兇手，她躲避義父尚自不及，何以執意要見義父，說有幾句要緊話問他？」

周芷若冷笑道：「這位姑娘機變無雙，她要為自己洗脫罪名，難道還想不出甚麼巧妙法兒麼？」她語聲突轉溫柔，偎倚在他身上，說道：「無忌哥哥，你是天下第一等的忠厚老實之人，說到聰明智謀，如何能是趙姑娘的對手？」

張無忌嘆了口氣，覺得她所言確甚有理，伸臂輕輕摟住她柔軟的身子，柔聲說道：「芷若，我只覺世事煩惱不盡，即令親如義父，也教我起了疑心。我只盼驅走韃子的大事一了，你我隱居深山，共享清福，再也不理這塵世之事了。」周芷若道：「你是明教的教主，倘若天如人願，真能逐走了胡虜，那時天下大事都在你明教掌握之中，如何能容你去享清福？」張無忌道：「我才幹不足以勝任教主，更不想當教主。要是明教掌握重權，這一教之主，更非由一位英明智哲之士來擔當不可。」周芷若道：「你年紀尚輕，目下才幹不足，難道不會學麼？再說，我是峨嵋一派的掌門，肩頭擔子甚重。師父將這掌門人的鐵指環授我之時，命我務當光大本門，就算你能隱居山林，我卻沒這福氣呢。」

張無忌撫摸她手指上的鐵指環，道：「那日我見這指環落在陳友諒手中，心裏焦急得了不得，只怕你受了奸人的欺辱，恨不得插翅飛到你的身邊。芷若，我沒能早日救你脫險，這些日子中，你可受了委屈啦。這鐵指環，他們怎麼又還了你？」

周芷若道：「是武當派的宋青書少俠拿來還我的。」

張無忌聽她提到宋青書的名字，突然想到她與宋青書並肩共席、在丐幫廳上飲酒的情景，問道：「宋青書對你很好，是不是？」周芷若聽他語聲有異，問道：「甚麼叫做『對你很好』？」張無忌道：「沒甚麼，我只是隨便問問。宋師哥對你一往情深，不惜叛派逆父，弒叔謀祖，對你自是很好的了。」

周芷若仰頭望著東邊初升的新月，幽幽的道：「你待我只要能有他一半的好，我就心滿意足的了。」張無忌道：「我固是不及宋師哥這般癡情，要我為你做這些不孝不義之事，那是萬萬不能。」周芷若道：「為了我，你是不能。為趙姑娘，你偏能夠。你在那小島上立了重誓，定當殺此妖女，為殷姑娘報仇。可是你一見她面，登時便將誓言忘得乾乾淨淨了。」

張無忌道：「芷若，要是我查明屠龍刀和倚天劍確是趙姑娘所盜，我表妹確實是她害死的，我自不會饒她。但若她是清白無辜，我總不能無端端的殺她。說不定我當日在小島上立誓，卻是錯了。」

周芷若不語。張無忌道：「我說錯了麼？」周芷若道：「不！我是想起在萬安寺的高塔之上，我也曾在師父跟前發過重誓。只恨我在小島上對你以身相許之時，不肯把這重誓說了出來。」張無忌驚問：「你……你發過甚麼重誓？」

周芷若道：「那時我對師父發誓說，要是我日後嫁你為妻，我父母死在地下不得安穩，我師父化為厲鬼，日夕向我糾纏，我跟你生的子孫男的世世為奴，女的代代為娼。」

張無忌一聽到這幾句如此毒辣的惡誓，不禁身子發抖，隔了半晌，才道：「芷若，那是作不得數的，當真作不得數的。你師父只道明教是為非作惡的魔教，我是奸邪無恥的淫賊，才逼你發此重誓。她老人家若是得知真相，定要教你免了此誓。」周芷若淚流滿面，泣道：「可是她……她老人家已經不知道啦。」說著撲在他懷裏，抽抽噎噎的哭個不休。

張無忌撫摸她的柔髮，慰道：「你師父倘若地下有知，定然不會怪你背誓。難道我真是奸邪無恥的淫賊嗎？」周芷若抱著他腰，說道：「你現下還不是。可是你將來受了趙敏的蠱惑，說不定……說不定便奸邪無恥了。」張無忌伸指在她頰上輕輕一彈，笑道：「你把我瞧得忒也小了。你夫君是這樣的人麼？」

周芷若抬起頭來，臉頰上兀自帶著晶晶珠淚，眼中卻已全是笑意，說道：「也不羞，你已是我的夫君了麼？你再跟那趙敏小妖女鬼鬼祟祟，我才不要你呢。誰保得定你將來不會如那宋青書一般，為了一個女子，便做出許多卑鄙無恥的勾當來。」

張無忌低下頭去，在她臉頰上一吻，笑道：「誰叫你天仙下凡，咱們凡夫俗子，怎能把持得定？這是你爹爹媽媽不好，生得你太美，可害死咱們男人啦！」

突然之間，兩丈開外一株大樹後「嘿嘿」連聲，傳來兩下冷笑。張無忌正將周芷若摟在懷裏，一愕之間，只見一個人影連晃幾晃，已遠遠去了。

周芷若一躍而起，蒼白著臉，顫聲道：「是趙敏！她一直跟著咱們。」張無忌聽這兩下冷笑確是女子聲音，卻難以斷定是否趙敏，黑夜之中，又無法分辨背影模樣，遲疑道：「真是她麼？她跟著咱們幹麼？」周芷若怒道：「她喜歡你啊，還假惺惺的裝不知道呢。你們多半暗中約好了的，這般裝神扮鬼的來耍弄我。」張無忌連叫冤枉。

周芷若俏立寒風之中，思前想後，不由得怔怔的掉下淚來。

張無忌左手輕輕摟住她肩頭，右手伸袖替她擦去淚水，柔聲道：「怎麼好端端地又流起淚來？若是我約趙姑娘來此，教我天誅地滅。你倒想想，要是我心中對她好，又知她人在左近，怎會跟你瘋瘋顛顛的說些親熱話兒？那不是故意氣她，讓她難堪麼？」

周芷若嘆道：「這話倒也不錯。無忌哥哥，我心中好生難以平定。」張無忌道：「為甚麼？」周芷若道：「我總是忘不了對師父發過的重誓。又想這趙敏定然放不過我，不論武功智謀，我都跟她差得太遠。」張無忌道：「我自當盡心竭力，保護你周全。我怎容她傷我愛妻的一根毫髮？」周芷若道：「倘若我死在她手裏，那也罷了，只怪我自己命苦。怕的是你受了她迷惑，信了她花言巧語，中了她的圈套機關，卻來殺我，那時我才死不瞑目呢。」

張無忌笑道：「那當真是杞人憂天了。世上多少害過我、得罪過我的人，我都不殺，怎麼反而會殺你？」解開衣襟，露出胸口劍疤，笑道：「這一劍是你刺的！你越刺得我深，我越是愛你。」周芷若伸出纖纖素手，輕輕撫摸他胸口傷痕，心中若不勝情，突然臉色蒼白，說道：「一報還一報，將來你便一劍將我刺死，我也不懊悔。」

張無忌伸臂將她摟在懷裏，柔聲道：「待咱們找到義父，便請他老人家替咱倆主婚，自後咱二人行坐不離，白頭偕老。只要你歡喜，再刺我幾劍都成，我重話兒也不說你一句。這麼著，你夠便宜了罷？」周芷若將臉頰貼在他火熱的胸膛之上，低聲道：「但願你大丈夫言而有信，不忘了今日的話。」

兩人偎倚良久，直至中宵，風露漸重，方回客店分別就寢。

次晨三人繼續南行，路上也沒發現趙敏的蹤跡，不一日已來到大都。進城時已是傍晚，只見合城男女都在灑水掃地，將街道里巷掃得乾乾淨淨，每家門口都擺了香案。

張無忌等投了客店，問店夥城中有何大事。店小二道：「客官遠來不知，可卻也撞得真巧，合該有眼福，明日是大遊皇城啊。」張無忌道：「甚麼大遊皇城？」店小二道：「明天是一年一度皇上大遊皇城的日子。皇上要到慶壽寺供香，數萬男男女女扮戲遊行，頭尾少說也有三四十里長，那才叫好看哩。客官今晚早些安息，明兒起個早，到玉德殿門外去佔個座兒，要是你眼光好，皇上、皇后、貴妃、太子、公主，個個都能瞧見。你想想，咱們做小百姓的，若不是住在京師，那有親眼見到皇上的福氣？」

韓林兒聽得不耐煩起來，斥道：「認賊作父，無恥漢奸！韃子的皇帝有甚麼好看？」店小二睜大了眼睛，指著他道：「你……你……你說這種話，不是造反麼？你不怕殺頭麼？」韓林兒道：「你是漢人，韃子害得咱們多慘，你居然皇上長、皇上短，還有半點骨氣麼？」那店小二見他兇霸霸的，轉身便欲出去。

周芷若手起一指，點中了他背上的穴道，道：「此人出去，定然多口，只怕不久便有官兵前來拿人。」說著將他踢入了床底，笑道：「且餓他幾日，咱們走的時候再放他。」

過不多時，掌櫃的在外面大叫：「阿福，阿福，又在那裏嘮叨個沒完沒了啦！快給三號房客人打臉水！」韓林兒忍住好笑，拍桌叫道：「快送酒飯來，大爺們餓啦。」過了一會，另一名店小二送酒飯進來，自言自語：「阿福這小子想是去皇城瞧放煙花啦。這小子正經事不幹，便是貪玩。」

次日清晨，張無忌剛起床，便聽得門外一片喧譁。走到門口，只見街上無數男女，都是衣衫光鮮，向北湧去，人人嘻嘻哈哈，比過年還要熱鬧。炮仗之聲，四面八方的響個不停。周芷若也到了門口，道：「咱們也瞧瞧去。」張無忌道：「我跟汝陽王府中的武士動過手，別給他們認了出來，既要去瞧，須得改扮一下。」當下和周芷若、韓林兒三人扮成了村漢村女的模樣，用泥水塗黃了臉頰雙手，跟著街上眾人，湧向皇城。

其時方當卯末辰初，皇城內外已人山人海，幾無立足之地。張無忌雙臂前伸，輕輕推開人眾開道，到了延春門外一家大戶人家的屋簷下，台階高起數尺，倒是個便於觀看的所在。站定不久，便聽得鑼聲噹噹，自遠而來。眾百姓齊呼：「來啦，來啦！」人人延頸而望。

鑼聲漸近漸響，來到近處，只見一百零八名長大漢子，一色青衣，左手各提一面徑長三尺的大鑼，右手鑼鎚齊起齊落。一百零八面大鑼噹的一聲同時響了出來，直是震耳欲聾。鑼隊過去，跟著是三百六十人的鼓隊，其後是漢人的細樂吹打、西域琵琶隊、蒙古號角隊，每一隊少則百餘人，多則四五百人。樂隊行完，只見兩面紅緞大旗高擎而至。一面旗上書著「安邦護國」，一面旗上書著「鎮邪伏魔」，旁附許多金光閃閃的梵文。大旗前後各有二百蒙古精兵衛護，長刀勝雪，鐵矛如雲，四百人騎的一色白馬。眾百姓見了這等威武氣概，都大聲歡呼起來。

張無忌暗自感嘆：「外省百姓對蒙古官兵無不恨之切骨，京師人士卻是身為亡國奴而不知恥，想是數十年來日日見到蒙古朝廷的威風，竟忘了自己是亡國之身了。」

兩面大旗剛過去，突然間西首人叢中白光連閃，兩排飛刀直射出來，逕奔兩根旗桿。每排飛刀均是連串七柄，七把飛刀整整齊齊的插在旗桿之上。旗桿雖粗，但連受七把飛刀的砍削，晃得幾晃，便即折斷，呼呼兩響，從半空中倒將下來。只聽得慘叫之聲大作，十餘人被旗桿壓住了。眾百姓大呼小叫，紛紛逃避，登時亂成一團。

這一下變起倉卒，張無忌等也是大出意料之外。韓林兒大喜之下，正要喝采，驀地裏一隻軟綿綿的手掌伸了過來，按在口上，卻是周芷若及時制止他的呼喝。

只見四百名蒙古兵各持兵刃，在人叢中搜索擣亂之人。張無忌見發射這十四柄飛刀的手勁甚是凌厲，顯是武林好手所為，只是閒人阻隔，沒能瞧見放刀之人是誰。連他都沒見到，蒙古官兵自只亂鬨鬨的瞎搜一陣。過不多時，人叢中有七八名漢子被橫拖直曳的拉了出來，口中大叫：「冤枉……」蒙古兵刀矛齊下，立時將這些漢子殺死在大街之上。

韓林兒大是氣憤，說道：「放飛刀的人早已走了，憑這些膿包，也捉得到麼？卻來亂殺良民出氣。」周芷若低聲道：「韓大哥禁聲！咱們是來瞧大遊皇城，不是來大鬧皇城。」韓林兒道：「是。」不敢再說甚麼了。

亂了一陣，後邊樂聲又起，過來的一隊隊都是呑刀吐火的雜耍，諸般西域秘技，只看得眾百姓喝采不迭，於適才血濺街心的慘劇，似乎已忘了個乾淨。其後是一隊隊的傀儡戲、要缸玩碟的雜戲，更後是駿馬拖拉的綵車，每輛車上都有俊童美女扮飾的戲文，甚麼「唐三藏西天取經」、「唐明皇遊月宮」、「李存孝打虎」、「劉關張三戰呂布」、「張生月下會鶯鶯」等等，爭奇鬥勝，極盡精工。張無忌等三人一向生長於窮鄉僻壤，幾時見過這些繁華氣象，都不禁暗嘆今日大開眼界。

綵車上都插有錦旗，書明「臣湖廣行省左丞相某某貢奉」、「臣江浙行省右丞相某某貢奉」等字樣。越到後來，貢奉者的官爵愈大，綵車愈是華麗，扮飾戲文男女的身上，也是越加珠光寶氣，髮釵頸鍊竟然也都是極貴重的翡翠寶石。蒙古王公大臣一來為討皇帝歡喜，二來各自誇耀豪富，都是不惜工本的裝點貢奉綵車。

絲竹悠揚聲中，一輛裝扮著「劉智遠白兔記」戲文的綵車過去，忽然間樂聲一變，音調古拙，綵車上一面白布旗子寫的是「周公流放管蔡」。車中一個中年漢子手捧朝笏，扮演周公，旁邊坐著一個穿天子衣冠的小孩，扮演成王。管叔、蔡叔交頭接耳，向周公指指點點。接著而來的一輛綵車，旗上寫的是「王莽假仁假義」，車中的王莽白粉塗面，雙手滿持金銀，向一羣寒酸士人施捨。其後是四面布旗，寫著四句詩道：「周公恐懼流言日，王莽謙恭下士時，若使當時便身死，千古忠佞有誰知。」

張無忌心中一動：「天下是非黑白，固非易知。周公是大聖人，當他流放管叔、蔡叔之時，人人說他圖謀篡位。王莽是大奸臣，但起初收買人心，舉世莫不歌功頌德。這兩個故事，當年在冰火島上義父都曾說給我聽過的。所謂路遙知馬力，日久見人心，世事真偽，實非朝夕之際可辨。」又想：「這二輛綵車與眾大不相同，其中顯是隱藏深意，主理之人，卻是個頗有學識的人物。」隨口將那四句詩唸了兩遍。

忽聽得幾聲破鑼響過，一輛綵車由兩匹瘦馬拉了過來。那車子樸素無華，眾百姓遙遙望見，已鬨笑起來，都道：「這等破爛傢生，也來遊皇城，可不笑掉了眾人的下巴麼？」

車子漸近，張無忌看得分明，不由得大吃一驚，只見車中一個大漢黃髮垂肩、雙目緊閉，盤膝坐在榻上，扮的卻不是金毛獅王謝遜是誰？旁邊一個青衣美貌少女，手捧茶碗，殷勤服侍，相貌雖不如周芷若之清麗絕俗，但衣飾打扮，和她當日在萬安寺塔上之時全然一模一樣。

韓林兒失聲道：「周姑娘，這人好像你啊。」周芷若哼了一聲，並不回答。張無忌回過頭去，只見她臉色鐵青，胸口起伏不定，知她心中極是惱怒，於是伸手握住了她右手，一時猜不透這輛綵車是何用意。

這車之後，跟著一輛車上仍是一旦一淨，分別扮演謝遜和周芷若。只見那旦角笑嘻嘻繞到淨角背後，伸出兩指，突然在假謝遜背上用力一戳。假謝遜「啊」的一聲大叫，倒撞下榻，假周芷若伸足將他踏住，提劍欲殺。眾百姓大聲喝采：「好啊，好啊，快殺了他。」第三輛車上仍是假謝遜和假周芷若二人，另有六七名丐幫幫眾，將假謝遜和假周芷若擒住。

張無忌此時更無懷疑，情知這三車戲文定是趙敏命人扮演，料知他和周芷若要到大都來，是以這般羞辱周芷若一番。他俯身從地下拾起幾粒小石子，中指輕彈，嗤嗤連響，將第三輛車前的兩匹瘦馬右眼睛打瞎了。小石貫腦而入，兩馬幾聲哀嘶，倒地而斃。綵車翻了過來，車上的旦角、淨角和眾配角滾了一地，街上又是一陣大亂。

周芷若咬著下唇，輕聲道：「這妖女如此辱我，我……我……」說到這裏，聲音已然哽咽了。張無忌只覺她纖手冰冷，身子顫抖，忙慰道：「芷若，這小渾蛋甚麼希奇百怪的花樣也想得出來，你別理會。只須我對你一片真心，旁人挑撥離間，我如何能信？」周芷若頓了一頓，忽道：「啊，我想起來啦。那日義父本是好端端地，突然間身子一顫，摔倒在地，跟著便胡言亂語的發起瘋來，莫非……莫非當時這妖女真是伏在客店中的暗處，向義父後心施發暗器？」張無忌沉吟道：「她若是做了手腳，再趕來彌勒廟，時刻也來得及，不過以她武功，只怕算計不了義父，也說不定是玄冥二老施的暗算。」

說話之間，蒙古官兵已彈壓住眾百姓，拉開死馬，後面一輛輛綵車又絡繹而來。張無忌和周芷若只是想著適才情事，也無心觀看車上戲文。綵車過完，只聽得梵唱陣陣，一隊隊身披大紅袈裟的番僧邁步而來。眾番僧過後，鐵甲鏘鏘，二千名鐵甲御林軍各持長矛，列隊而過，跟著是三千名弓箭手。弓箭手過盡，香煙繚繞，一尊尊神像坐在轎中，身穿錦衣的伕役抬著經過，甚麼土地、城隍、靈官、韋陀、財神、東嶽，共是三百六十尊神像，最後一神是關聖帝君。眾百姓喃喃唸佛，有的便跪下膜拜。

神像過完，手持金瓜金鎚的儀仗隊開道，羽扇寶傘，一對對的過去。眾百姓齊道：「皇上來啦，皇上來啦。」遠遠望見一座黃綢大轎，三十二名錦衣侍衛抬著而來。張無忌凝目瞧那蒙古皇帝，只見他面目憔悴，委靡不振，一望而知是荒於酒色。皇太子騎馬隨侍，倒是頗有英氣，背負鑲金嵌玉的長弓，不脫蒙古健兒本色。

韓林兒在張無忌耳邊低聲道：「教主，讓屬下撲上前去，一刀刺死了這韃子皇帝，也好為天下百姓除一大害？」張無忌道：「不成，你去不得，韃子皇帝身旁護衛中必多高手，除非是我去。」張無忌左首一人忽然說道：「不妥，不妥。以暴易暴，未見其可也。」

張無忌、韓林兒、周芷若齊吃一驚，向這人看去，卻是個五十來歲的賣藥郎中，背負藥囊，右手拿著個虎撐。那人雙手拇指翹起，並列胸前，做了個明教的火燄手勢，低聲道：「彭瑩玉拜見教主。教主貴體無恙，千萬之喜。」

張無忌大喜，道：「啊，你是彭……」原來那人便是彭瑩玉，他化裝巧妙，站在身旁已久，張無忌等三人竟未察覺。彭瑩玉低聲道：「此間非說話之所。韃子皇帝除他不得。」張無忌素知他極有見識，點了點頭，不再言語，伸手抓住了他左手輕搖數下。

皇帝和皇太子過後，又是三千名鐵甲御林軍，其後成千成萬的百姓跟著瞧熱鬧。街旁眾百姓都道：「瞧皇后娘娘，公主娘娘去。」人人向西湧去。周芷若道：「咱們也去瞧瞧。」

四人擠入人叢，隨著眾百姓到了玉德殿外，只見七座重脊綵樓聳然而立，樓外御林軍手執藤條，驅趕閒人。百姓雖眾，但張無忌等四人既要擠前，自也輕而易舉，不久便到了綵樓之前。中間最高一座綵樓，皇帝居中而坐，旁邊兩位皇后，都是中年的胖胖婦人，全身包裹在珠玉寶石之中，說不盡的燦爛光華，頭上所戴高冠模樣甚是詭異古怪。皇太子坐於左邊下首，右邊下首坐著個二十來歲的女子，身穿錦袍，想必是公主了。

張無忌遊目瞧去，只見左首第二座綵樓中，一個少女身穿貂裘，頸垂珠鍊，巧笑嫣然，美目流盼，正是趙敏。這綵樓居中坐著一位長鬚王爺，相貌威嚴，自是趙敏的父親汝陽王察罕特穆爾。趙敏之兄庫庫特穆爾在樓上來回閒行，鷹視虎步，甚是剽悍。

此時眾番僧正在綵樓前排演「天魔大陣」，五百人敲動法器，左右盤旋，縱高伏低，陣法變幻極盡巧妙。眾百姓歡聲雷動，皆大讚嘆。

周芷若向趙敏凝望半晌，嘆了口氣，道：「回去罷！」

四人從人叢中擠了出來，回到客店。彭瑩玉向張無忌行參見之禮，各道別來情由。張無忌問起謝遜消息，彭瑩玉甫從淮泗來到大都，未知謝遜已回中原。他說起朱元璋、徐達、常遇春等年來攻城略地，甚立戰功，明教聲威大振。

韓林兒道：「彭大師，適才咱們搶上綵樓，一刀將韃子皇帝砍了，豈非一勞永逸？」彭瑩玉搖頭道：「這皇帝昏庸無道，正是咱們大大的幫手，豈可殺他？」韓林兒奇道：「韃子皇帝昏庸無道，害苦了老百姓，怎麼反而是咱們大大的幫手？」彭瑩玉道：「韓兄弟有所不知。韃子皇帝任用番僧，朝政紊亂，又命賈魯開掘黃河，勞民傷財，弄得天怒人怨。咱們近年來打得韃子落花流水，你道咱們這些烏合之眾，當真打得過縱橫天下的蒙古精兵麼？只因這胡塗皇帝不用好官。汝陽王善能用兵，韃子皇帝偏生處處防他，事事掣肘，生怕他立功太大，搶了他的皇位，因此不斷削減他兵權，儘派些只會吹牛拍馬的酒囊飯袋來領兵。蒙古兵再會打仗，也給這些混蛋將軍害死了。這韃子皇帝，可不是咱們的大幫手麼？」

這番話只聽得張無忌連連點頭稱是。彭瑩玉又道：「咱們若是殺了韃子皇帝，皇太子接位，瞧那皇太子的模樣，倒是個厲害腳色，就算新皇帝也是昏君，總比他的胡塗老子好些。倘若他起用一批能征慣戰的宿將來打咱們，那就糟了。」張無忌道：「幸得大師及時提醒，否則今日我們若然魯莽，只怕已壞了大事。」

韓林兒連打自己嘴巴，罵道：「該死，該死！瞧你這小子以後還敢胡說八道、亂出胡塗主意麼？」登時把張無忌、周芷若、彭瑩玉逗得都笑了。

彭瑩玉又道：「教主是千金之體，肩上擔負著驅虜復國的重任，也不宜干冒大險，效那博浪之一擊。屬下見皇帝身旁的護衛之中，高手著實不少，教主雖然神勇絕倫，但終須防寡不敵眾。萬一失手，如何是好？」張無忌拱手道：「謹領大師的金玉良言。」

周芷若嘆道：「彭大師這話當真半點不錯，你怎能輕身冒險？要知待得咱們大事一成，坐在這綵樓龍椅之中的，便是你張教主了。」韓林兒拍手道：「那時候啊，教主做了皇帝，周姑娘做了皇后娘娘，楊左使和彭大師便做左右丞相，那才教好呢！」周芷若雙頰暈紅，含羞低頭，但眉梢眼角間顯得不勝之喜。

張無忌連連搖手，道：「韓兄弟，這話不可再說。本教只圖拯救天下百姓於水火之中，功成身退，不貪富貴，那才是光明磊落的大丈夫。」彭瑩玉道：「教主胸襟固非常人所及，只不過到了那時候，黃袍加身，你想推也推不掉的。當年陳橋兵變之時，趙匡胤何嘗想做皇帝呢？」張無忌只道：「不可，不可！我若有非份之想，教我天誅地滅，不得好死。」

周芷若聽他說得決絕，臉色微變，眼望窗外，不再言語了。

四人談了一會，用過酒飯，張無忌道：「我和彭大師到街上走走，打聽義父的消息。」他想韓林兒性子直，見到甚麼不平之事，立時便會揮拳相向，闖出禍來，便道：「韓兄弟，你和芷若今晚別出去了，便在客店中歇歇。」韓林兒道：「是，教主諸多小心！」當下張無忌和彭瑩玉言定一個向西，一個向東，二鼓前回到客店會合。

張無忌出店後向西行去，一路上聽到眾百姓紛紛談論，說的都是今日「遊皇城」的熱鬧豪闊。有人道：「南方明教造反，今日關帝菩薩遊行時眼中大放煞氣，反賊定能撲滅。」有人道：「明教有彌勒菩薩保祐，看來關聖帝君和彌勒佛將有一場大戰。」又有人道：「賈魯大人拉伕挖掘黃河，挖出一個獨眼石人，那石人背上刻有兩行字道：『莫道石人一隻眼，挑動黃河天下反』，這是運數使然，勉強不來的。」

張無忌對這些愚民之言也無意多聽，信步之間，越走越是靜僻，驀地抬頭，竟到了那日與趙敏會飲的小酒店門外。他心中一驚：「怎地無意之間，又來到此處？我心中對趙姑娘竟是如此撇不開、放不下嗎？」只見店門半掩，門內靜悄悄地，似乎並無酒客。

他稍一遲疑，推門走進，見櫃台邊一名店伴伏在桌上打盹。走進內堂，但見角落裏那張方桌上點著一枝明滅不定的蠟燭，桌旁朝內坐著一人。這張方桌正是他和趙敏兩次飲酒的所在，除了這位酒客之外，店堂內更無旁人。

那人聽到腳步聲，霍地站起，燭影搖晃，映在那人臉上，竟然便是趙敏。

她和張無忌都沒料到居然會在此地相見，不禁都「啊」的一聲叫了出來。

趙敏低聲道：「你……你怎麼會來？」語聲顫抖，顯是心中極為激動。張無忌道：「我閒步經過，便進來瞧瞧，那知道……」走到桌邊，見她對面另有一副杯筷，問道：「還有人來麼？」趙敏臉上一紅，道：「沒有了。前兩次我跟你在這裏飲酒，你坐在我對面，因此……因此我叫店小二仍是多放一副杯筷。」

張無忌心中感激，見桌上的四碟酒菜，便和第一次趙敏約他來飲酒時一般無異，心底體會到了她一番柔情深意，不由得伸出手去握住了她雙手，顫聲道：「趙姑娘！」趙敏黯然道：「只恨，只恨我生在蒙古王家，做了你的對頭……」

突然之間，窗外「嘿嘿」兩聲冷笑，一物飛了進來，拍的一聲，打滅了燭火，店堂中登時漆黑一團。張無忌和趙敏聽到這冷笑之聲，都知是周芷若所發，一時徬徨失措。耳聽得屋頂腳步聲細碎，周芷若如一陣風般去了。

趙敏低聲道：「你和她已有白首之約，是嗎？」張無忌道：「是，我原不該瞞你。」趙敏道：「那日我在樹後，聽到你跟她這般甜言蜜語，恨不得立刻死了，恨不得自己從來沒生在這世上。那日我冷笑兩聲，她一報還一報，也來冷笑兩聲。可是……可是你卻沒跟我說過半句教我歡喜的話兒。」

張無忌心下歉仄，道：「趙姑娘，我不該到這兒來，不該再和你相見。我心已有所屬，決不應再惹你煩惱。你是金枝玉葉之身，從此將我這個山村野夫忘記了罷。」

趙敏拿起他手來，撫著他手背上的疤痕，輕聲道：「這是我咬傷你的，你武功再高，醫道再精，也已去不了這個傷疤。你自己手背上的傷疤也去不了，能除去我心上的傷疤麼？」雙臂摟住他的頭頸，在他唇上深深一吻。

張無忌但覺櫻唇柔軟，幽香撲鼻，一陣意亂情迷。突然間趙敏用力一口，將他上唇咬得出血，跟著在他的肩頭一推，反身竄出了窗子，叫道：「你這小淫賊，我恨你，我恨你！」

韓林兒於張無忌、彭瑩玉出店後，向周芷若道：「周姑娘，你早些安歇。」不敢多說一句話，便站起身出房。周芷若微笑道：「韓大哥，你怕了我麼？連在我面前多坐一會也不肯。」韓林兒脹紅了臉，忙道：「不，不！」腳步卻邁得更加快了，一走進自己房中，立刻帶上房門，上了門，心下怦怦亂跳，定了定神，躺在炕上，想到周芷若嬌艷清麗的容顏，溫和柔軟的話聲，心道：「周姑娘日後成了教主夫人，我跟在教主身畔，好好的幹，拚命立些功勞。周姑娘一喜歡，就會說：『韓大哥，這一趟可辛苦你啦！』那時候啊，我韓林兒才不枉了這一生。」

他出了會神，微笑著矇矓睡去，睡到半夜，忽聽得門上輕輕幾下剝啄之聲。韓林兒翻身坐起，問道：「是誰？」只聽得周芷若在門外說道：「是我。你開門，我有話跟你說。」韓林兒道：「是，是。」赤足便去開門，拔去門閂，忙回身點亮了蠟燭。

只見周芷若雙目紅腫，神色大異，韓林兒嚇了一跳，問道：「周姑娘，你……你……」底下的話便說不下去了，突然靈機一動，飛奔出房，說道：「我去打水給你洗臉。」過不多時，赤著雙足，捧了一盆洗臉水進來。

周芷若淒然一笑，以手支頤，呆呆的望著燭火。韓林兒道：「你……你洗臉罷。」周芷若一言不發，搖了搖頭，忽然怔怔的流下淚來。韓林兒嚇得呆了，垂手站著，不知她為何生氣煩惱，更不知她要跟自己說甚麼話。

這般僵持良久，忽然拍的一聲輕響，燭花爆了開來。周芷若身子一顫，從沉思中醒覺，輕輕「嗯」的一聲，站起身來。韓林兒大聲道：「周姑娘，是誰對你不住，姓韓的這就拔刀子找他去，我便是性命不要，也得在他身上戳幾個透明窟窿。你請說罷！」周芷若淒然搖了搖頭，走出房去。她進房來坐了半晌，似有滿腹心事傾吐，卻一個字不說便又出去，可教韓林兒這莽撞漢子半點摸不著頭腦，呆呆站著，連連握拳搥頭。

他想了一會毫無頭緒，耳聽得遠處噹噹噹的打著三更，心想：「怎地教主和彭大師還沒回來？」只得上炕又睡。矇矓間剛要合眼，忽聽得砰嘭一聲，東邊房中似乎有張椅子倒在地下，那房正是周芷若所居。韓林兒急躍出房，月光掩映之下，東房窗上映出一個黑影，似是懸空而掛，兀自微微搖晃。

韓林兒大吃一驚，叫道：「周姑娘，周姑娘！」伸手推門，房門卻是閂著。他肩頭使勁一撞，撞斷門閂，搶進房去，忙打火摺點亮了蠟燭，只見周芷若雙足臨空，頭頸套在繩圈之中，繩子卻掛在樑上。他這一驚當真是魂飛天外，急忙躍起，用力扯斷繩子，將周芷若放在床上，探她鼻息，幸好尚未氣絕。他縱聲大叫：「周姑娘，周姑娘，你……你有甚麼想不開，幹麼……幹麼……」

忽聽得房門外一人道：「韓大哥，甚麼事？」走進一人，正是張無忌。

張無忌見此情景，也是如同陡遇雷轟，顫抖著雙手解去周芷若頸中繩索，一摸她胸口，一顆心尚自跳動，喜道：「不礙事，救得了。」伸手在她背心小腹穴道上推拿數下，一股九陽真氣從掌心傳了過去，來回一撞，周芷若「哇」的一聲，哭了出來。

韓林兒大喜，叫道：「好啦，好啦，周姑娘活轉了。」

周芷若睜開眼來，見到張無忌，哭道：「你幹甚麼理我？讓我死了乾淨。」忽地見到他上唇創傷，更有幾粒細細的齒痕，怒火不可抑制，一伸手，重重打了他個耳光。

韓林兒大吃一驚，心想毆打教主，那還了得？但周芷若在他心目中卻又是有若天神，一時之間大為胡塗，不知如何是好。突然有人伸手在他肩頭輕拍兩下，韓林兒回過頭去，見是彭瑩玉，喜道：「彭大師，你回來啦，快，快來勸勸周姑娘。」彭瑩玉笑道：「勸甚麼？」向張無忌道：「啟稟教主，沒訪到有關金毛獅王的甚麼訊息。」張無忌「嗯」了一聲，神色甚是忸怩。彭瑩玉向韓林兒道：「韓兄弟，咱們到外面走走罷。」韓林兒急道：「不，不成啊，他們兩個要打架，周姑娘可不是教主的敵手。」彭瑩玉哈哈大笑，道：「胡塗兄弟！難道咱兩個幫周姑娘，就能打贏教主了麼？我說教主一定打不贏周姑娘。」說著使個眼色，拉著韓林兒便出店房。韓林兒卻兀自不住回頭，關懷之情，見於顏色。

周芷若忍不住噗哧一笑，隨即撲在床上，抽抽噎噎的哭了起來。張無忌坐在床邊，輕拍她肩頭，柔聲道：「芷若，我確不是約好了跟她相見，當真是誤打誤撞碰見的。」周芷若雙足亂踢，哭道：「我不信，我不信。不管你說甚麼鬼話，以後別想再叫我相信。」張無忌嘆道：「『周公恐懼流言日，王莽謙恭下士時』，世上的事情，原是極易引起誤會……」

周芷若霍地坐起，說道：「那郡主娘娘用這些詩句來損我，你倒念念有辭，老是記在心裏。你瞧你的嘴唇，也不害羞，成甚麼樣子？」說到這裏，臉蛋兒卻飛紅了。

張無忌心想今日之事已百喙難辯，反正自己已決意與周芷若結成夫婦，白頭偕老，只有動之以情，令她漸漸淡忘。燭光下見她俏臉暈紅，頸中深深一根繩印，兩邊腫了上來，心想若非韓林兒及早察覺施救，待得自己回店，只怕她已是香殞玉碎，回天乏術，終成大恨，不禁又是慚愧，又是愛惜，伸臂抱住她，向她櫻唇上吻去。周芷若轉頭閃避，怒道：「你跟人家不乾不淨，又來惹我。當我是好欺的麼？」張無忌雙臂一緊，令她動彈不得，終於在她唇上深深吻了下去。周芷若掙扎不脫，心中卻也漸漸軟了。

張無忌心想自己和她雖然名分已定，終是未婚夫妻，深宵共處一室，不免有瓜田李下之嫌，於彭瑩玉、韓林兒等人臉上須不好看，於是放開了她，說道：「芷若，你好好休息，一切明日咱們再談。我若是再瞞了你去見趙姑娘，任你千刀萬剮，死而無怨。」周芷若臉上紅撲撲地，胸口起伏不定，喘氣道：「胡說八道甚麼？你明知我不會將你千刀萬剮。」張無忌笑道：「那麼你剁了我的雙足好不好？」周芷若低下了頭，眼淚撲簌簌的如珠而落。

張無忌這一來又不好走了，又坐到她身旁，摟住她肩頭，柔聲道：「怎麼又傷心啦？」周芷若只是哭泣不語。張無忌問之再三，不料越問得緊，她越是傷心。

張無忌罰誓賭咒，說決不負心薄倖。周芷若雙手蒙著臉道：「我是怨自己命苦，不是怪你。」張無忌道：「咱們大家命苦。韃子在中國作威作福，誰都是多苦多難。以後咱倆結成夫妻，又將韃子趕了出去，那就只有歡喜，沒有傷心了。」

周芷若抬起頭來，說道：「無忌哥哥，我知道你對我一片真心，只不過趙敏那小妖女想誘惑你，卻不是你三心兩意。可是……可是她聰明智慧，武功高強，容貌權勢，無不勝我十倍。我終究是爭她不過的，與其一生傷心，不如一死了之，那知韓林兒這傻瓜偏偏救活了我。我死了一次，沒勇氣再死了。我……我要學師父一樣，削髮為尼。唉，咱們峨嵋派的掌門，終究是沒一個嫁人的。」

張無忌道：「你始終不放心。這樣罷，咱們明日立時動身回到淮泗，我便跟你成親。」周芷若道：「義父還沒找到，再說，你說過匈奴未滅，何以家為？終究……終究是不成的。」說著又流下淚來。

張無忌道：「義父自然要加緊找尋。咱們會齊眾兄弟後，尋訪起來容易得多。到底幾時能趕走韃子，誰也無法逆料。難道等到咱們成了老公公、老婆婆了，再來顫巍巍的拜堂成親麼？老公公、老婆婆拜天地不打緊，可是咱倆生不了孩兒，我張家可就斷子絕孫了。」周芷若紅著臉噗哧一笑，說道：「好好一個老實人，卻不知跟誰去學得這般貧嘴貧舌？」

滿天愁雲慘霧，便在兩人一笑之間，化作飛煙而散。

次日清晨，張無忌囑咐彭瑩玉續留大都三日，打聽謝遜的訊息，自己偕同周芷若、韓林兒南下前赴淮泗。一到山東境內，便見大隊蒙古敗兵，曳甲丟盔，蜂湧而來。張無忌等見敗兵勢眾，便避道而行。後來見到一兵落單，抓住了逼問，得知朱元璋在淮北連打了幾個大勝仗，殺得元兵潰不成軍。三人不勝之喜，加緊趕路，到得魯皖邊界，已全是明教義軍的天下。義軍中有人認得韓林兒，急足報到元帥府。

三人將近濠州時，韓山童已率領了朱元璋、徐達、常遇春、鄧愈、湯和等大將迎出三十里外。眾人久別重逢，俱各大喜。韓山童聽兒子說起遭丐幫擒獲，全仗教主相救，更是一再稱謝。鑼鼓喧天，兵甲耀眼，擁入濠州城中。

周芷若騎在馬上，跟隨在張無忌之後，左顧右盼，覺得這番風光雖不及大都皇帝皇后「遊皇城」的華麗輝煌，卻也頗足快慰平生。

張無忌在城中歇了數日，楊逍、范遙、殷天正、韋一笑、殷野王、鐵冠道人、說不得、周顛、五行旗諸掌旗使等得到訊息，陸續自各地來會。

張無忌說起謝遜回來中原、被丐幫擒去又復失蹤的種種情由。楊逍、范遙、殷天正等反覆思量商議，均無頭緒。范遙道：「那個黃衫女子不知是何來歷，說不定謝兄的行蹤，要著落在她身上尋訪出來。」羣豪都從未聽到過武林中有這麼一位黃衫女子，只得勸張無忌且自寬心，都道：「這黃衫女子的言語行事，對教主顯無惡意。金毛獅王若是落在她的手中，定然無恙。瞧此女之意，最多不過想探詢屠龍寶刀的下落而已。」

張無忌焦慮難釋，一時卻也無可如何，只得派出五行旗下教眾，分頭赴各處打聽。又過一日，彭瑩玉自大都到來，也說未能探聽到謝遜的絲毫音訊。

明教義軍大戰數場，雖均獲勝，損折也極慘重，此後兩三個月內，義軍勢將忙於休養整頓、招募新兵，不克再與元軍大戰。彭瑩玉那晚見到周芷若自盡，雖不明底細，但自猜想得到兩人不是醋海興波，便是大鬧別扭。范遙等又知張無忌與趙敏之間干係頗不尋常，倘若明教教主娶了蒙古郡主為妻，於抗元復國的大業為害非小，眼見目下並無大事，俱勸張無忌早日與周芷若完婚。張無忌對周芷若原已有言在先，當即允可。楊逍擇定三月十五為黃道吉日。明教上上下下喜氣洋洋，都為教主的婚事忙了起來。

此時明教威震天下，東路韓山童在淮泗一帶迭克大城，西路徐壽輝在鄂北豫南也是連敗元兵。教主大婚的喜訊傳了出去，武林人士的賀禮便如潮水般湧到。崑崙、崆峒諸派與明教向有仇怨，但一來大都萬安寺中張無忌出手相救，已於各派有恩，二來周芷若是峨嵋掌門，是以各派掌門也都遣人送禮到賀。崆峒五老的賀禮尤重。

張三丰親書「佳兒佳婦」四字立軸，一部手抄的「太極拳經」，命宋遠橋、俞蓮舟、殷梨亭三大弟子到賀。其時楊不悔已與殷梨亭成婚，一同來到濠州。張無忌笑著上前請安，大聲叫道：「六師嬸！」楊不悔滿臉通紅，拉著他手，回首前塵，又是歡喜，又是傷感。

張無忌生怕陳友諒、宋青書奸心未息，乘機為害，當下派韋一笑為謝禮使，前赴武當，暗中將宋青書害死莫聲谷、又圖謀害張三丰之事，詳細跟韋一笑說了，囑咐他上武當山拜見張三丰後，便與俞岱巖、張松溪為伴，防備陳友諒的奸謀，須待宋遠橋等回歸武當，再行告辭。韋一笑狠狠的道：「自從遵奉教主的訓諭，韋一笑不敢再吸人血，這一次撞到了這兩個奸賊，非將他二人吸個血乾皮枯不可。」張無忌忙道：「那陳友諒嘛，韋兄不妨順手除去。宋青書是我宋大師伯的獨生愛子，武當派未來的掌門，且由武當派自行清理門戶，免傷我宋大師伯之情。」韋一笑答應了，拜別而去。

到得三月初十，峨嵋眾女俠攜帶禮物，來到濠州，只丁敏君託人帶來賀禮，人卻未到。

三月十五正日，明教上下人眾個個換了新衣。拜天地的禮堂設在濠州第一大富紳的廳上，懸燈結綵，裝點得花團錦簇。張三丰那幅「佳兒佳婦」四字大立軸懸在居中。殷天正為男方主婚，常遇春為女方主婚。鐵冠道人為濠州總巡，部署教中弟子四下巡查，以防敵人混入搗亂。湯和統率義軍精兵，在城外駐紮防敵。

這日上午，少林派、華山派也派人送禮到賀。

申時一刻，吉時已屆，號炮連聲鳴響。眾賀客齊到大廳，贊禮生朗聲贊禮，宋遠橋和殷野王陪著張無忌出來。絲竹之聲響起，眾人眼前一亮，只見八位峨嵋派青年女俠，陪著周芷若婀婀娜娜的步出大廳。周芷若身穿大紅錦袍，鳳冠霞帔，臉罩紅巾。男左女右，新郎新娘並肩而立。贊禮生朗聲喝道：「拜天！」

張無忌和周芷若正要在紅氍毹上拜倒，忽聽得大門外一人嬌聲喝道：「且慢！」青影一閃，一個青衣少女笑吟吟的站在庭中，卻是趙敏。

羣豪一見到是她，登時紛紛呼喝起來。明教和各大門派高手不少人吃過她的苦頭，沒料到她竟敢孤身闖入險地。性子莽撞些的便欲上前動手。

楊逍雙臂一張，也喝一聲：「且慢！」向眾人道：「今日是敝教教主和峨嵋派掌門大喜之日，趙姑娘光臨到賀，便是我們嘉賓。眾位且瞧峨嵋派和明教的薄面，將舊日樑子暫且放過一邊，不得對趙姑娘無禮。」他向說不得和彭瑩玉使個眼色，兩人已知其意，繞到後堂，即行出去查察，且看趙敏帶了多少高手同來。楊逍向趙敏道：「趙姑娘請這邊上坐觀禮，回頭在下再敬姑娘三杯水酒。」

趙敏微微一笑，說道：「我有幾句話跟張教主說，說畢便去，容日再行叨擾。」楊逍道：「趙姑娘有甚麼話，待行禮之後再說不遲。」趙敏道：「行禮之後，已經遲了。」楊逍和范遙對望一眼，知她今日是存心前來攪局，無論如何要立時阻止，免得將一場喜慶大事鬧得尷尬狼狽，滿堂不歡。楊逍踏上兩步，說道：「咱們今日賓主盡禮，趙姑娘務請自重。」他已打定了主意，趙敏若要搗亂，只有迅速出手點她穴道，制住她再說。

趙敏向范遙道：「苦大師，人家要對我動手，你幫不幫我？」范遙眉頭一皺，說道：「郡主，世上不如意事十居八九，既已如此，也是勉強不來了。」

趙敏道：「我偏要勉強。」轉頭向張無忌道：「張無忌，你是明教教主，男子漢大丈夫，說過的話作不作數？」

張無忌眼見趙敏到來，心中早已怦怦亂跳，只盼楊逍能打開僵局，勸得她好好離去，聽她突然問到自己，只得答道：「我說過的話，自然作數。」趙敏道：「那日我救了你俞三伯和殷六叔之命，你答應為我做三件事，不得有違，是也不是？」

張無忌道：「不錯。你要我借屠龍寶刀一瞧，你不但已瞧到了，還將寶刀盜了去。」這數十年來，江湖上人人關心這「武林至尊」屠龍刀的下落，忽聽得已入趙敏手中，登時羣情聳動。

趙敏道：「到底屠龍刀在何人手中，只有金毛獅王謝大俠才知，你可親自前去問他。」謝遜已返中原之事武林羣豪多不知聞，聽到她提及「金毛獅王」，滿堂喧譁之聲登寂。張無忌道：「我義父現下身在何處，我日夕掛念，甚盼姑娘示知。」趙敏微微一笑，說道：「我要你做三件事，言定只須不違武林中俠義之道，你就須得遵從。借屠龍刀一觀之事，雖然做得不大道地，但這把刀我終究是見到了，後來寶刀被盜，也不能怪你。這第一件事，算你已經辦到。現下我有第二件事要辦。張無忌，當著天下眾位英雄豪傑之前，你可不能言而無信。」張無忌道：「你要我辦甚麼事？」

楊逍插口道：「趙姑娘，你有甚麼事要奉託敝教教主，既有約定在先，只要不背武林道義，別說張教主可以應允，便是敝教上下，也當盡心竭力。此刻是張教主和新夫人參拜天地的良辰吉時，別事暫且擱在一旁，請勿多言阻撓。」說到後來，口氣已頗為嚴厲。

趙敏卻是神色自若，竟似沒將這位威震江湖的明教光明左使放在心上，懶洋洋的道：「我這件事可更加要緊，片刻也延擱不得。」突然走上幾步，到了張無忌身前，提高腳跟，在他耳邊輕聲道：「這第二件事，是要你今天不得與周姑娘拜堂成親。」張無忌一呆，道：「甚麼？」趙敏道：「這就是第二件事了。至於第三件，以後我想到了再跟你說。」

她這幾句話雖然說得甚輕，但周芷若和站得較近的宋遠橋、俞蓮舟、殷梨亭，以及陪伴新娘的峨嵋八女卻都聽見了，各人都不禁色為之變。峨嵋八女在衣袖中暗暗揑緊了拳頭，倘若趙敏再說不遜之言，辱及峨嵋掌門，免不了要給她吃些苦頭。

張無忌搖頭道：「此事恕難從命。」趙敏道：「你答應過的話不作數麼？」張無忌道：「咱們言明在先，不得違背俠義之道。我和周姑娘既有夫婦之約，倘若依你所言，便違背了這個『義』字。」趙敏冷笑道：「你若與她成婚，才真是不孝不義。大都遊皇城之時，難道你沒見到你義父如何遭人暗算？」張無忌怒火上升，大聲道：「趙姑娘，今日我敬你是客，讓你三分，若再胡說八道，得罪莫怪。」趙敏道：「這第二件事，你是不肯依我的了？」

張無忌想起她以郡主之尊，不惜抛頭露面，在羣豪之前求懇自己別要行禮成婚，原是出於對自己的一片癡心，不由得心軟，柔聲道：「趙姑娘，事已如此，你還是一切……一切看開些罷。我張無忌是村野匹夫，不配……不配……」
趙敏道：「好，你瞧瞧這是甚麼？」張開右手，伸到他面前。
張無忌一看之下，大吃一驚，全身發抖，顫聲道：「這……這是我……」
趙敏迅速合攏手掌，將那物揣入了懷裏，說道：「我這第二件事，你依不依從，全由得你。」說著轉身便向大門外走去。
她掌中有甚麼東西，何以令張無忌一見之下竟這等驚惶失措，誰也無法瞧見。周芷若雙目被紅巾遮住了，只聽得張無忌和趙敏的對答，更絲毫見不到外間的物事。
張無忌急道：「趙……趙姑娘，且請留步。」趙敏道：「你要就隨我來，不要就快些和新娘子拜堂成親。男兒漢狐疑不決，別遺終身之恨。」她口中朗聲說著這幾句話，腳下並不停留，直向大門外走去。張無忌急叫：「趙姑娘且慢，一切從長計議。」眼見她反而加快腳步，忙搶上前去，叫道：「好，就依你，今日便不成婚。」趙敏停步道：「那你跟我來。」
張無忌回過頭來，見周芷若亭亭而立，心中歉仄無已，待要向她解釋幾句，卻見趙敏又在向外走去，眼前之事緊急萬分，須得當機立斷，一咬牙，便追向趙敏身後。
張無忌剛追到大門邊，突然間身旁紅影閃動，一人迫到了趙敏身後，紅袖中伸出纖纖素手，五根手指向趙敏頭頂插了下去。這一下兔起鶻落，迅捷無比，出手的正是新娘周芷若。
張無忌心念一動：「這一招好厲害！芷若從何處學得如此精妙的武功？」眼見她手掌已將趙敏頂門罩住，五指插落，立是破腦之禍，當下不及細想，竄上前去便扣周芷若的脈門。周芷若左手手肘倏地撞來，波的一聲輕響，正中他胸口。張無忌體內九陽神功立時發動，卸去了這一撞的勁力，但已感胸腹間氣血翻湧，腳下微一踉蹌。

范遙眼見危急，救主情殷，伸掌向周芷若肩頭推去。周芷若左手微揮，輕輕一拂，范遙手腕一陣酸麻，這一掌便推不出去。

但這麼一阻，趙敏已向前搶了半步，避開了腦門要害，只感肩頭一陣劇痛，周芷若右手五指已插入她右肩近頸之處。張無忌「啊」的一聲，伸掌向周芷若推去。

周芷若頭上所罩紅布並未揭去，聽風辨形，左掌迴轉，便斬他手腕。張無忌絕不想和她動手，只是見她招數太過凌厲，一招間便能要了趙敏性命，迫於無奈，只有招架勸阻。周芷若上身不動，下身不移，雙手連施八下險招。張無忌使出乾坤大挪移心法，這才擋住。八攻八守，在電光石火般的一瞬之間便即過去。大廳上羣豪屏氣凝息，無不驚得呆了。

趙敏肩受重傷，摔倒在地，五個傷孔中血如泉湧，登時便染紅了半邊衣裳。

周芷若霍地住手不攻，說道：「張無忌，你受這妖女迷惑，竟要捨我而去麼？」張無忌道：「芷若，請你諒解我的苦衷。咱倆婚姻之約，張無忌決無反悔，只是稍遲數日……」周芷若冷冷的道：「你去了便休再回來，只盼你日後不要反悔。」

趙敏咬牙站起，一言不發的向外便走，肩頭鮮血，流得滿地都是。

羣豪雖然見過江湖上不少異事，但今日親見二女爭夫，血濺華堂，新娘子頭遮紅巾，而以神奇之極的武功毀傷情敵，無不神眩心驚，誰也說不出話來。

張無忌一頓足，說道：「義父於我恩重如山，芷若，芷若，盼你體諒。」說著向趙敏追了出去。

殷天正、楊逍、宋遠橋、俞蓮舟、殷梨亭等不明其中原因，誰也不敢攔阻。

周芷若霍地伸手扯下遮臉紅巾，朗聲說道：「各位親眼所見，是他負我，非我負他。自今而後，周芷若和姓張的恩斷義絕。」說著揭下頭頂珠冠，伸手抓去，手掌中抓了一把珍珠，拋開鳳冠，雙手一搓，滿掌珍珠盡數成為粉末，簌簌而落，說道：「我周芷若不雪今日之辱，有如此珠。」殷天正、宋遠橋、楊逍等均欲勸慰，要她候張無忌歸來，問明再說，卻見周芷若雙手一扯，嗤的一響，一件繡滿金花的大紅長袍撕成兩片，拋在地下，隨即飛身而起，在半空中輕輕一個轉折，上了屋頂。

楊逍、殷天正等一齊追上，只見她輕飄飄的有如一朵紅雲，向東而去，輕功之佳，竟似不下於青翼蝠王韋一笑。楊逍等料知追趕不上，怔了半晌，重行回入廳來。

一場喜慶大事被趙敏這麼一鬧，轉眼間風流雲散，明教上下固感臉上無光，前來道賀的羣豪也是十分沒趣。眾人紛紛猜測，不知道趙敏拿了甚麼要緊物事給張無忌看了，以致害得他急急追出，聽他言中含意，似乎此事和謝遜有重大關連，但其中真相卻是誰也不知。

峨嵋眾女低聲商議幾句，便即氣憤憤的告辭。殷天正連聲致歉，說務當率領張無忌前來峨嵋金頂鄭重陪罪，再辦婚事，千萬不可傷了兩家和氣。峨嵋眾女不置可否，當即分頭前去尋覓周芷若，羣雌粥粥，痛斥男子漢薄倖無良。

原來趙敏握在掌中給張無忌看的，乃是一束淡黃色頭髮。張無忌一見，立時認出是謝遜的頭髮。謝遜所練內功與眾不同，兼之生具異稟，中年以後，一頭長髮轉為淡黃，但這顏色和西域色目人的金髮卻截然有異。張無忌心想謝遜的頭髮既被趙敏割下一截，自必已入她掌握之中，自己如和周芷若拜了天地，她一怒之下，不是去殺了謝遜，便是於他不利，可是當著羣豪之前，卻又不能向周芷若解釋苦衷。要知眾賀客之中，除了明教和武當派諸人之外，幾乎人人欲得謝遜而甘心，不是報復昔日他大肆殺戮之仇，便是意圖奪取屠龍寶刀。是以他一見趙敏奔出，明知萬分對不起周芷若，終以義父性命為重，跟著追去。

他出了大門，只見趙敏發足疾奔，肩頭鮮血，沿著大街一路灑將過去。他吸一口氣，竄出數丈，當即攔在她身前，說道：「趙姑娘，你別逼我做不義之人，受天下英雄唾罵。」

趙敏肩頭受傷頗重，初時憑著一口真氣支持，勉力而行，待得聽了這幾句話，說道：「你……你……」真氣一洩，登時摔倒。

張無忌俯身道：「你先跟我說，我義父在那裏？」趙敏道：「你帶著我去救他，我給給你……指路。」張無忌道：「他老人家性命可是無恙？」趙敏有氣沒力的道：「你義父……義父落入了成崑手中。」

張無忌聽到「成崑」兩字，這一驚當真是心膽俱裂，此人武功既高，計謀又富，謝遜和他仇深似海，落入他的手中凶險不可言喻。趙敏道：「你一個人不成，叫……叫楊逍他們同去……」說著伸手指向西方，突然間腦袋向後一仰，暈了過去。

張無忌想像義父此刻的苦楚危難，五內如焚，當即抱起趙敏，匆匆撕下衣襟，替她裹了傷口，招手命街旁一個明教教徒過來，囑咐道：「你快去稟報楊左使，命他急速率領眾人，向西趕來，說我有要事吩咐。」那教徒答應了，飛奔著前去稟報。

張無忌心想早到一刻好一刻，世事難料，說不定只半刻之間的延擱，便救不到義父性命，當下抱起趙敏，快步走到城門邊，命守門士卒牽過一匹健馬，飛身而上，向西急馳。

馳了數里，只覺懷中趙敏的身子漸漸寒冷，伸手搭她脈搏，但覺跳動微弱，他驚慌起來，揭開她傷口裹著的衣襟，只見五個指孔深及肩骨，傷口旁肌肉盡呈紫黑，顯然中了劇毒。他大是驚疑：「芷若是峨嵋弟子，如何會使這般陰毒武功？她出招凌厲狠辣，更勝於滅絕師太，那是甚麼緣故？」眼見若不急救，趙敏登時便要毒發身死，他一身新郎裝束，身邊如何會攜帶得療毒的藥品？微一沉吟，當即躍下馬背，抱著她縱身往左首山上竄去，四下張望，尋找去毒的草藥，但一時之間，連最尋常的草藥也無法找到。

他一顆心怦怦亂跳，轉過幾個山坳，口中只是喃喃禱祝。突然間眼睛一亮，只見右前方一條小瀑布旁生著四五朵紅色小花，這是「佛座小紅蓮」，頗有去毒之效。雖說此時正當仲春，百花盛放，但這紅花恰能在此處覓到，也當真是天幸。他心中大喜，抱著趙敏越過兩道山澗，摘下紅花嚼爛了，一半餵入趙敏口中，一半敷在她肩頭，這才抱起趙敏，向西便奔。

奔出三十餘里，趙敏嚶嚀一聲，醒了過來，低聲道：「我……我可還活著麼？」張無忌見「佛座小紅蓮」生效，心中大喜，笑道：「你覺得怎樣？」趙敏道：「肩上癢得很。唉，周姑娘這一手功夫當真厲害。」

張無忌將她輕輕放下，再看她肩頭時，只見黑氣絲毫不淡，只是她脈搏卻已不如先前微弱。張無忌略一沉吟，知道「佛座小紅蓮」藥性太緩，不足以拔毒，於是俯口到她肩頭，將傷口中毒血一口口的吸將出來，吐在地下，腥臭之氣，沖鼻欲嘔。

了嗎？」

趙敏星眸迴斜，伸手撫摸著他的頭髮，嘆道：「無忌哥哥，這中間的原委，你終於想到了嗎？」

張無忌吸完了毒血，到山溪中漱了口，回來坐在她身畔，問道：「甚麼原委？」趙敏道：「周姑娘是名門正派的弟子，怎地會這種陰毒的邪門武功？」張無忌道：「我也覺奇怪，不知是誰教她的。」趙敏嫣然一笑，道：「定是魔教邪派的小賊教的了。」

張無忌笑道：「魔教中魔頭雖多，誰也不會這門武功，只有青翼蝠王吸人頸血，張無忌吸人肩血，差相彷彿。」隨即又問：「我義父怎會落入成崑手中？此刻到底在那裏？」

趙敏道：「我帶你去設法營救便是。在甚麼地方，卻是布袋和尚說不得。我一說，你飛奔前去，便拋下我不管了。」張無忌嘆道：「我總不見得如此無情無義罷？」

趙敏道：「為了你義父，你肯拋下你如花似玉的新娘子，何況是我？」說著慢慢斜倚在他身上，說道：「今日躭誤了你的洞房花燭，你怪我不怪？」

不知如何，張無忌此刻心中甚感喜樂，除了掛念謝遜安危之外，反覺比之將要與周芷若拜堂成親那時更加平安舒暢，到底是甚麼原因，卻也說不上來，然而要他承認歡喜趙敏攪翻了喜事，可又說不出口，只得道：「我自然怪你。日後你與那一位英雄瀟灑的郡馬爺拜堂之時，我也來大大搗亂一場，決不讓你太太平平的做新娘子。」

趙敏蒼白的臉上一紅，笑道：「你來搗亂，我一劍殺了你。」張無忌忽然嘆了口氣，黯然不語。趙敏道：「你嘆甚麼氣？」張無忌道：「不知道那位郡馬爺前生做了甚麼大善事，修來這樣的好福氣。」趙敏笑道：「你現下再修，也還來得及。」張無忌心中怦然一動，問道：「甚麼？」趙敏臉一紅，不再接口了。

說到這裏，兩人誰也不好意思往下深談，休息一會，張無忌再替她敷藥，抱起她又向西行。趙敏靠在他肩頭，粉頰和他左臉相貼，張無忌鼻中聞到的是粉香脂香，手中抱著的是溫香軟玉，不由得意馬心猿，神魂飄飄，倘若不是急於要去營救義父，真的要放慢腳步，在這荒山野嶺中就這麼走上一輩子了。

兩人這一晚便在濠州西郊荒山中露宿一夜，次日到了一處小鎮，買了兩匹健馬。趙敏毒傷極難拔淨，身子虛弱，無力單獨騎馬，只好靠在張無忌身上，兩人同鞍而乘。如此行了五日，已到河南境內。

這日正行之間，忽見前面塵頭大起，有百餘騎疾馳而來，只聽得鐵甲鏘鏘，正是蒙古的騎兵。張無忌將馬勒在一旁，讓開了道。

蒙古騎兵隊馳過，數十丈後又是一隊騎者，這羣人行列不整，或前或後，行得疏疏落落，張無忌一瞥之下，見人羣中竟有「神箭八雄」在內，暗叫：「不好！」急忙轉過了頭。

這二十餘人見他衣飾華貴，懷中抱著一個青年女子，兩人的臉都向著道旁，也均不以為意，神箭八雄亦無一人知覺，待這一批人過完，張無忌拉過馬頭，正要向前再行，忽聽得蹄聲輕捷，三乘馬如飛衝到。中間是匹白馬，馬上乘客錦袍金冠，兩旁各是一匹栗馬，鞍上赫然是鹿杖客和鶴筆翁玄冥二老。

張無忌待要轉身，鹿杖客已見到了二人，叫道：「郡主娘娘休慌，救駕的來了。」鶴筆翁當即縱聲長嘯。「神箭八雄」等聽到嘯聲，圈轉馬頭，將兩人圍在中間。

張無忌一怔，向懷中的趙敏望去，似說：「你安排下伏兵，向我襲擊嗎？」卻見她神色憂急，登知錯怪了她，心中立時舒坦。只聽趙敏說道：「哥哥，沒想到在這裏見到你，爹爹好罷？」張無忌聽她叫出「哥哥」兩字，才留神白馬鞍上那個錦袍青年，認得他是趙敏之兄庫庫特穆爾，漢名叫作王保保。張無忌曾在大都見過他兩次，只因此刻全神貫注於玄冥二老身上，沒去留心旁人。

王保保乍見嬌妹，不禁又驚又喜，他卻不識張無忌，皺眉道：「妹子，你……你……」趙敏道：「哥哥，我中了敵人暗算，身受毒傷不輕，幸蒙這位張公子救援，否則今天見不到哥哥了。」

鹿杖客將嘴湊到王保保耳邊，低聲道：「小王爺，那便是魔教的教主張無忌。」王保保久聞張無忌之名，只道趙敏受他挾制，在他脅迫之下，方出此言，右手一揮，玄冥二老欺到張無忌左右五尺之處，神箭八雄中的四雄也各彎弓搭箭，對準他後心。

王保保道：「張教主，閣下是一教之主，武林中成名的豪傑，欺侮舍妹一個弱女子，豈不教人恥笑？快快將她放下，今日饒你不死。」

趙敏道：「哥哥，你何出此言？張公子確是有恩於我，怎說得上『欺侮』二字？」

王保保認定妹子是在敵人淫威之下，不得不如此說，朗聲道：「張教主，你武功再強，總是雙拳難敵四手，快快放下我妹子，今日咱們兩下各不相犯，我王保保言而有信，不須多疑。」

張無忌心想：「趙姑娘毒傷甚重，隨著我千里奔波，不易痊可，既與她兄長相遇，還是讓她隨兄而去，由王府名醫調治，於她身子有益。」便道：「趙姑娘，令兄要接你回去，咱們便此別過，只請示知我義父所在，我自去設法相救。咱們後會有期。」說到這裏，不禁黯然神傷，明知和她漢蒙異族，官民殊途，雙方仇怨甚深，但臨別之際，實不勝戀戀之情。

不料趙敏說道：「我始終沒跟你說謝大俠的所在，自有深意，我只答應帶你前去找他，卻不能告訴你地方。」張無忌一怔，道：「你重傷未愈，跟著我長途跋涉，大是不宜，還是與令兄同歸的為是。」趙敏臉上滿是執拗之色，道：「你若撇下我，便不知謝大俠的所在。我身子一天好一天，路上走走，反而好得快，回到王府去，可悶也悶死了我。」

張無忌向王保保道：「小王爺，你勸勸令妹罷。」王保保大奇，心念一轉，冷笑道：「嘿嘿，你裝模作樣，弄甚麼鬼？你手掌按在我妹子死穴之上，她自是只好遵你吩咐，嘴裏胡說八道。」張無忌一躍而起，縱身下地。

神箭八雄中有二人只道他要出手向王保保襲擊，颼颼兩箭，向他射來，風聲勁急。張無忌左手一引一帶，使出乾坤大挪移神功，兩枝狼牙箭回轉頭去，勁風更厲，拍拍兩響，將發箭二人手中的長弓劈斷。若非那二人閃避得快，還得身受重傷。雙箭餘勢不衰，疾插入地，箭尾鵰翎兀自顫動不已。眾人無不駭然。

張無忌離得趙敏遠遠地，說道：「趙姑娘，你先回府養好傷勢，我等再謀良晤。」趙敏搖頭道：「王府中的醫生那裏有你醫道高明？你送佛送上西天罷。」

王保保見張無忌遠離妹子，但妹子仍是執意與他同行，不由得又是驚詫，又是氣惱，向玄冥二老道：「有煩兩位保護舍妹，咱們走！」玄冥二老應道：「是！」走到趙敏馬旁。

趙敏朗聲道：「鹿鶴二位先生，我有要事須隨同張教主前去辦理，正嫌勢孤力弱，你二位隨我同去罷。」玄冥二老向王保保望了一眼，鹿杖客道：「魔教的大魔頭行事邪僻，郡主不宜和他多所交往，還是跟小王爺一起回府的為是。」趙敏秀眉微蹙，道：「兩位現下只聽我哥哥的話，不聽我話了麼？」鹿杖客陪笑道：「小王爺是出於愛護郡主的好意。」

趙敏哼了一聲，向王保保道：「哥哥，我行走江湖，早得爹爹允可，你不用為我擔憂，我自己會當心的。你見到爹爹時，代我問候請安。」

王保保知道父親向來寵愛嬌女，原也不敢過份逼迫，但若任由她孤身一人隨魔教教主而去，無論如何不能放心，見她伏在馬鞍之上，嬌弱無力，卻提韁便欲往西，當即張開雙臂攔住，說道：「好妹子，爹爹隨後便來，你稍待片刻，稟明了爹爹再走不遲。」

趙敏笑道：「爹爹一到，我便走不成了。哥哥，我不管你的事，你也別來管我。」

王保保再向張無忌打量，見他長身玉立，面目英俊，聽著妹子的語氣，顯已鍾情於他，心想明教造反作亂，乃是大大的叛逆，朝廷的對頭，妹子竟然受此魔頭蠱惑，為禍非小，當下左手一揮，喝道：「先將這魔頭拿下了。」

鹿杖客揮動鹿杖，鶴筆翁舞起鶴筆，化作一片黃光，兩團黑氣，齊向張無忌身上罩下。

趙敏深知玄冥二老的厲害，張無忌武功雖強，但以一敵二，手中又無兵刃，生怕傷到了他，叫道：「玄冥二老，你們要是傷了張教主，我稟明爹爹，可不能相饒。」王保保怒道：「亂臣賊子，人人得而誅之。玄冥二老，你們殺了這小魔頭，父王和我均有重賞。」他頓了一頓，又道：「鹿先生，小王加贈四名美女，定教你稱心如意。」

他兄妹二人一個下令要殺，一個下令不得損傷，倒使玄冥二老左右做人難了。鹿杖客向師弟使個眼色，低聲道：「捉活的。」張無忌突然展開聖火令上所載武功，上身微斜，右臂彎過，從莫名其妙的方位轉了過來，拍的一下，重重打了鹿杖客一個耳光，喝道：「你倒捉捉看。」鹿杖客突然間吃了這個大虧，又驚又怒，但他究是一流高手，心神不亂，將一根鹿頭杖使得風雨不透。張無忌欲待再使偷襲，一時之間卻已無法可施。

趙敏馬韁一提，縱馬便行。王保保馬鞭揮出，刷的一鞭，打在她坐騎的左眼之上。那馬吃痛，長聲嘶鳴，前足提了起來。趙敏傷後虛弱，險些兒從鞍上摔下，怒道：「哥哥，你定要攔我麼？」王保保道：「好妹子，你聽我話，回家後哥哥慢慢跟你陪罪。」

趙敏道：「哥哥，你若是阻住了我，有一個人不免死於非命。張教主從此恨我入骨，你妹子……你妹子也就難以活命了。」王保保道：「妹子說那裏話來？汝陽王府中高手如雲，自能保護你周全。這小魔頭別說出手傷你，便是想要再見你一面，也未必能夠。」趙敏嘆道：「我就怕不能再見他。那我……我是不想活了。」他兄妹二人情誼甚篤，向來無話不說，趙敏情急之下，竟毫不隱瞞，將傾心於張無忌的心意坦然說了出來。

王保保怒道：「妹子你忒也胡塗，你是蒙古王族，堂堂的金枝玉葉，怎能向蠻子賤狗垂青？若讓爹爹得知，豈不氣壞了他老人家？」左手一揮，又有三名好手上前夾攻。張無忌和玄冥二老此時各運神功，數丈方圓之內勁風如刀，那三名好手怎能插得下手去？

趙敏叫道：「張公子，你要救義父，須得先救我。」

王保保見妹子意不可回，心下焦急，當下伸臂將她抱了過來，放在身前鞍上，雙腿一夾，縱馬便行。趙敏的武功本較兄長為高，但重傷後全無力氣，只有張口大呼：「張公子救我，張公子救我！」

張無忌呼呼兩掌，使上了十成勁力，將玄冥二老逼得倒退三步，展開輕功，向王保保馬後追來。玄冥二老和其餘三名好手大驚，隨後急追。張無忌每當五人追近，便反手向後拍出數掌，九陽神功威力奇大，每掌拍出，玄冥二老便須閃避，不敢直攖其鋒。如此連阻三阻，張無忌追及奔馬，縱身躍起，抓住王保保後頸。這一抓之中暗藏拿穴手法，王保保上身登時酸麻，雙臂放開了趙敏，身子已被張無忌提起，向鹿杖客投去。鹿杖客急忙張臂接住，張無忌已抱起趙敏，躍離馬背，向左首山坡上奔去。

鶴筆翁和其餘好手大聲呼喝，隨後追來。可是這山峯高達數百丈，登高追逐，最是考較輕功，玄冥二老內力極強，輕功卻非一流，反是另外四五人追在鶴筆翁之前。張無忌在山上拾起幾枚石子，連珠擲出，登時有人中石，骨碌碌的滾下山來。餘人暗自吃驚，雖在小王爺監視之下不敢停步，腳下卻放得緩了。

眼見張無忌抱著趙敏越奔越高，再也追趕不上。王保保破口大罵，連叫：「放箭，放箭！」自己也彎弓搭箭，颼的一聲向張無忌後心射去。他弓力甚勁，但終於相距太遠，箭尖離張無忌後心尚有丈餘，羽箭便掉在地下。

趙敏抱著張無忌頭頸，知道眾人已追趕不上，一顆心才算落地，嘆道：「總算我有先見之明，沒告知你謝大俠的所在，否則你這沒良心的小魔頭焉肯出力救我。」張無忌轉過一個山坳，腳下仍是絲毫不緩，說道：「你跟我說了，自己回府養傷，豈不兩全其美？又何苦既得罪了兄長，又陪著我吃苦？」趙敏道：「我既決意跟著你吃苦，這位兄長嘛，遲早總是要得罪的。我只怕你不許我跟著你，別的我甚麼都不在乎。」張無忌雖知她對自己甚好，但有時念及，總想這不過是少女懷春，一時意動，沒料到她竟是糞土富貴，棄尊榮猶如敝屣，一往情深若此。低下頭去，但見她蒼白憔悴的臉上情意盈盈，眼波流動，說不盡的嬌媚無限，忍不住俯下頭去，在她微微顫動的櫻唇上一吻。

一吻之下，趙敏滿臉通紅，激動之下，竟爾暈了過去。張無忌深明醫理，料知無妨，心中卻又加深了一層感激，突然想起：「芷若待我，那有這般好！」

趙敏暈去一陣，便即醒轉，見他若有所思，問道：「你在想甚麼？定是想周姑娘了？」張無忌也不隱瞞，點了點頭，說道：「我想到很是對她不起。」趙敏道：「你後悔不後悔？」張無忌道：「當時我要跟她拜堂成親，想到你時，不由得好生傷心；此刻想到了她，卻又對她好生抱歉。」

趙敏微笑道：「那你心中對我愛得多些，是不是？」張無忌道：「老實跟你說罷，我對你是又愛又恨，對芷若是又敬又怕。」趙敏笑道：「哈哈！我寧可你對我又愛又怕，對她是又敬又恨。」張無忌笑道：「現下又不同了，我對你是又恨又怕，恨的是你拆散了我美滿姻緣，怕的是你不肯賠我。」趙敏道：「賠甚麼？」張無忌笑道：「今日要你以身相代，賠還我的洞房花燭。」趙敏滿臉飛紅，忙道：「不，不！那要將來跟我爹爹說好……等我向哥哥陪禮疏通，這才……這才……」張無忌道：「要是你爹爹一定不肯呢？」趙敏嘆道：「那時我嫁魔隨魔，只好跟著你這小魔頭，自己也做個小魔婆了。」

張無忌板起了臉，喝道：「大膽妖女，跟著張無忌這淫賊造反作亂，該當何罪？」趙敏也板起了臉，正色道：「罰你二人在世上做對快活夫妻，白頭偕老，死後打入十八層地獄，萬劫不得超生。」

兩人說到這裏，一齊哈哈大笑。

忽聽得前面一人朗聲道：「郡主娘娘，小僧在此恭候多時。」只見山後轉出二十餘名番僧，都是身穿紅袍。張無忌認得這些番僧的衣飾，那晚在萬安寺高塔之下，他們曾出手截攔自己，武功著實了得，幸好韋一笑去汝陽王府放火，才將他們引開，否則要救六大派羣豪，委實不易。當先一名番僧雙手合什，躬身說道：「小僧奉王爺之命，迎接郡主回府。」

趙敏問道：「你們在這裏幹麼？」那番僧道：「郡主身上有傷，王爺極是擔心，吩咐小僧，迎接郡主芳駕。」說著舉了舉手上的一隻白鴿。趙敏知道是兄長以白鴿傳訊，通知了父親，是以被這羣番僧迎頭截住，問道：「我爹爹在那裏？」那番僧道：「王爺便在山下相候，急欲瞧瞧郡主傷勢如何。」

張無忌情知多言無益，大踏步便往前闖去，喝道：「要命的，快快讓道，否則莫怪我手下無情。」兩名番僧並肩踏上一步，各出右掌當胸推到。張無忌左掌揮出，一引一帶，將兩僧的掌力撞了回去。

兩名番僧齊聲叫道：「阿米阿米哄，阿米阿米哄！」似是唸咒，又似罵人。趙敏不肯吃虧，叫道：「你才阿米阿米哄！」

兩名番僧登登登退了三步，其後兩名番僧各出右掌，分別伸掌抵住一僧背心，將他們推了回來。兩名番僧招式不變，又是一招「排山掌」擊至。張無忌不願跟他們硬拚，耗費真力，當下以挪移乾坤心法將二僧勁力化開，不料手指剛觸及二僧掌緣，突然間如磁吸鐵，手指竟和二僧掌緣牢牢黏住。兩名番僧大叫：「阿米阿米哄，阿米阿米哄！」張無忌連掙兩下，都是沒能掙脫，只得運起九陽神功反擊過去。

這一次卻沒將兩名番僧推動，但見二僧身後廿二名番僧已排成兩列，各出右掌，抵住前人後心，二十四名番僧排成了兩排。張無忌猛然想起：「曾聽太師父言道，天竺武功中有一門併體連功之法。這廿四個番僧集力和我對掌，我內力再強，終究敵不過廿四人合力。」他生怕更有追兵到來，一聲清嘯，手上已加了三成力，突然往斜裏推出，跟著身子向左一閃，這一來，廿四名番僧的勁力已不能聯成一條直線，前面六名番僧收不住腳步，直衝過來。張無忌雙手連揮，拍拍拍拍拍拍六響過去，六名番僧摔倒在地，口噴鮮血。但其後的第七、第八名番僧跟著衝到，揮掌擊至。

張無忌心想：「還不是一樣？」右掌拍出，與二僧雙掌相接，微一凝力，正要運勁斜推，忽聽得背後腳步輕響，有人揮掌拍來。他左掌向後拍出，待要將這掌化開，可是他的乾坤大挪移心法全恃九陽神功為根，此時全力對付身前十八名番僧合力，拍向身後這一掌已只不過平時的二成力道。但覺一股陰寒之氣從掌中直傳過來，霎時間全身發顫，身形一晃，俯身撲倒。原來正是鹿杖客以玄冥神掌忽施偷襲。

趙敏驚呼：「鹿先生，住手！」撲上去遮住張無忌身子，喝道：「那一個敢再動手？」

鹿杖客本想補上一掌，就此結果了這個生平第一勁敵的性命，但見郡主如此相護，只得罷手退開。他縱聲長嘯，示意已然得手，招呼同伴趕來，說道：「郡主娘娘，王爺只盼郡主回府，並無他意。此人是大逆不道的反叛，郡主何苦如此？」

趙敏心中氣苦，本想狠狠申斥他一番，但轉念一想，莫要激動他的怒氣，竟爾傷了張無忌性命，當下忍住口邊言語，扶起張無忌。

過不多時，鸞鈴聲響，三騎馬從山道上馳來，一是鶴筆翁，一是王保保，最後一人竟是汝陽王親自到了。三人馳到近處，翻身下馬，汝陽王皺眉道：「敏敏，你怎麼了？幹麼不聽哥哥的話，在這裏胡鬧？」

趙敏眼淚奪眶而出，叫道：「爹，你叫人這樣欺侮女兒。」汝陽王上前幾步，伸手要去拉她。趙敏右手一翻，白光閃動，已從懷中取出一柄匕首，抵在自己胸口，叫道：「爹，你不依我，女兒今日死在你的面前。」汝陽王嚇得退後兩步，顫聲道：「有話好說，快別這樣！你……你要怎樣？」

趙敏伸左手拉開自己右肩衣衫，扯下繃帶，露出五個指孔，其時毒質已去，傷口未愈，血肉模糊，更是可怖。汝陽王見她傷得這樣厲害，心疼愛女，連聲道：「怎樣了？怎樣了？幹麼傷得這等厲害？」

趙敏指著鹿杖客道：「這人心存不良，意欲奸淫女兒，我抵死不從，他……他……便抓得我這樣，求爹爹……爹爹作主。」鹿杖客只嚇得魂飛天外，忙道：「小人斗膽也不敢，豈……豈有此事？」汝陽王向他瞪目怒視，哼了一聲，道：「好大的膽子！韓姬之事，我已寬恩不加追究，卻又冒犯我女兒起來了。拿下！」

這時他隨侍的武士已先後趕到，聽得王爺喝令拿人，雖知鹿杖客武功了得，還是有四名武士欺近身去。鹿杖客又驚又怒，心想他父女骨肉至親，郡主惱我傷她情郎，竟來反咬我一口，常言道「疏不間親」，郡主又是詭計多端，我怎爭得過她？當下揮出一掌，將四名武士逼退，嘆道：「師弟，咱們走罷！」

鶴筆翁尚自遲疑。趙敏叫道：「鶴先生，你是好人，不像你師兄是好色之徒，快將你師兄拿下，我爹爹升你做個大官，重重有賞。」玄冥二老武功卓絕，只是熱中於功名利祿，這才以一代高手的身分，投身王府以供驅策。鶴筆翁素知師兄好色貪淫，聽了趙敏之言，倒也信了七八成，升官之賞又令他怦然心動，只是他與鹿杖客同門至好，卻又下不了手，一時猶豫難決。

鹿杖客臉色慘然，顫聲道：「師弟，你要升官發財，便來拿我罷。」鶴筆翁嘆道：「師哥，咱們走罷！」和鹿杖客並肩而行。

玄冥二老威震京師，汝陽王府中眾武士對之敬若天人，誰敢出來阻擋？汝陽王連聲呼喝，眾武士只是虛張聲勢、裝模作樣的叫嚷一番，眼見玄冥二老揚長下山去了。

汝陽王道：「敏敏，你既已受傷，快跟我回去調治。」趙敏指著張無忌道：「這位張公子見鹿杖客欺侮我，路見不平，出手相助，哥哥不明就裏，反說他是甚麼叛逆反賊。爹爹，我有一件大事要跟張公子去辦，事成之後，再同他來一起叩見爹爹。」

汝陽王聽她言中之意，竟是要委身下嫁此人，聽兒子說這人竟是明教教主，他這次離京南下，便是為了要調兵遣將，對付淮泗和豫鄂一帶的明教反賊，如何能讓女兒隨此人而去？問道：「你哥哥說，這人是魔教的教主，這沒假罷？」

趙敏道：「哥哥就愛說笑話。爹爹，你瞧他有多大年紀，怎能做反叛的頭腦？」

汝陽王打量張無忌，見他不過二十一二歲年紀，受傷後臉色憔悴，失去英挺秀拔之氣，更加不像是個統率數十萬大軍的大首領。但他素知女兒狡譎多智，又想明教為禍邦國，此人就算不是教主，只怕也是魔教中的要緊人物，須縱他不得，便道：「將他帶到城裏，細細盤問。只要不是魔教中人，我自有升賞。」他這樣說，已是顧到了女兒的面子，免得她當著這許多人面前恃寵撒嬌。

四名武士答應了，便走近身來。趙敏哭道：「爹爹，你真要逼死女兒麼？」匕首向胸口刺進半寸，鮮血登時染紅衣衫。汝陽王驚道：「敏敏，千萬不可胡鬧。」趙敏哭道：「爹爹，女兒不孝，已私下和張公子結成夫婦。你就算少生了女兒這個人，放女兒去罷。否則我立時便死在你面前。」汝陽王左手不住拉扯自己鬍子，滿額都是冷汗。他命將統兵、交鋒破敵，都是一言立決，但今日遇上了愛女這等尷尬事，竟是束手無策。

王保保道：「妹子，你和張公子都已受傷，且暫同爹爹回去，請名醫調理，然後由爹爹主持婚配。爹爹得了個乘龍快婿，我也有一位英雄妹夫，豈不是好？」他這番話說得好聽，趙敏卻早知是緩兵之計，張無忌一落入他們手中，焉有命在？一時三刻之間便處死了，便道：「爹爹，事已如此，女兒嫁雞隨雞、嫁犬隨犬，是死是活，我都隨定張公子了。你和哥哥有甚計謀，那也瞞不過我，終是枉費心機。眼下只有兩條路，你肯饒女兒一命，就此罷休。你要女兒死，原也不費吹灰之力。」

汝陽王怒道：「敏敏，你可要想明白。你跟了這反賊去，從此不能再是我女兒了。」

趙敏柔腸百轉，原也捨不得爹爹哥哥，想起平時父兄對自己的疼愛憐惜，心中有如刀割，但自己只要稍一遲疑，登時便送了張無忌性命，眼下只有先救情郎，日後再求父兄原諒，便道：「爹爹，哥哥，這都是敏敏不好，你……你們饒了我罷。」

汝陽王見女兒意不可回，深悔平日溺愛太過，放縱她行走江湖，以致做出這等事來，素知她從小任性，倘加威逼，她定然刺胸自殺，不由得長嘆一聲，淚水潸潸而下，嗚咽道：「敏敏，你多加保重。爹爹去了……你……你一切小心。」

趙敏點了點頭，不敢再向父親多望一眼。

汝陽王轉身緩緩走下山去，左右牽過坐騎，他恍如不聞不見，並不上馬，走出十餘丈，他突然回過身來，說道：「敏敏，你的傷不礙事麼？身上帶得有錢麼？」趙敏含淚點了點頭。汝陽王對左右道：「把我的兩匹馬去給郡主。」左右衛士答應了，將馬牽到趙敏身旁，擁著汝陽王走下山去。六名番僧委頓在地，無法站起，餘下的番僧兩個服侍一個，扶著跟在後面。

過不多時，眾人走得乾乾淨淨，只剩下張無忌和趙敏兩人。

三十五 屠獅有會孰為殃

那胖道人颼的一劍，
逕向張無忌咽喉刺將過去，
出招甚是狠辣迅捷。
張無忌「啊」的一聲驚呼，
竟似不知閃避，上身向前一撞，
反而將頭頸送向劍尖上去。

鹿杖客這一掌偷襲，適逢張無忌正以全力帶動十八名番僧聯手合力的內勁，後背藩籬盡撤，失了護體真氣，玄冥寒毒侵入，受傷著實不輕。他盤膝而坐，以九陽真氣在體內轉了三轉，嘔出兩口瘀血，才稍去胸口閉塞之氣，睜開眼來，只見趙敏滿臉都是擔憂的神色。

張無忌柔聲道：「趙姑娘，這可苦了你啦。」趙敏道：「這當兒你還是叫我『趙姑娘』麼？我不是朝廷的人了，也不是郡主了，你……你心裏，還當我是個小妖女麼？」

張無忌慢慢站起身來，說道：「我問你一句話，你得據實告我。我表妹殷離臉上的劍傷，到底是不是你割的？」趙敏道：「不是！」張無忌道：「那麼是誰下的毒手？」趙敏道：「我不能跟你說。只要你見到謝大俠，他自會跟你說知詳情。」張無忌奇道：「我義父知道詳情？」趙敏道：「你內傷未愈，多問徒亂心意。我只跟你說，倘若你查明實據，殷姑娘確是為我所害，不用你下手，我立時在你面前自刎謝罪。」

張無忌聽她說得斬釘截鐵，不由得不信，沉吟半晌，道：「多半是波斯明教那艘船上暗中伏有高手，施展邪法，半夜裏將咱們一起迷倒，害了我表妹，盜去了倚天劍和屠龍刀。救出義父之後，可須得到波斯走一遭，去向小昭問個明白。」

趙敏抿嘴一笑，說道：「你巴不得想見小昭，便杜撰些緣由出來。我勸你也別胡思亂想了，早些養好了傷，咱們快去少林寺是正經。」張無忌奇道：「去少林寺幹麼？」趙敏道：「救謝大俠啊。」張無忌更是奇怪，問道：「我義父在少林寺麼？怎麼會在少林寺？」

趙敏道：「這中間的原委曲折，我也不知。但謝大俠身在少林寺內，卻是千真萬確。我跟你說，我手下有一死士，在少林寺出家，是他捨了一條性命，帶來的訊息。」張無忌問道：「為甚麼捨了一條性命？」趙敏道：「我那部屬為了向我證明，設法剪下了謝大俠的一束黃髮。可是少林寺監守謝大俠十分嚴密，我那部屬取了頭髮後出寺，終於給發覺了，身中兩掌，掙扎著將頭髮送到我手裏，不久便死了。」

張無忌道：「嘿！好厲害！」這「好厲害」三字，也不知是讚趙敏的手段，還是說局勢的險惡。他心中煩惱，牽動內息，忍不住又吐了一口血。

趙敏急道：「早知你傷得如此要緊，又是這等沉不住氣，我便不跟你說了。」張無忌坐下地來，靠在山石之上，待要寧神靜息，但關心則亂，總是無法鎮定，說道：「少林神僧空見，是被我義父以七傷拳打死的。少林僧俗上下，二十餘年來誓報此仇，何況那成崑便在少林寺出家。我義父落入了他們手中，那裏還有命在？」

趙敏道：「你不用著急，有一件東西卻救得謝大俠的性命。」張無忌忙問：「甚麼東西？」趙敏道：「屠龍寶刀。」張無忌一轉念間，便即明白，屠龍刀號稱「武林至尊」，少林派數百年來領袖武林，對這把寶刀自是欲得之而甘心，他們為了得刀，必不肯輕易加害謝遜，只是對他大加折辱，定然難免。

趙敏又道：「我想救謝大俠之事，還是你我二人暗中下手的為是。明教英雄雖眾，但如大舉進襲少林，雙方損折必多。少林派倘若眼見抵擋不住明教進攻，其勢已留不住謝大俠，說不定便出下策，下手將他害了。」

張無忌聽她想得周到，心下感激，道：「敏妹，你說得是。」

趙敏第一次聽他叫自己為「敏妹」，心中說不出的甜蜜，但一轉念間，想到父母之恩，兄妹之情，從此盡付東流，又不禁神傷。

張無忌猜到她的心意，卻也無從勸慰，只是想：「她此生已然託付於我，我不知如何方能報答她的深情厚意？芷若和我有婚姻之約，我卻又如何能夠相負？唉！眼前之事，終是設法救出義父要緊，這等兒女之情，且自放在一旁。」勉力站起，說道：「咱們走罷！」

趙敏見他臉色灰白，知他受傷著實不輕，秀眉微蹙，沉吟道：「我爹爹愛我憐我，倒是不妨，就只怕哥哥不肯相饒。不出兩個時辰，只要哥哥能設法暫時離開父親，又會派人來捉拿咱倆回去。」張無忌點了點頭，眼見王保保行事果決，是個極厲害的人物，料來不肯如此輕易罷手，目下兩人都身受重傷，倘若西去少林，實是步步荊棘，一時徬徨無策。趙敏道：「咱們急須離開此處險地，到了山下，再定行止。」

張無忌點了點頭，蹣跚著去牽過坐騎，待要上馬，只感胸口一陣劇痛，竟然跨不上去。趙敏右臂用力，咬著牙一推，將他送上了馬背，但這麼一用力，胸口被匕首刺傷的傷口又流出不少鮮血。她掙扎著也上了馬背，坐在他身後。本來是張無忌扶她，現下反而變成要她伸手相扶。二人喘息半晌，這才縱馬前行，另一匹馬跟在其後。

二人共騎下得山來，索性往大路上走去，折而東行，以免和王保保撞面。行得片刻，便走上了一道小路。兩人稍稍寬心，料想王保保遣人追拿，也不易尋到這條偏僻小路上來，只要挨到天黑，入了深山，便有轉機。

正行之間，忽聽得身後馬蹄聲響，兩匹馬急馳而來。趙敏花容失色，抱著張無忌的腰，說道：「我哥哥來得好快，咱們苦命，終於難脫他的毒手。無忌哥哥，讓我跟他回府，設法求懇爹爹，咱們徐圖後會。天長地久，終不相負。」張無忌苦笑道：「令兄未必便肯放過了我。」剛說了這句話，身後兩乘馬相距已不過數十丈。

趙敏拉馬讓在道旁，拔出匕首，心意已決，若有迴旋餘地，自當以計脫身，要是哥哥決意殺害張無忌，兩人便死在一塊。但見那兩乘馬奔到身旁，卻不停留，馬上乘者是兩名蒙古士兵，經過二人身旁，只匆匆一瞥，便即越過前行。

趙敏心中剛說：「謝天謝地，原來只是兩個尋常小兵，非為追尋我等而來。」卻見兩名元兵已勒慢了馬，商量了幾句，忽然圈轉馬頭，馳到二人身旁。一名滿腮鬍子的元兵喝道：「兀那兩名蠻子，這兩匹好馬是那裏偷來的？」

趙敏一聽他的口氣，便知他見了父親所贈的駿馬，起意眼紅。汝陽王這兩匹馬原是神駿之極，兼之金鐙銀勒，華貴非凡。蒙古人愛馬如命，見了焉有不動心之理？趙敏心想：「兩匹馬雖是爹爹所賜，但這兩個惡賊若要恃強相奪，也只有給了他們。」打蒙古話道：「你們是那一位將軍的麾下？竟敢對我如此無禮？」那蒙古兵一怔，問道：「小姐是誰？」他見兩人衣飾華貴，胯下兩匹馬更非同小可，再聽她蒙古話說得流利，倒也不敢放肆。

趙敏道：「我是花兒不赤將軍的女兒，這是我哥哥。我二人路上遇盜，身上受了傷。」兩名蒙古兵相互望了一眼，突然放聲大笑。那鬍子兵大聲道：「一不做，二不休，索性殺了這兩個娃娃再說。」抽出腰刀，縱馬過來。趙敏驚道：「你們幹甚麼？我告知將軍，教你二人四馬分屍而死。」「四馬分屍」是蒙古軍中重刑，犯法者四肢分縛於四匹馬上，一聲令下，長鞭揮處，四馬齊奔，登時將犯人撕為四截，最是殘忍的刑罰。

那絡腮鬍的蒙古兵獰笑道：「花兒不赤打不過明教叛軍，卻亂斬部屬，拿我們小兵來出氣。昨天大軍譁變，早將你父親砍為肉醬。在這兒撞到你這兩隻小狗，那是再好不過。」說著舉刀當頭砍下。趙敏一提韁繩，縱馬避過。那兵正待追殺，另一個元兵叫道：「別殺這花朵兒似的小姑娘，咱哥兒倆先圖個風流快活。」那鬍子兵道：「妙極，妙極！」

趙敏心念微動，便即縱身下馬，向道旁逃去。

兩名蒙古兵一齊下馬追來。趙敏「啊喲」一聲，摔倒在地。那鬍子兵撲將上去，伸手按她背心。趙敏手肘迴撞，正中他胸口要穴，那鬍子兵哼也不哼，滾倒在旁。另一元兵沒看清他已中暗算，跟著撲上，趙敏依樣葫蘆，又撞中了他的穴道。這兩下撞穴，她平時自是不費吹灰之力，此刻卻累得氣喘吁吁，滿頭都是冷汗，全身似欲虛脫。

她支撐著起來，卻去扶張無忌下馬，拔匕首在手，喝道：「你這兩個犯上作亂的狗賊，還要性命不要？」兩名元兵穴道被撞，上半身麻木不仁，雙手動彈不得，下肢略有知覺，卻也是酸痛難當，只道趙敏跟著便要取他二人性命，不料想聽她言中之意竟有一線生機，忙道：「姑娘饒命！花兒不赤將軍並非小人下手加害。」趙敏道：「好，若是依得我一事，便饒了你二人的狗命。」兩名元兵不理是何難事，當即答應：「依得！依得！」

趙敏指著自己的坐騎，道：「你二人騎了這兩匹馬，急向東行，一日一夜之內，必須馳出三百里地，越快越好，不得有誤。」二人面面相覷，做夢也想不到她的吩咐竟是如此一樁美差，料來她說的必是反話。那鬍子兵道：「姑娘，小人便有天大的膽子，也不敢再要姑娘的坐騎……」趙敏截住他話頭，說道：「事機緊迫，快快上馬。路上倘若有人問起，你只須說這兩匹馬是市上買的，千萬不可提及我二人的形貌，知道了麼？」

那二名蒙古兵仍是將信將疑，但禁不住趙敏連聲催促，心想此舉縱然有詐，也勝於當場被她用匕首刺死，於是告了罪，一步步挨將過去，翻身上鞍。蒙古人自幼生長於馬背之上，騎馬比走路還要容易，雖然手足僵硬，仍能控馬前行。二兵生怕趙敏一時胡塗，隨即翻悔，待坐騎行出數丈，雙腿急夾，縱馬疾馳而去。

張無忌道：「這主意挺高，你哥哥手下見到這兩匹駿馬，定料我二人已向東去。咱們此刻卻又向何方而行？」趙敏道：「自是向西南方去了。」

二人上了蒙古兵留下的坐騎，在荒野間不依道路，逕向西南。

這一路盡是崎嶇亂石，荊棘叢生，只刺得兩匹馬腿上鮮血淋漓，一跛一蹎，一個時辰只行得二十來里。天色將黑，忽見山坳中一縷炊煙裊裊升起。張無忌喜道：「前面有人家，咱們便去借宿。」

行到近處，見大樹掩映間露出黃牆一角，原來是座廟宇。趙敏扶張無忌下得馬來，將兩匹馬的馬頭朝向西方，從地下拾起一根荊枝，在馬臀上鞭打數下。兩匹馬長聲嘶叫，快奔而去。她到處布伏疑陣，但求引開王保保的追兵，至於失馬後逃遁更是艱難，卻也顧不得許多了，眼前只能行得一步算一步。

二人相將扶持，挨到廟前，只見大門上匾額寫著：「中嶽神廟」四字。趙敏提起門環，敲了三下，隔了半晌無人答應，又敲了三下。

忽聽得門內一個陰惻惻的聲音道：「是人是鬼？來挺屍麼？」格格聲響，大門緩緩開了，木門後出現一個人影。其時暮色蒼茫，那人又身子背光，看不清他面貌，但見他光頭僧衣，是個和尚。

張無忌道：「在下兄妹二人途中遇盜，身受重傷，求在寶剎借宿一宵，請大師慈悲。」那人哼的一聲，冷冷的道：「出家人素來不與人方便，你們去罷。」便欲關門。趙敏忙道：「與人方便，自己方便，於你未必沒有好處。」那和尚道：「甚麼好處？」趙敏伸手到耳邊摘下一對鑲珠的耳環，遞過去交在他手中。

那和尚見每隻耳環上都鑲有小指頭大小的一粒珍珠，再打量二人，說道：「好罷，與人方便，自己方便。」側身讓在一旁。趙敏扶著張無忌走了進去。那和尚引著二人穿過大殿和院子，來到東首廂房，說道：「就在這兒住罷。」

房中無燈無火，黑洞洞地，趙敏在床上一摸，床上只一張草蓆，更無別物。

只聽得外面一個洪亮的聲音叫道：「郝四弟，你領誰進來了？」那和尚道：「兩個借宿的客人。」說著跨步出門。趙敏道：「師傅，請你布施兩碗飯，一碟素菜。」那和尚道：「出家人吃十方，不布施！」說著揚長而去。趙敏恨恨的道：「這和尚可惡！無忌哥哥，你肚子很餓了罷？咱們得弄些吃的才成。」

突然間院子中腳步聲響，共有七八人走來，火光閃動，房門推開，兩名僧人高舉燭台，照射兩人。張無忌一瞥之下，高高矮矮共是八名僧人，有的粗眉巨眼，有的滿臉橫肉，竟無一個善相之人。一個滿臉皺紋的老僧道：「你們身上還有多少金銀珠寶，一起拿出來。」

趙敏道：「幹甚麼？」老僧笑道：「兩位施主有緣來此，正好撞到小廟要大做法事，重修山門，再裝金身。兩位身上的金銀珠寶，一起布施出來。倘若吝嗇不肯，得罪了菩薩，那就麻煩了。」趙敏怒道：「那不是強盜行徑麼？」那老僧道：「罪過，罪過。我們八兄弟殺人放火，原是做的強盜勾當，最近放下屠刀，立地成佛，馬馬虎虎的做了和尚。兩位施主有緣，肥羊自己送上門來，唉，這可要累得我們出家人六根又不能清淨了。」

張無忌和趙敏大吃一驚，沒想到這八個和尚乃大盜改裝，這老僧既直言不諱，自是存心要殺人了，決不致自吐隱事之後又再相饒。

另一名僧人獰笑道：「女施主不用害怕，我們八個和尚強盜正少一位押廟夫人，你生得這般花容月貌，當真是觀世音菩薩下凡，如來佛見了也要動心。妙極！妙極！」

趙敏從懷裏掏出七八錠黃金，一串珠鍊，放在桌上，說道：「財物珠寶，盡在於此。我兄妹也是武林中人，各位須顧全江湖上義氣。」那老僧笑道：「兩位是武林中人，那是再好也沒有了，不知是那一派的門下？」趙敏道：「我們是少林子弟。」少林派是武林中第一大派，她只盼這八人便算不是出身少林旁系，親友之中或也有人與少林派有些淵源。

那老僧一怔，隨即目現兇光，說道：「是少林子弟嗎？當真不巧了！你們兩個娃娃只好怪自己投錯了門派。」伸手便拉她手腕。趙敏一縮手，老僧拉了個空。

張無忌見眼前情勢危急之極，自己與趙敏身上傷重，萬難抵敵，這幾年來會過多少武林中的成名人物，卻難道今日反喪生於八個三四流的小盜手中？不管怎樣，總不能眼睜睜的看著趙敏受辱，便道：「敏妹，你躲在我身後，我來料理這八名小賊。」

趙敏空有滿腹智計，此刻也是束手無策，問道：「你們是甚麼人？」

那老僧道：「我們是少林寺逐出來的叛徒，遇到別派的江湖人馬，倒還手下留情，但若碰到少林子弟，那是非殺不可。小姑娘，這位兄弟本來要留你做個押廟夫人，現下知道你是少林門下，我們只有先姦後殺，留不得活口了。」

張無忌低沉嗓子道：「好哇！你們是圓真的門下，是也不是？」那老僧咦的一聲，道：「這倒奇了，你怎知道？」趙敏接口道：「咱們正是要上少林寺去，會見陳友諒大哥，推舉圓真大師作少林寺方丈。」那老僧道：「善哉善哉！我佛如來，普渡眾生。」趙敏道：「是啊，咱們正好齊心合力，共成善舉。」

她此言一出，八名僧人同時哈哈大笑。原來這八個和尚確是圓真和陳友諒一黨，由陳友諒引入，拜在圓真門下。近年來圓真圖謀方丈一席之心甚急，四處收羅人才。只是少林寺戒律精嚴，每收一名弟子，均須由執掌戒律的監寺詳加盤問，查明出身來歷，圓真難以為所欲為。於是由陳友諒設計，招引各路幫會豪傑、江洋大盜在寺外拜師，作為圓真的弟子，卻不身入少林，只待時機到來，共舉大事。圓真的武功何等深湛，只一出手，便令江湖豪士羣相慴服，這些武林人物素慕少林名門正派的威望，又見到圓真神功絕技，自是皆願拜師。便有少數不願背叛本門的，圓真立即下手除卻，是以他奸謀經營已久，卻不敗露。那老僧口稱「我佛如來，普渡眾生」，卻是他們這一黨見面的暗號，倘若是本黨中人，只須答以「花開見佛，心即靈山」，互相便知。趙敏一聽到老僧口氣中露出是圓真弟子，便推算到圓真圖謀方丈之位的心意，可是他們約定的暗號，卻又如何得知？

一名矮胖僧人道：「富大哥，這小妮子說甚麼推舉我師作少林寺方丈，這訊息從何處得來？事關重大，不可不問個明白。」這八人雖落髮作了和尚，相互間仍是「大哥」「二哥」相稱，不脫昔時綠林習氣。

張無忌一聽他八人笑聲，便知要糟，苦於重傷後真氣無法凝聚，只得努力收束心神，強行聚氣，只覺熱烘烘的真氣東一團、西一塊，始終難以依著脈絡運行。只見那老僧猶如鳥爪的五根手指向趙敏抓去，趙敏無力擋架，縮身避向裏床，張無忌心下焦急，但此際也惟有盤膝運功，只盼能恢復得二三成功力，便能打發這八名惡賊了。

那矮胖僧人見他在這當口兀自大模大樣的運氣打坐，怒喝：「這小子不知死活，老子先送他上西天去，免得在這裏礙手礙腳！」說著右臂抬起，骨骼格格作響，呼的一拳，猛力打向張無忌胸口。趙敏眼見危急，尖聲驚呼，卻見那矮胖僧人一拳打過，右臂軟軟垂下，雙目圓睜，卻站著一動也不動了。那老僧吃了一驚，伸手拉了他一把，那胖僧應手而倒，竟已死去。餘下各僧又驚又怒，紛紛喝道：「這小子有妖法，有邪術！」

原來那胖僧運勁於臂，猛擊張無忌胸口，正打在「膻中穴」上。張無忌的九陽神功攻敵不足，護身卻是有餘，不但將敵人打來的拳勁反彈了回去，更因對方這麼一擊，引動了他體內九陽真氣，勁上加勁，力中貫力，那胖僧立時便即斃命。

那老僧卻道張無忌胸口裝有毒箭、毒刺之類物事，以致那胖僧中了劇毒，當即出掌，擊向他露在袖外的右臂，準擬先打折他手臂，再行慢慢收拾。這一招剛猛的掌力撞到張無忌臂上，引動他體內九陽真氣反激而出。那老僧登時倒撞出去，其勢如箭，喀喇一聲大響，衝破窗格，撞在庭中一株大槐樹上，腦漿迸裂。

餘僧大聲呼叫聲中，一僧雙拳搗向張無忌太陽穴，一僧以「雙龍搶珠」之招伸指挖他眼珠，另一僧飛起右足，踢向他的丹田。張無忌低頭避開雙眼，讓他兩指戳在額頭，但聽得砰砰、啊喲、噗噗數聲連響，三僧先後震死。第三僧飛足猛踢，力道甚是強勁，右腿竟然硬生生的震斷。張無忌丹田處受了這一腿，真氣鼓盪，右半邊身子中各處脈絡竟有貫穿模樣，心下暗喜：「可惜這惡僧震死得太早，要是他在我丹田上多踢幾腳，反能助我早復功力。看來我受傷雖重，恢復倒是不難，只須有十天到半月將息，便能盡復舊觀。」

八僧中死了五僧，餘下三名惡僧嚇得魂飛天外，爭先恐後的搶出門去，直奔到廟門之外，不見張無忌追趕出來，這才站定了商議。一個道：「這小子定是有邪法。」另一個道：「我看不是邪法，這小子內功厲害，反激出來傷人。」第三人道：「不錯，咱們好歹要給死去了的兄弟報仇。」三人商議了半晌，一人忽道：「這小子顯是受傷甚重，否則何以不追將出來？」另一人喜道：「不錯，多半他不會走動，五個兄弟以拳腳打他，他能以內力反激，咱們用兵刃砍他刺他，難道他當真有銅筋鐵骨不成？」

三僧商量定當，一人挺了柄長矛，一人提刀，一人持劍，走到院子之中。

只見東廂房中靜悄悄地，並無人聲。三僧往撞破了的窗格子中一張，只見那青年男子仍是盤膝而坐，模樣極是疲累，身子搖搖晃晃，似乎隨時便要摔倒。那少女拿著一塊手帕在替他額頭拭汗。三僧互使眼色，總是不敢便此衝入。一僧叫道：「臭小子，有種的便出來，跟老爺鬥三百回合。」另一僧罵道：「這小子有甚麼本事，便只會使妖法害人。那是下三濫的把戲，卑鄙下流，無恥之尤。」三僧見張無忌既不答話，又不下床，膽子越來越大，辱罵的言語也越來越髒，佛門弟子中口出惡言的，只怕再也沒人能勝得過這三位大和尚了。

張無忌和趙敏聽了卻也並不生氣，他二人最擔心的不是三僧再來尋仇，而是怕他們嚇得一去不回。此間離嵩山少林寺不遠，這三僧若去告知了成崑，那就大事去矣。張無忌之傷不到十天以外，萬難痊可，用不著成崑親至，只要來得一兩個二流高手，例如陳友諒之類的人物，便也無法抵擋。因此見三僧去而復回，反而暗暗喜歡。張無忌連受五僧襲擊，體內九陽真氣有若干處所漸行凝聚，雖仍難以發勁傷敵，心下已不若先前驚惶。

突然間砰的一聲，一僧飛腳踢開房門，搶了進來，青光閃處，紅纓抖動，手中挺著一柄長矛。趙敏叫聲：「啊喲！」急將手中匕首遞給張無忌。張無忌搖頭不接，暗暗叫苦：「我手上半點勁力也無，縱有兵刃，如何卻敵？我血肉之軀，卻不能抵擋兵器。」動念未已，敵人長矛捲起一個槍花，紅纓散開，矛頭已向胸口刺到。

這一矛來得快，趙敏的念頭卻也轉得快，伸手到張無忌懷中摸出一塊聖火令，對準矛頭來路，擋在張無忌胸口，噹的一響，矛頭正好戳在聖火令上。以倚天劍之利，尚自不能削斷聖火令，矛頭刺將上去，自是絲毫無損。這一刺之勁激動張無忌體內九陽神功，反彈出去，但聽得「啊……」的一下長聲慘叫，矛桿直插入那僧人胸口。

這僧人尚未摔倒，第二名僧人的單刀已砍向張無忌頭頂。趙敏深恐一塊聖火令擋不住單刀刀鋒，雙手各持一塊聖火令，急速在張無忌頭頂一放。這當口果真是間不容髮，又是噹的一聲響，單刀反彈，刀背將那惡僧的額骨撞得粉碎，但趙敏的左手小指卻也被刀鋒切去了一片，危急之際，竟自未感疼痛。

第三名僧人持劍剛進門口，便見兩名同伴幾乎是同時殞命，他大叫一聲，向外便奔。趙敏叫道：「不能讓他逃走了。」一塊聖火令從窗子擲將出去，準頭極佳，卻是全無力量，沒碰到那人身子便已落地。張無忌抱住她身子，叫道：「再擲！」以胸口稍行凝聚的真氣從她背心傳入。趙敏左手的聖火令再度擲出。那僧人只須再奔兩步，便躲到了照壁之後，但聖火令去勢奇快，正中背心，登時狂噴鮮血而死。

張無忌和趙敏聖火令一脫手，同時昏暈，相擁著跌下床來。這時廂房內死了六僧，庭中死了二僧，張趙二人昏倒在血泊之中。荒山小廟，冷月清風，頃刻間更無半點聲息。

過了良久，趙敏先行醒轉，迷迷糊糊之中先伸手一探張無忌鼻息，只覺呼吸雖弱，卻悠長平穩。她支撐著站起身來，無力將他扶上床去，只得將他身子拉好，抬起他頭，枕在一名死僧身上。她坐在死人堆裏不住喘氣。又過半晌，張無忌睜開眼來，叫道：「敏妹，你……你在那裏？」趙敏嫣然一笑，清冷的月光從窗中照將進來，兩人看到對方臉上都是鮮血，本來神情甚是可怖，但劫後餘生，卻覺說不出的俊美可愛，各自張臂，相擁在一起。

這番劇戰，先前殺那七僧，張無忌未花半分力氣，借力打力，反而有益無損，但最後以聖火令飛擲第八名惡僧，二人卻是大傷元氣。這時二人均已無力動彈，只有躺在死人堆中，靜候力氣恢復。趙敏包紮了左手小指的傷處，迷迷糊糊的又睡著了。

直到次日中午，二人方始先後醒轉。張無忌打坐運氣，調息大半個時辰，精神一振，撐身站了起來，肚裏已是咕咕直叫，摸到廚下，只見一鍋飯一半已成黑炭，另一半也是焦臭難聞，當下滿滿盛了一碗，拿到房中。趙敏笑道：「你我今日這等狼狽，只可天知地知，你知我知，實不足為外人道也。」兩人相對大笑，伸手抓取焦飯而食，只覺滋味之美，似乎猶勝山珍海味。一碗飯尚未吃完，忽聽得遠處傳來了馬蹄和山石相擊之聲。

嗆啷一聲，盛著焦飯的瓦碗掉在地下，打得粉碎。趙敏與張無忌面面相覷，兩顆心怦怦跳動，耳聽得馳來的共是兩匹馬，到了廟門前戛然而止，接著門環四響，有人打門，稍停片刻，又是門環四響。張無忌低聲道：「怎麼辦？」只聽得門外有人叫道：「上官三哥，是我秦老五啊。」趙敏道：「他們就要破門而入。咱們且裝死人，隨機應變。」

兩人伏在死人堆裏，臉孔向下。剛伏好身子，便聽得砰的一聲巨響，廟門被人猛力撞開，從撞門的聲勢中聽來，來人膂力不小。趙敏心念一動，道：「你伏在門邊，擋住二人的退路。」張無忌點點頭，爬到門檻之旁。

緊跟著便聽得兩聲驚呼，刷刷聲響，進廟的兩人拔出了兵刃，顯已見到了庭中的兩具屍首。一人低聲道：「小心，防備敵人暗算。」另一人大聲喝道：「好朋友，鬼鬼祟祟的躲著算是甚麼英雄？有種的出來跟老子決一死戰。」這人嗓音粗豪，中氣充沛，諒必是那推門的大力士了。他連喝數聲，四下裏卻無半點聲息，說道：「賊子早去遠了。」另一個嗓音嘶啞的人道：「四處查一查，莫要中了敵人詭計。」那秦老五道：「壽老弟，你往東邊搜，我往西邊搜。」那姓壽的似乎心中害怕，說道：「只怕敵人人多，咱們聚在一起，免得落單。」

秦老五未置可否。那姓壽的突然咦的一聲，指著東廂房道：「裏……裏面還有死人！」

兩人走到門邊，但見小小一間房中，死屍橫七豎八的躺了一地。秦老五道：「這廟……廟裏的八位兄弟，一齊喪命，不知是甚麼人下的毒手！」姓壽的道：「秦五哥，咱們急速回寺，稟……稟……稟報師父。」秦老五沉吟道：「師父叮囑咱們，須得趕快將請帖送出，趕著在端午節開『屠獅英雄會』，要是誤了事，可吃罪不起。」

張無忌聽到「屠獅英雄會」五字，微一沉吟，不禁驚、喜、慚、怒，百感齊生，心想：「他師父大撒請帖，開甚麼屠獅英雄會，自是招集天下英雄，要當眾殺害義父，這麼說來，在端午節之前，義父性命倒是無礙。我不能保護義父周全，害得他老人家落入奸人手中，苦受折辱，不孝不義，莫此為甚。」他越想越怒，恨不得立時手刃這兩名奸人，但又怕二人見機逃走，自己卻無力追逐，唯有待他二人進房，然後截住退路，依樣葫蘆，以九陽真氣反震之力鋤奸。不料這二人見房中盡是死屍，不願進房，只是站在庭中商量。

那姓壽的道：「這等大事，得及早稟告師父才好。」秦老五道：「這樣罷，咱哥兒倆分頭行事，我去送請帖，你回寺稟告師父。」姓壽的又擔心在道上遇到敵人，躊躇未答。秦老五惱起上來，說道：「那麼任你挑選，你愛送請帖，那也由得你。」姓壽的沉吟片刻，終覺還是回山較為安全，說道：「聽憑秦五哥吩咐，我回山稟告便是。」二人當即轉身出去。

趙敏身子一動，低聲呻吟了兩下。秦壽二人吃了一驚，回過頭來，見趙敏又動了兩動，這時看得清楚，卻是個女子。

秦老五奇道：「這女子是誰？」走進房去。姓壽的膽子雖小，但一來見她是個女子，二來是重傷垂死之人，也就不加忌憚，跟著進房，秦老五便伸手去扳趙敏肩頭。張無忌一聲咳嗽，坐起身來，盤膝運氣，雙目似閉非閉。秦壽二人突然見他坐起，臉上全是血漬，神態卻又是這等可怖，一齊大驚。那姓壽的叫道：「不好，這是屍變。這殭……殭……殭屍陰魂不散，秦五哥須……須得小心。」忙縱身跳上了床。

秦老五叫道：「殭屍作怪，姓秦的可不來怕你。」舉刀猛往張無忌頭頂砍落。張無忌手中早握好了兩枚聖火令，當即往頭頂一放，噹的一響，刀刃砍在聖火令上，反彈回去，將秦老五撞得腦漿迸裂，立時斃命。

那姓壽的手中握著一柄鬼頭刀，手臂發抖，想要往張無忌身上砍去，卻那裏敢？張無忌只等他砍劈過來，便可以九陽真氣反撞。趙敏見那人久久不動，心下焦躁：「這膽小鬼魂飛魄散，不敢動手，要是他拋刀逃走，咱們可奈何他不得。」只見他牙關相擊，格格作響，突然間拍的一聲，鬼頭刀掉在地下。

張無忌道：「你有種便來砍我一刀，打我一拳。」那人道：「小……小的沒種，不……不敢跟老爺動手。」張無忌道：「那麼你踢我一腳試試。」那人道：「小的……小的更加不敢。」張無忌怒道：「你如此膿包，待會只有死得更慘，快向我砍上兩刀。我若見你手勁不差，說不定反饒了你的性命。」那人道：「是，是！」俯身拾起了鬼頭刀，瞥見秦老五頭骨破碎的慘狀，心想這殭屍法力高強，我還是苦苦哀求饒命的為是，當即跪倒，磕頭道：「老爺饒命！你身遭枉死，跟小人可……可毫不相干，你別向小……小人索命。」

趙敏聽他竟以為張無忌是死人，心中有氣，哼了一聲，道：「武林中居然有這等沒出息的奴才。」那人道：「是，是！小的沒出息，沒出息，真是奴才，真是奴才。」

他不敢出手，張無忌倒是無計可施，突然間心念一動，喝道：「過來。」那人忙道：「是！」向前爬了幾步，仍是跪著。張無忌伸出雙手，將兩根拇指按在他眼珠之上，喝道：「我先挖出你的眼珠。」那人大驚，不及多想，忙伸手用力將張無忌雙臂推開。張無忌只求他這麼一推，當即借用他的力道，手臂下滑，點了他乳下「神封」、「步廊」兩處穴道。

那人全身酸麻，撲倒在地，大聲求懇：「老爺饒命，老爺饒命。原來老爺不是殭屍，好得很，那……那更加要饒命了。」他這時伏在張無忌身前，已瞧清對方乃是活人。

趙敏知道張無忌這一下乃是借力點穴，但借來的力道實在太小，只能暫時令那人手足酸軟，卻未失行動之力，不到半個時辰，封閉了的穴道自行解開，屆時又有一番麻煩，又想有許多事要向他查明，不能便取他性命，說道：「你已給這位爺台點中了死穴，你吸一口氣，左胸肋角是否隱隱生疼？」那人依言吸氣，果覺左胸幾根肋骨處頗為疼痛，其實這是一時氣血閉塞的應有之象，那人不知，更大聲哀求起來。

趙敏道：「要饒你性命嗎？可須得給你用金針解開死穴才成。那未免太也麻煩了。」那人磕頭道：「姑娘無論如何得麻煩這麼一次。姑娘救得小人之命，小人做牛做馬，也供姑娘驅使。」趙敏嫣然一笑，道：「似你這等江湖人物，我倒是第一次看見。好罷，你去拾一塊磚頭來。」那人忙應道：「是，是！」蹣跚著走出，到院子中去撿磚頭。

張無忌低聲問：「要磚頭幹甚麼？」趙敏微笑道：「山人自有妙計。」

那人拿了一塊磚頭，恭恭敬敬的走進房來。趙敏在頭髮上拔下一隻金釵，將釵尖對準了他肩頭「缺盆穴」，說道：「我先用金針解開你上身脈絡，免得死穴之氣上衝入腦，那就無救了。但不知那位爺台肯不肯饒你性命？」那人眼望張無忌，滿是哀懇之色。張無忌便點了點頭。那人大喜，道：「這位大爺答應了，請姑娘快快下手。」趙敏道：「嗯，你怕不怕痛？」那人道：「小人只怕死，不怕痛。」趙敏道：「很好！你用磚頭在金釵尾上敲擊一下。」那人心想金釵插入肩頭，這是皮肉之傷，毫不皺眉，提起磚頭便在釵尾一擊。

磚頭擊落，金釵刺入「缺盆穴」，那人並不疼痛，反有一陣舒適之感，對趙敏更增幾分信心，不絕口的道謝。趙敏命他拔出金釵，又在他魂門、魄戶、天柱、庫房等七八處穴道上分別刺過。張無忌微微一笑，道：「好了，好了！」站起身來，心知那人穴道上受了這些攢刺，倘若逃出廟去，竭力奔跑，這幾下刺穴立即發作，便制了他死命。

趙敏道：「你去打兩盆水，給我們洗臉，然後去做飯。你若是要死，不妨在飯菜之中下些毒藥，咱三人同歸於盡。」那人道：「小的不敢，小的不敢。」

這麼一來，張無忌和趙敏倒多了一個侍僕。趙敏問他姓名，原來那人姓壽，名叫南山，有個外號叫作「萬壽無疆」，卻是江湖上朋友取笑他臨陣畏縮、一輩子不會被人打死之意。他雖隨著一干綠林好漢拜在圓真門下，圓真卻嫌他根骨太差，人品猥葸，只差他跑腿辦事，從來沒傳授過甚麼武功。壽南山被點中了穴道，力氣不失，被趙敏差來差去，極是賣力。他將九具屍首拖到後園中埋葬了，提水洗淨廟中血漬。妙在此人武功不成，烹調手段倒算得是第一流好手，做幾碗菜肴，張無忌和趙敏吃來大加讚賞。

待得諸事定當，張趙二人盤問那「屠獅英雄會」的詳情。壽南山倒是毫不隱瞞，只可惜旁人瞧他不起，許多事都沒跟他說。他只知少林寺方丈空聞大師派圓真主持這次大會，由空聞和空智兩位神僧出面，廣撒英雄帖，邀請天下各門派、各幫會的英雄好漢，於端午節齊集少林寺會商要事。

張無忌要過那英雄帖一看，見是邀請雲南點蒼派浮塵子、古松子、歸藏子等諸劍客的請柬。點蒼諸劍成名已久，但隱居滇南，從來不和中原武林人士交往。現下少林派連他們也邀到了，可見這次大會賓客之眾，規模之盛。少林派領袖武林，空聞、空智親自出面邀請，料得接柬之人不論有何要事，均將擱在一旁，前來赴會。

張無忌見請柬上只寥寥數字，但書「敬請端陽佳節，聚會少林，與天下英雄樽酒共歡」，並無「屠獅」字樣，便問：「幹麼那秦老五說這會叫作『屠獅英雄會』？」

壽南山臉有得色，說道：「張爺有所不知，我師父擒獲了一個鼎鼎大名的人物，叫作金毛獅王謝遜。我們少林寺這番要在天下英雄之前大大露臉，當眾宰殺這隻金毛獅子，因此這個大會嘛，便叫作『屠獅英雄會』。」張無忌強忍怒氣，又問：「這金毛獅王是何等人物，你可看見了麼？你師父如何將他擒來？這人現下關在何處？」

壽南山道：「這金毛獅王哪，嘿嘿，那可當真厲害無比，足足有小人兩個那麼高，手膀比小人的大腿還粗，不說別的，單是他一對精光閃閃的眼睛向著你這麼一瞪，你登時便魄飛魂散，不用動手，便得磕頭求饒……」

張無忌和趙敏對望一眼，只聽他又道：「我師父跟他鬥了七日七夜，不分勝敗，後來我師父怒了，使出威震天下的『擒龍伏虎功』來，這才將他收服。現下這金毛獅王關在我們寺中大雄寶殿的一隻大鐵籠中，身上縛了七八根純鋼打就的鍊條……」

張無忌越聽越怒，喝道：「我問你話，便該據實而言，這般胡說八道，瞧我不要了你的狗命！金毛獅王謝大俠雙目失明，說甚麼雙眼精光閃閃？」壽南山的牛皮當場給人戳穿，忙道：「是，是！想必是小人看錯了。」張無忌道：「到底你有沒有見到他老人家？謝大俠是怎麼一副相貌，你且說說看。」壽南山實在未見過謝遜，知道再吹牛皮，不免有性命之憂，忙道：「小人不敢相欺，其實是聽師兄們說的。」

張無忌只想查明謝遜被囚的所在，但反覆探詢，壽南山確是不知，料想這是機密大事，這小腳色原也無從得悉，只索罷了。好在端陽節距今二月有餘，時日大是從容，待傷勢全愈後前去相救，儘來得及。

三人在中嶽神廟中過了數日，倒也安然無事，少林寺中並未派人前來聯絡。到得第八日上，趙敏之傷已痊愈了七八成，張無忌體內真氣逐步貫通，四肢漸漸有力，其時若有敵人到來，要逃跑已非難事。那壽南山盡心竭力的服侍，不敢稍有異志。趙敏笑道：「萬壽無疆，你這胚子學武是不成的，做個管家倒是上等人材。」壽南山苦笑道：「姑娘說得好。」

張無忌和趙敏每日吃著壽南山精心烹調的美食，中嶽神廟中別有一番溫馨天地。又過十來日，兩人體力盡復，張無忌便和趙敏商議如何營救謝遜。

趙敏道：「本來最好的法子是真的點了『萬壽無疆』死穴，派他回去少林寺打探。只是這人太過膿包，多半會露出馬腳，反而壞了大事。這樣罷，咱們便到少室山下相機行事。只是咱二人的打扮卻得變一變。」

張無忌道：「喬裝作甚麼？剃了光頭，做和尚、尼姑嗎？」趙敏臉上微微一紅，啐道：

「呸！虧你想得出！」個小和尚，帶著個小尼姑，整天晃來晃去，成甚麼樣子？」張無忌笑道：「那麼咱倆扮成一對鄉下夫妻，到少室山腳下種田砍柴去。」趙敏一笑，道：「兄妹不成麼？要是扮了夫妻，給周姑娘瞧見，我這左邊肩上又得多五個手指窟窿。」

張無忌也是一笑，不便再說下去，細細向壽南山問明少林寺中各處房舍的內情，便道：「你身上被點的死穴，都已解了，這就去罷。」趙敏正色道：「只是你這一生必須居於南方，只要一見冰雪，立刻送命。你急速南行，住的地方越熱越好，倘若受了一點點風寒，有甚麼傷風咳嗽，那可危險得緊。」

壽南山信以為真，拜別二人，出廟便向南行。這一生果然長居嶺南，小心保養，不敢傷風，直至明朝永樂年間方死，雖非當真「萬壽無疆」，卻也是得享遐齡。

張趙二人待他走遠，小心清除了廟內一切居住過的痕跡，走出二十餘里，向農家買了男女莊稼人的衣衫，到荒野處換上，將原來衣衫掘地埋了，慢慢走到少室山下。

到得離少林寺七八里處，途中已三次遇到寺中僧人。趙敏道：「不能再向前行了。」見山道旁兩間茅舍，門前有一片菜地，一個老農正在澆菜，便道：「向他借宿去。」張無忌走上前去，行了個禮，說道：「老丈，借光，咱兄妹倆行得倦了，討碗水喝。」那老農恍若不聞，不理不睬，只是舀著一瓢瓢糞水往菜根上潑去。張無忌又說了一遍，那老農仍是不理。

忽然呀的一聲，柴扉推開，走出一個白髮婆婆，笑道：「我老伴耳聾口啞，客官有甚麼事？」張無忌道：「我妹子走不動了，想討碗水喝。」那婆婆道：「請進來罷。」

二人跟著入內，只見屋內收拾得甚是整潔，板桌木凳，抹得乾乾淨淨，老婆婆的一套粗布衣裙也是洗得一塵不染。趙敏心中喜歡，喝過了水，取出一錠銀子，笑道：「婆婆，我哥哥帶我去外婆家，我路上腳抽筋，走不動了，今兒晚想在婆婆家借宿一宵，等明兒清早再趕路。」

那婆婆道：「借宿一宵不妨，也不用甚麼銀子。只是我們但有一間房，一張床，我和老伴就算讓了出來，你兄妹二人也不能一床睡啊。嘿嘿，小姑娘，你跟婆婆說老實話，是不是背父私奔，跟情哥哥逃了出來啊？」

趙敏給她說中了真情，不由得滿臉通紅，暗想這婆婆的眼力好厲害，聽她說話口氣不似尋常農家老婦，當下向她多打量了幾眼。但見她雖弓腰曲背，但雙目炯炯有神，說不定竟是身有武藝。趙敏情知張無忌還像個尋常農夫，自己的容貌舉止、說話神態，決計不似農女，便悄悄說道：「婆婆既已猜到，我也不能相瞞。這個曾哥哥，是我自幼的相好，我爹爹嫌他家中貧窮，不肯答應婚事。我媽媽見我尋死覓活的，便作主叫我跟了他……他出來。我媽媽說，過得三年兩載，我們有了……有了娃娃，再回家去，爹爹就是不肯也只好肯了。」她說這番話時滿臉飛紅，不時偷偷向張無忌望上幾眼，目光中深孕情意，又道：「我家在大都是有面子的人家，爹爹又是做官的。我們要是給人抓住了，阿牛哥非給我爹爹打死不可。婆婆，我跟你說是說了，你可千萬別告訴人。」

那婆婆呵呵而笑，連連點頭：「我年輕時節，也是個風流人物。你放心，我把我的房讓給你小夫妻。此處地方偏僻，你家裏人一定找不到，就算有人跟你們為難，婆婆也不能袖手旁觀。」她見趙敏溫柔美麗，一上來便將自己的隱私說與她聽，心下便大有好感，決意出力相助，玉成她倆的好事。

趙敏聽了她這幾句話，更知她是個武林人物，此處距少林寺極近，不知她與成崑是友是敵，當真要處處小心，不能露出半分破綻，於是盈盈拜倒，說道：「婆婆肯替我二人作主，那真是多謝了。阿牛哥，快來謝過婆婆。」張無忌依言過來，作揖道謝。

那婆婆笑咪咪的點頭，當即讓了自己的房出來，在堂上用木板另行搭了一張床，墊些稻草，鋪上一張草薦。

兩人來到房中，張無忌低聲道：「澆菜那個老農本領更大，你瞧出來了麼？」趙敏道：「啊，我倒看不出。」張無忌道：「他肩挑糞水，行得極慢，可是兩隻糞桶竟沒半點晃動，那是很高的內力修為。」趙敏道：「比起你來怎麼樣？」張無忌笑道：「我來試試，也不知成不成。」說著一把將她抱起，抗在肩頭，作挑擔之狀。趙敏格格笑道：「啊喲！你將我當作了糞桶麼？」

那婆婆在房外聽得他二人親熱笑謔之聲，先前心頭存著的些微疑心，立時盡去。

當晚二人和那老農夫婦同桌共餐，居然有鷄有肉。張無忌和趙敏故意偷偷捏一捏手，碰一碰肘，便如一對熱戀私奔的情侶，蜜裏調油，片刻分捨不得。初時還不過有意做作，到後來竟是純出自然。那婆婆瞧在眼裏，只是微笑，那老農卻如不見，只管低頭吃飯。

飯後張無忌和趙敏入房，閂上了門。兩人在飯桌上這般真真假假的調笑，不由得都動了情。趙敏俏臉紅暈，低聲道：「我們這是假的，可作不得真。」張無忌一把將她摟在懷裏，吻了吻她，低聲道：「倘若是假的，三年兩載，又怎能生得個娃娃，抱回家去給你爹爹瞧瞧？」趙敏羞道：「呸，原來你躲在一旁，把我的話都偷聽去啦。」

張無忌雖和她言笑不禁，但總是想到自己和周芷若已有婚姻之約，雖盼將來一雙兩好，總須和周芷若成婚之後，再說得上趙敏之事。此刻溫香在抱，不免意亂情迷，但終於強自克制，只親親她的櫻唇粉頰，便將她扶上床去，自行躺在床前的板凳之上，調息用功，九陽真氣運轉十二周天，便即睡去。

趙敏卻臉熱心跳，翻來覆去的難以入睡，直至深宵，正矇矇矓矓間，忽聽得腳步聲響，自遠而近，有人迅速異常的搶到了門前。她伸手去推張無忌，恰好張無忌也已聞聲醒覺，伸手過來推她，雙手相觸，互相握住了。

只聽得門外一個清朗的聲音說道：「杜氏賢伉儷請了，故人夜訪，得嫌無禮否？」

過了半晌，那婆婆在屋內說道：「是青海三劍麼？我夫婦從川西遠避到此，算是怕了你玉真觀了。咱們不過因一件小事結上樑子，又不是當真有甚麼深仇大怨。事隔多年，玉真觀何必仍然如此苦苦相逼？常言道得好：殺人也不過頭點地。」門外那人哈哈一笑，說道：「你二位要是當真怕了，向我們磕三個響頭，玉真觀既往不咎，前事一筆勾銷。」只聽得板門呀的一聲開了，那婆婆道：「你們訊息也真靈通，居然追到了這裏。」

其時滿月初虧，銀光瀉地，張無忌和趙敏從板壁縫中望將出去，只見門外站著三個黃冠道人。中間一人短鬚戟張，又矮又胖，說道：「賢伉儷是磕頭陪罪呢，還是雙鉤、鏈子槍上一決生死？」那婆婆尚未回答，那聾啞老頭已大踏步而出，站在門前，雙手叉腰，冷冷的瞧著三個道人。那婆婆跟著出來，站在丈夫身旁。

那短鬚道人道：「杜老先生幹麼一言不發，不屑跟青海三劍交談麼？」那婆婆道：「拙夫耳朵聾了，聽不到三位的言語。」短鬚道人咦的一聲，道：「杜老先生聽風辨器之術乃武林一絕，怎地耳朵聾了？可惜，可惜。」他身旁那個更胖的道人刷的一聲，抽出長劍，道：「杜百當，易三娘，你們怎地不用兵刃？」

那婆婆易三娘道：「馬道長，你仍是這般性急。兩位邵道長，幾年不見，你們可也頭髮花白了。嘿嘿，一些兒小事也這麼看不開，卻又何苦？」雙手突舉，每隻手掌中青光閃爍，各有三柄不到半尺長的短刀，雙手共有六柄。聾啞老頭杜百當跟著揚手，雙掌之中也是六柄短刀，只見他左手刀滾到右手，右手刀滾到左手，便似手指交叉一般，純熟無比。

三個道人都是一怔，武林中可從來沒見過這般兵器，說是飛刀罷，但飛刀卻決沒有這般使法的。杜百當向以雙鉤威震川西，他妻子易三娘善使鏈子槍，此刻夫婦倆竟捨棄了浸潤數十年的拿手兵器不用，那麼這十二柄短刀上必有極厲害極怪異的招數。

那胖道人馬法通長劍一振，肅然吟道：「三才劍陣天地人。」短鬚道人邵鶴接口道：「電逐星馳出玉真。」三名道人腳步錯開，登時將杜氏二老圍在垓心。

張無忌見三名道人忽左忽右，穿來插去，似三才而非三才，三柄長劍織成一道光網，卻不向對方遞招。待那三道走到七八步時，張無忌已瞧出其中之理，尋思：「這三名道人好生狡猾，口中叫明這是三才劍陣，其實暗藏正反五行。倘若敵人信以為真，按天地人三才方位去破解，立時陷身五行，難逃殺傷。他三個人而排五行劍陣，每個人要管到一個以上的生剋變化，這輕功和劍法上的造詣，可也相當不凡了。」

杜氏夫婦背靠著背，四隻手銀光閃閃，十二柄短刀交換舞動，兩人不但雙手短刀交互轉換，而且杜百當的短刀交到了易三娘手裏，易三娘的短刀交到了杜百當手裏，但每一柄刀決不脫手拋擲，始終老老實實的遞來遞去。

趙敏瞧得奇怪，低聲問道：「他們在變甚麼戲法？」張無忌皺眉不答，又看一會，忽道：「啊，我明白了，他是怕我義父的獅子吼。」趙敏道：「甚麼獅子吼？」張無忌連連點頭，忽地冷笑道：「哼，就憑這點兒功夫，也想屠獅伏虎麼？」趙敏莫名其妙，問道：「你打甚麼啞謎？自言自語的，叫人聽得老大納悶？」張無忌低聲道：「這五個都是我義父的仇人。那老頭怕我義父的獅子吼，故意刺聾了自己耳朵……」只聽得噹噹噹噹，密如聯珠般的一陣響聲過去，五人已交上了手。

青海三劍連攻五次，均被杜氏夫婦擋開。兩人手中十二柄短刀盤旋往復，月光下聯成了三道光環，繞在身旁，守得嚴密無比。青海三劍久攻不逞，當即轉為守禦。杜百當猱身而進，短刀疾取那瘦小道人邵燕小腹。武學中有言道：「一寸長，一寸強。一寸短，一寸險。」短刀長不逾五寸，當真是險到了極處，他刷刷刷三刀，全是進攻的殺著，絕不防及自身。馬法通和邵鶴長劍刺去，均被易三娘揮短刀架開，才知他夫婦練就了這套刀法，一攻一守，配合緊密，攻者專攻而守者專守，不須兼顧。邵燕被他三刀連戳，給逼得手忙腳亂，接連退避。杜百當撲入他的懷中，刀刀不離要害，越來越險。

邵鶴一聲長嘯，劍招亦變，與馬法通兩把長劍從旁插入，組成一道劍網，將杜百當攔到了三尺以外。三劍聯防，真是水也潑不進去。

張無忌又輕輕冷笑一聲，在趙敏耳邊道：「這兩套刀法劍法，都是練來對付我義父的。你瞧他們守多攻少，守長於攻，再打一天一晚也分不了勝負。」果然杜百當數攻不入，棄攻專守。趙敏低聲道：「金毛獅王武功卓絕，這五個傢伙單靠守禦，怎能取勝？」

但見五人刀來劍往，連變七八般招數，兀自難分勝敗。馬法通突然喝道：「住手！」托地跳出圈子。杜百當也向後退開，銀髯飄動，自具一股威勢。

馬法通道：「賢伉儷這套刀法，練來是屠獅用的？」易三娘咦的一聲，道：「你眼光倒厲害。」馬法通道：「賢伉儷跟謝遜有殺子之仇，這等大仇，自是非報不可。既已探得對頭在少林寺中，何以不及早求個了斷？」易三娘側目斜睨，道：「這是我夫婦的私事，不勞道長掛懷。」馬法通道：「玉真觀和賢夫婦的樑子，正如易三娘所說，原是小事一樁，豈值得如此性命相撲？咱們不如化敵為友，聯手去找謝遜如何？」易三娘道：「玉真觀跟謝遜也有樑子？」馬法通道：「樑子倒沒有，嘿嘿。」易三娘道：「既跟謝遜並無仇怨，何以苦心孤詣的練這套劍法？咱們雙方招數殊途同歸，都是剋制七傷拳用的。」馬法通道：「易三娘好眼力！真人面前不說假話，玉真觀只是想借屠龍刀一觀。」

易三娘點了點頭，伸指在杜百當掌心飛快的寫了幾個字。杜百當也伸指在她掌心寫字。夫婦倆以指代舌，談了一會。易三娘道：「咱夫婦只求報仇，便送了性命，也所甘願，於屠龍刀決無染指之意。」馬法通喜道：「那好極了。咱們五人聯手闖少林，賢夫婦殺人報仇，玉真觀得一柄寶刀。齊心合力，易成大功。雙方各遂所願，不傷和氣。」

當下五個人擊掌為盟，立了毒誓。杜氏夫婦便請三道進屋，詳議報仇奪刀之策。

青海三劍進屋坐定，見隔房門板緊閉，不免多瞧幾眼。易三娘笑道：「三位不必起疑，那是大都來的一對小夫妻，私奔離家，女的好似玉女一般，男的卻是個粗魯漢子，都是不會半點武功的。」馬法通道：「三娘莫怪，非是我不信賢夫婦之能，只是咱們所圖謀的事實在太也重大，頗遭天下豪傑之忌，若是走漏了消息，只怕……」易三娘笑道：「咱們鬥了半天，這小兩口子兀自睡得死豬一般。馬道長小心謹慎，親眼瞧一瞧也好。」說著便去推門。那門卻在裏面上了閂。

張無忌心想正好從這五人身上，去尋營救義父的頭緒，此刻不忙打發他們，當即抱起趙敏，和衣睡倒在床，只匆匆忙忙的除下鞋子，拉棉被蓋在身上。只聽得拍的一聲響，門閂已被邵鶴使內勁震斷。易三娘手持燭台，走了進來，青海三劍跟隨其後。

張無忌見到燭光，睡眼惺忪的望著易三娘，一臉茫然之色。馬法通颼的一劍，往他咽喉刺去，出招又狠又疾。張無忌「啊」的一聲驚呼，上身向前一撞，反將頭頸送到劍尖上去。馬法通縮手迴劍，心想此人果然半點不會武功，若是武學之士，膽子再大，也決不敢不避此劍。趙敏唔的一聲，仍未醒轉，一張俏臉紅撲撲地，燭光映照下嬌艷動人。邵鶴道：「易三娘說的不錯，出去罷！」五人帶上了房門，回到廳上。

張無忌跳下床來，穿上了鞋子。只聽馬法通道：「賢伉儷可是拿準了，謝遜確是在少林寺中？」易三娘道：「那是千真萬確。少林寺已送出了英雄帖，端陽節在寺中開屠獅大會，倘若他們沒擒到謝遜，當著普天下英雄之面，這個大人怎丟得起？」

馬法通嗯了一聲，又道：「少林派的空見神僧死在謝遜拳下，少林僧俗弟子，自是非報仇不可。賢伉儷只須在端陽節進得寺去，睜開眼來瞧著仇人引頸就戮，不須花半分力氣，便報了血仇。杜老先生何必毀了一對耳朵，又甘冒得罪少林派的奇險？」

易三娘冷笑道：「拙夫刺毀雙耳，那是五年前的事了。再說，我老夫妻的獨生愛兒無辜為謝遜惡賊害死，我夫婦和他仇深似海，報復這等殺子大仇，焉能假手旁人？我們一遇上姓謝這惡賊，老婆子第一步便是刺聾自己雙耳。我夫婦但求與他同歸於盡。嘿嘿，自從我愛兒為他所害，我老夫婦於人世早已一無所戀。得罪少林派也好，得罪武當派也好，大不了千刀萬剮，何足道哉？」

張無忌隔房聽著她這番話，只覺怨毒之深，直令人驚心動魄，心想：「義父當年受了成崑的荼毒，一口怨氣發洩在許多無辜之人身上。這對杜氏夫婦看來原非歹人，只是心傷愛子慘死，這才處心積慮的要殺我義父報仇。這等仇怨要說調處罷，那是萬萬不能，我只有救出義父，遠而避之，免得更增罪孽。」

這時只聽得鄰室五人半點聲息也無，從板壁縫中張去，見杜氏夫婦和馬法通三人手指上蘸了茶水，在板桌上寫字，心道：「這五人當真小心，雖然信得過我和敏妹並非江湖中人，猶恐洩漏了機密。唉，我義父在江湖間怨家極眾，覬覦屠龍刀的人更多，不等端陽節到便要提前下手的，只怕不計其數。這等人不是苦心孤詣，便是藝高手辣，少林寺只要稍有疏忽，義父便遭大禍。須得儘早救了他出來才好。」

這五個人以指寫字，密議不休。

張無忌自行在板凳上睡了，也不去理會。次晨起身，只見青海三劍已然不在。張無忌對易三娘道：「婆婆，昨晚三位道爺手裏拿著明晃晃的刀子，幹甚麼來啊？我起初還道是捉拿我們來著，嚇得了不得，後來才知不是。」

易三娘聽他管長劍叫作刀子，心下暗暗好笑，淡淡的道：「他們走錯了路，喝了碗茶便走了。曾小哥，吃過中飯後，我們要挑三擔柴到寺裏去賣，你幫著挑一擔成不成？寺裏的和尚問起，我說你是我們兒子。這可不是佔你便宜，只是免得寺裏疑心。你媳婦花朵兒一般的人物，可別出去走動。」她雖似和張無忌商量，實則是下了號令，不容他不允。

張無忌一聽之下，已然明白：「她只道我真是個莊稼人，要我陪著混進少林寺去察看動靜，那是再好也沒有。」便道：「婆婆怎麼說，小子便怎麼幹，只求你收留我兩口兒。我兩人東逃西奔，提心吊膽的，沒一天平安。」

到得午後，張無忌隨著杜氏夫婦，各自挑了一擔乾柴，往少林寺走去。他頭戴斗笠，腰插短斧，赤足穿一雙麻鞋，三個人中，獨有他挑的一擔柴最大。趙敏站在門邊，微笑著目送他遠去。

杜氏夫婦故意走得甚慢，氣喘吁吁的，到了少林寺外的山亭之中，便放下柴擔歇力。山亭中有兩名僧人坐著閒談，見到三人也不以為意。

易三娘除下包頭的粗布，抹了抹汗，又伸手過去替張無忌抹汗，說道：「乖孩子，累了麼？」張無忌初時有些不好意思，但聽她言語之中頗蓄深情，不像是故意做作，不禁望了她一眼。只見她淚水在眼眶中轉來轉去，知她是念及自己被謝遜所殺了的那個孩子，但見她情致纏綿的凝視自己，似乎盼望自己答話，不由得心下不忍，便道：「媽，我不累。你老人家累了。」他一聲「媽」叫出口，想起自己母親，不禁傷感。易三娘聽他叫了一聲「媽」，淚水忍不住流了下來，假意用包頭巾擦汗，擦的卻是淚水。

杜百當站起身來，挑了擔柴，左手一揮，便走出了山亭，他雖聽不見兩人的對答，也知老妻觸景生情，憶起了亡兒，說不定露出破綻，給那兩個僧人瞧破了機關。

張無忌走將過去，在易三娘柴擔上取下兩綑乾柴，放在自己柴擔之上，道：「媽，咱們走罷。」易三娘見他如此體貼，心想：「我那孩兒今日若在世上，比這少年年紀大得多了，我孫兒也抱了幾個啦。」一時怔怔的不能移步，眼見張無忌挑擔走出山亭，這才跟著走出，心情激動之下，腳下不禁有些蹣跚。張無忌回過身來，伸手相扶，心想：「要是我媽媽此刻尚在人世，我能這麼扶她一把……」

一名僧人道：「這少年倒是孝順，可算難得。」另一名僧人道：「婆婆，你這柴是挑到寺裏去賣的麼？這幾日方丈下了法旨，不讓外人進寺，你別去罷。」

易三娘好生失望，心想：「少林寺果然防範周密，那是不易混進去了。」杜百當走出數丈後，見他二人不即跟來，便停步相候。

另一名僧人道：「這一家鄉下人母慈子孝，咱們就行個方便。師弟，你帶他們從後門進香積廚去，監寺若是知道了，便說是來慣賣柴的鄉人，料也無妨。」那僧人道：「是，監寺不讓外人入寺，那是防備閒雜人等。這些忠厚老實的鄉人，何必斷了他們生計？」於是領著杜氏夫婦和張無忌，轉到後門進寺，將三擔乾柴挑到柴房，自有管香積廚的僧人算了柴錢。

易三娘道：「我們有上好的大白菜，我叫阿牛明兒送幾斤來，那是不用錢的，送給師傅們嚐新。」引她來的那僧人笑道：「從明兒起，你不能再來了。監寺知道，怪罪下來，我們可擔代不起。」

管香積廚的僧人向張無忌打量了幾眼，忽道：「端陽前後，寺中要多上千餘位客人，挑水破柴，說甚麼也忙不過來。這個兄弟倒生得健旺，你來幫忙兩個月，算五錢銀子一個月的工錢給你如何？」

易三娘大喜，忙道：「那再好也沒有了，阿牛在家裏也沒甚麼要緊事做，就在寺裏聽師傅們差遣打雜，賺幾兩銀子幫補幫補，也是好的。」

張無忌一想不妥：「少林寺中不少人識得我，偶爾來廚房走走，那還罷了，在寺中一住兩月，非給人認了出來不可。」說道：「媽，我媳婦兒……」

易三娘心想這等天賜良機，真是可遇而不可求，忙道：「你媳婦兒好好在家中，還怕你媽虧待了她嗎？你在這兒，聽師傅們話，不可偷懶，媽和你媳婦過得幾天，便來探你。這麼大的小子，離開媽一天也不成，你還要媽餵奶把尿不成？」說著伸手理了理他的頭髮，眼光中充滿慈愛之色。

那管香積廚的僧人已煩惱多日，料想端陽大會前後，天下英雄聚會，這飯菜茶水實是難以對付。監寺雖已增撥了不少人手到香積廚來先行習練，但這些和尚不是勤於參禪清修，便是鑽研武功，廚房的粗笨雜務誰都不肯去幹，被監寺委派到了那是無可奈何，但在廚房中大模大樣，瞪眼的多，做事的少。此時倒還罷了，一待賓客雲集，那就糟糕之極。他見張無忌誠樸勤懇，一心一意想留他下來，不住的勸說。

張無忌心想：「我日間只在廚房，料來也見不到寺中高手，晚上相機尋訪義父下落，倒也方便。」但仍是故意裝著躊躇，待那引他入寺的僧人也從旁相勸，這才勉強答應，說道：「師父，最好你一個月給我六錢銀子，我五錢銀子給我媽，一錢銀子給我媳婦買花布……」管香積廚的僧人呵呵笑道：「咱們一言為定，六錢就是六錢。」

易三娘又叮囑了幾句，這才同了杜百當慢慢下山。張無忌追將出去，道：「媽，我媳婦兒請你多多照看。」易三娘道：「我理會得，你放心便是。」

張無忌在廚房中劈柴搬炭、燒火挑水，忙了個不亦樂乎，他故意在搬炭之時滿臉塗得黑黑地，再加上頭髮蓬鬆，水缸中一照，當真是誰也認不出來了。當晚他便與眾火工一起睡在香積廚旁的小屋之中。他知少林寺中臥虎藏龍，往往火工之中也有身懷絕技之人，是以處處小心，連話也不敢多說半句。

如此過了七八日，易三娘帶著趙敏來探望了他兩次。他做事勤力，從早到晚，甚麼粗工都做，管香積廚的僧人固然歡喜，旁的火工也均與他相處和睦。他不敢探問，只是豎起耳朵，從各人閒談之中尋找線索，心想定然有人送飯去給義父，只須著落在送飯的人身上，便可訪到義父被囚的所在，那知耐心等了數日，竟瞧不出半點端倪，聽不到絲毫訊息。

到得第九日晚間，他睡到半夜，忽聽得半里外隱隱有呼喝之聲，於是悄悄起來，見四下無人知覺，便即展開輕功，循聲趕去，聽聲音來自寺左的樹林之中，縱身躍上一株大樹，查明樹後草中無人隱伏，這才從此樹躍至彼樹，逐漸移近。

這時林中兵刃相交，已有數人鬥在一起。他隱身樹後，但見刀光縱橫，劍影閃動，六個人分成兩邊相鬥。那三個使劍的便是青海三劍，布開正反五行的「假三才陣」，守得甚是緊密，在旁相攻的是三個僧人，各使戒刀，破陣直進。拆了二三十招，噗的一聲響，青海三劍中一人中刀倒地。假三才陣一破，餘下二人更加不是對手，更拆數招，一人「啊」的一聲慘呼，被砍斃命，聽聲音是那矮胖子馬法通。餘下一人右臂帶傷，兀自死戰。一名僧人低聲喝道：「且住！」三把戒刀將他團團圍住，卻不再攻。

一個蒼老的聲音厲聲道：「你青海玉真觀和我少林派向來無怨無仇，何故夤夜來犯？」青海三劍中餘下那人乃是邵鶴，慘然道：「我師兄弟三人既然敗陣，只怨自己學藝不精，更有甚麼好問？」那蒼老的聲音冷笑道：「你們是為謝遜而來，還是為了想得屠龍刀？嘿嘿，沒聽說謝遜曾殺過玉真觀中人，諒必是為了寶刀啦。只憑這麼點兒玩藝，就想來闖蕩少林寺麼？少林寺領袖武林千餘年，沒想到竟給人如此小看了。」

邵鶴乘他說得高興，刷的一劍，中鋒直進。那僧人急忙閃避，終於慢了一步，劍中左肩。旁邊二僧雙刀齊下，邵鶴登時身首異處。

三名僧人一言不發，提起青海三劍的屍身，快步便向寺中走去。張無忌正想跟隨前去瞧個究竟，忽聽得右前方長草之中有人輕輕呼吸，暗道：「好險！原來尚有埋伏。」當下靜伏不動，過了小半個時辰，才聽得草中有人輕輕擊掌二下，遠處有人擊掌相應，只見前後左右六名僧人長身而起，或持禪杖，或挺刀劍，散作扇形回入寺中。

張無忌待那六僧走遠，才回到小屋，同睡的眾火工兀自沉睡不醒。他心下暗歎：「若非親眼得見，怎知在這片刻之間，三條好漢已死於非命。」自經此役，他知少林寺防範周密，迥非尋常，更多加了一分小心。

又過數日，已是四月中旬，天氣漸熱，離端陽節一天近似一天。他想：「我在香積廚中幹這粗活，終難探知義父的所在，今晚須得冒險往各處查察。」這晚他睡到三更時分，悄悄出來，縱身上了屋頂，躲在屋脊之後，身形甫定，便見兩條人影自南而北，輕飄飄掠過，僧袍鼓風，戒刀映月，正是寺中的巡查僧人。待二僧過去，向前縱了數丈，瓦面上腳步聲響，又有二僧縱躍而過，但見羣僧此來彼去，穿梭相似，巡查嚴密無比，只怕皇宮內院也有所不及。他見了這等情景，料知若再前往，定被發覺，只得廢然而返。

挨過三日，這一晚雷聲大作，下起大雨來。張無忌大喜，暗道：「天助我也！」但見那雨越下越大，四下裏一片漆黑，他閃身走向前殿，心想：「羅漢堂、達摩堂、般若院、方丈精舍四處，最是少林寺的根本要地，我逐一探將過去。」只是少林寺中屋宇重重，實不知何處是羅漢堂、何處是般若院。他躲躲閃閃的信步而行，來到一片竹林，見前面一間小舍，窗中透出燈光。這時他全身早已濕透，黃豆大的雨點打在臉上手上，一滴滴的反彈出去。他欺到小舍的窗下，只聽得裏面有人說話，正是方丈空聞大師的聲音。

只聽他說道：「為了這金毛獅王，一月來少林派已殺了二十三人，多造殺孽，實非我佛慈悲之意。明教光明左使楊逍、右使范遙、白眉鷹王殷天正、青翼蝠王韋一笑，先後遣使來寺，求我放了謝遜……」張無忌聽到此處，心下喜慰：「原來我外公和楊左使等已得訊息，曾派人來過。」只聽空聞續道：「本寺雖加推托，但明教豈肯就此罷休？那張教主武功出神入化，始終不見現身，只怕暗中更有圖謀。我和空智師弟等蒙他相救，欠過人家的恩情，倘若他親自來求，我等如何對答？此事當真難處。師弟、師姪，你二位有何高見？」

一個蒼老陰沉的聲音輕輕咳嗽一聲，張無忌聽在耳裏，心頭大震，立知便是改名圓真的成崑。這人張無忌從未和他對面交談，但當日光明頂上隔著布袋聽他述說往事，隔著巖石聽他呼喝，他的口音卻聽得熟了，在這一瞬之間，心頭驀地裏想起了小昭，只感到一陣甜蜜，一陣酸楚。

只聽圓真說道：「謝遜由三位太師叔看守，自是萬無一失。此次英雄大會關涉我少林派千百年的興衰榮辱，魔教的一些小恩小怨，方丈師叔也不必掛懷。何況萬安寺之事，是魔教暗中勾結了朝廷來和六大門派為難，方丈師叔難道不知麼？」

空聞奇道：「怎地是明教勾結朝廷？」圓真道：「明教張教主本要和峨嵋派掌門人周姑娘結親，成婚之日，汝陽王的郡主娘娘突然攜同那姓張的小子出走，此事轟傳江湖，方丈師叔必有所聞。」空聞道：「不錯，聽說過這回事。」

圓真道：「那郡主娘娘手下，有一個得力部屬，叫做苦頭陀，兩位師叔在萬安寺中想必會過。」空智在萬安寺高塔之中，被趙敏勒逼顯示武功，曾大受苦頭陀的折辱，當時內力全失，無可反抗，此時猶有餘憤，說道：「哼，此間大事一了，我倒要再上大都，找這苦頭陀會會。」圓真道：「兩位師叔可知這頭陀是誰？」空智道：「這苦頭陀所知甚博，似乎各家各派的武功均有涉獵，卻看不出他的門道來。」圓真道：「苦頭陀便是魔教的光明右使范遙。」空聞和空智齊聲道：「此話當真？」語中甚是驚詫。圓真道：「圓真焉敢欺瞞師叔？端陽節他若膽敢前來本寺，兩位師叔一見便知。」

空智沉吟道：「如此說來，張無忌和那郡主確是暗中勾結，由郡主出面擒了六大門派中的首領人物，再由張無忌賣好救人。」圓真道：「十有八九，便是如此。」空聞卻道：「我見那張教主忠厚俠義，似乎不是這等樣人，咱們可不能錯怪了好人。」圓真道：「方丈師叔明鑒，常言道：知人知面不知心。那謝遜是張無忌的義父，又是魔教四大護教法王之一，魔教自會不顧一切的圖謀相救，到得屠獅大會之中，一切自有分曉。」

接著三人商議如何接待賓客、如何抵擋敵人劫奪謝遜，又盤算各門派中有那些好手。圓真力圖挑動各派互鬥，待得數敗俱傷之後，少林派再出而收卞莊刺虎之利，壓服各派，名正言順的掌管屠龍刀，殺了謝遜祭奠空見。空聞力持鄭重，既不願多傷人命，得罪武林同道，又似乎對明教不敢輕侮。

空智卻似意在兩可，說道：「第一要緊之事，說來說去，還是如何迫使謝遜在端陽節前吐露屠龍刀所在，否則這次屠獅大會變得無聲無息，反而折了本派的威望。」空聞道：「師弟所言極是。咱們須得在會中揚刀立威，說道這武林至尊的屠龍寶刀已歸本派掌管，那時本派號令天下，那就莫敢不從了。」空智道：「好，就是如此。圓真，你再設法去跟謝遜談談，勸他交出寶刀，咱們便饒他一命。」圓真道：「是！謹遵兩位師叔吩咐。」腳步之聲輕響，圓真走了出來。

張無忌心下大喜，但知這三位少林僧武功極高，只要稍有響動，立時便被查覺，若是三人一齊出手，自己只怕難以取勝，最多不過是自謀脫身，要救義父，卻是千難萬難了。當下屏息不動。

只見圓真瘦長的身形向北而行，手中撐著一把油紙傘，急雨打在傘上淅瀝作響。張無忌待他走出十餘丈，這才輕輕移步，跟隨其後。

三十六

天矯三松鬱青蒼

眼見三根黑索便將捲上身來，張無忌一撥一帶，一捲一纏，借著三人勁力，已將三根黑索捲在一起。他在半空中翻了個觔斗，左足在一株松樹上一勾，身子已然定住。

大雨之下，寺頂和各處的巡查都鬆了許多。張無忌以牆角、樹幹為掩蔽，一路追躡。只見圓真躍出寺後圍牆，他想：「原來義父囚在寺外，難怪寺中不見絲毫形跡。」他不敢公然躍牆而出，貼身牆邊，慢慢游上，到得牆頂，待牆外巡查的僧人走過，這才躍下。

一條條雨線之中，但見圓真的傘頂已在寺北百丈之外，折而向左，走向一座小山峯，跟著便迅速異常的攀上峯去。圓真此時已年逾七十，身手仍是矯捷異常，只見他上山時雨傘絕不晃動，冉冉上昇，宛如有人以長索將他吊上去一般。

張無忌快步走近山腳，正要上峯，忽見山道旁樹叢中白光微閃，有人執著兵刃埋伏。他急忙停步，只過得片刻，見樹叢中先後竄出四人，三前一後，齊向峯頂奔去。遙見山峯之巔唯有幾株蒼松，並無房屋，不知謝遜囚在何處，見四下更無旁人，當下跟著上峯。

前面這四人輕功甚是了得，他加快腳步，追到離四人只不過二十來丈。黑暗中依稀看得出其中一個是女子，三個男子身穿俗家裝束，尋思：「這四人多半也是來向我義父為難的，讓他們先和圓真鬥個你死我活，我且不忙插手。」將到峯頂，那四人奔得更加快了。他突然認出了其中二人身形：「啊，那是崑崙派的何太冲、班淑嫺夫婦。」

猛聽得圓真一聲長嘯，倏地轉過身來，疾衝下山。張無忌立即隱入道旁草叢，伏地爬行，向左移了數丈，只聽得兵刃相交，鏗然聲響，圓真已和來人動上了手。從兵刃撞擊的聲音聽來，乃是二人對付圓真一人，心下一動：「尚有二人不上前圍攻，那是向峯頂找我義父去了。」當下從亂草叢中急攀上山。

到得峯頂，只見光禿禿地一片平地，更無房舍，只有三株高松，作品字形排列，枝幹插向天空，夭矯若龍，暗暗奇怪：「難道義父並非囚在此處？」

聽得右首草叢中簌簌聲響，有人爬動，跟著便聽得班淑嫻道：「急速動手，兩個師弟未必絆得住那少林僧。」何太沖道：「不錯。」兩人長身而起，撲向三株松樹。張無忌生怕謝遜便在近處，不敢有絲毫大意，跟著便在草叢中爬行向前。

突然之間，只聽得何太沖「嘿」的一聲，似已受傷，他抬頭一看，見何太沖身處三株松樹之間，長劍揮舞，已與人動上了手，卻不見對敵之人，只偶爾傳出拍拍拍幾下悶響，似是長劍與甚麼古怪的兵刃相撞。他心下大奇，更爬前幾步，凝目看時，不禁吃了一驚。

原來斜對面兩株松樹的樹幹中都凹入一洞，恰容一人，每一株樹的凹洞中均坐著一個老僧，手舞黑色長索，攻向何太沖夫婦。一株松樹背向張無忌，樹前也有黑索揮出，料想樹中亦必有個老僧。黑夜之中，三根長索通體黝黑無光，舞動之時瞧不見半點影子。何太沖夫婦急舞長劍，嚴密守禦，只因瞧不見敵人兵刃來路，絕無反擊的餘地。這三根長索似緩實急，卻又無半點風聲，滂沱大雨之下，黑夜孤峯之上，三條長索如鬼似魅，說不盡的詭異。

何氏夫婦連聲叫嚷，急欲脫出這品字形的三面包圍，但每次向外衝擊，總是被長索擋了回來。張無忌暗暗驚訝，見黑索揮動時無聲無息，使索者的內力返照空明，功力精純，不露稜角，非自己所能及，心下駭異：「圓真說道，我義父由他三位太師叔看守，看來便是這三位老僧了，功力當真深厚之極！」

只聽得「啊」的一聲慘叫，何太沖背脊中索，從圈子中直摔出來，眼見得是不活了。班淑嫻又驚又悲，一個疏神，三索齊下，只打得她腦漿迸裂，四肢齊折，不成人形。跟著一根黑索一抖，將班淑嫻的屍身從圈子中拋出。

圓真邊鬥邊走，退上峯來，叫道：「相好的，有種的便到這裏領死。」和他對敵的那兩個壯漢都是崑崙派中的健者，圓真以武功論原是不輸，但難以一舉格殺二人，最多傷得一人，餘下一人不免會脫身逃走，當下引得二人追向松樹之間。

二人離松樹尚有數丈，驀地見到何太冲的屍身，一齊停步，不提防兩根長索從腦後無聲無息的圈到，各自繞住了一人的腰間，雙索齊抖，將二人從百餘丈高的山峯上拋了下去。兩人在山下撞得早已斃命，但身在半空時發出的慘呼，兀自纏繞數峯之間，回聲不絕。

張無忌見三名老僧在片刻間連斃崑崙派四位高手，舉重若輕，游刃有餘，武功之高，實是生平罕見，比之鹿杖客和鶴筆翁似乎猶有過之，縱不如太師父張三丰之深不可測，卻也到了神而明之的境界。少林派中居然尚有這等元老，只怕連太師父和楊逍也均不知，他心中怦怦亂跳，伏在草叢中一動也不敢動。

只見圓真接連兩腿，將何太冲和班淑嫻的屍身踢入了深谷之中。屍身墮下，過了好一陣才傳上兩響鬱悶的聲音。張無忌暗想：「何太冲夫婦對我以怨報德，今日又想來害我義父，劫奪寶刀，人品低下，但武功了得，實是武學中的一派宗匠，不意竟落得如此下場。」

只聽得圓真恭恭敬敬的道：「三位太師叔神功蓋世，舉手之間便斃了崑崙派的四大高手，圓真欽仰無已，難以言宣。」一名老僧哼了一聲，並不回答。圓真又道：「圓真奉方丈師叔之命，謹來向三位太師叔請安，並有幾句話要對那囚徒言講。」

一個枯槁的聲音道：「空見師姪德高藝深，我三人最為眷愛，原期他發揚少林一派武學，不幸命喪此奸人之手。我三人坐關數十年，早已不聞塵務，這次為了空見師姪才到這山峯來。這奸人既是死有餘辜，一刀殺了便是，何必諸多囉唆，擾我三人清修？」

圓真躬身道：「太師叔吩咐得是。只因方丈師叔言道：我恩師雖是為此奸人謀害，但我恩師何等功夫，豈是這奸人一人之力所能加害？將他囚在此間，煩勞三位太師叔坐守，一來引得這奸人的同黨來救，好將當年害我恩師的仇人逐一除去，不使漏網。二來要他交出屠龍寶刀，以免該刀落入別派手中，篡竊武林至尊的名頭，折了本派千百年的威望。」

張無忌聽到這裏，不由得暗暗切齒，心道：「圓真這惡賊當真是千刀萬剮，難抵其罪，一番花言巧語，請出這三位數十年不問世事的高僧來，好假他三人之手，屠戮武林中的高手。」只聽得一名老僧哼了一聲，道：「你跟他講罷。」

此時大雨兀自未止，雷聲隆隆不絕。圓真走到三株松樹之間，跪在地下，對著地面說道：「謝遜，你想清楚了嗎？只須你說出收藏屠龍刀的所在，我立時便放你走路。」

張無忌大為奇怪：「怎地他對著地面說話，難道此處有一地牢，我義父囚在其中？」

忽聽得一個聲音清越的老僧怒道：「圓真，出家人不打誑語，你何以騙他？他若說出藏刀的所在，難道你當真便放了他麼？」圓真道：「太師叔明鑒：弟子心想，恩師之仇雖深，但兩者相權，還是以本派威望為重。只須他說出藏刀之處，本派得了寶刀，放他走路便是。三年之後，弟子再去找他為恩師報仇。」那老僧道：「這也罷了。武林中信義為先，言出如箭，縱對大奸大惡，少林子弟也不能失信於人。」圓真道：「謹奉太師叔教誨。」

張無忌心想：「這三位少林僧不但武功卓絕，且是有德的高僧，只是墮入了圓真的奸計而不自覺。」只聽圓真又向地下喝道：「謝遜，我太師叔的話，你可聽見了麼？三位老人家答應放你逃走。」

忽聽得地底下傳上來一個聲音道：「成崑，你還有臉來跟我說話麼？」

張無忌聽到這聲音雄渾蒼涼，正是義父的口音，登時心中大震，恨不得立時撲上前去，擊斃成崑，將謝遜救出，但只要自己一現身，三位少林高僧的黑索便招呼過來，即使成崑不出手，自己也非三僧聯手之敵，當下強自克制，尋思：「待那圓真惡僧走後，我上前拜見三僧，說明這中間的原委曲折。他三位佛法精湛，不能不明是非。」

只聽得圓真歎道：「謝遜，你我年紀都大了，一切陳年舊事，又何必苦苦掛在心頭？最多也不過二十年，你我同歸黃土。我有過虧待你之處，也有過對你不錯的日子。從前的事，一筆勾銷了罷。」謝遜聽他絮絮而語，並不理睬，待他停口，便道：「成崑，你還有臉跟我說話麼？」圓真反覆說了半天，謝遜總是這句話：「成崑，你還有臉跟我說話麼？」

圓真冷冷的道：「我且容你多想三天。三天之後，若再不說出屠龍刀的所在，你也料想得到我會用甚麼手段對付你。」說著站起身來，向三僧禮拜，走下山去。

張無忌待他走遠，正欲長身向三僧訴說，突覺身周氣流略有異狀，這一下襲擊事先竟無半點朕兆，一驚之下，立即著地滾開，只覺兩條長物從臉上橫掠而過，相距不逾半尺，去勢奇急，卻是絕無勁風，正是兩條黑索。他只滾出丈餘，又是一條黑索向胸口點到，那黑索化成一條筆直的兵刃，如長矛，如桿棒，疾刺而至，同時另外兩條黑索也從身後纏來。

他先前見崑崙派四大高手轉瞬間便命喪三條黑索之下，便知這三件奇異兵刃厲害之極，此刻身當其難，更是心驚。他左手一翻，抓住當胸點來的那條黑索，正想從旁甩去，突覺那條長索一抖，一股排山倒海的內勁向胸口撞到，這內勁只要中得實了，當場便得肋骨斷折，五臟齊碎。便在這電光石火般的一剎那間，他右手後揮，撥開了從身後襲至的兩條黑索，左手乾坤大挪移心法混著九陽神功，一提一送，身隨勁起，颼的一聲，身子直衝上天。

正在此時，天空中白光耀眼，三四道閃電齊亮，只聽得兩位高僧都「嗯」的一聲，似對他的武功頗感驚異。這幾道閃電照亮了他身形，三位高僧抬頭上望，見這身具絕頂神功的高手竟是個面目污穢的鄉下少年，更是驚訝。三條黑索便如三條張牙舞爪的墨龍相似，急升而上，分從三面撲到。張無忌藉著電光，一瞥間已看清三僧容貌。坐在東北角那僧臉色漆黑，有似生鐵；西北角那僧枯黃如槁木；正南方那僧卻是臉色慘白如紙。三僧均是面頰深陷，瘦得全無肌肉，黃臉僧人眇了一目。三個老僧五道目光映著閃電，更顯得爍然有神。

眼見三根黑索便將捲上身來，他左撥右帶，一捲一纏，借著三人的勁力，已將三根黑索捲在一起，這一招手勢，卻是張三丰所傳的武當派太極心法，勁成渾圓，三根黑索上所帶的內勁立時被牽引得絞成了一團。只聽得轟隆隆幾聲猛響，幾個霹靂連續而至，這天地雷震之威，直是驚心動魄。張無忌在半空中翻了個觔斗，左足在一株松樹的枝幹上一勾，身子已然定住，於轟轟雷震中朗聲說道：「後學晚輩，明教教主張無忌，拜見三位高僧。」一說著左足站在松幹，右足凌空，躬身行禮。松樹的枝幹隨著他這一拜之勢猶似波浪般上下起伏，張無忌穩穩站住，身形飄逸。他雖躬身行禮，但居高臨下，不落半點下風。

三高僧一覺黑索被他內勁帶得相互纏繞，反手一抖，三索便即分開。

三僧適才三招九式，每一式中都隱藏數十招變化，數十下殺手，豈知對方竟將這三招九式一一化開，儘管化解時每一式都險到了極處，稍有毫釐之差，便是筋折骨斷、喪生殞命之禍，卻仍顯得揮灑自若、履險如夷。三高僧一生之中從未遇到過如此高強敵手，無不駭然。他們卻不知張無忌化解這三招九式，實已竭盡生平全力，正借著松樹枝幹的高低起伏，暗自調勻丹田中已亂成一團的真氣。

張無忌適才所使武功，包括了九陽神功、乾坤大挪移、太極拳三大神功，而最後半空中一個觔斗，卻是聖火令上所刻的心法。三位少林高僧雖然身懷絕技，但坐關數十年，不聞世事，於他這四門功夫竟一門也沒見過，只隱約覺得他內勁和少林九陽功似是一路，但雄渾精微之處，又遠較少林派神功為勝。待得聽他自行通名，竟是明教教主，三僧心中的欽佩和驚訝之情，登時化為滿腔怒火。

那臉色慘白的老僧森然道：「老衲還道何方高人降臨，卻原來是魔教的大魔頭到了。老衲師兄弟三人坐關數十年，不但不理俗務，連本寺大事也素來不加聞問。不意今日得與魔教教主相逢，實是生平之幸。」

張無忌聽他左一句「魔頭」，右一句「魔教」，顯是對本教惡感極深，不由得大是躊躇，不知如何開口申述才是。只聽那黃臉眇目的老僧說道：「魔教教主是陽頂天啊！怎麼是閣下？」張無忌道：「陽教主逝世已近三十年了。」那黃臉老僧「啊」的一聲，不再說話，一聲驚呼之中，似是蘊藏著無限傷心失望。

張無忌心想：「他聽得陽教主逝世，極是難過，想來當年和陽教主定是交情甚深。義父是陽教主的舊部，我且動以故人之情，再說出陽教主為圓真氣死的原由，且看如何？」便道：「大師想必識得陽教主了？」

黃臉老僧道：「自然識得。老衲若非識得大英雄陽頂天，何致成為獨眼之人？我師兄弟三人，又何必坐這三十餘年的枯禪？」這幾句話說得平平淡淡，但其中所含的沉痛和怨毒卻顯然既深且巨。張無忌暗叫：「糟糕，糟糕。」從他言語中聽來，這老僧的一隻眼睛便是壞在陽頂天手中，而他師兄弟三人枯禪一坐三十餘年，痛下苦功，就是為了要報此仇怨。這時聽得大仇人已死，自不免大失所望了。

黃臉老僧忽然一聲清嘯，說道：「張教主，老衲法名渡厄，這位白臉師弟，法名渡劫，這位黑臉師弟，法名渡難。陽頂天既死，我三人的深仇大怨，只好著落在現任教主身上。我們師姪空見、空性二人又都死在貴教手下。你既然來到此地，自是有恃無恐。數十年來恩恩怨怨，咱們武功上作一了斷便是。」

張無忌道：「晚輩與貴派並無樑子，此來志在營救義父金毛獅王謝大俠。空見神僧雖為我義父失手誤傷，這中間頗有曲折。至於空性神僧之死，與敝派卻是全無瓜葛。三位不可但聽一面之辭，須得明辨是非才好。」

白臉老僧渡劫道：「依你說來，空性為何人所害？」張無忌皺眉道：「據晚輩所知，空性神僧是死於朝廷汝陽王府的武士手下。」渡劫道：「汝陽王府的眾武士為何人率領？」張無忌道：「汝陽王之女，漢名趙敏。」渡劫道：「我聽圓真言道，此女已然和貴教聯手作了一路，她叛君叛父，投誠明教，此言是真是假？」他辭鋒咄咄逼人，一步緊於一步。張無忌只得道：「不錯，她……她現下……現下已棄暗投明。」

渡劫朗聲道：「殺空見的，是魔教的金毛獅王謝遜；殺空性的，是魔教的趙敏。這個趙敏更攻破少林寺，將我合寺弟子一鼓擒去，最不可恕者，竟在本寺十六尊羅漢像上刻以侮辱之言。再加上我師兄的一隻眼珠，我三人合起來一百年的枯禪。張教主，這筆帳不跟你算，卻跟誰算去？」

張無忌長歎一聲，心想自己既承認收容趙敏，她以往的過惡，只有一古腦兒的承攬在自己身上，一瞬之間，深深明白了父親因愛妻昔年罪業而終至自刎的心情，至於陽教主和義父當年結下的仇怨，時至今日，渡劫之言不錯：我若不擔當，誰來擔當？

他身子挺直，勁貫足尖，那條起伏不已的枝幹突然定住，紋絲不動，朗聲說道：「三位老禪師既如此說，晚輩無可逃責，一切罪愆，便由晚輩一人承當便是。但我義父傷及空見神僧，內中實有無數苦衷，還請三位老禪師恕過。」

渡厄道：「你憑著甚麼，敢來替謝遜說情？難道我師兄弟三人，便殺你不得麼？」張無忌心想事已至此，只有奮力一拚，便道：「晚輩以一敵三，萬萬不是三位的對手，請那一位老禪師賜教？」渡劫道：「我們單打獨鬥，並無勝你把握。這等血海深仇，也不能講究江湖規矩了。好魔頭，下來領死罷。阿彌陀佛！」他一宣佛號，渡厄、渡難二僧齊聲道：「我佛慈悲！」三根黑索倏地飛起，疾向他身上捲來。

張無忌身子一沉，從三條黑索間竄了下來，雙足尚未著地，半空中身形已變，向渡難撲了過去。渡難左掌一立，猛地翻出，一股勁風向他小腹擊去。張無忌轉身卸勁，以乾坤大挪移心法將掌力化開，便在此時，渡厄和渡劫的兩根黑索同時捲到。張無忌滴溜溜轉了半個圈子。渡劫左掌猛揮，無聲無息的打了過來。張無忌在三株松樹之間見招拆招，驀地裏一掌劈出，將數百顆黃豆大的雨點挾著一股勁風向渡厄飛了過去。渡厄側頭避讓，還是有數十顆打在臉上，竟是隱隱生痛，他喝了一聲：「好小子！」黑索抖動，轉成兩個圓圈，從半空中往張無忌頭頂套下。張無忌身如箭飛，避過索圈，疾向渡劫攻去。

他越鬥越是心驚，只覺身周氣流在三條黑索和三股掌風激盪之下，竟似漸漸凝聚成膠一般。他自習成武功以來，從未遇到過如此高強的對手。三僧不但招數精巧，內勁更是雄厚無比。張無忌初時七成守禦，尚有三成攻勢，鬥到二百餘招時，漸感體內真氣不純，唯有只守不攻，以圖自保。

他的九陽神功本來用之不盡，愈使愈強，但這時每一招均須耗費極大內力，竟然漸感後勁不繼，這又是他自練成神功以來從未經歷過之事。更拆數十招，尋思：「再鬥下去只有徒自送命。今日且自脫身，待去約得外公、楊左使、范右使、韋蝠王，咱們五人合力，定可勝得三僧，那時再來營救義父。」當下向渡厄急攻三招，待要搶出圈子，不料三條黑索所組成的圈子已如銅牆鐵壁相似，他數次衝擊，均被擋回，已然無法脫身。

他心下大驚：「原來三僧聯手，有如一體，這等心意相通的功夫，世間當真有人能做到麼？」他那知渡厄、渡劫、渡難三僧坐這三十餘年的枯禪，最大的功夫便是用在「心意相通」之上，一人動念，其餘二人立即意會，此般心靈感應說來甚是玄妙，但三人在斗室中相對三十餘年，專心致志以練感應，心意有如一體，亦非奇事。他又想：「這樣看來，縱然我約得外公等數位高手同來，亦未能攻破他三人心意相通所組成的堅壁。難道我義父終於無法救出，我今日要命喪此地？」

他心中一急，精神略散，肩頭登時被渡劫五指掃中，痛入骨髓，心道：「我死不足惜，義父的冤屈卻須申雪。義父一生高傲，既是落入人手，決不肯以一言半語為自己辯解。」當下朗聲說道：「三位老禪師，晚輩今日被困，性命難保，大丈夫死則死耳，何足道哉？有一事卻須言明……」呼呼兩聲，兩條黑索分從左右襲到，張無忌左撥右帶，化開來勁，續道：「那圓真俗家姓名，叫做成崑，外號混元霹靂手，乃是我義父謝遜的業師……」

三位少林高僧見他手上拆招化勁，同時吐聲說話，這等內功修為實非自己所能，不由得更增忌憚。三僧認定明教是無惡不作的魔教，這教主武功越高，為害世人越大，眼見他身陷重圍，無法脫困，正好乘機除去，實是無量功德，當下一言不發，黑索和掌力加緊施為。

張無忌繼續說道：「三位老禪師須當知曉，這成崑的師妹，乃是明教教主陽頂天的夫人。成崑一直對師妹有情，因情生妒，終於和明教結下了深仇大恨……」當下手上化解三僧來招，嘴裏原原本本的述說成崑如何處心積慮要摧毀明教、如何與楊夫人私通幽會以致激死陽頂天、如何假醉圖姦謝遜之妻，殺其全家，如何逼得謝遜亂殺武林人士，如何拜空見神僧為師，誘使空見身受謝遜一十三拳、如何失信不出，使空見飲恨而終。

渡厄等三僧越聽越是心驚，這些事情似乎件件匪夷所思，但事事入情入理，無不若合符節。渡厄手上的黑索首先緩了下來。

張無忌又道：「晚輩不知陽教主如何與渡厄大師結仇，只怕其中有奸人挑撥是非，此人多半便是這圓真了。渡厄大師不妨回思往事，印證晚輩是否虛言相欺。」渡厄嗯的一聲，停索不發，低頭沉吟，說道：「那也有些道理。老衲與陽頂天結仇，這成崑為我出了大力，後來他意欲拜老衲為師，老衲向來不收弟子，這才引薦他拜在空見師姪的門下。如此說來，那是他有意安排的了？」張無忌道：「不特如此，目下他更覬覦少林寺掌門方丈之位，收羅黨羽，陰謀密計，要害了空聞神僧……」

這句話尚未說畢，突然間隆隆聲響，左首斜坡上滾落一塊巨大的圓石，衝向三株松樹之間。渡厄喝道：「甚麼人？」黑索揮動，拍拍兩響，擊在圓石之上，只打得石屑飛舞。圓石後突然竄出一條人影，迅速無倫的撲向張無忌，寒光閃動，一柄短刀刺向他咽喉。

這一下來得突兀之極，張無忌正自全力擋架渡劫、渡難二僧的黑索和拳掌，全沒防到竟會有人忽然偷襲，黑暗中只覺風聲颯然，短刀刃尖已刺到喉邊，危急中身子斜刺向旁射出，嗤的一聲響，刀尖已將他胸口衣服劃破了一條大縫，只須有毫釐之差，便是開膛破胸之禍。此人一擊不中，藉著那大石掩身，已滾出三僧黑索的圈子。

張無忌暗叫：「好險！」喝道：「成崑惡賊！有種的便跟我對質，想殺人滅口麼？」適才短刀那一刺，他雖未看清人形，但以對方身法之捷，出手之狠，內勁之強，而武功家數又與謝遜全是一路，除成崑外更無旁人。少林三僧的三條黑索猶如三隻大手，伸出去捲住了大石，一迴一揮，將那重達千斤的大石抬了起來，直摜出去，成崑卻已遠遠的下山去了。

渡厄道：「當真是圓真麼？」渡難道：「確然是他。」渡厄道：「若非他作賊心虛，何必……」

驀地裏四面八方呼嘯連連，撲上七八條人影，當先一人喝道：「少林和尚枉為佛徒，殺害這許多人命，不怕罪孽麼？大夥兒齊上。」八個人各挺兵刃，向松間三僧攻了上去。

張無忌身在三僧之間，只見這八人中有三人持劍，其餘五人或刀或鞭，個個武學精強，霎時間便和三僧的黑索鬥在一起。他看了一會，見那使劍三人的劍招，和數日前死在少林僧手下的青海三劍乃是一路，但變化精微，勁力雄渾，遠在青海三劍之上，當是青海派中長輩的佼佼人物，這三人合力攻擊渡厄。另有三人合攻渡難，餘下二人則聯手對付渡劫。渡劫的對手雖只二人，但二人的武功卻比餘人又高出一籌。鬥了半晌，張無忌看出渡劫漸落下風，渡厄卻穩佔先手，以一敵三，兀自行有餘力。

又拆十餘招，渡厄看出渡劫應付維艱，黑索一抖，偷空向渡劫的兩名對手晃去。那二人都是身材魁梧，黑鬚飄動，身手極為矯捷，一個使一對判官筆，另一個使打穴橛。渡厄和渡劫身在數丈之外，已隱然感到他二人兵刃上發出來的勁風，若被欺近身來，施展短兵刃上的長處，勢必更為厲害。青海派三人劍上受力一輕，慢慢又扳回劣勢。這麼一來，變成渡難以一敵三，渡厄、渡劫二僧則是以二敵五，一時相持不下。

張無忌暗暗稱奇：「這八人的武功著實了得，實不在何太沖夫婦之下。除了三個是青海派外，其餘五人的門派來歷全然瞧不出來。可見天下之大，草莽間臥虎藏龍，不知隱伏著多少默默無聞的英雄好漢。」

十一人拆到一百餘招時，少林三僧的黑索漸漸收短。黑索一短，揮動時少耗內力，但攻敵時的靈動卻也減了幾分。更鬥數十招，三僧的黑索又縮短了六七尺。那兩名黑鬚老人越鬥越近，兵刃上的威力大增，尋瑕抵隙，步步進逼，竭力要撲到三僧身邊。但三僧黑索收短後守禦相應嚴密，三條黑索組成的圈子上似有無窮彈力，兩名黑鬚老人不住變招搶攻，總是被索圈彈了出去。這時三僧已聯成一氣，成為以三敵八之勢。

少林三僧奮力禦敵，心下都不禁暗暗叫苦，與這八人相鬥，再久也不致落敗，只須黑索再縮短八尺，便組成了「金剛伏魔圈」，別說八名敵人，便是十六人，三十二人，那也攻不進來，可是這圈子之中卻隱伏著一個心腹之患的強敵，張無忌若是出手，內外夾攻，立時便取了少林三僧的性命。三僧見他安坐不動，顯在等待良機，要讓自己三人和外敵拚到雙方筋疲力竭，他再來收漁人之利。這時三僧的內功已施展到了淋漓盡致，有心要長嘯向山下少林寺求援，卻是開口不得，這當兒只要輕輕吐出一個字，立時氣血翻湧，縱非立時斃命，也必身受內傷，成為廢人。三僧心下自責過於托大，當強敵來攻之初，竟未出聲通知本寺人眾，否則只要達摩堂或羅漢堂有幾名好手來援，便可克敵取勝。

這情勢張無忌自也早已看出，這時要取三僧性命自是舉手之勞，但想大丈夫不可乘人之危，何況三僧只是受了圓真瞞騙，並無可死之道，而殺了三僧後獨力應付外面八敵，亦是同樣的艱難。眼見雙方勝負非一時可決，他低下頭來，只見一塊大巖石壓住地牢之口，只露出一縫，作為謝遜呼吸與傳遞食物之用。心想時機稍縱即逝，待得相鬥雙方分了勝敗，或是少林寺有人來援，便救不了義父，當下跪在石旁，雙掌推住巨石，使出乾坤大挪移心法，勁力到處，巨石緩緩移動。

巨石移開不到一尺，突然間背後風動勁到，渡難揮掌向他背心拍落。張無忌卸勁借力，拍的一聲響，背上衣衫碎了一大塊，在狂風暴雨之中片片作蝴蝶飛舞，但渡難這一掌的掌力卻給他傳到了巨石之上，隆隆一響，巨石立時又移開尺許。掌力雖已卸去，未受內傷，但初受之際，他全身力道正盡數用來推石，背心上也是劇痛難當。

渡難一掌虛耗，黑索上露出破綻，一名黑鬚老人立時撲進索圈，右手點穴橛向渡難左乳下打去。少林三僧的軟索擅於遠攻，不利近擊，渡難左手出掌，運勁逼開他點穴橛的一招。黑鬚老者左手食指疾伸，戳向渡難的「膻中穴」。渡難暗叫：「不好！」那料到敵人「一指禪」的點穴功夫竟比打穴橛尤為厲害，危急之下，只得右手撤索，豎掌封擋，護住胸口，跟著拇指、食指、中指三指翻出，立時反攻。他雖擋住了敵人，但黑索離手，那使判官筆的老者當即搶前。少林三僧三索去其一，「金剛伏魔圈」已被攻破。

突然之間，那條摔在地下的黑索索頭昂起，便如一條假死的毒蛇忽地反噬，呼嘯而出，向那使判官筆的老者面門點去，索頭未到，索上所挾勁風已令對方一陣氣窒。那老者急舉判官筆擋架，索筆相交，一震之下，雙臂酸麻，左手判官筆險些脫手飛出，右手判官筆被震得擊向地下山石，石屑紛飛，火花四濺。那條黑索展將開來，將青海派三劍又逼得退出丈許，「金剛伏魔圈」不但回復原狀，威力更勝於前。

少林三僧驚喜交集之下，只見黑索的另一端竟是持在張無忌手中。他並未練過「金剛伏魔圈」的功夫，說到心意相通、動念便知的配合無間，那是遠不及渡難，但內力之剛猛，卻是無與倫比，黑索上所發出的內勁直如排山倒海一般，向著四面八方逼去。渡厄與渡劫的兩條黑索在旁相助，登時逼得索外七人連連倒退。

渡難專心致志對付那黑鬚老者，不論武功和內力修為都是勝了一籌，他坐在松樹穴中，並不起身，十指拍、戳、彈、勾、點、拂、擒、拿，數招之間，便令那黑鬚老者迭遇險招。那老者見同伴七人處境也均不利，當下一聲怒吼，從圈中躍出。

張無忌將黑索往渡難手中一塞，俯身運起乾坤大挪移心法，又將壓在地牢上的巨石推開了尺許，對著露出來的洞穴叫道：「義父，孩兒無忌救援來遲，你能出來麼？」謝遜道：「我不出來。好孩子，你快快走罷！」張無忌大奇，道：「義父，你是給人點中了穴道，還是身有銬鍊？」不等謝遜回答，便即縱身躍入地牢，噗的一聲，水花濺起。原來幾個時辰的傾盆大雨，地牢中已積水齊腰，謝遜半個身子浸在水裏。

張無忌心中悲苦，伸手抱著謝遜，在他手足上一摸，並無銬鍊等物，再在他幾處主要穴道上一加推拿，似也非被人施了手腳，當下抱著他躍出地牢，坐在巨石之上。張無忌道：「此時脫身，最好不過。義父，咱們走罷。」說著挽住他手臂，便欲拔步。

謝遜卻坐在石上，動也不動，抱膝說道：「孩子，我生平最大的罪孽，乃是殺了空見大師。你義父若是落入旁人之手，自當奮戰到底，但今日是囚在少林寺中，我甘心受戮，抵了空見大師這條性命。」張無忌急道：「你失手傷了空見大師，那是成崑這惡賊奸計擺布，何況義父你全家血仇未報，豈能死在成崑手下？」

謝遜嘆道：「我這一個多月來，在這地牢中每日聽著三位高僧誦經唸佛，聽著山下寺中傳來的晨鐘暮鼓，回思往事，你義父手上染了這許多無辜之人的鮮血，實是百死難贖。唉，諸般惡因罪孽，我比成崑作得更多。好孩子，你別管我，自己快下山去罷。」

張無忌越聽越急，大聲道：「義父，你不肯走，我可要用強了。」說著轉過身來，抓住謝遜雙手，便往自己背上一負。

只聽得山道上人聲喧譁，有數人大聲叫道：「甚麼人到少林寺來撒野？」一陣踐水急奔之聲，十餘人搶上山來。

張無忌持住謝遜雙腿，正要起步，突然後心「大椎穴」一麻，卻是被謝遜拿住了穴道，雙手無力，只得放開了他，急得幾乎要哭了出來，叫道：「義父，你……你何苦如此？」

謝遜道：「好孩子，我所受冤屈，你已對三位高僧分說明白。我所做的罪孽，卻須由我自己身受報應。你再不去，我的仇怨又有誰來代我清算？」

張無忌心中一凜，但見十餘名少林僧各執禪杖戒刀，向那八人攻了上去。乒乒乓乓交手數合，那持判官筆的黑鬚老者情知再鬥下去，今日難逃公道，只是功敗垂成，被一名無名少年壞了大事，實是大大的不忿，朗聲喝道：「請問松間少年高姓大名，河間郝密、卜泰，願知是那一位高人橫加干預。」渡厄黑索一揚，說道：「明教張教主，天下第一高手，河間雙煞怎地不知？」持判官筆的郝密「噫」的一聲，雙筆一揚，縱出圈子。其餘七人跟著退了出去。少林僧眾待要攔阻，但那八人武功了得，併肩一衝，一齊下山去了。

渡厄等三僧對謝遜與張無忌對答之言，盡數聽在耳裏，又想到適才他就算不是乘人之危，只須袖手旁觀，兩不相助，當卜泰破了「金剛伏魔圈」攻到身邊之時，以河間雙煞下手之辣，此刻三僧早已不在人世。三僧放下黑索，站起身來，向張無忌合什為禮，齊聲道：

「多感張教主大德。」張無忌急忙還禮，說道：「份所當為，何足掛齒？」

渡厄道：「今日之事，老衲原當讓謝遜隨同張教主而去，適才張教主真要救人，老衲須是無力阻攔。只是老衲師兄弟三人奉本寺方丈法旨看守謝遜，佛前立下重誓，若非我三人性命不在，決不能放謝遜脫身。此事關涉本派千百年的榮辱，還請張教主見諒。」

張無忌哼了一聲，並不回答。

渡厄又道：「老衲喪眼之仇，今日便算揭過了。張教主要救謝遜，可請隨時駕臨，只須破了老衲師兄弟三人的『金剛伏魔圈』，立時可陪獅王同去。張教主可多約幫手，車輪戰也好，一湧而上也好，我師兄弟只是三人應戰。於張教主再度駕臨之前，老衲三人自當維護謝遜周全，決不容圓真辱他一言半語、傷他一毫一髮。」

張無忌向謝遜望了一眼，黑暗中只見到他巨大的身影，長髮披肩，低首而立，似乎心中深自懺悔昔日罪愆，無復當年神威凜凜的雄風。張無忌淚水幾欲奪眶而出，尋思：「今日是打不過他們的了，義父又不肯走，只有約了外公、楊左使、范右使他們再來鬥過。這三條黑索組成的勁圈便如銅牆鐵壁相似，適才若不是渡難大師在我背上打了一掌，那卜泰便萬萬攻不進來。下次縱有外公和左右光明使相助，是否能夠破得，實未可知。唉，眼下也只有走一步算一步了。」便道：「既是如此，自當再來領教三位大師的高招。」回身抱著謝遜的腰，說道：「義父，孩兒走了。」

謝遜點點頭，撫摸他的頭髮，說道：「你不必再來救我，我是決意不走的了。好孩子，盼你事事逢凶化吉，不負你爹娘和我的期望。你當學你爹爹，不可學你義父。」

張無忌道：「爹爹和義父都是英雄好漢，一般是光明磊落的大丈夫，都是孩兒的好榜樣。」說著躬身一拜，身形晃處，已自出了三株松樹圍成的圈子，向少林三僧一舉手，展開輕功，倏忽不見，但聽他清嘯之聲，片刻間已在里許之外。

山峯畔少林僧眾相顧駭然，早聞明教張教主武功卓絕，卻沒想到神妙至斯。

張無忌既見形跡已露，索性顯一手功夫，好教少林僧眾心生忌憚，善待謝遜。他這一聲清嘯鼓足了中氣，綿綿不絕，在大雷雨中飛揚而出，有若一條長龍行經空際。他足下施展全力，越奔越快，嘯聲也是越來越響。少林寺中千餘僧眾齊在夢中驚醒，直至嘯聲漸去漸遠，方始紛紛議論。空聞、空智等知是張無忌到了，均是平增一番憂慮。

張無忌奔出數里，突然道旁一株柳樹後有聲叫道：「喂！」一人躍了出來，正是趙敏。

張無忌停嘯止步，伸手挽住了她，見她全身被大雨淋濕了，髮上臉上，水珠不斷流下。趙敏問道：「跟少林寺的禿頭們動過手了？」張無忌道：「是。」趙敏道：「謝大俠怎樣了？有沒見到？」張無忌挽著她手臂，在大雨中緩步而行，將適才情事簡略的說了。

趙敏沉吟道：「你有沒問他如何失手遭擒？」張無忌道：「我只想著怎地救他脫險，沒空問到這些閒事。」趙敏嘆了口氣，不再作聲。張無忌道：「你不高興麼？」趙敏道：「在你是閒事，在我就是要緊事。好啦，等救出了謝大俠，再問也不遲。我只怕……」張無忌道：「怕甚麼？你擔心咱們救不了義父？」趙敏道：「明教比少林派強得多，要救謝大俠，終究是辦得到的。我就怕謝大俠決心一死以殉空見神僧。」張無忌也是擔心著這件事，問道：「你說會麼？」趙敏道：「但願不會。」

二人一路說話，來到杜氏夫婦屋前。趙敏笑道：「你行跡已露，不能再瞞他二人了。」

張無忌見茅舍之門半掩，便伸手推開，搖了搖身子，抖去些水濕，踏步進去，忽然間聞到一陣血腥氣。他心下一驚，左手反掌將趙敏推到門外，黑暗中突然有人伸手抓來。這一抓無聲無息，快捷無倫，待得驚覺，手指已觸到面頰。張無忌此時已不及閃避，左足疾飛，逕踢那人胸口，那人反手一勾，肘錘打向他腿上環跳穴，招數狠辣已極。張無忌只須縮腿一讓，敵人左手就挖去了他一對眼珠，當即提手虛抓，他料敵奇準，這麼一抓，剛好將敵人左手拿在掌中，便在此時，環跳穴上一麻，立足不定，右腿跪倒。

他正要乘勢扭斷敵人的手腕，只覺所握住的手掌溫軟柔滑，乃是女子之手，心中一動，沒下重手，提起那人往外甩去，噗的一聲，右肩劇痛，已中了一刀。

那人一躍出屋，揮掌向趙敏臉上拍去。張無忌知道趙敏決然擋不了，非當場斃命不可，忍痛縱起，也是揮掌拍出，雙掌相交。那人身子一晃，腳下踉蹌，借著這對掌之力，縱出數丈之外，便在黑暗中隱沒不見。

趙敏驚問：「是誰？」張無忌「嘿」了一聲，懷中火摺已被大雨淋濕，打不了火，生怕右肩上敵人的短刀有毒，不即拔出，道：「你點亮了燈。」

趙敏到廚下取出火刀火石，點亮油燈，見到他肩頭的短刀，大吃一驚。張無忌見刃鋒上並未餵毒，笑道：「一些外傷，不相干。」當即拔出刀來，轉頭只見杜百當和易三娘縮身在屋角之中，當下顧不得止住傷口流血，搶上看時，二人已死去多時。

趙敏驚道：「我出去時，他二人尚自好好地。」張無忌點點頭，等趙敏替他裹好傷口，拿起短刀看時，正是杜氏夫婦所使的兵刃，只見屋中樑上、柱上、桌上、地下，插滿了短刀，顯是敵人曾與杜氏夫婦一番劇鬥，將他夫婦的短刀一一打得出手，這才動手加害。趙敏駭然道：「這人武功厲害得很啊。」

適才摸黑相鬥，張無忌若非動念得快，料到那人要來抓自己眼珠，不但此時已成了瞎子，多半自己與趙敏都已屍橫就地。再看杜百當夫婦的屍身時，只見胸口數十根肋骨根根斷成數截，連背後的肋骨也是如此，顯是為一門極陰狠、極厲害的掌力所傷。他數經大敵，多歷凶險，但回思適才暗室中這三下兔起鶻落般的交手，不禁越想越驚。今晚兩場惡鬥，第一場以一敵三，歷時甚久，但驚心動魄之處，遠不如第二場瞬息間的三招兩式。

趙敏又問：「那是誰？」張無忌搖頭不答。趙敏突然間明白了，眼中流露出恐懼神色，呆了半晌，撲向張無忌懷中，嚇得哭了出來。

兩人心下均知，若不是趙敏聽到張無忌嘯聲，大雨中奔出去迎接，因而逃過大難，那麼此刻死在屋角中的已不是兩人而是三人了。

張無忌輕拍她的背脊，柔聲安慰。趙敏道：「那人要殺的是我，先把杜氏夫婦殺了，躲在這裏對我暗算，決不是想傷你。」張無忌道：「這幾日中，你千萬不可離開我身邊。」沉吟片刻，又道：「不到一年之間，何以內力武功進展如此迅速？當世除我之外，只怕無人能護得你周全。」

次日清晨，張無忌拿了杜百當鋤地的鋤頭，挖了個深坑，將杜氏夫婦埋了，與趙敏一齊跪下來拜了幾拜，想起易三娘對待自己二人親厚慈愛，都不禁傷感。

忽聽得少林寺裏鐘聲噹噹不絕，遠遠傳來，聲音甚是緊急，接著東面一道青色煙花直衝上天，南方紅色、西方白色、北方黑色，數里外更升起黃色煙火。五道煙火將少林寺圍在中間。張無忌叫道：「明教五行旗齊到，正面跟少林派幹起來啦，咱們快去。」匆匆與趙敏換了衣服，洗去手臉的污泥，快步向少林寺奔去。

只行出數里，便見一隊白衣的明教教眾手執黃色小旗，向山上行去。

張無忌叫道：「顏旗使在麼？」厚土旗掌旗使顏垣聽到叫聲，回頭見是教主，大喜之下忙上前行禮參見。旗下教眾歡聲雷動，一齊拜伏。

顏垣稟告：明教羣豪得悉謝遜下落後，商議之下，均覺如等到端陽節天下英雄羣聚少林之時再來討人，就得與舉世羣雄為敵，眼下既無法稟明教主，只得權宜為計，於端陽節前十日由楊逍、范遙率領，盡集教中高手，來少林寺要人。料想大動干戈，多半難免，那倒也罷了，只是到處尋不著教主，不免有羣龍無首之感。

教眾吹起號角，報知教主到來。過不多時，楊逍、范遙、殷天正、韋一笑、殷野王、周顛、彭瑩玉、說不得、鐵冠道人等人先後從各處到來，銳金、巨木、洪水、烈火四旗教眾則分四面圍住了少林寺。各人相見，盡皆大喜。楊逍與范遙謝過擅專之罪。

張無忌道：「各位不須過謙，大家齊心合力來救謝法王，原是本教兄弟大夥兒的義氣。本人心下感激，有何怪罪？」當下將自己混入少林寺、昨晚已和渡厄等三僧動手的事簡略說了。眾人聽說一切都出於成崑的奸謀，無不氣憤。周顛和鐵冠道人更破口大罵。張無忌道：「今日本教以堂堂之師，向少林方丈要人，最好別傷了和氣。萬不得已動手，咱們第一是救謝法王，第二是捉拿成崑，此外不可濫傷無辜。」眾人齊聲應諾。

張無忌向趙敏道：「敏妹，最好你喬裝一下，別讓少林寺僧眾認出身分，以免多生事端。」當日她擄了少林眾僧囚在大都，與少林派已結下極深的怨仇。趙敏笑道：「顏大哥，我扮作你旗下的一名兄弟罷！」顏垣當即命本旗一名兄弟除下外袍，讓趙敏披上。趙敏奔入山後樹林，匆匆改扮，搽黑了面頰，從樹林中出來時，已變成一個面目猙獰的黑瘦漢子。

號角吹動，明教羣豪列隊上山。少林寺中早已接到明教拜山的帖子，空智禪師率領僧眾在山亭中迎候。空智聽了圓真之言，深信少林僧眾被趙敏用計擒往大都囚禁，削斷手指，逼授武功，乃是明教與汝陽王暗中勾結安排的奸計，後來張無忌出手相救，更是假意賣好，另有陰謀，是以神色陰沉，合什行了一禮，甚麼話也不說。

張無忌抱拳道：「敝教有事向貴派奉懇，專誠上山拜見方丈神僧。」空智點了點頭，說道：「請！」引著明教羣豪走向山門。

空聞方丈率領達摩堂、羅漢堂、般若堂、戒律院各處首座高僧，在山門外迎接，請羣豪到大雄寶殿分賓主坐下，小沙彌送上清茶。

空聞和張無忌、楊逍、殷天正等人寒暄了幾句，便即默然。張無忌說道：「方丈神僧，我們無事不登三寶殿，特來求懇方丈瞧在武林一脈，開釋敝教謝法王，大恩大德，日後必當補報。」空聞道：「阿彌陀佛，出家人慈悲為本，戒嗔戒殺，原不該跟謝施主為難。不過老衲師兄空見命喪謝施主之手。張教主是一教之主，也當明白武林中的規矩。」

張無忌道：「此中另有緣故，可也怪不得謝法王。」於是將空見甘願受拳以化解武林中一場大冤孽的經過說了。空聞等只聽得一半，便即口宣佛號，一齊恭恭敬敬的站起。空聞目中含淚，顫聲道：「善哉，善哉！空見師兄以大願力行此大善舉，功德非小。」羣僧低聲唸經，對空見之仁俠高義，無不敬佩。明教羣豪也一齊站起，致欽仰之意。

張無忌詳細說畢當日經過，又道：「謝法王失手傷了空見神僧，至感後悔，但事後細細回想，此事的罪魁禍首，實是貴寺的圓真大師。」他見圓真不在殿上，說道：「請圓真大師出來，當面對質，分辨是非。」

周顛插口道：「是啊，在光明頂上這禿驢裝假死，卻又活了過來，鬼鬼祟祟，是甚麼好東西？快叫他滾出來。」那日他在光明頂上吃了圓真大虧後，一直記恨。張無忌忙道：「周先生不可在方丈大師之前無禮。」周顛道：「我是罵圓真那禿驢，又不是罵方丈那禿……」這「禿」字一出口，知道不對，急忙伸手按住自己嘴巴。

空智聽周顛出言無禮，更增惱怒，說道：「然則我空性師弟之死，張教主卻又如何解釋？」張無忌道：「空性神僧豪爽俠義，在下當日在光明頂上有緣拜會，極是欽佩。空性大師曾和在下相約，日後相互切磋武學。豈知不幸身遭大難，在下深為悼惜。此是奸人暗算，實與敝教無涉。」空智冷笑道：「張教主倒推得忒煞乾淨。然則汝陽王郡主與明教聯手之事，那也是假的了？」張無忌臉上一紅，道：「郡主與她父兄不洽，投身敝教。郡主往日對貴寺諸多不敬之處，在下自當命她上山拜佛，鄭重謝罪。」空智喝道：「張教主花言巧語，於事何補？你身為一教之主，信口胡言，豈不令天下英雄恥笑？」

張無忌想到殺空性、擒眾僧之事，確是趙敏大大的不該，雖與明教無涉，但她目下卻是託身於己，可不能推委不理，正為難間，鐵冠道人厲聲說道：「空智大師，我教主敬你是前輩高僧，給足了你面子，你可須知自重。我教主守信重義，豈能說一句假話？你辱我教主，便是辱我明教百萬之眾。縱我教主寬洪大量，不予計較，我們做部屬的卻不能善罷干休。」此時明教教眾在淮泗、豫鄂一帶攻城掠地，招兵買馬，說是「百萬之眾」，確非浮誇之言。

空智冷笑道：「百萬之眾便怎地？莫非要將少林寺踏為平地？魔教辱我少林，原非自今日始。我們失手被擒，囚於萬安寺中，只能怪自己粗心大意，自來邪正不兩立，那也沒有甚麼。你們來到我少林寺，在十六尊羅漢像的背上刻了十六個大字，嘿嘿，『先誅少林，再滅武當，惟我明教，武林稱王！』好威風，好煞氣！」

這十六個字，乃是當日趙敏手下武士將少林僧眾擒去之後，以利刃刻在十六尊羅漢的背上。范遙一待眾人出寺，便即飛身回到羅漢堂中，將十六尊羅漢像移轉，仍是背心向壁，以免趙敏嫁禍於明教的陰謀得逞。後來楊逍等發覺，看過後仍將羅漢像移正，沒料想還是給少林僧眾知悉了。張無忌口才不佳，又想到這是趙敏胡鬧，內心有愧，不禁無言可答。

楊逍卻道：「空智大師的話，可讓我們不懂了。敝教張教主是武當弟子張五俠的公子，江湖上盡人皆知。我們就算再狂妄萬倍，也決不敢辱及教主的先人。張教主自己，又怎會刻甚麼『再滅武當』的字樣？方丈大師與空智大師乃有德高僧，豈能於其中這小小道理也不明白？在下相信決無其事。」這幾句話振振有辭，立時令空智為之語塞。

空聞方丈修為日久，心性慈和，且終究以大局為重，心知明教勢大，若是雙方當真動上了手，只怕傳之千百年的少林古剎不免要在自己手中毀去，便道：「各位空言爭論，於事無益，請隨老衲前赴羅漢堂，瞻仰羅漢法像，誰是誰非，便知端的。」張無忌心想：「一進羅漢堂，真相便當場揭穿。」當下躊躇不答。楊逍卻道：「如此甚好。」張無忌不明其意，但見趙敏混在厚土旗眾之中，並未進寺，料想不致為少林僧眾發覺，倒也不甚擔憂。

當下知客僧在前領路，一行人眾，行向羅漢堂來。空聞向羅漢像下拜，說道：「弟子驚動羅漢尊者法像，尚請原宥。」拜罷，吩咐六名弟子恭移法身。六名弟子依言上前，合什默祝幾句，然後三人一邊，分列兩旁，將第一尊羅漢像轉了過來。

只見那羅漢像背上已削得坦平，塗上了金漆，原來那個大大的「先」字，早已沒半點痕跡。這一來，不但空聞、空智等大吃一驚，張無忌也是大出意料之外。

少林羣弟子一齊動手，將其餘各尊羅漢像一一轉過，背上卻那裏有一筆半劃？霎時之間，羣僧面面相覷，說不出話來。他們曾看得清清楚楚，每尊羅漢像背上都刻得有個大字，拼起來是「先誅少林，再滅武當，惟我明教，武林稱王」等十六字，卻何以會突然不見？羅漢像背上金漆甚新，顯是剛塗上去的，但少林寺近數月來守衛何等嚴密，要剷去這十六尊羅漢像背上所刻字跡，再塗上金漆，著實不是易事，寺中僧眾怎能全無知覺？

張無忌轉過頭來，見韋一笑和范遙正相視而笑，心下恍然，那自是本教兄弟們作下了手腳，心想：「幹這事的人神通廣大，好生了得。」

楊逍見羣僧驚愕萬狀，便道：「貴寺福澤深厚，功德無量，十六位尊者金身完好無缺。

料想正如空智大師所云，先前曾遭奸人損毀，但十六位阿羅漢顯靈，佛法無邊，立即自行補起，實乃可喜可賀。」說著便向羅漢像跪拜下去。張無忌等跟著一齊拜倒。

空聞、空智等雖不信羅漢顯靈、佛法無邊云云的鬼話，但料定是明教暗中做了手腳，不論怎樣，總是向本寺補過致歉，各人心中存著的氣惱不由得均消解了三分，而對眾魔頭神出鬼沒的手段，卻又有三分佩服，三分驚懼。

空聞道：「羅漢像既已完好如初，此事不必再提。」揮手命羣弟子推羅漢像轉身，又道：「昨晚張教主降臨，已與老衲三位師叔朝過相。聽說渡厄師叔和張教主訂下約會，只須張教主破得我三位師叔的『金剛伏魔圈』，任憑將謝施主帶走。」張無忌道：「不錯，渡厄大師確有此言。但在下深佩三位高僧武功高深，自知不是敵手，昨晚已折在三位高僧手下，敗軍之將，何敢言勇？」空聞道：「阿彌陀佛，張教主言重了。昨晚勝負未分，更兼教主仁俠為懷，出手相助，三位師叔深感高義。」

楊逍、范遙等聽張無忌說過渡厄等三僧武功精妙，均盼一見。殷天正道：「既是少林眾高僧執意於武學上一見高低，教主，咱們不自量力，只好領教少林派的絕學。好在咱們是為相救謝兄弟而來，實逼處此，無可奈何，並非膽敢到領袖武林的少林寺來撒野。」

張無忌對外公之言向來極是尊重，又想除此之外，也別無善法，便道：「弟兄們聽到在下頌揚三位高僧神功蓋世，都說三位高僧坐關數十年，武林中誰也不知，今日大夥兒有幸拜見，實是生平之幸。」空智舉手道：「請！」領著羣豪走向寺後山峯。

明教洪水旗下教眾在掌旗使唐洋率領之下，列陣布在山峯腳邊，聲勢甚壯。空聞等視若無睹，逕行上峯。空聞、空智合什走向松樹之旁，躬身稟報。

渡厄道：「陽頂天的仇怨已於昨晚化解，羅漢像的事今日也揭過了，好得很，好得很。張教主，你們幾位上來動手？」楊逍等見三僧身形矮小瘦削，嵌在松樹幹中，便像是三具殭屍人乾，但幾句話卻說得山谷鳴響，顯是內力深厚之極，不由得聳然動容。

張無忌尋思：「昨晚我孤身一人，鬥他三人不過，咱們今日人多，倘若一湧而上，一來施展不開，二來倚多為勝，也折了本教的威風。多了不好，少了不成，咱們三個對他三個，最是公平。」便道：「昨晚在下見識到三位高僧神功，衷心欽佩，原不敢再在三位面前出醜。但謝法王跟在下有父子之恩，與眾兄弟有朋友之義，我們縱然不自量力，卻也非救他不可。在下想請兩位教中兄弟相助，以三對三，平手領教。」

渡厄淡淡的道：「張教主不必過謙。貴教倘若再有一位武功和教主不相伯仲的，那麼只須兩位聯手，便能殺了我們三個老禿。但若老衲所料不錯，如教主這等身手之人，舉世再無第二位，那麼還是人多一些，一齊上來的好。」

周顛、鐵冠道人等你瞧瞧我，我瞧瞧你，都想這老禿驢好生狂妄，竟將天下英雄視若無物，只是語氣之中總算自承不及張教主，說舉世無人能與教主平手，倒還算客氣。周顛張嘴欲語，說不得手快，伸掌擋在他口前。

張無忌道：「敝教雖是旁門左道，不足與貴派名門抗衡，但數百年的基業，也有一些人才。在下因緣時會，暫代教主之職，其實論到才識武功，敝教中勝於在下者，又豈少了？韋蝠王，請你將這份名帖呈上三位高僧。」說著取出一張名帖，上面自張無忌、楊逍、范遙、殷天正、韋一笑以下，書就此次拜山羣豪的姓名。

韋一笑知道教主要自己顯示一下當世無雙的輕功，好教少林羣僧不敢小覷了明教中的人物，當下躬身應諾，接過名帖，身子並未站直，竟不轉身，便即反彈而出，猶如一溜輕煙，相隔十餘丈間，便飄到了三株松樹之間，雙掌一翻，將名帖送交渡厄。

渡厄等三僧見他一晃之間，便即到了自己跟前，輕功之佳，實是從所未見，何況他是倒退反彈，那更是匪夷所思，不由得讚道：「好輕功！」

少林羣僧個個是識貨的，登時采聲雷動。明教羣豪雖均知韋一笑輕功了得，但這般倒退反彈的身手，卻也是初次見到，不過各人不便稱讚自家人，儘管心中佩服，卻都默不作聲。只有周顛一人鼓掌大讚。

渡厄微微欠身，伸手接過名帖，他右手五根手指一搭到名帖，韋一笑全身一麻，宛似受到雷震，胸口發熱，身子幾欲軟倒。他大驚之下，急忙運功支撐。渡厄已將名帖取了過去，從名帖上傳來的這一股內勁也即消失。韋一笑臉色一變，暗想這眇目老僧的內勁當真是深不可測，不敢多所逗留，斜身一讓，從一片長草上滑了過來，回到張無忌身旁。這一手「草上飛」的輕功雖非特異，但練到這般猶如凌虛飄行，那也是神乎其技的了。

空聞、空智等均想：「此人輕功造詣如此地步，固是得了高人傳授，但也出於天賦，看來他是生就異稟，旁人縱是苦練，也決計到不了這等境界。」

渡厄說道：「張教主說貴教由三人下場，除了教主與這位韋蝠王外，還有那一位前來指教？」張無忌道：「韋蝠王已領教過大師的內勁神功，在下想請明教左右光明使者相助。」渡厄心中一動：「這少年好銳利的眼光，適才我隔帖傳勁，只是一瞬間之事，居然被他看了出來。甚麼左右光明使者，難道比這姓韋的武功更高麼？」他坐關年久，於楊逍的名頭竟然沒聽見過，至於范遙，則長年來隱姓埋名，旁人原也不知。

楊范二人聽得教主提及自己名字，當即踏前一步，躬身道：「謹遵教主號令。」張無忌道：「三位高僧使的是軟兵刃，咱們用甚麼兵刃好？」張、楊、范三人平時臨敵均是空手，今日面對勁敵，可不能托大不用兵刃，三人一法通，萬法通，甚麼兵刃都能使用，張無忌此言，乃是就著二人方便。楊逍道：「聽由教主吩咐便是。」

張無忌微一沉吟，心想：「昨晚河間雙煞以短攻長，倒也頗佔便宜。」便從懷中取出六枚聖火令來，將四枚分給了楊范二人，說道：「咱們上少林寺拜山，不敢攜帶兵器，這是本教鎮教之寶，大家對付著使罷。」楊范二人躬身接過，請示方略。

空智突然大聲道：「苦頭陀，咱們在萬安寺中結下的樑子，豈能就此揭過？來來來，待老衲先領教你的高招。老衲今日沒服十香軟筋散，各人手下見真章罷。」他被囚萬安寺的怨氣未曾發洩，今日見到范遙，一直盡力抑制心下怒火，此刻卻再也忍耐不住了。

范遙淡淡一笑，說道：「在下奉教主號令，向三位高僧領教，大師要報昔日之仇，待此事過後，再行奉陪。」空智從身旁弟子手中接過長劍，喝道：「你不自量力，要和我三位師叔動手，不死也必重傷。我這仇是報不了啦。」范遙笑道：「我死在令師叔手下，也是一樣。」空智冷笑道：「明教之中，既除閣下之外更無別位高手，那也罷了。」

他這句話原是激將之計，明教羣豪豈有不知？但覺若是嚥了這口氣下去，倒教少林派將本教瞧得小了。以位望而論，范遙之下便是白眉鷹王殷天正。張無忌覺得外公年邁，不便請他出手，便想請舅父殷野王出馬。殷天正已踏上一步，說道：「教主，屬下殷天正討令。」張無忌道：「外公年邁，便請舅舅……」殷天正道：「我年紀再大，也大不過這三位高僧。少林派有碩德耆宿，我明教便無老將麼？」

張無忌知外公武功深湛，不在楊逍、范遙之下，比舅舅高出甚多，若是由他出戰，當多幾分把握，說道：「好，范右使留些力氣，待會向空智神僧領教，便請外公相助孩兒。」

殷天正道：「遵命！」從范遙手中接過了聖火雙令。

空聞方丈朗聲道：「三位師叔，這位殷老英雄人稱白眉鷹王，當年自創天鷹教，獨力與六大門派相抗衡，真是了不起的英雄好漢。這位楊先生，內功外功俱臻化境，是明教中的第一流人物，崑崙、峨嵋兩派的高手，曾有不少敗在他的手下。」

渡劫乾笑數聲，說道：「幸會，幸會！且看少林門下弟子，卻又身手如何？」三僧黑索一抖，猶似三條墨龍一般，圍成了三層圈子。

張無忌昨晚與三僧動手時伸手不見五指，全憑黑索上的勁氣辨認敵方兵刃來路，此時方當午初，艷陽照空，連三僧臉上每一條皺紋都瞧得清清楚楚。他倒轉聖火令，抱拳躬身，說道：「得罪了！」側身便攻了上去。楊逍飛身向左。殷天正大喝一聲，右手舉起聖火令往渡難的黑索上擊落。「噹嗚」一響，索令相擊。這兩件奇形兵刃相互碰撞，發出的聲音也十分古怪。兩人手臂都是一震，心道：「好厲害！」均知是遇到了生平罕逢的勁敵。

張無忌尋思：「三僧黑索結圈，招數嚴密，我等雖三人聯手，也決非三五百招之內所能攻破，且耗費三僧的內勁，徐尋破綻。」眼見黑索纏到，便以聖火令與之硬碰硬的對攻。

鬥到一頓飯時分，張無忌等三人已將索圈壓得縮小了丈許圓徑。然而三僧的索圈壓小，抗力越強，三人每攻前一步，便比前要多花幾倍力氣。楊逍與殷天正越鬥越是駭異，起初尚是以三敵三的局面，到得半個時辰之後，楊殷二人漸漸支持不住，成為二人合鬥渡難。張無忌卻是一人對付渡厄、渡劫二僧。

殷天正走的全是剛猛路子。楊逍卻是忽柔忽剛，變化無方。這六人之中，以楊逍的武功最為好看，兩枚聖火令在他手中盤旋飛舞，忽而成劍，忽而為刀，忽而作短槍刺、打、纏、拍，忽而當判官筆點、戳、捺、挑，更有時左手匕首，右手水刺，忽地又變成右手鋼鞭，左手鐵尺，百忙中尚自雙令互擊，發出啞啞之聲以擾亂敵人心神。相鬥未及四百招，已連變了二十二般兵刃，每般兵刃均是兩套招式，一共四十四套招式。

空智於少林派七十二絕藝得其十一，范遙自負於天下武學無所不窺，但此刻見楊逍神技一至於斯，都不由得暗自歎服。周顛與楊逍素有嫌隙，曾數次和他爭鬥，此刻越看越是慚愧：「楊逍這龜兒子原來一直讓著我。先前我只道他武功只比我稍高，每次動手，總是碰巧運氣好，這才勝我一招半式。豈知我周顛跟他龜兒子差著這麼老大一橛。」

但不論楊逍如何變招，渡難一條黑索分敵二人，仍是絲毫不落下風。眾人只見殷天正頭上白霧升起，知他內力已發揮到了極致，一件白布長袍慢慢鼓起，衣內充滿了氣流。他每踏出一步，腳底便是一個足印，鬥到將近一個時辰，三株松樹外已被他踏出了一圈足印。

陡然之間，殷天正將右手聖火令交於左手，將渡難的黑索一壓，右手一招劈空掌便向他擊了過去。渡難左手一起，五指虛抓，握成空拳，也是一掌劈出。

空聞、空智等一齊「噫」了一聲，聲音中充滿了驚訝佩服之情。原來渡難還他這一掌，乃是少林七十二絕藝中之一的「須彌山掌」。這門掌力極難練成，那是不必說了，縱然練成了，每次出掌，也須坐馬運氣，凝神良久，始能將內勁聚於丹田，那知渡難要出掌便出掌，一動念間就將「須彌山掌」拍了出來，跟著黑索一抖，又向楊逍撲擊而至。

但渡難以「須彌山掌」與殷天正對掌，黑索上的勁力便弱了一大半。他當下以巧補弱，使得黑索滾動飛舞，宛若靈蛇亂顫，楊逍的兩根聖火令也是變化無窮。旁觀眾人大半去瞧他二人相鬥。殷天正凝神提氣，一掌掌的拍出，忽而跨前兩步，忽而又倒退兩步。那邊張無忌以一敵二，三人的招式都是平淡無奇，所有拚鬥都在內勁上施展。這般拚鬥比之殷天正鬥力和楊逍鬥巧，其實更加凶險，只要內勁被對方一逼上岔路，縱非立時氣絕死亡，也當走火入魔，發瘋癱瘓，均屬尋常。只是這等比拚，只有身歷其境的局中人方知甘苦，旁觀者武功再高，也無法從他三人的招式中辨認出來。

眼見太陽由偏東而當頭直射，更漸漸偏西。空聞、空智、范遙、韋一笑等高手這時已看出了雙方勝負之機。但見殷天正頭頂的白氣越來越濃，而渡劫坐在其中的那棵大松樹枝幹上的針葉不住搖晃顫動，可知渡厄和渡劫二僧功力究有高下，鬥到此時，渡劫背靠松樹，須得借助大樹之力，方能與張無忌的九陽神功相抗。倘若殷天正支持不住，那便是明教輸了，若是渡劫先一步難以抵擋，則是少林派落敗。

出手相鬥的六人更加明白這中間的關鍵所在。殷天正與渡難比拚掌力，拚到三十餘掌之後，已自知終非敵手，心想：「我們今日之事，以救謝兄弟為重。我一個人的勝負榮辱，何足道哉？何況輸在少林派前輩高人手下，也不能說是損了我白眉鷹王的威名。」當下拚得一掌，便向後退出半步，拚到十餘掌後，已退到丈許之外。那知「須彌山掌」乃少林派七十二絕藝之一，渡難在這掌法上浸淫數十載，威力實是非同小可，殷天正退一步，渡難的掌力跟著進擊一步，勁力竟不以路程拉遠而稍衰。

楊逍尋思：「這少林僧果真了得，我聖火令上招數再變，終究也奈何不了他。殷白眉獨受內勁，時候長了只怕支持不住。」兩枚聖火令一合，想要挾住黑索，跟他也來個硬碰硬的鬥力，以分殷天正重擔。不料聖火令剛要挾到黑索，渡難手腕一抖，黑索索頭直昂上來，撞向楊逍面門。楊逍心念如電，聖火令脫手，向渡難胸口急擲過去，雙掌一翻，已抓住索頭，一招「倒曳九牛尾」，猛力向外急拉。

渡難見他兵刃出手，當作暗器般打來，勁道猛極，左手上肘一沉，壓向飛襲左胸的聖火令，卻見另一枚突然間中道轉向，呼的一聲，斜刺射向渡劫。原來這六人之中，以楊逍最工心計，他這兩枚聖火令攻渡難的是虛，攻渡劫的那枚之上方用上了全身內勁。

渡劫正與張無忌全力相抗，眼見渡難對付楊殷二人已穩佔上風，那想得到楊逍竟會忽出奇招，以此怪異的手法偷襲，一驚之下，聖火令已到面門。渡劫心神微亂，輕輕伸起兩指，將那枚聖火令挾了下來。但其時他與張無忌全神貫注的比拚內勁，那容得這麼心神一分，霎時之間，他存身其內的大松樹搖晃不止，樹上松針紛紛下墮，便如半空中下了一陣急雨。張無忌一覺對方破綻大露，這乾坤大挪移心法最擅於尋瑕抵隙，對方百計防護，尚且不穩，何況自呈虛弱？他手指上五股勁氣，登時絲絲作響，疾攻過去。片刻間拍拍有聲，渡劫那棵松樹上一根根小枝也震得落了下來。

渡厄眼見勢危，霍地站起，身形一晃，已到了渡劫身旁，伸出左手，搭在他的肩頭。渡劫得師兄渡厄相助，方得重行穩住。

那邊廂渡難與殷天正、楊逍也已到了各以真力相拚、生死決於俄頃的地步。楊逍拉著黑索一端，向外扯奪，殷天正卻以破山碎碑的雄渾掌力，不絕向渡難抵壓過去。兩大高手一拉一推，兩股勁力恰恰相反，渡難身處其間，雖然吃力萬分，卻仍不現敗象。

旁觀的明教羣豪和少林僧眾眼見這等情景，知道這場拚鬥下來，不僅分出勝敗而已，六大高手之中只怕有半數要命喪當場。偌大一座山峯之上，刹時間竟無半點聲息，羣雄泰半汗濕衣背，沒一個不是提心吊膽，為己方的人擔憂。

便在這萬籟俱寂之際，忽聽得三株松樹之間的地底下，一個低沉的聲音說起話來：「楊左使、殷大哥、無忌孩兒，我謝遜雙手染滿血跡，早已死有餘辜。今日你們為救我而來，與少林寺三位高僧爭鬥，若是雙方再有損傷，謝遜更是罪上加罪。無忌孩兒，你快快率同本教兄弟，退出少林寺去。否則我立時自絕經脈，以免多增罪孽。」正是謝遜以「獅子吼」神功在地牢中說話。當年他在王盤山島上，用獅子吼震死震昏各幫各派無數豪士，此刻雖非以此神功傷人，但眾人耳鼓仍是震得嗡嗡作響，相顧失色。

張無忌知道義父言出如山，決不肯為了一己脫困，致令旁人再有損傷，眼前情勢，倘若力拚到底，自己雖可無恙，但外公、楊逍、渡劫、渡難四人必定不免，正躊躇間，只聽謝遜大聲喝道：「無忌，你還不去麼？」

張無忌道：「是！謹遵義父吩咐。」他退後一步，朗聲說道：「三位高僧武功果然神妙之至，今日明教無法攻破，他日再行領教。外公、楊左使，咱們收手罷！」說著勁氣一收，將渡厄、渡劫二僧黑索所發出的內勁一彈而回。

楊逍與殷天正聽到他的號令，苦於正與渡難全力相拚，無法收手，若是收回內勁，立時便被渡難的勁氣所傷，渡難此刻也是欲罷不能。張無忌走到殷天正之前，雙掌揮出，接過了渡難與殷天正分從左右襲來的掌力，跟著伸出聖火令，搭在渡難的黑索中端。黑索正被楊逍與渡難拉得如繃緊了的弓弦一般。張無忌的聖火令一搭上，乾坤大挪移的神功登時將兩端傳來的猛勁化解了。黑索軟軟垂下，落在地下，楊逍手快，一把搶起。

渡難臉色一變，正欲發話，楊逍雙手捧著黑索，走近幾步，說道：「奉還大師兵刃。」渡劫已知他的心意，將身旁的兩枚聖火令拾了起來，交還給他。

自經適才這一戰，三位少林高僧已收起先前的狂傲之心，知道拚將下去勢必兩敗俱傷，己方三人實無法佔得上風。渡厄說道：「老衲閉關數十年，重得見識當世賢豪，至感欣幸。張教主，貴教英才濟濟，閣下更是出類拔萃，唯望以此大好身手多為蒼生造福，少作傷天害理之事。」張無忌躬身道：「多謝大師指教，敝教不敢胡作非為。」渡厄道：「我師兄弟三人，在此恭候張教主大駕三度蒞臨。」張無忌道：「不敢，然而自當再來領教。謝法王是在下義父，恩同親生。」渡厄長嘆一聲，閉目不語。

張無忌率同楊逍諸人，拱手與空聞、空智等人作別，走下山去。彭瑩玉傳出訊號，撤回五行旗人眾。巨木旗和厚土旗教眾於離寺五里外倚山搭了十餘座木棚，以供眾人住宿。

張無忌悶悶不樂，心想本教之中，無人的武功能比楊逍與外公更高，就算換上范遙與韋一笑，那也不過和今日的局面相若，天下那裏更去找一兩位勝於他們的高手，來破這「金剛伏魔圈」？彭瑩玉猜中他的心事，說道：「教主，你怎地忘了張真人？」

張無忌躊躇道：「倘若我太師父肯下山相助，和我二人聯手，破這『金剛伏魔圈』定可辦到。但此舉大傷少林、武當兩派的和氣，太師父未必肯允。再則太師父一百多歲的年紀，武學修為雖已爐火純青，究竟年紀衰邁，若有失閃，如何是好？」

突然之間，殷天正站起身來，哈哈笑道：「張真人如肯下山，定然馬到成功，妙極，妙極！」乾笑幾聲，張大了口，聲音忽然啞了。

羣豪見他笑容滿臉，直挺挺的站著，都覺奇怪。楊逍道：「殷兄，你想張真人能下山出手麼？」他連問兩次，殷天正只是不答，身子也一動不動。張無忌吃了一驚，伸手一搭他的脈搏，不料心脈早停，竟已氣絕身亡。原來他當日在光明頂獨鬥六大派羣豪，苦苦支撐，真元已受了大損，適才苦戰渡難，又耗竭了全部力氣，加之年事已高，竟然油盡燈枯。

張無忌抱著他的屍身，哭了出來。殷野王搶了上來，更是呼天搶地的大哭。羣豪念及同教的義氣，無不愴然淚下。訊息傳出，明教中有許多教眾原屬天鷹教旗下，登時哭聲震動山谷。

這數日間，羣豪忙著料理殷天正的喪事。各門派、各幫會的武林人物也絡繹上山。這些人仰慕殷天正的威名，都到木棚中他靈前弔祭。空聞、空智等已親自前來祭過，隨後又派了三十六名僧人，為殷天正做法事超度。但三十六名僧人只唸了幾句經，便給殷野王手執哭喪棒轟了出去。周顛更在一旁大罵：「少林禿驢，假仁假義。」

張無忌憂心如搗，和楊逍、彭瑩玉、趙敏等商議數次，始終不得善法。趙敏曾想設法將「十香軟筋散」下在渡厄三僧的飲食之中，又說要去召鹿杖客、鶴筆翁二人來和張無忌聯手，但張無忌和楊逍等均覺不妥。

三十七

天下英雄莫能當

一百名洪水旗教眾手持噴筒，
一百股水箭射出。
羣雄鼻中只聞到一陣酸臭，
但見二十頭惡狼一遇水箭，
立時跌倒，狂叫悲嗥，頃刻間皮破肉爛，
變成一團團焦炭模樣。

彈指間端陽正日已到，張無忌率領明教羣豪，來到少林寺中。少林寺前殿後殿、左廂右廂，到處都擠滿了各路英雄好漢。各路武林人物之中，有的與謝遜有仇，處心積慮的要殺之報仇雪恨；有的覬覦屠龍刀，癡心妄想奪得寶刀，成為武林至尊；有的是相互間有私人恩怨，要乘機作一了斷；大多數卻是為瞧熱鬧而來。少林寺中派出百餘名知客僧接待，引著在寺中各處休息。

武當派只到了俞蓮舟和殷梨亭二人。張無忌上前拜見，請問張三丰安好。俞蓮舟悄聲問道：「你可曾聽到青書與陳友諒的訊息？」張無忌將別來情由簡略說了，得知陳宋二人並未上武當滋擾，這次宋遠橋、張松溪二人所以不至，便是為了在山上護師保觀，以防奸謀。俞蓮舟又說起宋遠橋自親耳聽到獨子的逆謀之後，傷心愁急，茶飯不思，身子幾乎瘦了一半，卻又瞞著師尊，不敢說起此事，恐貽師父之憂。張無忌道：「但盼宋師哥迷途知返，即速悔悟，和宋大師伯父子團圓。」俞蓮舟道：「話雖如此，但這逆賊害死莫七弟，可決計饒他不得。」說著恨恨不已。

此後一個時辰中，各路英雄越聚越多，那日攻打金剛伏魔圈的河間雙煞、青海派諸劍客也都到了。華山派、崆峒派、崑崙派均有高手赴會，只峨嵋派無人上山。

張無忌既盼能見到周芷若，向她解釋那日不得已之情，然而想像到她的臉色目光，心下惴惴，深自惶慚。明教羣豪聚在西廂的一座偏殿之中，並不和各路英雄交談，蓋明教怨家太多，仇人見面，只怕大會未開，先已和四方怨家打了個落花流水。

午時將屆，寺中知客僧肅請羣雄來到山右的一片大廣場上。那本是寺僧種菜的數百畝菜園，這時已然壓平，搭起了數十座大木棚。羣豪隨著知客僧引導入座。各門派幫會中人數眾多的自佔一棚，人數較少的則合坐一棚。

彭瑩玉將場上傑出之士的來歷，一一稟告張無忌知曉。羣豪畢集，洵是盛會，許多向來極少在江湖上行走的山林隱逸，這時也紛紛現身。彭瑩玉點查之下，場上不計明教，已有四千六百餘人。張無忌、楊逍等見與會人眾，多半是敵非友，均感憂慮。

眾賓客坐定後，少林羣僧分批出來，按著圓、慧、法、相、莊各字輩，與羣雄見禮，最後是空智神僧，身後跟著達摩堂九老僧。

空智走到廣場正中，合什行禮，口宣佛號，說道：「今日得蒙天下英雄賞臉降臨，少林派至感光寵。只是敝寺方丈師兄突患急病，無緣得會俊賢，命老衲鄭重致歉。」

張無忌微覺奇怪：「那日空聞大師到外公靈前弔祭，臉上絕無病容，精神矍爍，他這等內功深厚之人，怎能突然害病？難道是受了傷？」四下打量，不見圓真和陳友諒，心想：「那晚我向渡厄等三位高僧揭破圓真的奸謀，不知寺中是否已予處置？空聞大師忽地稱病，是否與此事有關？」

南宋末年，郭靖、黃蓉夫婦曾先後在大勝關及襄陽邀集天下豪傑，共商抗禦蒙古人入侵的大計，此後將近百年，直至今日方始再有英雄大會，原是江湖上第一等的盛事，但主持者忽然患病，羣雄不由得均感掃興。

只聽空智又道：「金毛獅王謝遜為禍武林，罪孽深重，幸而得為敝寺所擒。少林派不敢自專，恭請各位望重武林之士，共商處置之策。」他本來生得愁眉苦臉，這時說話更是沒精打采，說畢便即合什退下。

東南角上站起一人，身形魁梧，一把黑白相間的鬍鬚隨風飛舞，四顧羣雄，雙目炯炯有神，形相甚是威嚴。彭瑩玉告知張無忌，這人是山東老拳師夏冑。只聽他聲若洪鐘，說道：「這謝遜作惡多端，貴派竟能擒來，造福武林，實非淺鮮。空聞、空智兩位神僧太過謙抑，這等惡人，立時一刀殺卻，也就是了，何必再問旁人？今日既是天下英雄聚會，咱們此會便叫作屠獅大會。將這謝遜凌遲處死，每人吃他一口肉，飲他一口血，替無辜死在他手下的朋友們報仇，豈不痛快？」他的親兄長為謝遜所殺，數十年來只是想找謝遜報仇。此言一出，四周便有數百人隨聲附和，都說及早殺了的為是。

混亂之中，忽聽得一個陰惻惻的聲音說道：「謝遜是明教的護教法王，少林派倘若不怕得罪明教，早就一刀將他殺了，何必邀大夥兒來此分擔罪責？我說夏大哥哪，你有點老胡塗啦，做兄弟的勸你一句，還是明哲保身的為是。」這番話說得陰陽怪氣，但傳在眾人耳中，仍是清清楚楚。眾人齊往聲音來處瞧去，卻看不見是誰。顯然那人身材矮小，說話時又不站起，坐在人叢之中，誰也見他不到。

夏冑大聲道：「是『醉不死』司徒兄弟麼？那謝遜與俺有殺兄之仇，大丈夫一人做事一人當，請少林眾高僧將他牽將出來，老夫一刀將他殺了。魔教眾魔頭找上身來，儘管衝著俺山東姓夏的便是。」

人叢中那人又是陰惻惻的一笑，說道：「夏大哥，江湖上人人皆知，那把武林至尊的屠龍刀，乃是落在謝遜手中。少林派既得謝遜，豈有不得寶刀之理？人家殺謝遜是賓，揚刀立威才是頭等大事。我說空智大師哪，你也不用裝模作樣啦，痛痛快快的將那屠龍寶刀捧將出來，讓大夥兒開開眼界是正經。你少林派千百年來就是武林中的頭兒腦兒，有此刀不為多，無此刀不為少，總之是武林至尊就是。」

彭瑩玉低聲對張無忌道：「說話這人叫作『醉不死』司徒千鍾。此人玩世不恭，聽說不拜師，不收徒，不屬任何門派幫會，生平極少與人動手，誰也不知他的武功底細，說起話來冷嘲熱諷，倒往往一語中的。」

只聽場中七八人跟著道：「此言有理。請少林派取出屠龍刀來，讓大夥兒瞧瞧。」

空智緩緩說道：「屠龍刀不在敝寺，老衲一生之中也從來沒見過，不知世上是否真有這麼一把刀子。」

羣雄一聽，立時紛紛議論，廣場上一片嘈雜，與會諸人原先都認定此會必與屠龍刀有莫大關連，豈知空智竟然一口否認，誰都大出意料之外。

空智身後跟著九名老僧，均是身披大紅袈裟。待羣雄嘈雜之聲稍息，九僧中一名老僧踏上兩步，朗聲說道：「屠龍刀本在謝遜手中，但敝派擒到他之時，那刀卻不在他身邊。本寺方丈以此乃武林大事，曾詳加盤查。謝遜倔強桀傲，堅不吐實。今日英雄盛會，一來是商酌如何處置謝遜，二來是向眾家英雄打聽那屠龍刀的下落。那一位得知音訊的，便請明言。」

羣豪面面相覷，誰都接不上口。

「醉不死」司徒千鍾卻又陰陽怪氣的說道：「武林中百年來言道：『武林至尊，寶刀屠龍，號令天下，莫敢不從。倚天不出，誰與爭鋒？』除了屠龍刀，尚有倚天劍。這柄倚天寶劍哪，本來聽說是在峨嵋派手中，可是西域光明頂一戰，卻也從此不知所終。今日此會雖叫英雄大會，峨嵋派的英雌們難道就不能來麼？」眾人聽到最後這句話，鬨然大笑起來。

轟笑聲中，一名知客僧大聲報道：「丐幫史幫主，率領丐幫諸長老、諸弟子到。」

張無忌聽到「史幫主」三字，心下大奇：「丐幫史火龍幫主早已死在圓真手下，如何又出來一位史幫主？」

空智說道：「有請！」丐幫是江湖上第一大幫會，他親自迎了出去。

只見一列人快步向廣場走來，約莫一百五十餘人，都是衣衫襤褸的漢子，丐幫近年來聲勢雖已不如往時，畢竟百足之蟲，死而不僵，在江湖上仍有極大潛力，羣雄誰也不敢輕視，大半站了起來。

但見當先是兩名老年丐者，張無忌認得是傳功長老和執法長老。兩名老丐身後，卻是個十二三歲的醜陋女童，鼻孔朝天，闊口中露出兩枚大大的門牙，正是史火龍之女史紅石。她手持丐幫幫主信物打狗棒，史紅石之後是掌棒龍頭、掌缽龍頭，其後依次是八袋長老、七袋弟子、六袋弟子。丐幫這次到來的，級位最低的也是六袋弟子。

空智見持打狗棒的是個女童，心下躊躇，不知幫主是誰，該當向誰說話才是，只得合什行禮，含糊道：「少林僧眾恭迎丐幫羣雄大駕。」

羣丐一齊抱拳還禮。傳功長老說道：「敝幫史前幫主不幸歸天，眾長老公決，立史幫主之女史紅石史姑娘為幫主，這一位便是敝幫新幫主。」說著向史紅石一指。

空智和羣雄都是一呆，心想江湖上向來有言道：「明教、丐幫、少林派」，各教門以明教居首，天下幫會推丐幫為尊，武學門派則以少林派為第一。明教立了個二十餘歲的少年張無忌當教主，已令人嘖嘖稱奇，不料丐幫更推這樣一個小女孩作幫主，若非從丐幫長老口中說出，那是誰也不肯相信的。當年黃蓉以少女而為丐幫幫主，雖說曾有先例，但其時黃蓉究竟也比眼前這小女孩大了好幾歲。

空智雖大感詫異，卻也不缺禮數，合什道：「少林門下空智，參見史幫主。」史紅石福了福還禮，囁囁嚅嚅的對答不出。傳功長老道：「敝幫幫主年幼，一切幫務，暫由兄弟及執法長老二人代理。空智神僧乃前輩大德，多禮甚不敢當。」兩人謙虛了幾句。知客僧引著羣丐入木棚就座。

丐幫人數眾多，半晌方始坐定。張無忌見羣丐人人戴孝，臉上均有悲憤之色，有些弟子背上的布袋之中更有物蠕蠕而動，顯是有所為而來，心下暗喜，剛跟楊逍說得一句：「咱們到了一批好幫手。」只見傳功、執法二長老引著史紅石，來到明教棚前。

傳功長老抱拳行禮，說道：「張教主，金毛獅王失陷，敝幫有好大的干係，我們今日寧可性命不在，也要贖我們的罪愆；再者也是為我們史故幫主報仇雪恨。丐幫上下，齊聽張教主號令。」張無忌急忙還禮，說道：「不敢。」傳功長老這番話中氣充沛，說得甚是響亮，顯是有意要讓廣場上人人聽見。他幾句話說畢，丐幫眾弟子一齊站起，大聲說道：「謹奉明教張教主號令，赴湯蹈火，在所不辭。」

羣雄都是一楞：「丐幫幾時跟明教結成了死黨啦？」除了極少在江湖行走的隱逸外，眾人均知丐幫與明教多年來相互攻殺，年前丐幫參與圍攻光明頂之役，一場血戰，雙方死傷均眾，最後攻上光明頂的丐幫幫眾幾乎全軍覆沒。此刻傳功長老卻公然聲言全幫齊奉張無忌號令，又說要為史前幫主報仇雪恨云云，誰都摸不著頭腦。

傳功長老回過身來，大聲說道：「我丐幫與少林派向來無怨無仇，敝幫一直尊重少林派是武林第一大門派，縱有些微嫌隙，我們也必儘量克制忍讓，從來不敢有所得罪。敝幫自史火龍史前幫主以下，好生佩服少林四大神僧德高望重，足為學武之士的表率模楷。史前幫主歸隱已久，靜居養病，數十年來不與江湖人士往還，不知何故，竟遭少林高僧的毒手……」他說到這裏，廣場上眾人一齊「啊」的一聲驚呼，連空智也是大出意料之外。

只聽傳功長老接著說道：「我們今日到此，是要當著天下英雄之前，請空聞方丈指點迷津。我們史前幫主到底在甚麼事上得罪了少林派，以致少林高僧害死史前幫主之後，對寡婦孤女也要趕盡殺絕，連史夫人也保不了性命？」

空智合什說道：「阿彌陀佛，史幫主不幸仙逝，老衲此刻才首次聽到訊息。長老口口聲聲說是敝派弟子所為，只怕其中大有誤會，還請長老言明當時詳情。」

傳功長老道：「少林派千百年來是武林中的泰山北斗，我們豈敢誣賴？便請貴寺一位高僧、一位俗家子弟出來對質。」空智道：「長老吩咐，自當遵命。不知長老要命那二人出來？」傳功長老道：「是……」他只說得個「是」字，突然間張口結舌，說不下去了。

空智吃了一驚，急忙搶前，抓住他的右腕，竟覺脈息已停。空智更驚，叫道：「長老，長老！」看他顏面時，只見眉心正中有一顆香頭大般的細黑點，竟是要害中了絕毒的暗器。

空智大聲道：「各位英雄明鑒，這位丐幫長老中了絕毒暗器，不幸身亡。我少林派可決計不使這等陰狠的暗器。」

丐幫幫眾登時大譁，數十人搶到傳功長老屍身之旁。龍缽龍頭從懷中取出一塊吸鐵石，放在傳功長老眉心，吸出一枚細如牛毛、長纔寸許的鋼針來。

丐幫諸長老情知空智之言不虛，這等陰毒暗器，名門正派的少林派是決計不使的，然而在光天化日、眾目睽睽之下，竟然有人發暗器偷襲，無一人能予察覺，此事之怪，實是不可思議。執法長老等均想，傳功長老向南而立，暗器必是從南方射來，其時向南陽光耀眼，傳功長老又心情十分憤激，以至未及提防這等極度細微的暗器。

眾長老怒目向空智身後瞧去，只見九名身披大紅袈裟的老僧都是雙目半閉，垂眉而立，這九僧之後是一排排黃衣僧人、灰衣僧人，無法分辨是誰施的暗算，然而兇手必是少林僧，絕無可疑。執法長老朗聲長笑，眼中卻淚珠滾滾而下，說道：「空智大師還說我們冤枉了少林派，眼下之事，更有何話說？」掌棒龍頭最是性急，手中鐵棒一揚，喝道：「今日跟少林派拚了。」但聽得嗆啷啷兵刃亂響，丐幫幫眾紛紛取出兵刃，湧入場心。

空智臉色慘然，回頭向著少林羣僧，緩緩說道：「本寺自達摩老祖西來，建下基業，千百年來歷世僧侶勤修佛法，精持戒律，雖因學武防身，致與江湖英豪來往，然而從來不敢作何傷天害理之事。方丈師兄和我早已勘破世情，豈再戀此紅塵……」他目光從羣僧臉上逐一望去，說道：「這枚毒針是誰所發？大丈夫敢作敢當，給我站了出來。」

數百名少林僧無一接口，有的說：「阿彌陀佛，罪過，罪過！」

張無忌心念一動，想起了一件舊事：昔年他母親殷素素喬裝他父親張翠山模樣，以毒針殺死少林僧，令他父親含冤莫白。但天鷹教的銀針與此鋼針形狀大不相同，針上毒性也截然有異，從傳功長老的死狀看來，針上劇毒似乎是得自西域的毒蟲「心一跳」。所謂「心一跳」，是說蟲身劇毒一與熱血相觸，中毒者的心臟只跳得一跳，便即停止。他早知史火龍是圓真所殺，又知少林羣僧中隱伏圓真黨羽，所以發針害死傳功長老，當是要阻止他說出圓真的名字。只是當時人人瞧著傳功長老，以致無人察覺發針者是誰。

掌棒龍頭大聲道：「殺害史幫主的兇手是誰，丐幫數萬弟子無一不知。你們想殺人滅口嗎？哼，哼！除非將天下丐幫弟子個個殺了，這個殺人的和尚，便是圓真……」

掌缽龍頭忽地飛身搶在他面前，鐵缽一舉，叮的一聲輕響，將一枚鋼針接在缽中。這枚鋼針仍不知從何方射來，但掌缽龍頭一直全神貫注的戒備，陽光下只見藍光微一閃爍，便搶上舉缽接過，只要稍慢得半步，掌棒龍頭便又死於非命。

空智身形一挫，繞到了達摩堂九僧身後，砰的一聲，將左起第四名老僧踢了出來，跟著一把抓住他的後領提起，說道：「空如，原來是你，你也和圓真勾結在一起了。」右手拉住他僧衣前襟往下一扯，嗤的一聲響，衣襟破裂，露出腰間一個小小鋼筒，筒頭有一細孔。人人盡皆恍然：這鋼筒中自必裝有強力彈簧，只須伸手在懷中一按筒上機括，孔中便射出餵毒鋼針，發射這暗器不須抬臂揮手，即使二人相對而立，只隔數尺，也看不出對方發射暗器。

掌棒龍頭悲憤交集，提起鐵棒橫掃過去，將空如打得腦漿迸裂而死。這空如和四大神僧同輩，輩份武功均高，只因被空智擒住後拿著脈穴，掙扎不得，掌棒龍頭鐵棒掃來，他竟無法躲閃。羣雄又是齊聲驚叫。

空智一呆，向掌棒龍頭怒目而視，心想：「你這人忒也魯莽，也不問個清楚。」

正混亂間，廣場外忽然快步走進四名玄衣女尼，各執拂塵，朗聲說道：「峨嵋派掌門人周芷若，率領門下弟子，拜見少林寺空聞方丈。」

空智放下空如的屍身，說道：「請進！」不動聲色的迎了出去。達摩堂牘下的八名老僧仍是跟在他身後，於適才一幕慘劇，竟如盡皆視而不見，全不縈懷。

四名女尼行禮後倒退，轉身回出，飄然而來，飄然而去，難得的是四個人齊進齊退，宛似一人，腳下更是輕盈翩逸，有如行雲流水，凌波步虛。

張無忌聽得周芷若到來，登時滿臉通紅，偷眼向趙敏看去。趙敏也正望著他，二人目光相觸，趙敏眼色中似笑非笑，嘴角微斜，似有輕蔑之意，也不知是嘲笑張無忌狼狽失措，還是瞧不起峨嵋派虛張聲勢。

峨嵋派眾女俠卻不同丐幫般自行來到廣場，直待空智率同羣僧出迎，這才列隊而進，但見八九十名女弟子一色的玄衣，其中大半是落髮的女尼，一小半是老年、中年、妙齡女子。女弟子走完，相距丈餘，一個秀麗絕俗的青衫女郎緩步而前，正是峨嵋派掌門周芷若。

張無忌見她容顏清減，頗見憔悴之色，心下又是憐惜，又是慚愧。

在周芷若身後相隔數丈，則是二十餘名男弟子，身穿玄色長袍，大多彬彬儒雅，不類別派的武林人物那麼雄健飛揚。每名男弟子手中都提著一隻木盒，或長或短。百餘名峨嵋人眾身上和手中均不帶兵刃，兵器顯然都盛在木盒之中。羣雄心中暗讚：「峨嵋派甚是知禮，兵刃不露，那是敬重少林派之意了。」

張無忌待峨嵋派眾人坐定，走到木棚之前，向周芷若長揖到地，含羞帶愧，說道：「周姊姊，張無忌請罪來了。」

峨嵋派中十餘名女弟子霍地站起，個個柳眉倒豎，滿臉怒色。

周芷若萬福回禮，說道：「不敢，張教主何須多禮？別來安好。」臉色平靜，也不知她是喜是怒。張無忌心下怔忡不定，說道：「芷若，那日我為了急於相救義父，致誤大禮，心下好生過意不去。」

周芷若道：「聽說謝老爺子失陷在少林寺中，張教主英雄蓋世，想必已經救出來了。」張無忌臉上一紅，說道：「少林派眾高僧武功深湛，明教已輸了一仗，我外公不幸因此仙逝。」周芷若道：「殷老爺子一世英雄，可惜，可惜！」

張無忌見她絲毫不露喜怒之色，不知她心意如何，自己每一句話，都被她一個軟釘子碰了回來，當真老大沒趣。但轉念一想，與她成婚那日，自己竟當著無數賓客隨趙敏而去，當時她心中的難過，比之今日自己的小小沒趣豈止千倍萬倍，當下說道：「待會相救義父，還望念在昔日之情，賜予援手。」他一說這幾句話，心中一動：「這半年來她功力大進，那日喜堂之上，連范右使這等身手，也是一招之間便被她逼開。敏妹學兼各派之所長，更險些被她斃於當場。而擊斃杜百當、易三娘夫婦那日，更是……更是……想來凡是接任峨嵋掌門之人，她派中另有密傳的武功秘笈。她悟性高於滅絕師太，以致青出於藍，更勝於藍。倘若她肯和我聯手，只怕便能攻破金剛伏魔圈了。」想到這裏，不禁喜形於色，說道：「芷若，我有一事相求。」

周芷若臉色忽然一板，說道：「張教主，請你自重，時至今日，豈可再用舊時稱謂。」伸手向身後一招，說道：「青書，你過來，將咱們的事向張教主說說。」

只見一個滿臉虬髯的漢子走了過來，抱拳道：「張教主，你好。」張無忌聽聲音正是宋青書，凝目細瞧，認出果然是他，只是他大加化裝，扮得又老又醜，遮掩了本來面目，於是抱拳道：「原來是宋師哥，一向安好。」宋青書微微一笑，道：「說起來還得多謝張教主才是。那日你正要與內子成婚，偏生臨時反悔……」張無忌大吃一驚，顫聲問道：「甚麼？」宋青書道：「我這段美滿姻緣，倒要多謝張教主作成了。」

霎時之間，張無忌猶似五雷轟頂，呆呆站著，眼中瞧出來一片白茫茫地，耳中聽到無數雜亂的聲音，卻半點不知旁人在說些甚麼，過了良久，只覺有人挽住他的臂膀，說道：「教主，請回去罷！」

張無忌定了定神，一斜眼，見挽住自己手臂的卻是韓林兒。只見他臉上充滿了愁苦悲憤之色，對周芷若道：「周姑娘，我教主乃是大仁大義的英雄，那日只不過有點兒小小誤會，你便嫁了這個……這個……哼，哼！」他本想痛罵宋青書幾句，但礙著周芷若的面子，話到口邊，卻又忍了下去。

張無忌對趙敏雖情根深種，但總想自己與周芷若已有婚姻之約，當日為了營救義父，迫不得已才隨趙敏而去，料想周芷若溫柔和順，只須向她坦誠說明其中情由，再大大的陪個不是，定能得她原恕，豈知她一怒之下，竟然嫁了宋青書，這時心中的痛楚，可遠甚於昔時在光明頂上被她刺了一劍。

他回過頭來，只見周芷若伸出皓如白玉的纖手，向宋青書招了招。宋青書得意洋洋的走到她身旁，挨著她坐了，嘴角邊似笑非笑，向張無忌道：「我們成親之時，並沒大撒帖子，驚動旁人。這杯喜酒，日後還該補請閣下。」

張無忌想說一句「多謝了」，但喉頭竟似啞了，這三個字竟是說不出口。

韓林兒拉著他臂膀，說道：「教主，這種人別去理他。」宋青書哈哈一笑，道：「韓大哥，這杯喜酒，屆時也少不了你。」韓林兒在地下吐了一口唾沫，恨恨的道：「我便是喝三缸馬尿，也勝過喝你的倒霉死人酒。」

張無忌嘆了一口氣，挽著韓林兒的手臂黯然走開。

這時候丐幫的掌棒龍頭大著嗓子，正與一名少林僧爭得甚是激烈。張無忌與周芷若、宋青書、韓林兒這些言語，是在西北角峨嵋派的木棚前所說，並未惹人注意。羣雄一直都在聽丐幫與少林派的爭執。

張無忌回到明教的木棚中坐定，兀自神不守舍，隱隱約約似乎聽那穿大紅袈裟的少林僧說道：「我說圓真師兄和陳友諒都不在本寺，貴幫定然不信。貴幫傳功長老不幸喪命，敝派空如師叔已然抵命，還有甚麼說的？」

掌棒龍頭道：「你說圓真和陳友諒不在，誰信得過你！除非讓我們搜上一搜。」那少林僧冷笑道：「閣下要想搜查少林寺，未免狂妄了一點罷？區區一個丐幫，未必有此能耐。」

掌棒龍頭怒道：「你瞧不起丐幫，好，我先領教領教。」那少林僧道：「千百年來，也不知曾有多少英雄好漢駕臨少林，仗著老祖慈悲，少林寺卻也沒教人燒了。」他二人越說越僵，眼看就要動手。空智坐在一旁，卻並不干預。

忽聽得司徒千鍾陰陽怪氣的聲音說道：「今日天下英雄齊集少林，有的遠從千里之外趕來，難道是為瞧丐幫報仇來麼？」夏冑道：「不錯。丐幫與少林派的樑子，暫請擱在一旁，慢慢算帳不遲，咱們先料理了謝遜那奸賊再說。」掌棒龍頭怒道：「你嘴裏可別不乾不淨，金毛獅王謝大俠，乃明教法王之一，甚麼奸賊不奸賊的？」夏冑聲若洪鐘，大聲道：「你怕明教，俺可不怕明教。似謝遜這等狼心狗肺的奸賊，難道還尊他一聲英雄俠士麼？」

楊逍走到廣場正中，抱拳團團一禮，說道：「在下明教光明左使，有一言要向天下英雄分說。敝教謝獅王昔年殺傷無辜，確有不是之處……」

夏冑道：「哼，人都給他殺了，憑你輕描淡寫的幾句話，便能令死人復生麼？」

楊逍昂然道：「咱們行走江湖，過的是刀頭上舐血的日子，活到今日，那一個手上不帶著幾條人命？武功強的，多殺幾人，學藝不精的，命喪人手。要是每殺一個人都要抵命，嘿嘿，這廣場上數千位英雄好漢，留下來的只怕寥寥無幾的了。夏老英雄，你一生之中，從未殺過人麼？」

其時天下大亂，四方擾攘，武林人士行走江湖，若非殺人，便是被殺，頗難獨善其身，手上不帶絲毫血漬者，除了少林派、峨嵋派若干僧尼之外，可說極是罕有。這山東大豪夏冑生性暴躁，傷人不計其數，楊逍這句話登時將他問得啞口無言。他呆了一呆，才道：「歹人該殺，好人便不該殺。這謝遜和明教的眾魔頭一模一樣，專做傷天害理之事，俺恨不得千刀萬剮，食其肉而寢其皮。哼哼，姓楊的，俺瞧你也不是好東西。」他明知明教中厲害的人物甚多，但今日既要殺謝遜為兄復仇，勢必與明教血戰一場不可，因此言語中再也不留絲毫地步。

明教木棚中一人尖聲尖氣的說道：「夏胄，你說俺是不是好東西？」

夏胄向說話之人瞧去，只見他削腮尖嘴，臉上灰撲撲地無半分血色，不知他是何等樣人物，喝道：「俺不知你是誰。既是魔教的魔頭，自然也不是甚麼好東西了。」司徒千鍾插口道：「夏兄，這一位你也不識得麼？那是明教四大法王之一的青翼蝠王。」夏胄道：「呸，呸！吸血魔鬼！」

突然之間，羣雄眼前一花，只見韋一笑已欺到了夏胄身前。他二人相隔十餘丈，不知韋一笑如何在頃刻之間竟便一閃即至。韋一笑提起手來，劈劈拍拍四響，打了他四個耳光，手肘一伸，已撞中他小腹上的穴道。夏胄武功本來也非泛泛，韋一笑若憑真實功夫與他相鬥，至少也得拆到五十招方能勝他，但韋一笑的輕身功夫實在太怪，如鬼如魅，攻了他個措手不及，夏胄待要招架，已然著了道兒。

羣雄驚呼聲中，明教木棚中又是一條白影竄出，身法雖不及韋一笑那麼驚雷閃電一般，卻也是疾逾奔馬。

那白影來到夏胄身前，一隻布袋張了開來，兜頭罩下，將他裹入布袋，往肩頭一揹，羣雄這才看清，乃是個笑嘻嘻的僧人，正是布袋和尚說不得。說不得笑道：「好東西，你是好東西，和尚揹回家去，慢慢煮來吃了！」負著夏冑，輕飄飄地回歸木棚。

這一場詭異之極的怪事倏然而起，倏然而止，夏冑身旁雖有十來個好友和弟子，但對方二人來去實在太快，誰都不及救援。待得韋一笑和說不得回歸木棚就座，那十來人才拔出兵刃，趕到明教棚前，紛紛喝罵要人。說不得拉開布袋之口，笑道：「你們都給我回去，安安靜靜的坐著，大會一完，我自會放他。你們不聽話麼，和尚就在這布袋中拉一泡尿，拉一頓屎，就算最客氣，也得放幾個臭屁。你們信是不信？」一面說，一面便伸手作勢去解褲帶。那十餘人氣得臉色或青或黃，但想明教這一干人無惡不作，說得出做得到，要憑武力奪人是辦不到的了，倘若這賊禿真在夏冑頭上撒一泡尿，夏老英雄非自殺不可。各人你看看我，我看看你，只得垂頭喪氣的回去。

旁觀羣雄又是駭異，又是好笑。上山之時，本來個個興高采烈，要看如何屠戮謝遜，此刻見了明教二豪的身手，這才覺得今日之會大是凶險，縱然殺得謝遜，只怕這廣場上也非染滿鮮血、伏屍遍地不可，不由得均有慄慄自危之感。

只見司徒千鍾左手拿著隻酒杯，右手提著個酒葫蘆，搖頭晃腦的走到廣場中心，說道：「今日當真有好大的熱鬧瞧，有的要殺謝遜，有的要救謝遜，可是說來說去，這謝遜到底是否真在少林寺，卻是老大一個疑團。我說空智大師哪，你不如將金毛獅王請了出來，先讓大夥兒見上一見。然後要殺要救的雙方，各憑真實本領，結結棍棍的打上一場，豈不有趣？」他這番話一說，廣場上羣雄倒有一大半轟然叫好。

楊逍心想：「謝獅王怨家太多。明教縱與丐幫聯手，也不足與天下英雄相抗，不如從屠龍刀上著眼，攪成個羣相爭鬥的局面。」於是朗聲說道：「眾位英雄今日齊集少林，一來是與謝獅王各有恩怨未了，二來嘛，嘿嘿，只怕也想見識見識這把屠龍寶刀。倘若依司馬先生所說，大夥兒一場混戰，那麼這把寶刀歸誰所有呢？」

羣雄一聽，均覺有理，這數千人之中，真正與謝遜有血海深仇的也不過百餘人而已，其餘眾人一想到那「武林至尊」四字，都是禁不住怦然心動。

一個黑鬚老者站了起來，說道：「那屠龍刀現下是在何人手中，還請楊左使示下。」楊逍道：「此節在下不明，正要請教空智禪師。」

空智搖了搖頭，默然不語。羣雄均是暗暗不滿：「少林派是大會主人，但空聞方丈臨時裝病不出，這空智禪師卻又是一副不死不活的神氣，不知在弄甚麼玄虛。」

一個身穿青葛長袍的中年漢子站起身來，說道：「空智禪師雖說不知，謝獅王必定知道的。咱們請他出來，問他一問。然後各憑手底玩藝見真章，誰的武功天下第一，那麼名副其實，自然而然的是『武林至尊』，不管這把刀是在誰的手中，都該交與這位武林至尊。依我說啊，大夥兒先議定了這節，免得事後爭執。若有不服的，天下英雄羣起而攻之。眾位意下如何？」張無忌認得這說話之人，正是那晚圍攻金剛伏魔圈的青海派三高手之一。

司徒千鍾道：「那不是打擂台麼，我瞧有點大大兒的不妥。」那青袍漢子冷然道：「有何不妥？依閣下之見，不比武，是要比酒量了？那一個千鍾不醉，那一個醉而不死，便是武林至尊了？」

眾人轟然大笑。有人怪聲說道：「這還比個甚麼？這位武林至尊嘛，自然是『醉不死』司徒先生！」

司徒千鍾斜過葫蘆，倒了一杯酒仰脖子喝了，一本正經的道：「不敢，不敢！要說到『酒林至尊』，我『醉不死』或許還有三分指望，至於『武林至尊』哪，哈哈，不敢當啊，不敢當。」對那青袍漢子道：「閣下既提此議，武學上自有超凡入聖的造詣，在下眼拙，卻不知閣下尊姓大名。」

那漢子冷冷的道：「在下是青海派葉長青，喝酒本事和裝丑角的玩藝，都不及閣下。」言下之意，自是說武功上的修為，只怕要比閣下強得多了。

司徒千鍾側頭想了半晌，說道：「青海派，沒聽見過。葉長青，嗯嗯，沒聽見過。」

眾人暗想：「這司徒老兒好大膽子，侮辱葉長青一人那也罷了，他竟敢侮辱青海一派，難道他身後有甚麼強大的靠山？還是跟青海派有何解不開的仇怨？單憑這兩句話，青海派只怕立時便要出手。」只有深知司徒千鍾平素為人的，才知他孤身一人，並無靠山，跟青海派也沒甚麼樑子，只是生性狂妄，喜歡口舌招尤，雖然一生曾因此而吃了不少苦頭，卻始終改不了這個脾氣。

葉長青心中殺機已起，臉上卻不動聲色，說道：「青海派與葉某原本藉藉無名，難怪閣下不知。閣下既說比武之議不妥，比灌黃湯嘛，閣下又是喝遍天下無敵手，那便如何是好，倒要請教。」

司徒千鍾道：「要說喝遍天下無敵手，此事談何容易，當真談何容易？想當年我在濟南府……」正要嘮嘮叨叨的說下去，人叢中有人喝道：「醉不死，別在這兒發酒瘋啦，大夥兒沒空聽你胡說八道。」又有人道：「到底謝遜的事怎樣？屠龍刀的事怎樣？」另有人道：「空智禪師，你是今日英雄大會的主人，叫咱們這麼乾耗著，算是怎麼一會子事？」眾人你一言，我一語，都是催司徒千鍾別再囉唆，要空智拿一句言語出來。

這些人在人叢中紛紛呼喝，或遠或近，聲音來自四面八方。司徒千鍾道：「江陵府黑風寨的史老大，你不用性急，你的黑沙掌雖然厲害，未必便打遍天下無敵手。鄱陽湖的水底金鰲侯兄弟，那謝獅王的武功水陸俱能，你別欺他不會水底功夫，何況人家還有一位紫衫龍王沒出面，嘿嘿，鰲魚豈是龍王之比？青陽山的吳三郎，你是用劍的，便是奪到屠龍刀，你又不會使，瞎起個甚麼勁……」這人說話瘋瘋顛顛，卻另有過人之能，相識既廣，耳音又是絕佳，從一片嘈雜的人聲之中，居然將一個個說話之人指名道姓的叫了出來，無一有誤。羣雄見他顯了這手功夫，卻也忍不住喝采。

空智身後一名老僧站起身來，說道：「少林派忝為主人，不巧方丈突患重病，盛會主持無人，倒讓各位見笑了。謝遜和屠龍刀二事，其實一而二，二而一，儘可合併辦理。以老衲之見，適才青海派這位葉施主說得甚是有理。與會羣雄，英才濟濟，只須各人露上一手，最後那一位藝壓當場，謝遜歸他處置，屠龍刀也由他執掌，羣雄歸心，豈不是好？」

張無忌問彭瑩玉這僧人是誰。彭瑩玉搖頭道：「屬下不知。這僧人並未參與圍攻光明頂之役，也沒曾被郡主娘娘擒入萬安寺中，可是他一再搶在空智大師的前頭說話，似乎在寺中位份不低。」趙敏低聲道：「這人十九是圓真一黨。我猜想空聞方丈已落在圓真手中，空智大師受了這羣叛徒挾制，以致委靡氣沮。」

張無忌心中一凜，問道：「彭大師以為如何？」彭瑩玉道：「郡主的猜測頗有道理。只是少林寺中高手如雲，圓真竟敢公然犯上作亂，膽子忒也大了。」張無忌道：「圓真布置已久。第一次想瓦解本教，第二次意圖控制丐幫，兩次奸謀均是功敗垂成。這一次我想他是要做少林派的掌門方丈。」趙敏道：「單是做掌門方丈，也還不夠。」張無忌道：「少林派是武林中的第一門派，做到掌門方丈，已是登峯造極，可不能再高了。」趙敏道：「武林至尊呢？不是更高於少林派的掌門方丈麼？」張無忌一呆，道：「他想做武林至尊？」

趙敏道：「無忌哥哥，周姊姊嫁了旁人，你神魂不定，甚麼事也不會想了。」張無忌被她說中了心事，臉上一紅，心道：「張無忌，你不可只管顧念兒女之情，將今日營救義父的大事擱在一旁。」定了定神，心想圓真深謀遠慮，今日這英雄大會，也正是他一力促成的，其中定有奸謀，便道：「敏妹，你猜圓真有何詭計？」趙敏道：「圓真此人極工心計，智謀百出……」

周顛一直在旁聽著他二人低聲說話，終於忍不住插口道：「郡主娘娘，你也是極工心計，智謀百出，我看不輸於圓真。」趙敏笑道：「過獎了。」周顛道：「不是過獎……」彭瑩玉道：「顛兄，你別打斷郡主的話。」周顛怒道：「你先別打斷我的話……」彭瑩玉笑了笑，不再說話，知道跟他糾纏下去，爭上一兩個時辰也不希奇，還是乘早收口的乾淨。周顛道：「你怎麼不說話了？」彭瑩玉道：「你叫我別打斷你的話，我就不打斷你的話。」周顛道：「可是你已經打斷過了。」彭瑩玉道：「那你再接下去說就是。」周顛道：「我忘了，說不下去啦。」

趙敏笑了笑，道：「我想圓真若是單想做少林寺方丈，不必請天下英雄來此。謝大俠既已落入他的手中，何必又要叫羣雄比武爭奪？無忌哥哥，說到武功之強，只怕當今之世，無人及得上你，此節圓真不會不知。他決不能這般好心，安排下羣雄大會，讓你技勝羣雄，成為武林至尊，然後將謝大俠和屠龍刀獻上給你。」

張無忌、彭瑩玉、周顛三人一齊點頭，問道：「你猜他有何詭計？」

這時楊逍已走到張無忌身旁，插口道：「我也一直在想，圓真這廝奸謀定是不小……」周顛忍不住又道：「圓真是本教的大對頭，郡主娘娘，以前你也是本教的大對頭。圓真這廝詭計百出，郡主娘娘，你也是詭計百出。你兩個兒倒有點兒差不多。」楊逍喝道：「又來瘋瘋顛顛的瞎說了。」

趙敏微微一笑，道：「周先生之言倒也有理，倘若我是圓真，我該當如何圖謀呢？嗯，第一，我要勸空聞方丈大撒英雄帖，請得天下英雄來到少林寺。那空聞方丈深解佛法，原是個慈悲和平之人，自來不喜多事，但我只須提起空見和空性兩個神僧，空聞方丈念著師兄弟之情，自必允可。再者，少林寺要是殺了謝大俠，和明教仇深似海，以他一派之力，未必擋得住明教的傾力進攻，但如往天下英雄頭上一推，明教總不能將與會的數千好漢一古腦兒的給宰了。」眾人都點頭稱是。

趙敏又道：「英雄大會一開成，我自己也不露臉，叫人以謝大俠與屠龍刀為餌，鼓動羣雄自相爭鬥殘殺。明教勢必與羣雄為敵，鬥到後來，不論誰勝誰敗，明教的眾高手少說也當損折一半，元氣大傷。」

張無忌道：「正是。此節我原也想到了，但義父對我恩重如山，與眾兄弟又是數十年的交情，咱們豈能坐視不救？唉，咱們上山沒幾天，外祖父已然仙逝，圓真這廝定是躲在暗中拍手稱快。」

趙敏道：「鬥到最後，武功第一的名號多半是張教主所得，於是少林羣僧說道：『張教主技壓羣雄，實乃可敬可賀，本寺謹將謝大俠交於張教主，請張教主到寺後山峯頂上親去迎取便是。』於是大夥兒一齊來到峯頂，張教主便須獨力去破那金剛伏魔圈。若是旁人上前相助，圓真的黨羽便道：『技壓羣雄的是明教張教主，跟旁人可不相干，閣下還是站在一旁的為妙。』張教主奪得這武功天下第一的名頭，就算身上毫不帶傷，也不知已耗了多少內力神功，到那時如何是這三位老僧之敵？結果謝大俠是救不出，反而自己死在三株蒼松之間。冷月淒風，伴著一代大俠張無忌的屍首，豈不妙哉？」

羣豪聽到這裏，都是臉上變色，心想這番話確不是危言聳聽，張無忌血性過人，不論多麼艱苦危難，總是非救謝遜不可，縱然送了自己性命，也是決無反悔。圓真此計看準了張無忌的性子，教他明知是刀山油鍋，也要跳將進去。

趙敏嘆了口氣，說道：「這麼一來，明教是毀定了。圓真再使奸計，毒死空聞，卻將罪名推在空智大師的頭上，這一著安排起來十分容易，只須證據揑造得確實，不由得少林僧眾不信。於是各黨羽全力推舉，他老人家順理成章的當上了方丈。他老人家一聲號令，羣雄圍攻明教，以多勝少，聚而殲之。那時候武功天下第一的名號，除了他老人家之外，只怕旁人也爭奪不去。屠龍刀不出現便罷，若在江湖上現了蹤跡，天下英雄人人皆知，這把寶刀的正主兒，乃是少林寺方丈圓真神僧。寶刀的得主若不給他老人家送去，只怕多有不便哪！」

她說得聲音甚低，只聚在木棚這一角中的幾個人聽到。這番話一說完，周顛伸手在大腿上用力一拍，叫道：「正是，正是！好大的奸謀。」他這幾句話卻十分響亮，廣場上倒有一大半人都聽了，各人的眼光一齊望到明教的木棚來。

司徒千鍾問道：「是甚麼奸謀？說給老夫聽聽成不成？」周顛道：「這話是不能說的。老子一心想挑撥離間，要天下英雄自相殘殺，拚個你死我活，這話要是說了出來，豈不是不靈了麼？」司徒千鍾笑道：「妙極，妙極！卻不知如何挑撥離間，願聞其詳。」周顛大聲道：「我心中有一個陰謀毒計，卻假意說道：屠龍刀是在老子這裏，那一個武功最強，老子就將屠龍刀給他……」司徒千鍾叫道：「好計策！好陰謀！那便如何？」

趙敏與張無忌對望了一眼，均想：「這酒鬼跟我們無親無故，倒幫忙得緊。」

周顛大聲說道：「你想這屠龍寶刀號稱『武林至尊』，那一個不想出全力爭奪？於是瘋子給酒鬼殺了，酒鬼給和尚殺了，和尚給道士殺了，道士給姑娘殺了……殺了個屍橫遍野，血流成河，嗚呼哀哉，不亦樂乎！」

羣雄一聽，都是慄然心驚，均想這人說話雖然瘋瘋顛顛，這番話卻實是至理。

崆峒派的二老宗維俠站起身來，說道：「這位周先生言之有理。咱們明人不說暗話，各家各派對這把屠龍刀嗎，都不免有點兒眼紅，可是為了一把刀子鬧得個身敗名裂，甚至是全派覆滅，可有點兒犯不著。我想大夥兒得想個計較，以武會友，點到為止，雖分勝敗，卻不傷和氣。各位以為如何？」光明頂一役，張無忌以德報怨，替他治好了因練七傷拳而蓄積的內傷，後來又蒙他救出萬安寺，崆峒派這次上少林寺來，原有相助明教之意。

司徒千鍾笑道：「我瞧你好大的個兒，卻是怕死。既不帶彩，又不傷命，這場比武有甚麼看頭。」

崆峒派的四老常敬之怒道：「要傷你這酒鬼，那也不用叫你帶彩。」司徒千鍾道：「我酒鬼不過說句玩話，常四先生何必這麼大的火氣？誰不知道崆峒派的七傷拳殺人不見血。少林寺的空見神僧，不也是死在七傷拳之下麼？我司徒酒鬼這幾根老骨頭，如何是空見神僧之比？」羣雄均想：「這酒鬼出口便是傷人，既得罪崆峒派，又損了少林派。他在江湖上打滾，居然給他混到這大把年紀還不死，倒也是奇事一樁。」

宗維俠卻不去睬他，朗聲道：「依在下之見，每一門派，每一幫會教門，各推兩位高手出來，分別較量武藝。最後那一派武功最高，謝大俠與屠龍刀便都憑他處置。」羣雄轟然鼓掌，都說這法子最妙。

張無忌留心看空智身後的少林羣僧，大都皺起眉頭，頗有不悅之色，知道趙敏識穿圓真的奸謀，破了他挑撥羣雄自相殘殺之計。

一個白面微鬚的中年漢子站起身來，手搖描金摺扇，神情甚是瀟灑，說道：「在下深覺宗二俠此議甚是。咱們比武較量之時，雖說點到為止，但兵刃拳腳上不生眼睛，若有失手，那也是各安天命。同門同派的師友，可不許出來挑戰報復，否則糾纏不清，勢必鬥個沒有了局。」羣雄都道：「不錯，正該如此。」

司徒千鍾尖著嗓子，說道：「這一位兄台好英俊的人物，說話又是哈聲哈氣的，想必是湘南衡陽府的歐陽兄台了？」那人摺扇搖了兩搖，笑道：「不敢，正是區區，你捧我一句，再損我一句，剛好抵過。」司徒千鍾道：「歐陽兄和我好像都是孤魂野鬼，不屬甚麼幫會門派。我好酒，你好色，咱哥倆創一個『酒色派』，咱們酒色派兩大高手併肩子齊上，會一會天下眾高手如何？」羣雄哈哈大笑，覺得這司徒千鍾不住的插科打諢，逗人樂子，使會場平添不少笑聲，減卻了不少暗中潛伏的戾氣。

彭瑩玉向張無忌說道，這白臉的漢子名叫歐陽牧之，一共娶了十二名姬妾，他武功雖強，卻極少闖蕩江湖，整日價倚紅偎翠，享那溫柔之樂。

歐陽牧之笑道：「若跟你聯手組派，我這副身家可不夠你喝酒。各位，說到比武較藝，咱們可得推舉幾位年高德邵、眾望所歸的前輩出來作公證才是。以免你說你贏，我說我贏，爭執個不休。」司徒千鍾笑道：「輸贏自己不知道麼？誰似你這般胡賴不要臉？」

宗維俠道：「還是推舉幾位公證人的好，少林派是主人，空智大師自然是一位了。」司徒千鍾指著說不得的布袋道：「我推舉山東大俠夏冑夏老英雄。」

說不得提起布袋，向司徒千鍾擲了過去，笑道：「公證人來啦！」司徒千鍾拋下葫蘆酒杯，抱住布袋，便去解布袋上的繩子，不料說不得打繩結的本事另有一功，那綑縛袋口的繩子又是金絲混和魚鰾所纏成，司徒千鍾用盡力氣，始終無法解開。說不得哈哈大笑，縱身而前，左手提起布袋，拿到自己背後，右手接著，十根手指扭了幾扭，又提到身前，就是這麼在身前身後兜了個圈子，布袋上的繩結已然鬆開。他倒轉袋子一抖，夏胄滾了出來。司徒千鍾忙伸手解了他的穴道。

夏胄在黑漆一團的袋中悶了半天，突然間陽光耀眼，又見廣場上成千對眼睛一齊望著自己，不由得羞愧欲死，翻身拔出身邊短劍，便往自己胸口插了下去。

司徒千鍾夾手奪過，笑道：「勝敗乃兵家常事，夏大哥何必如此心拙？」

人叢中一個矮矮胖胖的漢子大聲說道：「這位布袋中的大俠，只怕沒資格做公證人，我推舉長白山的孫老爺子。」又有一個中年婦人說道：「浙東雙義威震江南，他兩兄弟正直無私，正好作公證人。」羣雄你一言，我一語，霎時之間推舉了十餘人出來，均是江湖上頗具聲望的豪傑。

突然峨嵋派中一個老尼姑冷冷的道：「推舉甚麼公證人了？壓根兒便用不著。」她話聲並不十分響亮，但清清楚楚的鑽入各人耳中，顯然內力修為頗是了得。司徒千鍾笑道：「請教這位師太，何以不用公證人？」那老尼道：「二人相鬥，活的是贏，死的便輸。閻王爺是公證人。」眾人聽了這幾句冷森森的話，背上均感到一片涼意。

司徒千鍾道：「咱們以武會友，又無深仇大冤，何必動手便判生死？出家人慈悲為本，這位師太之言，也不怕佛祖嗔怪麼？」

那老尼冷冷道：「你跟旁人說話胡言亂語，在峨嵋弟子跟前，可得給我規矩些。」

司徒千鍾拾起葫蘆酒杯，斟了一杯酒，笑道：「嘖嘖嘖！好厲害的峨嵋派。常言道：好男不與女鬥，好酒鬼不與尼姑鬥！」舉起酒杯，放到唇邊。

突然間颼颼兩響，破空之聲極強，兩枚小小念珠激射而至，一枚打中酒杯，一枚打中葫蘆，跟著又是一枚射至，正中他的胸口。

只聽得嘭嘭嘭三聲巨響，三枚念珠炸了開來，葫蘆酒杯登時粉碎，司徒千鍾胸口炸了個大洞。他身子被炸力一撞，向後摔出數丈，全身衣服立時著火。夏胄上前撲打，只見司徒千鍾已然氣絕，臉上兀自帶著笑意。可見那三枚念珠飛射爆炸之速，司徒千鍾直至臨死，絲毫沒想到大禍已然臨頭。

這一下奇變猶如晴空打了個焦雷，羣雄中不乏見多識廣之士，可是誰也沒見過如此迅速厲害的暗器。

周顛叫道：「乖乖不得了！這是甚麼暗器？」楊逍低聲道：「聽說西域大食國有人從中國學得造火藥之法，製出一種暗器，叫作『霹靂雷火彈』，中藏烈性火藥，以強力彈簧機括發射。看來這老尼姑所用，便是這個傢伙了。」

夏胄抱著司徒千鍾燒得焦黑的屍身，朗聲道：「這位司徒兄弟雖然口頭上尖酸刻薄些，只不過生性滑稽，心地卻甚是仁厚，一生之中，從未做過任何傷天害理之事。今日天下英雄在此，可有那一位能說他幹過何等惡行？」羣雄盡皆默然。夏胄指著那老尼姑，憤然說道：「峨嵋派號稱是俠義道名門正派，豈知竟會使用這等歹毒暗器。武林中雖說力強者勝，卻也走不過一個『理』字去。請問這位師太上下？」

那老尼道：「我叫靜迦。這位袋中大俠在此指手劃腳，意欲如何？」

夏冑慘然道：「姓夏的學藝不精，慘受明教諸魔頭的凌辱，那是姓夏的本領不濟，卻不損在下一生俠義之名。靜迦師太，你如此狠毒，對得起貴派祖師郭襄郭女俠麼？」

峨嵋派羣弟子聽他提到創派祖師的名諱，一齊站起身來。

靜迦兩條長眉斜斜豎起，喝道：「本派祖師的名諱，豈是你這混蛋隨便叫的？」夏冑道：「你峨嵋弟子多行不義，玷辱祖師的名頭。別說郭女俠，便是滅絕師太當年，縱然心狠手辣，劍底卻也不誅無罪之人。似你這等濫殺無辜，你掌門人竟然縱容不管。嘿嘿，峨嵋派今後還想在江湖上立足麼？」靜迦道：「你再胡言半句，這酒鬼便是你的榜樣。」

夏冑正氣凜然，大踏步走上三步，說道：「峨嵋掌門若不清理門戶，峨嵋派自此將為天下英雄所不齒。」

羣雄與峨嵋弟子數千道目光，一齊望向周芷若，卻見她向靜迦緩緩點了點頭。嘭嘭兩聲巨響過去，靜迦手中霹靂雷火彈射出，夏冑的胸口和小腹各炸了一洞，衣衫著火。但他極其倔強，雖已氣絕，身子兀自直立不倒，手中也仍抱著司徒千鍾的屍體。

羣雄面面相覷，都是驚得呆了。過了片刻，數百人鼓噪起來，齊聲責罵峨嵋派的不是。

韋一笑和說不得對視一眼，點了點頭，兩人奔到夏冑的屍身之前，跪地拜倒。說不得道：「夏老英雄，我二人不知你英雄仁義，適才多有得罪。好教我兄弟羞愧無地。」二人提起手掌，拍拍拍拍幾響，各自打了自已幾下耳光，四邊臉頰登時紅腫。二人撲熄了兩具屍身上的火燄，抱入明教木棚。

張無忌見周芷若突然變得如此狠心，心下好生難過。

羣雄鼓噪聲中，周芷若在宋青書耳邊低聲說了幾句話。宋青書點了點頭，緩步走到廣場正中，朗聲說道：「今日羣雄相聚，原不是詩酒風流之會，前來調琴鼓瑟，論文聯句。既然動到兵刃拳腳，那就保不定死傷。這位夏老英雄適才言道，司徒先生平生未有歹行，責備本派靜迦師太濫傷無辜。眾位英雄復又羣相鼓噪，似有不滿本派之意。兄弟倒要請教：咱們今日比武較量，是否先得查明各人的品行德性？大聖大賢，那才是千萬傷害不得，窮兇極惡之輩，就不妨任意屠殺？」羣雄一時語塞，均覺他的話倒也並非無理。

宋青書又道：「若說這屠龍刀是有德者居之，咱們何必再提『比武較量』四字？不如大家齊赴山東，去到曲阜大成先聖孔夫子的文廟之中，恭請孔聖人的後代收下。但若說到這個『武』字，較量之際只顧生死勝敗，恐怕顧不得對方是『無辜』還是『有辜』了。」

羣雄中便有人說道：「不錯，刀槍無眼，咱們原就說過不能尋仇報復。」

俞蓮舟和殷梨亭聽著宋青書的說話，口音越聽越像，只是他滿臉短鬚，又是口口聲聲「本派、本派」，顯是峨嵋派的男弟子，不由得大起疑竇。俞蓮舟站起問道：「請教閣下尊姓大名。」

宋青書見到二師叔，積威之下，不禁有些害怕，窒了一窒，才道：「無名後輩，不勞俞二俠下問。」

俞蓮舟厲聲道：「閣下不住口的說『比武較量』，想必武學上有過人的造詣了。我師父幼時曾受貴派郭女俠的大恩，累有嚴訓，武當弟子不敢與峨嵋派動手。在下要問個明白，閣下是否真是峨嵋弟子，姓甚名誰？大丈夫光明磊落，有何可以隱瞞之處？」

周芷若拂塵微舉，說道：「俞二俠，本座也不必瞞你，此人是本座夫君，姓宋名青書，原本系出武當，此刻卻已轉入峨嵋門下。俞二俠有何說話，只管衝著本座言講便是。」她這幾句話聲音清朗，冷冷說來，猶如水激寒冰、風動碎玉，加之容貌清麗，出塵如仙，廣場上數千豪傑，誰都不作一聲，人人凝氣屏息的傾聽。

宋青書伸手在臉上一抹，拉去黏著的短鬚，一整衣冠，登時成為一個臉如冠玉的英俊少年。羣雄一看之下，心中暗暗喝采：「好一對神仙美眷！」

俞蓮舟想起他戕害七弟莫聲谷的罪行，不由得氣憤填膺，但他一向生性深沉，近年來年事漸高，修為日益精湛，心下雖是狂怒，臉上仍是淡淡的，只是雙目神光如電，往宋青書臉上掃去。宋青書心下慚愧，不由得低下頭去。

周芷若道：「外子脫離武當，投入峨嵋，今日當著天下英雄之前，正式布示。俞二俠，張真人顧念舊日情誼，不許武當弟子與本派為敵，那是他老人家的義氣，可也正是他老人家保全武當威名的聰明處。」

殷梨亭再也忍耐不住，跳了出來，指著周芷若道：「周姑娘，你年幼之時遭遇危難，是我師父出手相救，薦你到峨嵋門下。雖然我師施恩不望報，可是你今日言語之中，顯是說我武當派浪得虛名，遠不及峨嵋派諸位女俠，這……你……這可對得住我師父麼？」

周芷若淡淡一笑，說道：「武當諸俠威震江湖，俱有真才實學。宋大俠更是我的公公。

本座豈敢說各位浪得虛名？至於武當、峨嵋兩派，各有所傳，各有所學，也難說誰高誰低。昔年本派郭師祖有恩於張真人，張真人後來有恩於本座，那就兩相抵過，咱們誰也不欠誰的恩情。俞二俠、殷六俠，武當弟子不得與峨嵋派動手的規矩，咱們就此免了罷。」

廣場四周各處木棚之中，羣雄竊竊私議，都說：「這個年輕掌門人好大的口氣，聽她言中之意，似乎峨嵋派拿得定能勝過武當派。俞二俠內功外功俱已登峯造極，當今之世，極少有人是他敵手。難道峨嵋派單憑一件厲害歹毒的暗器，便想獨霸江湖麼？」

殷梨亭心中激動，想到七弟莫聲谷慘死，忍不住流下淚來，叫道：「青書……青書！你……你何以害死你……你七叔……」說到「七叔」兩字，突然間放聲大哭。

羣雄面面相覷，好不奇怪：「武當殷六俠多大的聲名，竟會當眾大哭？」

俞蓮舟走上前去，挽住殷梨亭的右臂，朗聲說道：「天下英雄聽著，武當不幸，出了宋青書這叛逆弟子。在下七弟莫聲谷，便給這逆徒……」

突然間颼颼兩響，破空聲甚厲，兩枚「霹靂雷火彈」向俞蓮舟胸口急射過去。

張無忌大叫一聲「啊喲！」待要撲將上去搶救，但那雷火彈來得實在太快，說到便到，他事先又絲毫沒想到峨嵋派竟會驀然偷襲，他身法再快，也已不及趕到。

這一下俞蓮舟也是頗出意外，倘若側身急避，那雷火彈飛將過去，勢必傷了不少丐幫弟子。他想這雷火彈是對付自己而來，為的是要殺人滅口，以免當眾暴露宋青書犯上叛父的罪行，要是自己閃身避難，不免害死無辜。就這麼心念如電的一閃，兩枚雷火彈已先後射到，俞蓮舟雙掌一翻，使出太極拳中一招「雲手」，雙掌柔到了極處，空明若虛，將兩枚霹靂雷火彈射來的急勁盡數化去，輕輕的托在掌心。只見他雙掌向天，平托胸前，兩枚雷火彈在他掌心快速無倫的滴溜溜亂轉。

羣雄一齊站起，數千道目光齊集於他兩隻手心，每個人的心似乎都停了跳動，生怕這兩枚活物一般的雷火彈隨時都會炸將開來。

這太極拳中的柔勁乃天下武學中至柔的功夫，真所謂「一羽不能加，蠅蟲不能落」，由黏而虛，隨曲就伸，以「耄耋御眾之形」，而致「英雄所向無敵」。俞蓮舟近年來勤修苦練，已深得張三丰的真傳，適才見到司徒千鍾和夏胄先後在此彈下喪命，知道此彈觸物即炸，厲害無比，無可奈何之中，只得冒險以平生絕學一擋，果然柔能克剛，兩枚雷火彈被他掌心的柔勁制住，就似鑽入了一片黏稠之物中間一般，只是急速旋轉，卻不爆炸。

但聽得颼颼兩聲，峨嵋派中又有兩枚雷火彈向他擲來。殷梨亭站在師兄身旁，當即雙掌一揚，迎著雷火彈接去，待得手掌與雷火彈將觸未觸之際，施出太極拳中「攬雀尾式」，將雷火彈輕輕攏住，腳下「金鷄獨立式」，左足著地，右足懸空，全身急轉，宛似一枚陀螺。

他精於劍術，太極拳上造詣不如師兄深厚，眼見俞蓮舟接那兩枚雷火彈頗為吃力，自己掌力只要稍有半分用得實了，那歹毒暗器立時便會爆炸，是以全身急轉，雙掌虛帶雷火彈，在空中一圈圈的轉動，以化去擲來的勁力。俞蓮舟掌心化勁，殷梨亭則是空中化勁，在武功上是稍遜半籌，但一眼望去，卻是他急速轉身的身法好看得多。他轉到三十餘轉時，四面八方采聲雷動，雷火彈勁力也已衰竭。

豈知颼颼聲響，又是八枚雷火彈擲了過來。俞蓮舟與殷梨亭齊聲暴喝，各將手中的雷火彈擲將出去。武當弟子練有一項接器打器的絕技，接到敵人的暗器之後，反擲出去，能以一打二、以二擊三。他二人擲出四枚雷火彈，互相撞擊，將對面八枚雷火彈一齊擊中。廣場上嘭嘭之聲震耳欲聾，黑煙瀰漫，鼻中聞到的盡是硝礦火藥之氣。

俞殷二人擲出雷火彈後，立即縱身後躍，退至十餘丈外，以防峨嵋派再接再厲，將雷火彈層出不窮的擲將過來，終究難以抵擋。

羣雄見到這雷火彈如此厲害，無不駭然，心想當世除了武當派這兩位高手之外，只怕沒幾個能接得住，雖然輕功極佳之人可以閃身躲避，但若擲彈之人以「滿天花雨」手法打出，使數枚雷火彈互相碰撞，一經爆炸，身法再快也是躲閃不了。

華山派木棚中一個身材高大之人站了起來，朗聲說道：「峨嵋派與人較量武功，就是這般倚多為勝麼？」此人正是華山二老之一的高老者，當年在光明頂上，曾與何太冲夫婦聯手和張無忌相鬥。

峨嵋派的靜迦說道：「武功之道千變萬化，力強者勝，力弱者敗。咱們又不是迂腐騰騰的讀書人，事事要講規矩道理，天下也沒這麼多規矩道理好講。」

羣雄見峨嵋派中雖然大都是女流之輩，但其蠻不講理，竟然遠勝於男子。華山派的高老者和她們理論，卻也不敢走近，只是站在自己木棚中，隔得遠遠地說話，生怕對方將霸氣無雙的霹靂雷火彈擲將過來。

張無忌心想：「芷若嫁於宋師哥，實非本心所願，想當日她和我流落海外，雙棲孤島，何等親愛？我二人山盟海誓，互不相負，言猶在耳，豈能毀之一旦？這都是我實在太對不起她。竟在拜堂成親的大喜之日，當著滿堂賓客之前，和敏妹雙雙出走。芷若是一派掌門，千金之體，我這般欺負凌辱於她，怎不教她切齒惱恨？今日峨嵋派倒行逆施，實則都是種因於我。」心下越來越是不安，又從木棚中出來，走到峨嵋派之前，向周芷若道：「芷若，種種都是我對你不起。宋師哥害死莫七叔，此事終須作個了斷。我瞧宋師哥不如隨同俞二伯、殷六叔回返武當，向宋大伯領罪的為是。」

周芷若冷笑道：「張教主，我先前還道你是個好漢子，只不過行事胡塗而已，不料竟是個卑鄙小人。大丈夫一人作事一身當，你害死了莫七俠，何以卻將罪名推在外子頭上？」

張無忌吃了一驚，道：「你……你說我害死莫七叔？我……那有此事？」

周芷若道：「害死武當莫七俠之事，全是朝廷汝陽郡主從中設計安排，你何不叫她出來，跟天下英雄對質。」

張無忌心想：「敏妹得罪了六大門派，這場中她的仇人只怕比我義父還多，如何能讓她露面？芷若抓住了這個關節，便來誣陷我和敏妹。唉，千錯萬錯，總是那日我在婚禮中捨她而去的不是。」牙齒咬著下唇皮，轉身便走。忽聽得峨嵋派中一人大聲說道：「想不到明教張教主竟是如此卑鄙懦怯的小人，見到我們霹靂雷火彈的厲害，挾了尾巴便逃。」張無忌停了腳步，卻不回頭，心道：「我也不必去瞧這話是誰說的，峨嵋派不論如何辱罵，我都是罪有應得。」只聽得身後嘲笑之聲越來越響，張無忌不再理會，回歸明教木棚。

楊逍冷笑道：「霹靂雷火彈彫蟲小技，何足道哉？既奈何不了武當二俠，自亦奈何不了武當嫡傳的張教主。你們峨嵋派以借助器械逞能，且讓你們見識見識我明教的器械。」左手一揮，一個白衣童子雙手奉上一個小小的木架，架上插滿了十餘面五色小旗。楊逍執起一面白旗，手一揚，白旗落在廣場中心，插在地下。

羣雄見那白旗連桿不到二尺，旗上繡著個明教的火燄記號，不知他鬧甚麼玄虛。便在此時，楊逍身後一人揮出一枚火箭，急升上天，在半空中散出一道白煙。

只聽得腳步聲響，一隊頭裹白布的明教教眾奔進廣場，共是五百人，每人彎弓搭箭，颼颼聲響，五百枝長箭整整齊齊的插在白旗周圍，排成一個圓圈，正是吳勁草統率下的銳金旗人眾。

羣雄未及喝采，銳金旗教眾已拔出背後標槍，搶上十幾步，揮手擲出，五百枝標槍一齊插在箭圈之內。眾人跟著又搶上十數步，拔出腰間短斧。羣雄眼前光芒閃動，五百柄短斧呼嘯而前，砍在地下，排成一圈。短斧、標槍、長箭，三般兵刃圍成三個圈子，各不相混。任你武功通天，在這一千五百件長短兵刃的夾擊之下，霎息間便成肉泥。

原來銳金旗當年在西域與峨嵋派一場惡戰，損折極重，連掌旗使莊錚也死在滅絕師太的倚天劍下，其後痛定思痛，排了這個無堅不摧的陣勢出來。近年來明教聲勢大盛，五行旗各旗相應擴充，銳金旗下教眾已有二萬餘人。這五百名投槍、擲斧、射箭之士，乃是從二萬餘人中精選出來的健者，武功本來已有相當根柢，再在明師指點下練得年餘，已成為一枝可上戰陣、可作單鬥的勁旅。

羣雄相顧失色，均想：「明教楊左使這枝白色小旗擲向何處，這一千五百件兵刃便跟著投向何處。峨嵋派的霹靂雷火彈再厲害，傷人終究有限，擲出十枚，就算每一枚都打中，也不過傷得十人，如何是明教銳金旗之比？」又想：「倘若明教突然反臉，將我們聚而殲之，那便如何？今日赴會的好漢雖然人人武功高強，卻是一批烏合之眾，可不比明教的精銳之師習練已久，指揮下得心應手。」羣雄心下惴惴不安，竟沒對銳金旗顯示的精妙功夫喝采。

楊逍舉起一面白旗，向身後揮了幾下。銳金旗五百名教眾拔起羽箭槍斧，奔到明教木棚之前，躬身向張無忌行禮，隨即返身奔出廣場。

楊逍一面青旗擲出，插在白旗之旁，只聽得廣場旁腳步聲沉重，五百名巨木旗教眾青布包頭，每十個人抬一根巨木，快步奔來。每根巨木均有千餘斤之重，木上裝有鐵鉤，各人挽住一隻鐵鉤，腳下步子極是整齊。突然間一聲吆喝，五十根巨木同時拋擲出手，有的高，有的低，有的在左，有的在右，但每根巨木飛出，迎面必有一根巨木對準了撞到，五十根巨木竟無一根落空。

但聽得砰砰砰砰巨響不絕，五十根巨木分成二十五對，相互衝撞。每根巨木都是重逾千斤，相互撞擊之下，聲勢實是驚人，若是青旗附近有人站著，不論縱高躍低，左閃右避，總免不了被巨木撞到。巨木旗這路陣法，乃是從攻城戰法中演化出來，攻城者抬了大木，衝擊城門，再堅固的城門也會被巨木撞開。血肉之軀在這許多大木衝擊之下，豈不立成肉泥？

巨木旗五百名教眾待木材撞後落地，搶上前去抓住木材上的鐵鉤，回身奔出，相距十餘丈之遙，只待發令者再度擲出青旗，又可二次抬木撞擊。楊逍揮青旗命巨木旗退出，右手一揮，一面紅色小旗擲入廣場。

但見頭裹青巾的明教教眾退開，五百名頭裹紅巾的烈火旗教眾搶進場來。各人手持噴筒，一陣噴射，廣場中心滿布黑黝黝的稠油。烈火旗掌旗使揮手擲出一枚硫磺火彈，石油遇火，登時烈燄奔騰，燒了起來。明教總壇光明頂附近盛產石油，石中日夜不停有油噴出，遇火即燃。烈火旗人眾每人背負鐵箱，箱中盛滿石油，噴油焚燒，人所難抵當。

烈火旗退出廣場後，楊逍黑旗飛處，五百名頭裹黑巾的洪水旗下教眾搶進廣場。這洪水旗所攜傢生，共是二十部水龍，又有噴筒、提桶之屬，前面十人推著十輛木車。掌旗使唐洋一聲令下，木車打開，放出二十頭餓狼，張牙舞爪，在廣場上咆哮起來，便欲四散咬人。羣雄大奇，心想這些惡狼跟「洪水」兩字有何干係？只聽得唐洋喝道：「噴水！」一百名教眾手持陶質噴筒，一百股水箭向惡狼身上射了過去。羣雄鼻中只聞到一陣酸臭，卻見那二十頭惡狼一遇水箭，立時跌倒，狂叫悲嗥，頃刻間皮破肉爛，變成一團團焦炭模樣。原來洪水旗所噴水箭，乃是劇毒的腐蝕藥水，係從硫磺、硝石等類藥物中提煉製成。

羣雄見了這等驚心動魄之狀，不由得毛骨悚然，均想：「這些毒水倘若不是射向羣狼，卻是射在我的身上，那便如何？」

洪水旗教眾提起二十部水龍上的龍頭，虛擬作勢，對著羣狼，顯而易見，水龍中也是裝滿了毒水，若加發射，不但水盛，且可及遠。楊逍揮起黑旗收兵。洪水旗下教眾拉動水龍出場。當水龍迴轉之時，水龍口轉到那一方，那一方的豪傑便忍不住臉上變色。

只見楊逍擲出一面小小黃旗。一羣頭裹黃巾的明教徒走進廣場，各人手持鐵鏟，推著一車車泥沙石灰，人數卻比金、木、水、火四旗少得多，只有一百人。這一百人圍成一個圈子，同時舉鏟往地下猛擊，突然間轟的一聲大響，塵土飛揚，廣場中心陷落，露出一個徑長三四丈的大洞。跟著大洞四周泥土紛紛跳動，鑽出一個個頭戴鐵盔、手持鐵鏟的漢子來。

四百條大漢驀地從地底鑽出，羣雄都是大吃一驚，齊聲呼叫。

原來這四百名教眾早就從遠處打了地道，鑽到廣場中心的地底，挖掘大洞，以木板木條撐住，藏身其間，厚土旗掌旗使顏垣發出號令，四百名教眾同時抽開木條，整塊地面便陷了下去。地底教眾跟著破土而出。這一來，狼屍、石油、焦土等物一齊落入地底。一百名教眾揮動鐵鏟，在大洞上空虛擊三下。倘若有人跌入洞中後想要躍上逃命，勢必被這一百柄鐵鏟擊了下去。跟著一車車石灰、鐵沙、石子倒入洞中，片刻間便將大洞和數百個小洞填平。五百柄鐵鏟此起彼落，好看已極。掌旗使一聲令下，五百教眾齊向張無忌行禮。那廣場中心填了鐵沙石灰，平滑如鏡，比先前更是堅硬得多。羣雄心中明白：「倘若我站在廣場中心，口出侮慢明教之言，此刻只怕早已被活埋在地底了。」

這一來，明教五行旗大顯神威，小加操演，旁觀羣雄無不駭然失色，各人均知近年來明教在淮泗豫鄂諸地造反，攻城略地，連敗元軍，現下他們是將兵法戰陣之學用於武林豪士間的羣毆，人數既眾，部勒又嚴，加之習練有素，天下任何江湖門派莫能與抗。

楊逍收兵以後，將插著小旗的木架交與身後童子，冷冷的瞧著周芷若，一言不發，但這無言之意卻是十分清楚：「憑你峨嵋派百餘名男女弟子，能是我明教數千之眾的敵手麼？」

廣場上羣雄各人想著各人的心事，一時間寂靜無聲。

過了好一會，空智身後一名老僧站起身來，說道：「適才明教操演行軍打仗的陣法，模樣倒是好看，但到底管不管用，能不能制勝克敵，咱們不是元帥將軍，學的也不是孫吳兵法，只怕誰也說不上來……」眾人均知他這幾句話乃是違心之論，只不過煞一煞明教的威風，將五行旗的厲害輕輕一言帶過。

周顛叫道：「要知管不管用，那也容易得很，少林寺派些大和尚出來試上一試，立見分曉。」

那老僧置之不理，繼續說自己的話：「咱們今日是天下英雄之會，各門各派志在觀摩切磋武學上的修為，還是照先前幾位施主們所言，大家較量武功，藝高者勝。咱們講究的是單打獨鬥，說到倚多為勝，武林中沒聽說有這個規矩。」

殷陽牧之道：「倚多為勝，武林中確沒這個規矩，然則霹靂雷火彈、毒火、毒水這些玩意兒，許不許用？」那老僧微一沉吟，說道：「下場比試的人要用暗器，那是可以的。有些朋友喜歡在暗器上加上些毒藥毒水，那也無法禁止。但若旁人偷襲，卻是壞了大會的規矩，大夥兒須得羣起而攻之。眾位意下如何？」羣雄中一大半轟然叫好，都說該當如此。

崆峒派唐文亮道：「在下另有一言，不論何人連勝兩陣之後，便須下場休息，以便恢復內力元氣。否則車輪戰的幹將起來，任你通天本事，也不能一口氣從頭勝到尾。再者，各門各派各幫各會之中，如已有二人敗陣，不得再派人上場，否則的話，咱們這裏數千英雄，每個人都出手打上一架，只怕三個月也打不完。少林寺糧草再豐，可也得給大夥兒吃喝窮了，一百年元氣難復。」

眾人轟笑聲中，均說這兩條規矩有理。

明教羣豪均知唐文亮感激張無忌當年在光明頂上接骨，萬安寺中救命的恩德，有心盼他得勝，獨冠羣雄，是以提出這兩條規矩，都是意在幫他節省力氣。彭瑩玉笑道：「唐老三倒識得大體，看來崆峒派今日幫咱們是幫定啦。咱們除了教主之外，另由那一位出陣？」

明教眾高手誰都躍躍欲試，只是均知這件事擔當極其重大，須得竭盡全力，先將與會的英雄打敗一大半，留給教主的強敵越少越好，他才能保留力氣，以竟全功。倘若只勝得寥寥數人，便被人打敗，留下一副重擔給教主獨挑，自己損折威名事小，負累了本教、謝遜、和教主卻是事大。再者若是貿然請纓，不免自以為除教主外本人武功最強，傷了同教間的義氣，是以誰都默不出聲。

周顛道：「教主，我周顛不是怕死，只不過武功夠不上頂兒尖兒，出去徒然獻醜。」

張無忌一個個瞧過去，心想：「楊左使、范右使、韋蝠王、布袋師父、鐵冠道長諸位各負絕藝，均可去得。其中范右使武學最博，不論對手是何家數，他都有取勝之道，還是請范右使出馬的為是。」便道：「本來各位兄弟任誰去都是一樣，但楊左使曾隨我攻打金剛伏魔圈，韋蝠王與布袋大師曾生擒夏胄，都已出過力氣。這一次本座想請范右使出手。」

范遙大喜，躬身道：「遵命！多謝教主看重！」

明教羣雄素知范遙武功了得，均無異言。趙敏卻道：「范大師，我求你一件事，你肯答允麼？」范遙道：「郡主但有所命，自當遵從。」趙敏道：「少林派的空智大師與你的樑子未解，倘若你跟他先鬥了上來，勝敗之數，未易逆料，縱然勝得了他，那也是筋疲力盡的了。」范遙點了點頭，心知空智神僧成名數十年，看上去愁眉苦臉、一副短命夭折之相，其實內功外功俱臻上乘，趙敏道：「你不妨去和他訂個約會，言明日後再到大都萬安寺去單打獨鬥，一決勝敗。」

楊逍和范遙齊聲道：「妙計，妙計！」均知空智與范遙一訂後約，今日便不能動手，趙敏此計，實是給明教去了一個強敵。

其時各處木棚之中，各門派幫會的羣雄正自交頭接耳，推舉本派出戰的人選。有幾處木棚中更有人大聲爭鬧，顯是對人選意見不一。

范遙走到主棚之前站定，向著空智一抱拳，說道：「空智大師，你有膽量沒有？敢不敢再上大都萬安寺走一遭？」空智一聽到「萬安寺」三字，那是他生平的奇恥大辱，登時臉上皺紋更加深了，細小的眼縫中神光湛湛，說道：「幹甚麼？」范遙道：「咱二人在萬安寺結下怨仇，便當在萬安寺了結。你空智大師德高望重，在下也不免薄有虛名，今日較量，若是你勝了我，江湖上便道強龍不壓地頭蛇，你大師只不過佔了地利之便。若是在下僥倖得勝一招半式，無知之輩加油添醬，只怕要說苦頭陀上得少林寺來，打敗了寺中第一高手。要是大師不怕觸景生情，今年八月中秋月明之夕，在下便在萬安寺中討教大師幾手絕藝。」

空智對范遙的武功也是頗為忌憚，加之寺中方有大變，實無心緒與范遙動手，再被他這麼一激，當即點頭，說道：「好，今年八月中秋，咱們在萬安寺相會，不見不散。」

范遙抱拳施了一禮，便即退下。他走了七八步，只聽空智緩緩說道：「范施主，今日你一心要救金毛獅王，不敢和我動手，是也不是？」范遙一凜，立定了腳步，心想：「這和尚畢竟識穿了我們的用心。」回頭哈哈一笑，說道：「在下並無勝你的把握。」空智微笑道：「老衲也無勝得施主的把握。」

兩人相視點頭，突然之間，心頭都浮上英雄重英雄、好漢惜好漢之情。

三十八

君子可欺之以方

周芷若一條軟鞭迴將過來，
疾風暴雨般向殷梨亭攻擊。
殷梨亭太極劍法吞吐開合，陰陽動靜，
實已到了張三丰平時所指點的絕詣，
面臨生死關頭，將劍法中
最精要之處都發揮了出來。

廣場中人聲漸靜，空智身後那達摩堂老僧朗聲說道：「咱們便依眾英雄議定的規矩，起手比武。刀槍拳腳無眼，格殺不論，各安天命。最後那一個門派幫會武功最強，謝遜和屠龍刀都歸其所有。」

張無忌眉頭微皺，心想：「這和尚生怕旁人下手不重，唯恐各派怨仇結得不深，那裏是空見、空聞這些神僧們的慈悲心腸？」

既議定每人勝得兩場，便須下來休息，先比遲比倒無多大分別，登時便有人出來叫陣，有人上前挑戰，片刻間場中有六人分成三對較量。趙敏自在萬安寺習得六大門派的絕藝後，修為雖然尚淺，識見卻已不凡，站在張無忌與范遙之間，低聲議論那六人的武功，猜測誰勝誰敗，居然說得頭頭是道。只一盞茶時分，三對中已有兩對分了輸贏，只有一對尚在纏鬥，跟著又有人向勝者挑戰，仍是六人分為三對相鬥的局面。新上場的兩對分別動用了兵刃。如此上上落落，十之八九是有人流血受傷，方始分出勝敗。

張無忌心想：「如此相鬥，各幫各派非大傷和氣不可，任何一派敗在對方手中，即使無人喪命受傷，日後仍會輾轉報復，豈非釀成自相殘殺的極大災禍？」

只見場中丐幫的執法長老一掌將華山派的矮老者劈得口噴鮮血。華山派高老者破口大罵：「臭叫化，爛叫化！」縱身出來，便欲向丐幫執法長老挑戰。矮老者抓住他手臂，低聲道：「師弟，你鬥他不過，咱們暫且咽下了這口氣。」高老者怒道：「鬥不過也要鬥！」嘴裏雖這般說，其實深知師兄的武藝與自己招數相同而修為較深，師兄尚且敗陣，自己也是非輸不可，被矮老者拉著，不住口的亂罵，卻回入了木棚。

接著那執法長老又勝了「梅花刀」的掌門人，連勝兩陣，在丐幫幫眾如雷掌聲之中，得意洋洋的退回。

如此你來我往，廣場上比試了兩個多時辰，紅日偏西，出戰之人也是武功越來越強。許多人本來雄心勃勃，滿心要在英雄大會中吐氣揚眉，人前逞威，但一見到旁人武功，才知自己原來不過是井底之蛙，不登泰山，不知天地之大，就此不敢出場。

到得申牌時分，丐幫的掌缽龍頭出場挑戰，將湘西排教中的彭四娘打了一個大觔斗。彭四娘的背心裂開了一條大縫，羞慚無地的退下。掌缽龍頭眼望峨嵋派人眾，冷笑道：「女娘們能有甚麼真實本領？不是靠了刀劍之利，便得靠暗器古怪，這位彭四娘練到這等功夫，那也是極不容易的了。」

周芷若低聲向宋青書說了幾句，宋青書點了點頭，緩步出場，向掌缽龍頭拱了拱手，道：「龍頭大哥，我領教你的高招。」

掌缽龍頭一見宋青書，登時氣得臉上發青，大聲道：「姓宋的，你這奸賊奉了陳友諒之命，混入我丐幫來。害死史幫主之事，你這奸賊定然也有一份。今日你還有臉來見我麼？」宋青書冷笑道：「江湖上混跡敵窩，刺探機密，乃是常事，只怪你們這os化子瞎了眼睛，識不出宋大爺的本來面目。」掌缽龍頭大罵：「你連你親生老子的武當派也能背叛，甚麼事做不出來？你對父不孝，將來對妻也必不義。峨嵋派非在你手中大大栽個觔斗不可。」宋青書怒得臉上無半點血色，道：「你放屁放完了麼？」

掌缽龍頭更不打話，呼的一掌便擊了過去。宋青書迴身卸開，反手輕輕一拂，以峨嵋派的「金頂綿掌」相抗。掌鉢龍頭惱他混入丐幫，騙過眾人，手下招招殺著，狠辣異常，竟是性命相搏，已非尋常的比武較量。

掌鉢龍頭在丐幫中位份僅次於幫主及傳功、執法二長老，掌底造詣大是不凡。宋青書是武當派第三代弟子中的佼佼人物，但初習峨嵋派的「金頂綿掌」，究竟不甚純熟，掌法中的精微奧妙變化施展不出來。他鬥到四五十合之後，已迭逢險招，自然而然的便以武當派「綿掌」拆解。這是他自幼浸潤的武功，已練了二十餘年，得心應手，威力甚強，與峨嵋派「金頂綿掌」外表上有些彷彿，運勁拆招的法門卻大不相同。

旁人不明就裏，還道他漸漸挽回頹勢。殷梨亭卻越看越怒，叫道：「宋青書，你這小子好不要臉！你反出武當，如何還用武當派的功夫救命？你不要你爹爹，怎地卻要你爹爹所傳的武功？」

宋青書臉上一紅，叫道：「武當派的武功有甚麼稀罕？你看清楚了！」左手突然在掌鉢龍頭眼前上圈下鉤、左旋右轉，連變了七八般花樣，驀地裏右手一伸，噗的一響，五根手指直插入掌鉢龍頭的腦門。旁觀羣雄一怔之間，只見他五根手指血淋淋的提將起來，掌鉢龍頭翻身栽倒，立時氣絕。宋青書冷笑道：「武當派有這功夫麼？」

羣雄驚叫聲中，丐幫中同時搶上八人，兩人扶起掌鉢龍頭屍身，其餘六人便向宋青書攻去。那六人均是丐幫好手，其中四人還拿著兵刃，霎時間宋青書便險象環生。

空智大師身後一名胖大和尚高聲喝道：「丐幫諸君以眾欺寡，這不是壞了今日英雄大會的規矩麼？」

執法長老叫道：「各人且退，讓本座為掌缽龍頭報仇。」丐幫羣弟子向後躍開，抬著掌缽龍頭的屍身，退歸木棚，人人滿臉憤容，向宋青書怒目而視。

旁觀羣雄均想：「雖說比武較量之際格殺不論，但這姓宋的出手也忒煞毒辣了些。」

這時張無忌心中所想到的，只是趙敏肩頭的五個爪印，以及那晚茅舍中杜百當夫婦屍橫就地的可怖情景，顫聲問道：「楊左使，峨嵋派何以有這門邪惡武功？」

楊逍搖頭道：「屬下從沒見過這等功夫。但峨嵋派創派祖師郭女俠外號『小東邪』，武功中若帶三分邪氣，卻也不奇。」

二人說話之間，宋青書已與執法長老鬥在一起。執法長老身形瘦小，行動快捷之極，十根手指如鉤如錐，以鷹爪功與宋青書對攻，看來他也擅長指功，也要用手指在宋青書天靈蓋上戳出五個窟窿，為掌缽龍頭報仇。宋青書初時仍以「金頂綿掌」功夫和他拆解，鬥到深澗處，執法長老喝一聲：「小狗賊！」左手五指已搭上了宋青書腦門，便要透勁而入。宋青書右手疾伸，噗的一聲響，五根手指已抓斷了他喉管。

執法長老向前撲倒，左手勁力未衰，插入土中，血流滿地，登時氣絕。

周芷若打個手勢，八名峨嵋派女弟子各持長劍，縱身而出，每兩名弟子背靠背的分佔四方，將宋青書圍在中間，丐幫若再上前動手，立時便是羣毆的局面。

一名達摩堂老僧朗聲說道：「羅漢堂下三十六弟子聽令！」手掌拍擊三下，三十六名身披黃袍的少林僧躍將出來，十八名手執禪杖，十八名手執戒刀，前前後後，散在廣場各處，似陣法又不似陣法，已守住了各處扼要所在。

那老僧說道：「奉空智師叔法旨，羅漢堂三十六弟子監管英雄大會的規矩。今日大會中比武較量，倘若有人恃眾欺寡，便是天下武林的公敵。我少林寺忝為主人，須當維繫公道。三十六弟子嚴加查察，不論何人犯規，當場便予格殺，決不容情。」三十六名少林僧轟然答應，虎視眈眈的望著廣場中心。這麼一來，峨嵋派防護在先，少林派監視於旁，丐幫眾弟子雖然羣情悲憤，卻也不敢貿然上前動手，只是高聲怒罵，將執法長老的屍身抬了下來。

趙敏向范遙低聲道：「苦大師，沒想到峨嵋派尚有這手絕招，當日萬安寺中，滅絕師太寧死不肯出塔比武，只怕就是為此。」范遙搖了搖頭，心下苦思拆解這一招的法子。他呆了半晌，忽向張無忌道：「教主，屬下向你請教一路武功。」雙掌按在桌上，伸出左手一根食指，右手一根食指，一前一後，靈活無比的連續動了七下，低聲道：「我雙臂如此連攻，只須纏到了這小子的手臂，內力運出，便能震斷他的手臂關節，他指力再厲害，也教他無所施其技。」張無忌也伸出雙手食指，左鉤右搭，道：「小心他以指力戳你手臂。」范遙點頭稱是，道：「我以擒拿手抓他手腕，十八路鴛鴦連環腿踢他下盤。」張無忌道：「猛攻八十一招，叫他無法喘息。」

他二人四根手指此進彼退，快速無倫的攻拒來去。范遙忽然微笑道：「教主這幾下太過神妙，這小子除指力之外，武功有限，這幾招料他施展不出。」張無忌微微一笑，道：「他施展不出這三招，那麼范右使你已然勝了。」左手食指轉了兩個圓圈，右手食指突從圈中穿出，鉤住了范遙的手指，微笑不語。

范遙一怔之下，大喜道：「多謝教主指點，屬下佩服得緊。這四招匪夷所思，大開屬下茅塞，我真恨不得拜你為師才好。」

張無忌道：「這是我太師父所傳太極拳法中的『亂環訣』，要旨是在左手所劃的幾個圓圈。這姓宋的雖然出自武當，料他未能悟到這些精微之處。」

范遙成竹在胸，已有制勝宋青書的把握，只是宋青書連勝兩場，按規矩應當退下休息，須得待他再度出場，然後上前挑戰。

趙敏微微一笑，神情甚是愉悅，走到一旁。張無忌走到她身邊，低聲問道：「敏妹，甚麼事這等歡喜？」趙敏玉頰暈紅，低下了頭，道：「你傳授范右使這幾招武功，只讓他震斷宋青書的手臂，何以不教他取了那姓宋的性命？」張無忌道：「宋青書雖多行不義，終究是我大師伯的獨生愛兒，該當由我大師伯自行處分才是。我若叫范右使取了他性命，可對不起大師伯。」趙敏笑道：「你殺了他，周家姊姊成了寡婦，你重收覆水，豈不甚佳？」張無忌笑道：「你許不許我？」趙敏微笑道：「我是求之不得，等你再有三心兩意之時，好讓她用手指在你胸口戳上五個窟窿。」

當張無忌與范遙拆招、與趙敏說笑之際，宋青書已在峨嵋八女衛護下退回茅棚。羣雄見到他適才五指殺人這兩場驚心動魄的狠鬥，都不禁心寒，不願出來以身犯險。

過了片刻，宋青書又飄然出場，抱拳道：「在下休息已畢，更有那一位英雄賜教。」

范遙叫道：「讓我領教峨嵋派的絕學。」正要縱身而出，突然一個灰影一晃，站在宋青書之前，向范遙道：「范大師，請讓我一讓。」只見此人氣度凝重，雙足不丁不八的站著，抱元守一，正是武當二俠俞蓮舟。范遙見他已然搶出，又知他是教主的師伯，自不便與他相爭，說道：「范某今日有幸，得觀俞二俠武當神技。」俞蓮舟道：「不敢。」

宋青書從小就怕這位師叔，但見他屏息運氣，嚴陣臨敵，知道今日之事，已不再是武當山上授藝拆招，而是生死相搏，雖說他另行學得了奇門武功，終究不免膽怯。

俞蓮舟抱拳道：「宋少俠請！」這一行禮，口中又如此稱呼，那是明明白白的顯示，他對宋青書不敢有絲毫輕視，卻也已無半分香火之情。宋青書一言不發，躬身行了一禮。俞蓮舟呼的一掌，迎面劈去。

俞蓮舟成名三十餘年，但武林中親眼見過他一顯身手的卻寥寥無幾，直至今日，才見他以雙掌柔勁化去霹靂雷火彈無堅不摧的狠勢，功力之純，人人均自愧不如。江湖上素知武當派武功的要旨是以柔克剛，招式緩慢而變化精微，豈知俞蓮舟雙掌如風，招式奇快，頃刻間宋青書腰腿間已分別中了一腿一掌。

宋青書大駭：「太師父和爹爹均是要我做武當派第三代掌門，決不致有甚麼武功秘而不授。俞二叔這套快拳快腿，招式我都是學過的，但出招怎能如此之快，豈不是犯了本門功夫的大忌？可偏生又這等厲害！」待要施展周芷若所教的指上功夫，卻被俞蓮舟逼得氣也喘不過來，當下只得連連倒退，竭力守住門戶。

羣雄全神貫注的瞧著二人相鬥，眼下雖是俞蓮舟佔著上風，然而適才宋青書抓殺丐幫二老，均是反敗為勝，從劣勢中突出殺著，此事未必不能重演。卻見俞蓮舟越打越快，可是一招一式卻無不清清楚楚，便如擅於唱曲的名家，雖唱到了極快之處，但板眼吐字，仍是交代得乾淨利落，無半點模糊拖沓。羣雄紛紛站起，有些站在後面的，索性登上桌椅，心下盡皆讚嘆：「武當俞二俠名不虛傳，這一口氣不停的急攻，招式竟全無重複。」

虧得宋青書是武當嫡傳弟子，對俞蓮舟拳腳中精微的變化都曾學過，只是如此快鬥，卻是生平第一遭。廣場上黃塵飛揚，化成一團濃霧，將俞青二人裹住。

猛聽得拍的一聲響，雙掌相交，俞蓮舟與宋青書一齊向後躍開，兩團黃霧分了開來。俞蓮舟尚未站定，復又猱身而前。

殷梨亭掛懷師兄安危，不自禁的走到場邊，手按劍柄，目不轉睛的望著場中。這時宋青書生死繫於一線，全力相拚，早已顧不得門派之別，所使全是自幼練起的武當派功夫。二人的拳腳招式，殷梨亭盡皆了然於胸，知道每一招均是致命的殺著，心中的焦慮比之旁人又遠有過之。好在見俞蓮舟越打越佔上風，若非提防宋青書突出五指穿洞的陰毒殺手，處處預留地步，早已將他斃於掌底。

張無忌也頗擔心，手中暗持兩枚聖火令，倘若俞蓮舟真有性命之憂，那也顧不得大會規矩，非出手相救不可。

但見塵沙越揚越高，宋青書突然左手五指箕張，向俞蓮舟右肩抓了過來。俞蓮舟在百招之前便在等他施展這一手。宋青書抓斃丐幫二老，出手的情景俞蓮舟瞧得明明白白，倘若事先並無二老遭殃，突然間首次遇到這般陰狠之極的殺手，就算不死，也得重傷，既是見識在先，心中早已算好應付之方。宋青書練此抓法未久，變化不多，此時再抓，與起先兩下仍是大同小異。俞蓮舟右肩斜閃，左手憑空劃了幾個圈子。

趙敏與范遙忍不住齊聲「噫」的一下驚呼，俞蓮舟所轉這兩個圈子，正是張無忌指點范遙的太極拳「亂環訣」。趙敏與范遙一見之下，便知宋青書要糟，果然「噫」聲未畢，宋青書右手五指抓向俞蓮舟咽喉。張無忌大怒，低罵：「該死，該死！」丐幫執法長老便是命喪於這一抓之下，宋青書對師叔居然也下此毒手。

但見俞蓮舟雙臂一圈一轉，使出「六合勁」中的「鑽翻」「螺旋」二勁，已將宋青書雙臂圈住，格格兩響，宋青書雙臂骨節寸斷。俞蓮舟喝道：「今日替七弟報仇！」兩臂一合，一招「雙風貫耳」，雙拳擊在他的左右兩耳。這一招綿勁中蓄，宋青書立時頭骨碎裂。

他身子尚未跌倒，俞蓮舟正待補上一腳，當場送了他的性命，驀地裏青影閃動，一條長鞭迎面擊來。俞蓮舟急忙後躍避過，那長鞭快速無倫的連連進招，正是峨嵋派掌門周芷若為夫復仇來了。

俞蓮舟急退三步。周芷若鞭法奇幻，三招間便已將他圈住，忽地軟鞭一抖，收了回來，左手抓住鞭梢，冷冷的道：「此時取你性命，諒你不服。取兵刃來！」殷梨亭刷的一聲拔出長劍，上前說道：「我來接周姑娘的高招。」

周芷若冷冷的瞪了他一眼，轉身去看宋青書傷勢，只見他雙目突出，七孔流血，軟癱在地，眼見性命不保。峨嵋派搶上三名男弟子，將他抬了下去。

周芷若回過頭來，指著俞蓮舟道：「先殺了你，再殺姓殷的不遲。」

俞蓮舟適才竭盡全力，竟然無法從她的鞭圈中脫出，心下好生駭異。他愛護師弟，心想：「我跟她鬥上一場，就算死在她的鞭下，六弟至少可瞧出她鞭法的端倪。他死裏逃生，便多了幾分指望。」回手去接殷梨亭手中的長劍。殷梨亭也瞧出局勢凶險無比，憑著師兄弟二人的武功，想逃出她長鞭的一擊，看來極是渺茫，他和師兄是同樣的心思，寧可自身先攖其鋒，好讓師兄察看她鞭法的要旨，當下不肯遞劍，說道：「師哥，我先上場。」

俞蓮舟向他望了一眼，數十載同門學藝、親如手足的情誼，猛地裏湧上心頭，心念猶似電閃，想起俞岱巖殘廢、張翠山自殺、莫聲谷慘死，武當七俠只賸其四，今日看來又有二俠畢命於此，殷六弟武功雖強，性子卻極軟弱，倘若自己先死，他心神大亂，未必能再拚鬥，尋思：「若我先死，六弟萬難為我報仇，他也決計不肯偷生逃命，勢必是師兄弟二人同時畢命於斯，於事無補。若他先死，我瞧出這女子鞭法中的精義，或能跟她拚個同歸於盡。」當下點頭道：「六弟，多支持一刻好一刻。」

殷梨亭想起妻子楊不悔已有身孕，不由自主向楊逍與張無忌這邊望去，轉念又想：「我死之後，不悔與孩兒自會有人照料，何必婆婆媽媽的去囑咐求人。」於是長劍一舉，目視劍尖，心無旁騖，跟著含胸拔背、沉肩墜肘，說道：「掌門人請賜招！」他年紀雖比周芷若大得多，但周芷若此刻是峨嵋派掌門，他絲毫沒缺了禮數。俞蓮舟見他以「太極劍」起手式應敵，知道六弟這次是以師門絕學與強敵周旋，便緩緩向後退開。

周芷若道：「你進招吧！」殷梨亭心想對方出手如電，若被她一佔先機，極難平反，當下左足踏上，劍交左手，一招「三環套月」，第一劍便虛虛實實，以左手劍攻敵，劍尖上光芒閃爍，嗤嗤嗤的發出輕微響聲。旁觀羣雄忍不住震天價喝了聲采。

周芷若斜身閃開，殷梨亭跟著便是「大魁星」、「燕子抄水」，長劍在空中劃成大圈，右手劍訣戳出，竟似也發出嗤嗤微聲。周芷若纖腰輕擺，一一避過，說道：「殷六俠，我讓你三招，以報昔日武當山上故人之情。」這「情」字一出口，軟鞭便如靈蛇顫動，直奔殷梨亭胸口。殷梨亭奔身向左，那軟鞭竟從半路彎將過來。

殷梨亭一招「風擺荷葉」，長劍削出，鞭劍相交，輕輕擦的一響，殷梨亭只覺虎口發熱，長劍險些兒脫手，心中大吃一驚：「我只道她招式怪異，內力非我之敵，不料她內勁也這般奇詭莫測。」當下凝神專志，將一套太極劍法使得圓轉如意，嚴密異常的守住門戶。

周芷若手中的軟鞭猶似一條柔絲，竟如沒半分重量，身子忽東忽西，忽進忽退，在殷梨亭身周飄盪不定。

張無忌越看越奇，心想：「她如此使鞭，比之渡厄、渡難、渡劫三位高僧，又是截然不同。」他初時只道峨嵋派中另有邪門武功，但此時看了她猶如鬼魅的身手，與滅絕師太實是大異其趣，心下隱隱竟起恐懼之感。范遙忽道：「她是鬼，不是人！」這句話正說中張無忌的心事，不禁身子一顫，若不是廣場上陽光耀眼，四周站滿了人，真要疑心周芷若已死，鬼魂持鞭與殷梨亭相鬥。他生平見識過無數怪異武功，但周芷若這般身法鞭法，如風吹柳絮，水送浮萍，實非人間氣象，霎時間宛如身在夢中，心中一寒：「難道她當真有妖法不成？還是有甚麼怪物附體？」

周芷若身法詭奇，然太極劍法乃張三丰晚年繼太極拳所創，實是近世登峯造極的劍術，殷梨亭功勁一加運開，綿綿不絕，雖然傷不了對手，但只求自保，卻也是絕無破綻。

忽聽得一人怪聲怪氣的叫道：「啊喲，宋青書快斷氣啦，周大掌門，你不給老公送終，做寡婦也不光彩哪！」眾人往聲音來處望去，卻是周顛。他知武當派弟子生平最注重養氣調息，臨敵交鋒之際，均有「泰山崩於前而色不變、麋鹿興於左而目不瞬」的修為，是以有意相助殷梨亭，想擾亂周芷若的心神。他又叫：「喂喂，峨嵋派的周芷若姑娘，你老公要嗌氣啦，有幾句話吩咐你，他說他在外頭有三七二十一、四七二十八個私生子。他死了之後，要你好好給他撫養，免得他死不瞑目。你到底答允還是不答允啊？」

羣雄聽他這麼胡說八道，有的忍不住便笑出聲來。周芷若卻仍如沒有聽見。周顛又叫：「啊喲，乖乖不得了！滅絕老師太，近來你老人家身子好啊。多日不見，你老人家越來越硬朗啦。你陰魂附在周姑娘身上，這軟鞭兒可耍得當真好看哪！」

突然之間，周芷若身形一閃一晃，疾退數丈，長鞭從右肩急甩向後，陡地鞭頭擊向周顛面門。她本來與明教茅棚相隔十丈有餘，但軟鞭說到便到，正如天外遊龍，夭矯而至。周顛正自口沫橫飛的說得高興，那料得到周芷若在惡鬥之中竟會突然出鞭襲擊。他一呆之下，長鞭已到面門。周芷若並不回身，然而背後竟似生了眼睛一般，鞭梢直指他的鼻尖。

周芷若長鞭向後甩出，左手食中二指向殷梨亭接連戳去，一連七指，全是對向他頭臉與前胸重穴。殷梨亭不及攻敵，也無法圈轉長劍削她手臂，只得使招「鳳點頭」矮身避開。

其時明教茅棚中拍的一聲，跟著嗆啷啷一陣亂響。原來楊逍正站在周顛近旁，眼明手快，揮掌拍起身前木桌，擋了周芷若一鞭。長鞭擊中木桌，登時木屑橫飛，桌上的茶壺、茶碗四下亂擲，各人身上濺了不少瓷片熱茶。

周芷若一擊不中，不再理會周顛，軟鞭迴將過來，疾風暴雨般向殷梨亭攻擊。

俞蓮舟持劍在旁看了半晌，始終無法捉摸到她鞭法的精要所在，暗想：「我再出手，這套太極劍法也無法使得比六弟更好。但若鬥得久了，她女子內力不足，我們或能以韌力長勁取勝。」他見殷梨亭劍法吞吐開合、陰陽動靜，實已到了恩師張三丰平時所指點的絕詣，心想師弟一生中從未施展過如此高明的劍術，今日面臨生死關頭，竟將劍法中最精要之處都發揮了出來，武當派武功講究愈戰愈強，時刻拖得越久，越有不敗之望。

周芷若突然間長鞭抖動，繞成一個個大大小小的圈子，登時將殷梨亭裹在其間。太極拳和太極劍都講究運勁成圈，周芷若長鞭竟也抖動成圈，鞭圈方向與殷梨亭的劍圈相同，只是快了數倍。殷梨亭劍上勁力被她這麼一帶，登時身不由主，連轉了幾個身，青光一閃，長劍脫手上揚。周芷若長鞭倒捲，鞭頭對準殷梨亭天靈蓋砸了下去。

俞蓮舟縱身而起，右手抓住了軟鞭的鞭梢。周芷若裙底飛出一腿，正中俞蓮舟腰脅。俞蓮舟一直捉摸不定周芷若詭異的鞭法精要所在，待得見她抖鞭成圈，奪落殷梨亭手中長劍，登時心中雪亮：「原來她功力不過爾爾，這幾下抖鞭成圈，比之我們的太極拳功夫可差得遠了。」一抓住鞭梢，拚著腰間受她一腿，左手探出，正是一招「虎爪絕戶手」，直插周芷若小腹。周芷若無可抵擋，心中如電光般閃過一個念頭：「我今日死在俞二叔手裏。」右手放脫鞭柄，五指向俞蓮舟頭頂插落，只盼和他鬥個同歸於盡。俞蓮舟側頭欲避，不料腰間中腿後穴道被封，頭頸僵硬，竟爾不能轉動，左手卻仍是運勁疾落。

便在這千鈞一髮之際，一人從旁搶至，右手擋開了俞蓮舟的「虎爪絕戶手」，左手架開周芷若插向俞蓮舟頭頂的五指，正是張無忌出手救人。周芷若雙掌併力，疾向張無忌胸前擊到。張無忌若是閃避，這雙掌之力剛好擊正殷梨亭臉盤，只得左掌拍出擋格。

二人三掌相接，張無忌猛覺周芷若雙掌中竟無半分勁力，心下大駭：「啊喲，不好！她和六叔苦鬥二百餘招，竟已到了油盡燈枯的境地。我這股勁力往前一送，豈非當場要了她的性命？」危急中忙收手勁。

他初時左掌拍出，知道周芷若武功與自己已相差不遠，大是強敵，絲毫不敢怠忽，加之單掌迎雙掌，這一掌乃是出了十成力，勁力剛向外吐，便即察覺對方力盡，急忙硬生生的收回，他明知這是犯了武學的大忌，等於以十成掌力回擊自身，何況在這間不容髮之際突然回收，用力更是奇猛，但他於自己內勁收發由心，這股強力回撞，最多一時氣窒，決無大礙。不料他掌力剛回，突覺對方掌力猶似洪水決堤、勢不可當的猛衝過來。

張無忌大吃一驚，知道已中暗算，胸口砰的一聲，已被周芷若雙掌擊中。那是他自己的掌力再加上周芷若的掌力，並世兩大高手合擊之下，他護體的九陽神功雖然渾厚，卻也抵擋不住。何況周芷若的掌力乃乘隙而進，正當他舊力已盡、新力未生之時。這門功夫卻是峨嵋派嫡傳，當年滅絕師太便曾以此法擊得他噴血倒地。只不過當年他是全然不知抵禦，這次卻是一念之仁、受欺中計。當下不由自主的身向後仰，眼前一黑，一口鮮血噴出。

周芷若偷襲成功，左手跟著前探，五指便抓向他胸口，張無忌身受重傷，心神未亂，眼見這一抓到來，立時便是開膛破胸之禍，勉強向後移了數寸。嗤的一響，周芷若五指已抓破了他胸口衣衫，露出前胸肌膚。

周芷若右手五指跟著便要進襲，其時俞蓮舟被她一腿踢倒，正中穴道，動彈不得，殷梨亭撲上要救援，也已不及，眼見張無忌難逃此劫。周芷若一瞥之下，忽然見到他胸口露出一個傷疤，正是昔日光明頂上自己用倚天劍刺傷的，五指距他胸膛不到半尺，心中柔情忽動，眼眶兒一紅，竟然抓不下去。

她稍一遲疑，韋一笑、殷梨亭、楊逍、范遙四人已同時撲到。韋一笑飛身擋在張無忌身前，楊范二人分襲周芷若左右，殷梨亭已抱著張無忌逃開。

這一來，場中登時大亂，峨嵋派羣弟子和少林僧眾紛紛呼喝，手執兵刃，搶入場中。楊逍、范遙和周芷若拆得數招，便不再戀戰，韋一笑扶起俞蓮舟，一齊回入茅棚。峨嵋、少林兩派人眾見場中罷鬥，也便退開。

趙敏本也搶上救援，只是身法不及韋楊諸人迅速，中途遇上，見張無忌嘴邊都是鮮血，只嚇得臉如白紙。張無忌強笑道：「不礙事，運一會兒氣便好。」眾人扶著他在茅棚中地下坐定。張無忌緩引九陽神功，調理內傷。

周芷若叫道：「那一位英雄前來賜教？」范遙束了束腰帶，大踏步走出。張無忌道：「范右使，我下令，你不可出戰，咱們……咱們認輸……」一口氣岔了道，又是兩口鮮血噴出。范遙對教主之令不敢不從，倘若堅持出戰，勢必引得張無忌傷勢加劇，何況出戰只是盡心竭力，枉自送了性命，卻於本教無補。

周芷若站在廣場中心，又說了兩遍。

適才張無忌迴力自傷，只有他與周芷若二人方才明白，旁人都以為周芷若掌力怪異，張無忌力所不敵，而周芷若凝指不發，饒了他性命，卻是人所共見。她以一個年輕女子，連敗殷梨亭、俞蓮舟、張無忌三位當世一等一高手，武功之奇，實是匪夷所思。羣雄中雖有不少身負絕學之士，但自忖決計比不上俞、殷、張三人，那也不必上去送命了。

周芷若站在場中，山風吹動衫裙，似乎連她嬌柔的身子也吹得搖搖晃晃，但周圍來自三山五嶽、四面八方的數千英雄好漢，竟無一人敢再上前挑戰。

周芷若又待片刻，仍是無人上前。那達摩堂的老僧走了出來，合什說道：「峨嵋派掌門人宋夫人技冠羣雄，武功為天下第一。有那一位英雄不服？」周顛叫道：「我周顛不服。」那老僧道：「那麼請周英雄下場比試。」周顛道：「我打她不過，又比個甚麼？」那老僧道：「周英雄既然自知不敵，那便是服了？」周顛道：「我自知不敵，卻仍是不服，不可以嗎？」那老僧不再跟他糾纏不清，又問：「除了這位周英雄外，還有那一位不服？」連問三聲，周顛噓了三次，卻無人出聲不服。

那老僧道：「既然無人下場比試，咱們便依英雄大會事先的議定，金毛獅王謝遜交由峨嵋派宋夫人處置。屠龍寶刀在何人手中，也請一併交出，由宋夫人收管。這是羣雄公決，任誰不得異言。」

張無忌正在調勻內息，鼓動九陽真氣，治療重傷，漸漸入於返虛空明的境界，猛聽得那老僧說到「金毛獅王謝遜交由峨嵋派掌門人宋夫人處置」這句話，心頭一震，險些又是一口血噴將出來。

趙敏坐在一旁，全神貫注的照料，見他突然身子發抖，臉色大變，明白他的心意，柔聲道：「無忌哥哥，你義父由周姊姊處置，那是最好不過。她適才不忍下手害你，可見對你仍是情義深重，決不能害了你義父，你儘管放心療傷便是。」張無忌一想不錯，心頭大寬。

其時太陽正從山後下去，廣場上漸漸黑了下來。那老僧又道：「金毛獅王謝遜囚於山後某地。今日天時已晚，各位必然餓了。明日上午，咱們仍然聚集此地，由老衲引導宋夫人前去開關釋囚。那時咱們再見識宋夫人並世無雙的武功。」

楊逍、范遙等都向趙敏望了一眼，心中都道：「果然你所料不錯。少林派另有陰謀。周芷若武功再強，卻也不能打敗渡厄等三位老僧，只怕她非送命在小山峯上不可，結果仍由少林派稱雄逞強。」

這時周芷若已回入茅棚，峨嵋派今日威懾羣雄，眾弟子見掌門人回來，無不肅然起敬。羣雄雖見周芷若已奪得「武功天下第一」的名頭，大事卻未了結，心中各有各的計算，誰也不下山去。

那老僧道：「各位英雄來到本寺，均是少林派的嘉賓，各位相互間若有恩怨糾葛，務請瞧在敝派薄面，暫忍一時，請勿在少室山上了結，否則便是瞧不起少林派。各位用過晚飯以後，前山各處，儘可隨意遊覽。後山是敝派藏經授藝之所，請各位自重留步。」

當下范遙抱起張無忌，回到明教自搭的茅棚之中。張無忌所受掌傷雖重，但服了九粒他平時煉製的靈丹，再以九陽真氣輸導藥力，到得深夜二更時分，吐出三口瘀血，內傷盡去。楊逍、范遙、俞蓮舟、殷梨亭等均是又驚又喜，均讚他內功修為實是深厚無比，常人受了這等重傷，縱有高手調治，少說也得將養一兩個月，方能去瘀順氣，他卻能在幾個時辰內便即痊可，若非親見，當真難信。

張無忌吃了兩碗飯，將養片刻，站起身來，說道：「我出去一會兒。」他是教主之尊，既不說是甚麼事，旁人自也不便相詢。殷梨亭道：「你重傷剛愈，一切小心。」張無忌應道：「是！」見趙敏臉上神色極是關懷，向她微微一笑，意思說：「你放心罷！」

他走出茅棚，抬起頭來，只見明月在天，疏星數點，深深吸了口氣，體內真氣流轉，精神為之一振，逕到少林寺外，向知客僧人道：「在下有事要見峨嵋掌門，相煩引路。」

那知客僧見是明教教主，心下甚是害怕，忙恭恭敬敬的道：「是，是！小僧引路，張教主請這邊來。」引著他向西走去，約莫行了里許，指著幾間小屋。

那知客僧道：「峨嵋派都住在那邊，僧尼有別，小僧不便深夜近前。」他深恐張無忌又去和周芷若動手，這當世兩大高手廝拚起來，自己一個不巧，便受了池魚之殃。張無忌笑道：「你若回去說起此事，不免驚動旁人，我不如點了你的穴道，在此等我如何？」那知客僧忙道：「小僧決不敢說，教主放心。」急急忙忙的轉身便去。

張無忌緩步走到小屋之前，相距十餘丈，便見兩名女尼飛身過來，挺劍攔在身前，叱道：「是誰？」張無忌抱拳道：「明教張無忌，求見貴派掌門宋夫人。」那兩名女尼大驚失色，一名年長的女尼道：「張……張教主……請暫候，我……我去稟報。」她雖強自鎮定，但聲音發顫，轉身沒走了幾步，便摸出竹哨吹了起來。

峨嵋派今日吐氣揚眉，在天下羣雄之前，掌門人力敗當世三位高手，嚇得數千鬚眉男子無一敢上前挑戰，真是開派以來從所未有的盛事。但峨嵋派今日殺丐幫二老、敗武當二俠、傷明教教主，得罪的人著實不少，何況周芷若得了武功天下第一的名號，不知有多少英雄惱恨妒忌，這一晚身處險地，強敵環伺之下，戒備得十分嚴密。那女尼哨子一響，四周立時撲出二十餘人，劍光閃動，分布各處。張無忌也不理會，雙手負在背後，靜立當地。

那女尼進小屋稟報，過了片刻，便即回身出來，說道：「敝派掌門人言道：男女有別，晚間不便相見。請張教主迴步。」張無忌道：「在下頗通醫術，願為宋青書少俠療傷，別無他意。」那女尼一怔，又進去稟報，隔了良久，這才出來，說道：「掌門人有請。」

張無忌拍了拍腰間，顯示並未攜帶兵刃，隨著那女尼走進小屋。

只見周芷若坐在一旁，以手支頤，怔怔出神，聽得他進來，竟不回頭，那女尼斟了一杯清茶放在桌上，便退了出去，輕輕帶上了門，堂上更無旁人。一枝白燭忽明忽暗，照著周芷若一身素淡的青衣，情景淒涼。

張無忌心中一酸，低聲道：「宋師哥傷勢如何，待我瞧瞧他去。」

周芷若仍不回頭，冷冷的道：「他頭骨震碎，傷勢極重，多半不能活了。不知能不能挨過今晚。」張無忌道：「你知我醫術不壞，願盡力施救。」周芷若問道：「你為甚麼要救他？」張無忌一怔，說道：「我對你不起，心下萬分抱愧，何況今日你手下留情，饒了我性命。宋師哥受傷，我自當盡力。」周芷若道：「你手底留情在先，我豈有不知？你若能救活宋大哥，要我如何報答？」張無忌道：「一命換一命，請你對我義父手下留情。」周芷若向內堂指了指，淡淡的道：「他在裏面。」

張無忌走向房門，只見房內黑漆一團，並無燈光，於是拿起燭台，走了進去。

周芷若一手支頤，坐在桌旁，始終不動。

張無忌揭開青紗帳子，燭光下只見宋青書雙目突出，五官歪曲，容顏甚是可怕，呼吸微弱，早已人事不知，按他手腕，但覺脈息混亂，忽快忽慢，肌膚冰冷，若不立即施救，果然是難以挨過當晚，再輕摸他的頭骨，察覺前額與後腦骨共有四塊碎裂，心想俞二伯雙拳之力何等厲害，這一招「雙風貫耳」自是運上了十成內勁，若不是宋青書內功也有相當根柢，當場便已斃命。他放下帳子，將燭台放在桌上，坐在竹椅上，凝思治療之法。宋青書受的實是致命重傷，要救他性命，最多只有三成把握。

他細細思量了一頓飯時分，走到外室，說道：「宋夫人，能否救得宋師哥之命，我殊難斷言，是否能容我一試？」周芷若道：「若你救他不得，世間也無第二人能夠。」張無忌道：「縱然救得他性命，但容貌武功，難復舊觀，他腦子也已震壞，只怕……只怕說話也不容易了。」周芷若道：「你究竟不是神仙。我知你必會盡心竭力，救活了他，以便自己問心無愧的去做朝廷郡馬。」

張無忌心頭一震，此事也不便置辯，當下回入房中，揭開宋青書身上所蓋薄被，點了他八處穴道，十指輕柔，以一股若有若無之力，將他碎裂的頭骨一一扶正。然後從懷中取出一隻金盒，以小指挑了一團黑色藥膏，雙手搓得勻淨，輕輕塗在宋青書頭骨碎處。這黑色藥膏便是「黑玉斷續膏」，乃西域少林派療傷接骨的無上聖藥。當年他向趙敏乞得，用以接續俞岱巖與殷梨亭二人的四肢斷骨，尚有賸餘。他掌內九陽真氣源源送出，將藥力透入宋青書各處斷骨。

約莫一炷香時分，張無忌送完藥力，見宋青書臉上無甚變化，心下甚喜，知道救活他性命的把握又多了幾成。他自己重傷初愈，這麼一運內勁，不由得又感心跳氣喘，站在床前調勻內息半晌，這才回到外房，將燭台放在桌上。

淡淡的燭光照映下，見周芷若臉色蒼白異常，隱隱聽得屋外輕輕的腳步之聲，知是峨嵋派羣弟子正在巡邏守衛，便道：「宋師哥的性命或能救轉，你可放心。」

周芷若道：「你沒救他的把握，我也沒救謝大俠的把握。」

張無忌心想：「明日她要去攻打金剛伏魔圈，峨嵋派中縱有一二高手相助，十九也難成事，說不定反而送了她的性命。」說道：「你可知義父囚禁之處的情形麼？」周芷若道：「不知。少林派設下甚麼厲害的埋伏？」張無忌於是將謝遜如何囚在山頂地牢之中、少林三老僧如何監守、自己如何兩度攻打均告失敗、而殷天正更由此送命等情由簡略說了。

周芷若默默聽完，道：「如此說來，你既破不了，我是更加無濟於事。」

張無忌突然心中一動，喜道：「芷若，倘若我二人聯手，大功可成。我以純陽至剛的力道，牽纏住三位高僧的長鞭。你以陰柔之力乘隙而入，一進入伏魔圈中，內外夾攻，便能取勝。」

周芷若冷笑道：「咱們從前曾有婚姻之約，我丈夫此刻卻是命在垂危，加之今日我沒傷你性命，旁人定然說我對你舊情猶存。若再邀你相助，天下英雄人人要罵我不知廉恥、水性楊花。」張無忌急道：「咱們只須問心無愧，旁人言語，理他作甚？」周芷若道：「倘若我問心有愧呢？」張無忌一呆，接不上口，只道：「你……你……」

周芷若道：「張教主，咱二人孤男寡女，深宵共處，難免要惹物議。你快請罷！」

張無忌站起身子，深深一揖，道：「宋夫人，你自幼待我很好，盼你再賜一次恩德。張無忌有生之年，不敢忘了高義。」

周芷若默不作聲，既不答應，亦不拒絕。她自始至終沒回過頭來，張無忌無法見到她臉色，待要再低聲下氣的相求，周芷若高聲道：「靜慧師姊，送客！」

呀的一聲，房門打開，靜慧站在門外，手執長劍，滿臉怒容的瞪著他。張無忌心想義父的生死繫於此舉，自己的顏面屈辱，何足道哉，突然跪倒在地，向周芷若磕了四個頭，道：「宋夫人，盼你垂憐。」周芷若仍如石像般一動不動。

靜慧喝道：「張無忌，掌門人叫你出去，你還糾纏些甚麼？當真是武林敗類，無恥之尤。」她還道張無忌乘著宋青書將死，又來求周芷若重行締婚。

張無忌嘆了口氣，起身出門。

他回到明教的茅棚之前，趙敏迎了上來，道：「宋青書的傷有救，是不是？又用我的黑玉斷續膏去做好人了。」

張無忌道：「咦！你當真料事如神。他傷勢是否能救，此刻還不能說。」趙敏嘆了口氣，道：「你想救了宋青書的性命，來換謝大俠，無忌哥哥，你是越弄越糟，一點也不懂人家的心事。」張無忌奇道：「為甚麼？這個我可不明白了。」趙敏道：「你用盡心血來救宋青書，那便是說一點也不顧念周姊姊對你的情意，你想她惱也不惱？」

張無忌一怔，無言可答，倘若周芷若願意自己丈夫傷重不治，那是決無是理，但她確是說過：「我知你必會盡心竭力，救活了他，以便自己問心無愧的去做朝廷郡馬。」這兩句話中果是頗有怨懟之意，何況她又說了「倘若我問心有愧呢」那句話。

趙敏道：「你救了宋青書的性命，現今又後悔了，是不是？」不等張無忌回答，微微一笑，翩然入內。

張無忌坐在石上，對著一彎冷月，呆呆出神，回思自與周芷若相識以來的諸般情景，尤其適才相見時她的言語神態，低徊惆悵，實難自已。

五月初六清晨，少林寺鐘聲鐺鐺撞起，羣雄又集在廣場之中。那達摩院的老僧這次更不向空智請示，便即站了出來，朗聲說道：「眾位英雄請了。昨日比武較量，峨嵋派掌門宋夫人藝冠羣雄，便請宋夫人至山後破關，提取金毛獅王謝遜。老僧領路。」說著當先便行。

峨嵋派八名女尼大弟子跟隨其後，接著便是周芷若與峨嵋羣弟子。眾英雄更在後面，齊向後山走去。

張無忌見周芷若衣飾一如昨日，並未服喪，知宋青書未死，心想：「他既挨得過昨晚，或能保得住性命。」

眾人上得山峯，只見三位高僧仍是盤膝坐在松樹之下。那達摩院老僧道：「金毛獅王囚於三株蒼松間的地牢中，看守地牢的是敝派三位長老。宋夫人武功天下無雙，只須勝了敝派這三位長老，便可破牢取人。我們大夥兒再瞻仰宋夫人的身手。」

楊逍見張無忌臉色不定，在他耳邊悄聲說道：「教主寬心。韋蝠王、說不得二位，已率領五行旗人眾伏在峯下。峨嵋派若不肯交出謝獅王，咱們只好用強。」張無忌皺眉道：「這可壞了大會的規矩，有失信義。」楊逍道：「我只怕宋夫人將刀劍架在謝獅王頸中，咱們動手時投鼠忌器。信義甚麼的，也顧不得這許多了。」

趙敏悄聲道：「謝獅王仇人極多，咱們要防備人叢中有人發暗器偷襲。」楊逍道：「范右使、鐵冠道長、周兄、彭大師四位已分佔四角，防人偷襲。」趙敏低聲道：「最好有人發射暗器偷襲，咱們就可乘機搶奪謝獅王。天下英雄也不能怪咱們失了信義。不過要是風平浪靜……這個倒……嗯，楊左使，你不防暗中派人假裝襲擊謝獅王，紛擾之中，咱們混水摸魚搶人。」楊逍笑道：「此計大妙。」當下便去派遣人手。

張無忌明知此舉甚不光明磊落，但為了相救義父，那也只好無所顧忌，心中又不禁感激趙敏，暗想：「敏妹和楊左使均有臨事決疑的大才，難得他二人商商量量，極是投機，我可沒這等本事。」

只聽周芷若道：「三位高僧既是少林派長老，自是武學深湛。要本座以一敵三，非但不公，抑且不敬。」那達摩院老僧道：「宋夫人要添一二人相助，亦無不可。」周芷若道：「本座承天下英雄相讓，僥倖奪魁，所仗者不過是先師滅絕師太秘傳的本派武功，若是以三敵三，縱然得勝，也未能顯得先師當年教導本座的一番苦心；但如以一敵三，又是對主人不恭。這樣罷，我叫一個昨日傷在本座手下、傷勢尚未痊可的小子聯手。這小子當年曾被先師三掌擊得口吐鮮血，天下皆知。如此便不損先師威名。」

張無忌一聽，心中大喜：「謝天謝地，她果然允我之請。」只聽周芷若道：「張無忌，你出來罷。」

明教羣豪除了楊逍等數人之外，都不明其中原由，但聽周芷若小子長、小子短的侮辱本教教主，盡皆憤恨難平。卻見張無忌臉有喜色，走上前去，長揖到地，說道：「多謝宋夫人昨日手下留情，饒了小子性命。」他心中已然打定了主意：「她當眾辱我，不過是為峨嵋派掙個顏面，再報復那日婚禮中新郎遁走的羞恥。為了義父，我當委曲求全到底。」

周芷若道：「你昨日重傷嘔血，此刻我也不要你真的幫手，只不過作個樣子而已。」張無忌道：「是。一切遵命而行，不敢有違。」

周芷若取出軟鞭，右手一抖，鞭子登時捲成十多個大大小小的圈子，好看已極，左手翻處，青光閃動，露出了一柄短刀。羣雄昨日已見識了她軟鞭的威力，不意她左手尚能同時用刀，一長一短，一柔一剛，那是兩般截然相異的兵刃。羣雄驚佩之下，精神都為之一振。

張無忌從懷中摸出兩枚聖火令來，向前走了兩步，突然腳下一個踉蹌，故意又大聲咳嗽幾下，顯得重傷未愈，自保也十分勉強，待會若是勝了少林三僧，好讓羣雄都說全是周芷若的功勞。周芷若靠到他身邊，低聲問道：「你曾立誓為你表妹報仇，倘若害她的兇手是你義父，你還救他不救？」張無忌一怔，道：「義父有時心智失常，作不得數。」

渡厄道：「張教主今日又來賜教了。」張無忌道：「尚祈三位大師見諒。」渡厄道：「好說，好說！這位峨嵋派掌門，說道是昨日藝勝天下羣雄，難道她武功還能在張教主之上嗎？」張無忌道：「正是。晚輩昨日在周掌門手下重傷嘔血。」渡難道：「這就奇了。」三個老僧長鞭緩緩抖了出來。

正在此時，忽聽得峯腰裏傳來輕輕數響琴簫和鳴之聲。張無忌心中一喜，只聽得瑤琴錚錚連響三下，四名白衣少女翩然上峯，手中各抱一具短琴，跟著簫聲抑揚，四名黑衣少女手執長簫，走上峯來。黑白相間，八名少女分佔八個方位，琴簫齊奏，音韻柔雅。一個身披淡黃輕紗的美女在樂聲中緩步上峯，正是當日張無忌在盧龍丐幫中會過之人。

丐幫的女童幫主史紅石一見，奔將過去，撲在她懷裏，叫道：「楊姊姊，楊姊姊！咱們的長老和龍頭，都給人害了！」說著手指周芷若，道：「是她峨嵋派和少林派下的毒手。」那黃衣少女點頭道：「我都知道了。哼！『九陰白骨爪』未必便是天下最強的武功。」

她上峯來時如此聲勢，人又美貌飄逸，人人的目光都在瞧她，這兩句話更是清清楚楚的送到了各人耳中。羣雄一凜之下，年紀較長的都想：「峨嵋派這路爪法，難道便是百年前馳名江湖的陰毒武功『九陰白骨爪』麼？」他們曾聽過「九陰白骨爪」的名字，但知這門武功陰毒過甚，久已失傳，誰也沒有見過。

黃衫女子攜著史紅石的手，走入丐幫人叢，便在一塊山石上坐了。

周芷若臉色微變，低聲問道：「這女子是誰？」張無忌道：「我只見過她一次，不知她姓名來歷，只知她跟丐幫頗有淵源。」周芷若哼了一聲，道：「動手罷！」長鞭抖出，捲向渡難的長鞭，身子一借勢，便從三株蒼松間落了下去。

她第一招便直攻敵人中央，狠辣迅捷，膽識之強，縱是第一流江湖老手也是有所不及。羣雄只見她身在半空，如一隻青鶴般凌空撲擊而下，身法曼妙無比。她右手的軟鞭與渡難的長鞭纏在一起，既借其力，又使渡難的兵刃暫時無法使用。渡厄和渡劫雙鞭齊揚，分從左右擊至。

張無忌直搶而前，腳下一躓，忽然一個觔斗摔了過去。羣雄咦的一聲，只道他傷後立足不定。那知張無忌這一招使的乃是聖火令上所載的古波斯武功，身法怪異，已達極點，他似是向前摔跌，雙手聖火令卻已向渡難胸口拍了過去。其時渡難長鞭正與周芷若的鞭子纏住未分，不能迴鞭抵擋，渡厄、渡劫眼見勢危，立時捨卻周芷若，雙鞭向張無忌擊來。兩條黑色長鞭靈動威猛，直和一雙烏龍相似，眼見張無忌難以抵擋，不料他在地下一個打滾，狼狽萬狀的滾向渡厄身邊。渡厄左手向他肩頭戳落，張無忌左掌以挪移乾坤之力化開，身子一晃，肩頭已向渡劫撞去。

他今日一意要令周芷若成名，將擊敗少林三高僧的殊榮盡數歸於這位峨嵋掌門，自己只求救出謝遜，是以使的全是古波斯武功，東滾一轉，西摔一交，要多難看就有多難看，要多狼狽就有多狼狽。旁觀羣雄之中原本不乏識見卓超的人物，但這路古波斯武功實在太怪，又從未有人在中土用過，何況昨日張無忌身受重傷乃是人所共見，因此初時都沒瞧出破綻。明教之敵，無不暗暗歡喜；明教之友均不免深為擔憂，只怕他今日要畢命於此。

拆到數十招後，只見周芷若身形忽高忽低，飄忽無方，張無忌越來越是招架不住，手忙足亂，竟似比一個初學武功的莽漢尤有不如，但不論情勢如何凶險，他總能在千鈞一髮之際避開對方的凌厲殺著。

旁觀羣雄中心智機敏的便知其中必有蹊蹺，猜想他所使的多半是「醉八仙」一類功夫，看上去顛三倒四，實則中藏奇奧變化，這類武功比之正路功夫可又難得多了。

但這門古波斯武功若以之單獨對付三高僧中任誰一人，對方定然鬧個手足無措，便如張無忌初逢風雲三使時那麼狼狽不堪。但這三位少林高僧枯禪數十年坐將下來，心意相通，一僧招數中露出破綻空隙，其餘二僧立即予以補足。張無忌種種怪異身法，本來每一招都足以迷亂敵人眼光，似左實右，似前實後，決計難以辨識，但三僧鞭隨心動，對他的諸般做作竟是視而不見。拆到七八十招時，張無忌怪招仍然層出不窮，卻始終沒能損及三僧分毫。鬥近百招，他只覺三僧鞭上威力漸強，自己身法卻慢慢的澀滯起來，已無初鬥時的靈動自如。

他尚不知自己所使武功有小半已入魔道，而三僧的「金剛伏魔圈」卻正是以佛力伏魔的精妙大法。旁人只見他越鬥越精神，其實他心靈中魔頭漸長，只須再鬥百招，不免便全然處於三僧佛門上乘武功的克制之下，不由自主的狂舞不休。三高僧不須出手，便讓他自己制了自己死命。明教被世人稱為「魔教」，本來亦非全無道理，而這路古波斯武功的始創者「山中老人」，更是個殺人不眨眼的大惡魔。張無忌初時照練，倒也不覺如何，此刻乍逢勁敵，將這路武功中的精微處盡數發揮出來，心靈漸受感應，突然間哈哈哈仰天三笑，聲音中竟充滿了邪惡奸詐之意。

他三笑方罷，猛聽得三株蒼松間的地牢中傳出誦經之聲，正是義父謝遜的聲音。只聽他蒼老的聲音緩緩誦唸「金剛經」：「爾時須菩提聞說是經，深解義趣，涕淚悲泣，而白佛言：『希有世尊，佛說如是甚深經典。我從昔來所得慧眼，未曾得聞如是之經。世尊，若復有人得聞是經，信心清淨，即生實相……』」

張無忌邊鬥邊聽，自謝遜的誦經聲一起，少林三僧長鞭上的威力也即收斂，只聽謝遜繼續唸誦：「『世尊，我今得聞如是經典，信解受持，不足為難。若當來世，後五百歲，其有眾生得聞是經，信解受持，是人即為第一希有。何以故？此人無我相、無人相、無眾生相、無壽者相……』」

張無忌聽到此處，心中思潮起伏，知道義父自被囚於峯頂地牢，每日裏聽少林三高僧誦經，上次明明可以脫身，卻自知孽重罪深，堅決不肯離去，難道他聽了數月佛經之後，終於大徹大悟麼？那經中言道：「若當來世，後五百歲，其有眾生得聞是經，信解受持。」在義父此刻心中，這五百年後之人指的便是他張無忌了。只是經義深微，他於激鬥之際，也不能深思。他自然更加不知經中的須菩提，是在天竺舍衛國聽釋迦牟尼說金剛經的長老，是以於謝遜所誦的經文，也只一知半解而已。

只聽謝遜又唸經道：「佛告須菩提：『如是，如是！若復有人得聞是經，不驚，不怖，不畏，當知是人甚為希有……如我昔為歌利王割截身體，我於爾時，無我相、無人相、無眾生相、無壽者相。何以故？我於往昔節節支解時，若有我相、人相、眾生相、壽者相，應生嗔恨……菩薩須離一切相。』」

這一段經文的文義卻甚是明白，那顯然是說，世間一切全是空幻，對於我自己的身體、性命，心中完全不存牽念，即使別人將我身體割截，節節支解，只因我根本不當是自己的身體，自然絕無惱恨之意。「義父身居地牢而處之泰然，難道他真到了不驚、不怖、不畏的境界了麼？」心念又是一動：「義父是否叫我不必為他煩惱，不必出力救他脫險？」

原來謝遜這數月來被囚地牢，日夕聽松間三僧唸誦「金剛經」，於經義頗有所悟，這時猛聽得張無忌笑聲詭怪，似是心魔大盛，漸入危境，當即唸起「金剛經」來，盼他脫卻心中魔頭的牽絆。

張無忌一面聽謝遜唸誦佛經，手上招數絲毫不停，心中想到了經文中的含義，心魔便即消退，這路古波斯武功立時不能連貫，刷的一聲，渡劫的長鞭抽向他左肩。張無忌沉肩避開，不由自主的使出了挪移乾坤心法，配以九陽神功，登時將擊來的勁力卸去，心念微動：「我用這路古波斯武功實是難以取勝。」斜眼看周芷若時，見她左支右絀，也已呈現敗象，暗想：「今日之勢，事難兩全。我若不出全力，芷若一敗，救義父之事便無指望了。」一聲清嘯，使開兩根聖火令，著著進攻。

謝遜誦經之聲並未停止。但張無忌凝神施展乾坤大挪移心法，於他所唸經文已是聽而不聞。他儘量將三僧的長鞭接到自己手上，以便讓周芷若能尋到空隙，攻入圈內。

他這一全力施展，三僧只覺鞭上壓力漸重，迫得各運內力與之抵禦。三僧的「金剛伏魔圈」以「金剛經」為最高旨義，最後要達「無我相，無人相，無眾生相，無壽者相」，於人我之分，生死之別，盡皆視作空幻。只是三僧修為雖高，一到出手，總去不了克敵制勝的念頭，雖已將自己生死置之度外，人我之分卻無法泯滅，因此這「金剛伏魔圈」的威力還不能練到極致。三僧中渡厄修為最高，深體必須除卻「人我四相」，但渡難、渡劫二僧爭雄鬥勝的念頭一盛，染雜便深，著了世間相的形跡，渡厄的鞭法非和他二人相配不可。

旁觀羣雄見張無忌改了武功的招數，三株蒼松間的爭鬥越來越是激烈，三僧頭頂漸漸現出一團淡淡的水氣，知是額頭與頂門汗水為內力所逼，化作了蒸氣，可見五人已到了各以內力相拚的境地。張無忌頭頂也有水氣現出，卻是筆直一條，又細又長的聚而不散，顯是他內力深厚，更勝三僧。昨日羣豪人人見到他身受重傷，那知他只一宵之間，便即全愈，內力之深，實令人思之駭然。

周芷若卻不與三僧正面交鋒，只在圈外游鬥，見到金剛伏魔圈上生出破綻，便即縱身而前，一遇長鞭攔截，立時翻若驚鴻般躍開。

這麼一來，張無忌和她武學修為的高下登時判然，旁觀羣雄中不少人竊竊私議：「近年來武林中傳言：明教張教主武功之強，當今獨步。果然是名不虛傳。昨天他是故意讓這位宋夫人的，這叫好男不與女鬥啊。」「甚麼好男不與女鬥？宋夫人本來是張教主的妻子，你知不知道？這叫做故尺情深！」「呸！只有故劍情深，那有甚麼故尺情深？」「你不見張教主手中使的是兩根鐵尺？」「後來宋夫人也不下毒手殺張教主，那豈不是故手情深？」

少林三僧和張無忌的招數越出越慢，變化也愈趨精微。周芷若的武功純以奇幻見長，制服武當二俠實是她成就的峯巔，說到內功修為，比之俞蓮舟、殷梨亭尚遠為不如。這時張無忌與少林三僧各以真實本領相拚，半分不能取巧，她竟已插不下手去，有時軟鞭一晃，上前進攻，在四人的內勁上一碰，立時便被彈了出來。

又鬥小半個時辰，張無忌體內九陽神功急速流動，聖火令上發出嗤嗤聲響。少林三僧的臉色本來各自不同，這時卻都殷紅如血，僧袍都鼓了起來，便似為疾風所充。但張無忌的衣衫卻並無異狀，這情景高下已判，倘若他是以一對一，甚而以一敵二，早已獲勝。他練的九陽真氣原本渾厚無倫，再加上張三丰指點，學得太極拳中練氣之法，更是愈鬥愈盛，最能持久，實可再拚一兩個時辰，以待對手氣衰力竭。少林三僧拚到此時，已瞧出久戰於己不利，突然間齊聲高喝，三條長鞭急速轉動，鞭影縱橫，似真似幻。張無忌凝視敵鞭來勢，一一拆解，心下暗自焦急：「芷若武功雖奇，畢竟所學時日無多，尚比不上外公和楊左使二人聯手的威力。我獨力難支，看來今日又要落敗了。這次再救不出義父，那便如何是好？」

他心中一急，內力稍減，三僧乘機進擊，更是險象環生。張無忌腦中如電光石火般一閃，想起昔年冰火島上謝遜對他的慈愛，又想謝遜眼盲之後，仍干冒大險重入江湖，全是為了自己，今日若救他不得，實是不願獨活。眼見渡難長鞭自身後遙遙兜至，他再不顧自己生死安危，左手疾舉，便讓這一鞭擊中手臂，只是以挪移乾坤之法卸去鞭力，右手聖火令擋住渡厄、渡劫雙雙攻來的兩鞭，身子忽如大鳥般向左撲出，空中一個迴旋，已將渡難那條長鞭在他所坐的蒼松上繞了一圈。

這一招直是匪夷所思，張無忌左臂力振，向後急拉，要將長鞭深深嵌入松樹樹幹。渡難大驚之下，急向後奪。張無忌變招奇速，順著他力道扯去。松樹樹幹雖粗，但樹根處已有一半被三僧挖空，用以遮蔽風雨。此刻被一條堅韌無比的長鞭纏住，由張無忌和渡難兩股內勁同時拉扯，只聽得喀喇喇一聲巨響，松樹在挖空處折斷，從半空中倒將下來。

乘著渡厄、渡劫二僧驚愕失措的一瞬之間，張無忌雙掌齊施，大喝一聲，推向渡厄身居的蒼松。這兩掌上的掌力實乃他畢生功力所聚，那松樹抵受不住，當即折斷。兩株斷下的松樹連枝帶葉，一齊壓向渡劫所居的松樹。雙松倒下時已有數千斤的力道，張無忌飛身而起，雙足更在第三株松樹上一蹬，那松樹又即斷折，在半空中搖搖晃晃，緩緩倒下。

其時松樹折斷聲、羣雄驚呼聲鬧成一片。張無忌手中兩枚聖火令使力向渡厄、渡劫擲了過去。兩僧既須閃避從空倒下的松樹，又要應付飛擲而至的聖火令，登時鬧了個手忙足亂。

張無忌身子一矮，貼地滾過傾側而下而尚未著地的樹幹，已攻入金剛伏魔圈的中心，使出挪移乾坤心法，雙掌一推一轉，立時推開蓋在地牢上的大石，叫道：「義父，快出來！」他生怕謝遜又不肯出來，不待謝遜答應，探手下去，抓住他後心便提了上來。

便在此時，渡厄和渡劫雙鞭齊到，張無忌迫得放下謝遜，懷中又掏出兩枚聖火令，向二僧擲出，雙手快如電閃，抓住了兩條長鞭的鞭梢。渡厄、渡劫正要各運內力回奪，聖火令已擲到面門，雙令之到，快得直無思量餘地，兩僧只得撒手棄鞭，急向後躍，這才避開了聖火令之一擊。其時渡難左掌已當胸拍到，張無忌叫道：「芷若，快絆住他！」斜身一閃，抱起了謝遜，只須將他救出了三松之間，少林派便無話說。周芷若哼了一聲，微一遲疑，渡難右掌跟著拍到。張無忌身子一轉，避開背心要穴，讓這一掌擊中了肩頭。

他抱了謝遜，便要從三株斷松間搶出。謝遜道：「無忌孩兒，我一生罪孽深重，在此處聽經懺悔，正是心安理得。你何必救我出去？」說著要掙扎下地。張無忌知義父武功極高，倘若堅決不肯出去，倒難應付，說道：「義父，孩兒得罪了！」右手五指連閃，點了他大腿與胸腹間的數處穴道，令他暫時動彈不得。

就這麼稍一阻滯，少林三僧手掌同時拍到，齊喝：「留下人來！」張無忌見三僧掌力將四面八方都籠蓋住了，手掌未到，掌風已是森然逼人，只得將謝遜放在地下，出掌抵住，叫道：「芷若，快將義父抱了出去。」他雙掌搖晃成圈，運掌力與三僧對抗，使三僧無一能抽身阻攔周芷若。這是乾坤大挪移心法中最高深的功夫之一，掌力游走不定，虛虛實實，將三僧的掌力同時黏住了。

周芷若躍進圈子，到了謝遜身畔。謝遜喝道：「呸，賤人……」周芷若一伸手便點了他的啞穴，叱道：「姓謝的，我好意救你，何以出口傷人？你罪行滔天，命懸我手，難道我便殺你不得麼？」說著舉起右手，五指成爪，便往謝遜天靈蓋上抓了下去。

張無忌一見大急，忙道：「芷若，不可！」其時他與三僧正自各以平生功力相拚，三僧雖無殺他之意，但到了這等生命決於俄頃的關頭，不是敵傷，便是己亡，實無半點容讓的餘裕。張無忌一開口，真氣稍洩，三僧的掌力便排山倒海般推將過來，只得催力抗禦。雙方均於無可奈何之際，運上了「黏」字訣，非分勝敗，難以脫身。

周芷若手爪舉在半空，卻不下擊，斜眼冷睨張無忌，冷笑道：「張無忌，那日濠州城中，你在婚禮中捨我而去，可曾料到有今日之事麼？」

張無忌心分三用，既擔心謝遜性命，又惱她在這緊急關頭來算舊帳，何況少林三僧掌力源源而至，縱然專心凝神的應付，最後也非落敗不可，這一心神混亂，更是大禍臨頭。他額上冷汗涔涔而下，霎時之間，前胸後背，衣衫都已被大汗濕透。

楊逍、范遙、韋一笑、說不得、俞蓮舟、殷梨亭等看到這般情景，無不大驚失色。這些人心中念頭均是相同，只教救得張無忌，縱然捨了自己性命，也是絕無悔恨，但各人均知自己功力不及，別說從中拆解，便是上前襲擊少林三僧，三僧也會輕而易舉的將外力移到張無忌身上，令他受力更重，那是救之適足以害之了。

空智提聲叫道：「三位師叔，張教主數於本派有恩，務請手下留情。」但四人的比拚已到了難解難分的地步，張無忌原無傷害三僧之心，三僧念著日前他相助解圍，也早欲俟機罷手，只是雙方均是騎虎難下。三僧神遊物外，對空智的叫聲聽而不聞，其實便算得知，卻也無能為力。

韋一笑身形一晃，如一溜輕煙般閃入斷松之間，便待向周芷若撲去，卻見周芷若右手作勢，懸在半空，自己若是撲上，她手爪勢必立時便向謝遜頭頂插下。謝遜若死，張無忌心中大悲，登時便會死在三僧掌力之下。韋一笑與周芷若相距不到一丈，便即呆呆定住，不敢上前動手。一時之間，山峯上每人都似成了一座石像，誰都一動不動，不出一聲。

驀地裏周顛哈哈一笑，踏步上前。

楊逍吃了一驚，喝道：「顛兄，不可魯莽。」周顛毫不理會，走到少林三僧之前，嬉皮笑臉的說道：「三位大和尚，吃狗肉不吃？」伸手從懷中掏出一隻煮熟了的狗腿，在渡厄面前晃來晃去。這兩日少林寺中供應的都是素齋，周顛好酒愛肉，接連幾日青菜豆腐，如何能挨？昨晚偷了一隻狗，宰來吃了個飽，尚留著一條狗腿，此刻事急，便去擾亂少林三僧的心神。楊逍等一見，盡皆大喜，心想：「周顛平時行事瘋瘋顛顛，這一著卻大是高招。」均知比拚內力，關鍵全在於專志凝神，周顛上前胡鬧，只須有一僧動了嗔怒，心神微分，張無忌便可得勝。

三僧視而不見，毫不理會。周顛拿起狗腿張口便咬，說道：「好香氣，好滋味！三位大和尚，吃一口試試。」他見三僧絲毫不動聲色，當下將狗腿挨到渡厄口邊。待要塞入他的口中，旁觀的少林羣僧呼喝：「兀那顛子，快快退下！」周顛將狗腿往前一送，剛碰到渡厄口唇，突然間手臂一震，半身酸麻，拍的一聲，狗腿掉在地上。原來渡厄此時內勁布滿全身，已至「蠅蟲不能落」的境界，四肢百骸一遇外力相加，立時反彈出來。

周顛叫道：「啊喲！哪喲！了不起，了不起！你不吃狗肉，那也罷了，何必將我好好一條狗腿彈在地下，弄得骯髒邋遢？我要你賠，我要你賠！」他手舞足蹈，大叫大嚷。不料三僧修為深湛，絲毫不受外魔干擾。周顛右手一翻，從懷中取出一柄短刀，叫道：「你不領情吃我的狗腿，老子今日跟你拚了。」一刀在自己臉上一劃，登時鮮血淋漓。

羣雄驚呼聲中，周顛又用短刀在自己臉上一劃，一張臉血肉模糊，甚是猙獰可怖。這等情景本來不論是誰見了都要心驚動魄，但少林三僧心神專注，眼耳鼻舌俱失其用，不但見不到周顛自殘的情景，連他這個人出現在身前也均不知。周顛大聲叫道：「好和尚，你不賠還我的狗腿，我死在你的面前！」舉起短刀，便往自己心窩中插了下去。他見教主命在俄頃，決意捨生自殺，以擾亂三僧心神。

驀地裏黃影閃動，一人飛身過來，夾手奪去他的短刀，跟著斜身而前，五指伸張，往周芷若頭頂插落，所使手法，與宋青書殺甏丐幫長老的全然相同。周芷若五根手指與謝遜頂門相距雖然不過尺許，但敵人身法實在太快，只得翻手上托，擋開了這一招。

張無忌的內勁之強，並不輸與三僧聯手，但「物我兩忘」的枯禪功夫卻遠有不及，做不到於外界事物視而不見、聽而不聞的地步，是以見到周芷若出手對謝遜威脅，他立時便心神大亂。待周顛上前胡鬧，進而抽刀自盡，他一一瞧在眼裏，更是焦急。正在這內息如沸、轉眼便要噴血而亡的當兒，忽見那黃衫女子躍進圈來，奪去周顛手中短刀，出招攻擊周芷若，解去了謝遜的危難。

張無忌心中一喜，內勁立長，將三僧攻過來的勁力一一化解，霎時之間便成了個相持不下的局面。渡厄等雖於外界事物不聞不見，但於雙方內勁的消長卻辨析入微，陡然察覺到對方內勁大張，卻又不反守為攻，正是消除雙方危難的最佳時機，三僧心意相通，立時內勁微收。張無忌跟著收了一分勁力，三僧亦收一分。如此你收一分，我收一分，頃刻間雙方勁力收盡。四人同時哈哈一笑，一齊站起。張無忌長揖到地，渡厄、渡劫、渡難三僧合什還禮。四人齊聲說道：「佩服，佩服！」

張無忌回過頭去，只見那黃衫女子和周芷若鬥得正緊。黃衫女子一雙空手，周芷若右手鞭，左手刀，卻兀自落於下風。黃衫女子的武功似乎與周芷若乃是一路，飄忽靈動，變幻無方，但舉手抬足之間卻是正而不邪，如說周芷若形似鬼魅，那黃衫女子便是態擬神仙。張無忌只看得兩眼，已知黃衫女子有勝無敗，義父絕無危險，但見她出手之中頗有引逗之意，似要看明周芷若武學的底細，要是當真求勝，早已將周芷若打倒了。

渡厄說道：「善哉，善哉！張教主，你雖勝不得我三人，我三人也勝不得你。謝居士，你請自便罷！」說著上前解開了謝遜身上穴道，說道：「謝居士，放下屠刀，立地成佛。我佛門戶廣大，世間無不可渡之人。你我在這山峯上共處多日，那也是有緣。」

謝遜站起身來，說道：「我佛慈悲，多蒙三位大師指點明路，謝遜感激不盡。」

只聽那黃衫女子一聲清叱，左手翻處，已奪下周芷若手中長鞭，跟著手肘撞中了她胸口穴道，右手箕張，五指虛懸在她頭頂，說道：「你要不要也嘗嘗『九陰白骨爪』的滋味？」周芷若動彈不得，閉目待死。

謝遜雙目雖然不能見物，但於周遭一切情景卻聽得十分明白，上前一揖，說道：「姑娘救我父子二人性命，深感大德。這位周姑娘若不悔悟，多行不義，終有遭報之日。求懇姑娘今日暫且饒她。」

黃衫女子道：「金毛獅王悔改得好快啊。」身形一晃，便即退開。

三十九 秘笈兵書此中藏

——

謝遜一招快似一招，
只聽得成崑「啊」的一聲慘叫，
胸口已被一招七傷拳擊中。
此時成崑雙目已瞎，如何能是謝遜的對手，
頃刻間身上接連中拳。

張無忌攜了謝遜之手，正要並肩走開。謝遜忽道：「且慢！」指著少林僧眾中的一名老僧叫道：「成崑！你站出來，當著天下眾英雄之前，將諸般前因後果分說明白。」

羣雄吃了一驚，只見這老僧弓腰曲背，形容猥瑣，相貌與成崑截然不同。張無忌正待說：「他不是成崑。」只聽謝遜又道：「成崑，你改了相貌，聲音卻改不了。你一聲咳嗽，我便知你是誰。」那老僧獰笑道：「誰來聽你這瞎子胡說八道。」

他一開口說話，張無忌立時辨認了出來，那日光明頂上他身處布袋之中，曾聽成崑長篇大論的說話，對他語音記得清清楚楚，此刻成崑雖故意逼緊喉嚨，身形容貌更喬裝得十分巧妙，但語音終究難變。張無忌縱身躍出，截住了他後路，說道：「圓真大師，成崑前輩，大丈夫光明磊落，何不以本來面目示人？」

成崑喬裝改扮，潛伏在人叢之中，始終不露破綻，可是當那黃衫女子制服周芷若之際，他大出意料之外，忍不住輕輕一聲咳嗽，謝遜雙眼盲後耳音特靈，對他又是記著銘心刻骨的血仇。就謝遜而言，這一聲咳嗽不啻是個晴天霹靂，立時便將他認了出來。

成崑眼見事已敗露，長身大喝：「少林僧眾聽者：魔教擾亂佛地，藐視本派，眾僧一齊動手，格殺勿論。」他手下黨羽紛紛答應，抽出兵刃便要上前動手。

空智只因師兄空聞方丈受本寺叛徒的挾制，忍氣已久，此刻聽圓真發令與明教動手，這一場混戰下來，本寺僧眾不知將受到多大的損傷，權衡輕重，終究闔寺僧眾的性命事大，當下喝道：「空聞方丈已落入這叛徒圓真手中，眾弟子先擒此叛徒，再救方丈。」

霎時之間，峯頂上亂成一團。

張無忌見周芷若委頓在地，臉上盡是沮喪失意之情，心下大是不忍，當即上前解開她穴道，扶她起身。周芷若一揮手，推開他手臂，逕自躍回峨嵋羣弟子之間。

只聽謝遜朗聲說道：「今日之事，全自成崑與我二人身上所起，種種恩怨糾纏，須當由我二人了結。師父，我一身本事是你所授；成崑，我全家是你所殺。你的大恩大仇，今日咱二人來算個總帳。」

成崑見空智不顧一切的出聲號令，終究少林寺僧侶正派者遠為眾多，自己黨羽佔不到合寺僧眾的一成，看來接掌少林方丈的圖謀終於也歸鏡花水月，心想：「謝遜作惡多端，我若制服了他，大可將一切罪行盡數推在他頭上。他的武功皆我所授，他雙眼又盲，難道我還對付他不了？」於是說道：「謝遜，江湖上有多少英雄好漢，命喪你手。今日更招引明教的大批魔頭，來少林擾亂佛門福地，與天下英雄為敵。我深悔當年傳授了你武功，此刻非得清理門戶、整治你這欺師滅祖的逆徒不可。」說著大踏步走到謝遜面前。

謝遜高聲道：「四方英雄聽者，我謝遜的武功，原是這位成崑師父所授，可是他逼姦我妻不遂，殺我父母妻兒。師尊雖親，總親不過親生的爹娘。我找他報仇，該是不該？」

四下裏羣雄轟然叫道：「該當報仇，該當報仇！」

成崑一言不發，呼的一掌，便向謝遜頭上劈去。謝遜頭一偏，讓過了頂門要害，拍的一響，這一掌打在他的肩頭。謝遜哼的一聲，並不還手，說道：「成崑，當年你傳我這招『長虹經天』之際，說道若是擊中敵身，便當運混元一氣功傷敵，你為甚麼不運功啊？是不是年紀老了，無功可運了？」原來成崑第一招只是虛招，沒料到對方竟不閃不躲，一擊而中。但他這一招上全沒用上勁力，是以謝遜並未受傷。

成崑左手虛引，右手一掌拍出。謝遜斜身讓過，仍不還招。成崑雙腿連環踢出，拍拍兩響，謝遜脅下連中兩腿。這兩腿的勁力卻厲害無比，饒是謝遜體格粗壯，可也禁受不起，哇的一聲，一大口鮮血噴將出來。

張無忌急叫：「義父，還招啊！你怎能儘挨打不還手。」謝遜身子搖晃幾下，苦笑道：「他是我師父，受他兩腿一掌，原也應該。」驀地裏長嘯一聲，揮掌疾劈過去。

成崑心中暗叫：「倒霉，倒霉！我只道他對我仇深似海，一上來就會拚命，早知他肯讓我三招，我先前何不痛下殺手，以致失卻良機？」見謝遜這掌來得凌厲，當即左手斜引，卸開他的掌力，身子轉了半個圈子，已旋到他身後，欺他眼不見物，一掌無聲無息的從他背後按了過去。謝遜卻如親眼所見，反足踢出。成崑輕輕高躍，從半空中如鷹隼般撲下來。他年逾古稀，身手之矯捷竟不輸少年。謝遜雙手上托，成崑下擊之勢被阻，又彈了上去，在半空中輕輕一個迴旋，又撲擊下來。

兩人這一搭上手，以快打快，轉瞬間便拆了七八十招。謝遜雙目雖然不能見物，但他一身武功全是成崑所授，他的拳腳成崑固所深悉，而成崑諸般招數，他也無不了然於胸。事過數十年，二人內功修為俱各大進，拳腳的招數卻仍是本門的解數。謝遜不必用眼，便知自己這一掌過去，對方將如何拆招，而跟著來的一招，多半是那幾項變化中的一項。加上他年紀比成崑小了十餘歲，氣血較壯，冰火島上奇寒酷熱的鍛練，於內力修為大有好處，因之一百餘招中竟絲毫不落下風。

謝遜與成崑仇深似海，苦候數十年，此刻方始交上了手，張無忌本來料他定要不顧性命的撲擊，與成崑鬥個兩敗俱傷，那知他一招一式全是沉穩異常，將門戶守得極是嚴密。張無忌初時略覺詫異，又看了數十招，當即領悟，成崑武功之強幾已不輸於渡厄、渡難等三僧，謝遜若是一上來便逞血氣之勇，只怕支持不到三百招以上。顯然謝遜心中仇恨越深，手上越是謹慎，生怕自己先毀在成崑手下，報不了父母妻兒的血仇。

堪堪拆到二百餘招，謝遜大喝一聲，呼的一拳擊出。崆峒派的關能叫道：「七傷拳！」只見謝遜左右雙拳連續擊出，威猛無儔，崆峒諸老相顧駭然，都不由得自愧不如。成崑連避三拳，待他又是一拳擊到時，右掌平推出去。拍的一響，拳掌相交，謝遜鬚髮俱張，威風凜凜的站著不動，成崑卻連退三步。

旁觀羣雄中許多人都喝起采來。謝遜與成崑結仇的經過和原因，這時江湖上傳聞已遍。眾人雖惱謝遜出手太辣，濫傷無辜，但也覺他所遇極慘，成崑太也奸險，除了親友為他所傷的那些人之外，一大半倒是盼他得勝。

謝遜搶上三步，又是呼呼兩拳擊出，成崑還了兩掌，復退三步。張無忌暗叫：「不好！成崑使的是少林九陽功，那是他拜空見神僧為師之後學來的功夫，義父卻未得傳授。」

謝遜練那七傷拳時為求速成，當年便已暗受內傷，拳力中原有缺陷，成崑深悉其中關鍵所在，故示以弱，卻將少林九陽功使將出來。謝遜每一拳打出，成崑受了他拳力的七成，以少林九陽功化解，其餘三成卻反激回去。謝遜呼呼呼打出十二拳，成崑連退數十步，看來似是謝遜大佔上風，其實內傷越受越重。

張無忌焦急萬分，這是義父一生夢寐以求的復仇機緣，自己無論如何不能插手相助，但如此再鬥得數十拳，謝遜勢必嘔血身亡。

空智突然冷冷的道：「圓真，我師兄當年傳你這少林九陽功，是教你用來害人的麼？」

成崑冷笑道：「我恩師命喪七傷拳下，今日我是為恩師報仇雪恥。」

趙敏突然叫道：「空見神僧的九陽功，修為遠在你上，他為甚麼不能抵擋七傷拳？空見大師是害在你這奸賊手裏的。你騙得他老人家出頭化解冤孽，騙得他挨打不還手。嘿嘿，你看，你看，你背後站的是誰？滿臉是血，怒目指著你的背心，這不是空見神僧麼？」

成崑明知是假，但他作了這件虧心事後，不免內疚神明，不由自主的打了個寒噤。正在此時，謝遜又是一拳擊到，成崑出掌擋格，身子微晃，竟沒後退，分心之下，真氣走得岔了，被這拳打得胸口氣血翻湧，當即展開輕身功夫，在謝遜身旁遊走，過了一會方得氣息調勻。

趙敏叫道：「空見神僧，你緊緊釘住他，不錯，就是這樣，在他後頸中呵些冷風。你死在徒兒手中，他也必死在徒兒手中，這叫做一報還一報，老天爺有眼，報應不爽。」

成崑給她叫得心中發毛，疑心生暗鬼，隱隱似覺後頸中果然有陣陣冷風吹襲，忙亂之際，一時想不到這峯頂上終年山風不絕，加之他二人縱躍來去的打鬥，後心自然有風。

趙敏見他微有遲疑，又叫：「啊喲，成崑，你回過頭來看看背後。你不敢回頭麼？你瞧瞧地下的黑影，為甚麼二人打鬥，卻有三個黑影。」

成崑情不自禁的一低頭，果見兩個人影中多了個黑影，心中一窒，謝遜已一拳打到。成崑不及拆解，硬碰硬的還拳相擊，砰的一響，二人各以真力相抗，都是身子搖晃，退後了一步。成崑這才看清，原來那黑影是斷折了的半截松樹的影子。

成崑久戰不勝，心中早便焦躁，暗想：「他是我徒兒，雙眼又盲了，我竟然仍是奈何他不得，我的心腹在旁瞧著也是不服。我那幻陰指神功，那日偏又給張無忌這萬惡小賊的純陽內力破了，否則今日又怎會跟謝遜纏鬥這麼久？眼下情勢險惡，唯有儘速制住這逆徒，方能挾制明教，又可乘機挑動與他有仇之人。至不濟也能脫身自保。」心念一動，移步換形，悄沒聲的向斷松處退了兩步。

謝遜連發三拳，搶上兩步，成崑又退兩步，想要引他絆倒在斷松之上。謝遜正待上前追擊，張無忌叫道：「義父，小心腳下。」謝遜一凜，向旁跨開，便這麼稍一遲疑，成崑已找到空隙，一拳無聲無息的拍到，正印在謝遜胸口，掌力吐處，謝遜向後便倒。

成崑提腳向他頭蓋踹落。謝遜一個打滾，又站了起來，嘴角邊不住流出鮮血。成崑寂然不動，右掌緩緩伸出。謀遜與他相鬥，全仗熟悉招數，輔以聽風辨形，此刻成崑這一掌出手不按常法，慢慢移到謝遜面門，突然拍落，打在他的肩頭。謝遜身子晃了幾下，強力撐住。

羣雄中多人不服，紛紛叫嚷：「亮眼人打瞎子，使這等卑鄙手段！」

成崑不理，又緩緩伸掌拍出。謝遜凝神傾聽，感到敵掌襲來，立時舉手格開。

張無忌見他滿頭黃髮飛舞，嘴角邊沾滿鮮血，心下憤急，情知這般鬥將下去，他非死在成崑手下不可，只是在這當口自己若出手相助，縱然殺得成崑，義父也必憾恨終生。他抓住趙敏的手，急道：「快想個計較才好。」趙敏道：「你能偷發暗器，打瞎了老賊雙目麼？」張無忌搖頭道：「義父寧死不肯讓我做這等事！」

只見成崑又是緩緩一掌拍出，趙敏叫道：「胸口！」謝遜右拳在胸口直擊而下，成崑這一掌不等使老，便即收回。他連出幾招慢掌，都給趙敏叫破，眼見此法難以奏功，當即將計就計，又出掌緩緩拍向謝遜右肩。趙敏叫道：「右肩！」成崑左肩微動，張無忌立明其意，大叫：「後心！」謝遜聽到趙敏叫聲時，揮右臂擋格拍向右肩的一掌，豈知成崑先一掌卻是虛招，以趙敏的呼叫引開謝遜右臂，左掌乘虛而入，拍的一聲，重重擊在他後心。張無忌雖及時提醒，但成崑這一掌出招快極，謝遜待得聽到張無忌的叫聲，已然不及變招。

眾人驚呼聲中，謝遜一大口鮮血噴出，盡數噴在成崑臉上。成崑「啊」的一聲，伸手去抹，謝遜滾倒在地，只聽到兩人齊聲大叫，突然之間，兩人都失了影蹤。

原來謝遜一摔倒，立即抱住了成崑雙腿，奮力急扯，兩人雙雙摔入了地牢之中。

地牢中積水齊頸，一團漆黑，成崑登時也成了瞎子。他急速後躍，只盼遠離敵手，但地牢狹窄之極，一躍之下，後背重重撞上了石壁，想要縱身躍起，小腹上卻中了一招七傷拳，登時劇痛入心。成崑知道這一拳受傷不輕，若再上躍，勢必連續中拳，當即招數一變，以「小擒拿手」禦敵。這「小擒拿手」原是黑暗中近身搏擊之用，講究應變奇速，眼雖不見，但手指、手掌、手臂、手肘任何一處碰到敵人身體，立時擒拿抓打、撕戳勾撞。謝遜大喝一聲，也以「小擒拿手」對付。

眾人只聽得地牢中呼喝連連，夾雜著拳掌與肉體相碰之聲，迅如爆豆，大片大片水濺將上來，料想兩人均正全速相攻。張無忌心中怦怦亂跳，暗想此刻義父若遭凶險，便欲出手相救也不可得，在勢又不能躍入地牢相助，只急得背上全是冷汗。

謝遜雙眼已盲了二十餘年，聽聲辨形的功夫早練得爛熟，以耳代目，行之已慣。積水飛濺之下，成崑陡然間便如瞎子般亂打亂拿，雙方優劣之勢，立時逆轉。成崑心中驚懼，一時苦無善策，只有將兩條手臂使得猶如疾風驟雨一般，加快施展「小擒拿手」中的毒招狠著，尋思：「拚著再受你一掌，說甚麼也得到上面去打。」

羣雄一步步走近地牢，掌心中都是捏著一把冷汗，耳聽得成崑與謝遜叱喝之聲不絕從地底傳上來，兀自未分勝負。驀地裏成崑一聲慘叫，跟著兩個人影從地牢中一齊躍上。日光之下，只見成崑和謝遜均是雙目流血，相對不動。

原來激鬥之中，驀地裏謝遜雙掌一分，搶擊成崑脅下。成崑大喜，叫聲：「著！」右手食中二指，疾取謝遜雙目。這招「雙龍搶珠」招式原也尋常，只是挾在「小擒拿手」中使將出來，卻具極大威力，對方勢必側頭閃避，他左手迎頭橫掃，非擊中敵人太陽要穴不可。那知謝遜不閃不避，也喝一聲：「著！」也是一招「雙龍搶珠」使出，食中二指插向他雙目。

成崑二指插中謝遜眼珠，腦海中如電光石火般一閃：「糟糕！」跟著自己雙眼一痛，已被謝遜二指插中。二人所受的傷全無二致，但謝遜雙眼早盲，再被成崑二指插中，只不過是皮肉受損，成崑卻變成了盲人。

謝遜冷笑道：「瞎子的滋味好不好過？」呼的一拳擊去。成崑目不見物，無法閃避，這一招「七傷拳」正中胸口。

謝遜左手跟著又是一拳，成崑倒退數步，摔在斷松之上，口中鮮血狂噴。忽聽得渡厄說道：「因果報應，善哉，善哉！」謝遜一呆，第三拳擊去，在中途凝力不發，說道：「我本當打你一十三拳七傷拳。但你武功全失，雙目已盲，從此成為廢人，再也不能在世間為惡。餘下的一十一拳，那也不用打了。」

張無忌等見他大獲全勝，都歡呼起來。謝遜突然坐倒在地，全身骨骼格格亂響。張無忌大驚，知他逆運內息，要散盡全身武功，忙道：「義父，使不得！」搶上前去，便要伸手按上他的背心，以九陽神功制止。

謝遜猛地裏躍起身來，伸手在自己胸口狠擊一拳，口中鮮血狂噴。張無忌忙伸手扶住，只覺他手勁衰弱已極，顯是功力全失，再難復原了。

謝遜指著成崑說道：「成崑，你殺我全家，我今日毀你雙目，廢去了你的武功，以此相報。師父，我一身武功是你所授，今日我自行盡數毀了，還了給你。從此我和你無恩無怨，你永遠瞧不見我，我也永遠瞧不見你。」

成崑雙手按著眼睛，痛哼一聲，並不回答。

羣雄面面相覷，那想到這一場師徒相拚，竟會如此收場。

謝遜朗聲道：「我謝遜作惡多端，原沒想能活到今日，天下英雄中，有那一位的親人師友曾為謝某所害，便請來取了謝某的性命去。無忌，你不得阻止，更不得事後報復，免增你義父罪業。」張無忌含淚答應。

羣雄中雖有不少人與他怨仇極深，但見他報復自己全家血仇，只是廢去成崑的武功，而他自己武功也已毀了，若再上前刺他一劍，打他一拳，實不是英雄好漢的行徑。

人叢中忽然走出一條漢子，說道：「謝遜，我父親雁翎飛天刀邱老英雄傷在你手下，我給先父報仇來啦！」說著走到他身前。謝遜黯然道：「不錯，令尊確是在下所害，便請邱兄動手。」那姓邱的漢子拔刀在手，走上兩步。

張無忌心中一片混亂，若不出手阻止，義父便命喪這漢子刀下，但若將這漢子打發了，只怕反令義父有生之年更增煩惱，何況他雙目已盲，武功全失，活在世上是否尚有生人之樂，實在也難說得很。他身子發顫，不由自主的也踏上了兩步。

謝遜喝道：「無忌，如你阻人報仇，對我是大大的不孝。我死之後，你到地牢中細細察看，便知一切。」

那姓邱漢子舉刀當胸，突然眼中垂下淚來，一口唾沫，吐到了謝遜臉上，哽咽道：「先父一世英雄，如他老人家在天之靈，見我手刃一個武功全失的盲人，定然惱我不肖……」嗆啷一聲，單刀落地，掩面奔入人叢。

跟著又有一個中年婦人走出，說道：「謝遜，我為我丈夫陰陽判官秦大鵬報仇來啦。」走到謝遜面門，也是一口唾沫吐到了他臉上，大哭走開。

張無忌見義父接連受辱，始終直立不動，心中痛如刀割。

武林豪士於生死看得甚輕，卻決計不能受辱，所謂「士可殺而不可辱」。這二人每人一口唾沫吐在他臉上，實是最大的侮辱，謝遜卻安然忍受，可知他於過去所作罪業，當真痛悔到了極點。人叢中一個又一個的出來，有的打謝遜兩記耳光，有的踢他一腳，更有人破口痛罵，謝遜始終低頭忍受，既不退避，更不惡言相報。

如此接連三十餘人，一一將謝遜侮辱了一番。最後一名長鬚道人出來，稽首說道：「貧道太虛子，我兩位師兄命喪謝大俠拳底，貧道今日得見謝大俠風範，深自慚愧，貧道劍下也曾殺過無數黑白兩道的豪傑。我若找你報仇，旁人也可找我報仇。」說著拔出長劍，左手振指一彈，噹的一聲，長劍斷為兩截。他將斷劍投在地下，向謝遜行禮而去。

羣雄竊竊私議，這太虛子江湖上其名不著，武功卻如此了得，更難得的是心胸寬廣，能夠自責，看來再沒人出來向謝遜為難了。

不料羣議未畢，峨嵋派中走出一名中年女尼，走到謝遜身前，說道：「殺夫之仇，我也是一口唾沫了結了罷！」說著口一張，一口唾沫向謝遜額頭吐去。那知這口唾沫勢夾勁風，中間竟挾著一枚棗核鋼釘。

謝遜聽得風聲有異，微微苦笑，並不閃避，心想：「我此刻方死，已然遲了。」

驀地裏黃影一閃，那黃衫女子陡地搶前，衣袖拂動，將棗核釘捲在袖中，喝道：「這位師太法名如何稱呼？」那女尼見突擊不中，微現驚惶之色，說道：「我叫靜照。」黃衫女子道：「嗯，靜照，靜照。你出家之前的丈夫叫甚麼名字？怎生為謝大俠所害？」靜照怒道：「這跟你有甚麼相干？要你多管甚麼閒事？」黃衫女子道：「謝大俠懺悔前罪，若有人為報父兄師友大仇，縱然將他千刀萬剮，謝大俠均所甘受，旁人原也不能干預。但若有人心懷叵測，意圖混水摸魚，殺人滅口，那可人人管得。」

靜照道：「我和謝遜無怨無仇，何必要殺人滅……」底下這「口」字尚未說出，斗然間知道說錯了話，急忙停住，臉色慘白，不禁向周芷若望了一眼。

黃衫女子道：「不錯，你跟謝大俠無怨無仇，何故要殺人滅口？哼，峨嵋派靜字輩十二女尼之中，靜玄、靜虛、靜空、靜慧、靜迦、靜照，均是閨女出家，何來丈夫？」

靜照一言不發，掉頭便走。

黃衫女子喝道：「這麼容易便走了？」搶上兩步，伸掌往她肩頭抓去。靜照斜身卸肩，避開了她這一抓。黃衫女子右手食指戳向她腰間，跟著飛腳踢中了她腿上環跳穴。靜照哼了一聲，摔倒在地。黃衫女子冷笑道：「周姑娘，這殺人滅口之計好毒啊。」

周芷若冷冷的道：「靜照師姊向謝遜報仇，說甚麼殺人滅口？」左手一揮，說道：「這兒無數名門正派的弟子，不明邪正之別，甘願跟旁門妖魔混在一起。峨嵋派可犯不著趕這淌混水，咱們走罷。」峨嵋派人眾一聲答應，都站了起來。兩名女弟子去扶過靜照，那黃衫女子卻也不加阻攔。周芷若率領同門，下峯去了。

張無忌走到那黃衫女子跟前，長揖說道：「承姊姊多番援手，大德不敢言謝。只盼示知芳名，以便張無忌日夕心中感懷。」

黃衫女子微微一笑，說道：「終南山後，活死人墓，神鵰俠侶，絕跡江湖。」說著斂衽為禮，手一招，帶了身穿黑衫白衫的八名少女，飄然而去。

張無忌追上一步，道：「姊姊請留步。」那黃衫女子竟不理會，自行下峯去了。

丐幫的小幫主史紅石叫道：「楊姊姊，楊姊姊！」

只聽得峯腰間傳來那女子的聲音道：「丐幫大事，請張教主盡力周旋相助。」張無忌朗聲道：「無忌遵命。」那女子道：「多謝了！」

這「多謝了」三字遙遙送來，相距已遠，仍是清晰異常。張無忌心下不由得一陣惆悵。

空智走到成崑身前，喝道：「圓真，快吩咐放開方丈。老方丈若有三長兩短，你的罪業可就更大了。」成崑苦笑道：「事已至此，大家同歸於盡。此刻我便要放空聞和尚，也已來不及了。你又不是瞎子，這時還瞧不見火燄嗎？」

空智一呆，回頭向峯下瞧去，果見寺中黑煙和火舌冒起，驚道：「達摩堂失火！快，快去救火。」羣僧一陣大亂，紛紛便要奔下山去。

忽見達摩堂四周一條條白龍般的水柱齊向火燄中灌落，霎時間便將火頭壓了下去。

空智合掌唸佛，道：「阿彌陀佛，少林古剎免了一場浩劫。」不久兩名僧人搶上峯來，稟報道：「啟稟師叔祖，圓真手下的叛逆縱火焚燒達摩堂，幸得明教洪水旗下眾英雄仗義，已將烈火撲滅。」

空智走到張無忌身前，合什禮拜，說道：「少林千年古剎免遭火劫，全出張教主大恩大德，合寺僧侶粉身難報。」張無忌還禮遜謝，道：「此事份所當為，大師不必多禮。」

空智道：「空聞師兄被這叛徒囚於達摩院中，火勢雖滅，不知師兄安危如何。張教主與眾位英雄少待，老衲須得前去察看。」

成崑哈哈大笑，道：「空聞身上澆滿了牛油豬油，火頭一起，早已了帳。洪水旗救得了達摩院，須救不得老方丈。」

忽然峯腰傳來一人聲音，說道：「洪水旗救不得，還有厚土旗呢。」卻是范遙的聲音。

他話聲甫畢，便和厚土旗掌旗使顏垣奔上峯來，兩人攙扶著一位老僧，正是少林寺方丈空聞。但見三人均是衣衫焦爛，鬚眉燒得稀稀落落，狼狽不堪。

空智搶上去抱住空聞，叫道：「師兄，你身子安好？師弟無能，罪該萬死。」空聞微笑道：「全仗這位范施主和顏施主從地道中穿出來相救，否則你我焉有再見之日。」

空智駭然道：「明教厚土旗穿地之能，一神至此。」向范遙、顏垣深禮致謝，又道：「范施主，老僧先前無禮冒犯，尚請原宥。大都萬安寺之約，老僧是不敢去的了。」武林人士訂下比武的約會，若是食言不到，比之較技服輸可要丟臉萬倍。空智對范遙冒險相救師兄的大德感激無已，這才自甘毀約。兩人本來互相佩服，經此一事，更加傾心接納，從此成為至交好友。

原來成崑事先計劃周詳，於英雄大會前夕出其不意的點中了空聞穴道，將他囚在達摩院中，院中放滿硝磺柴草等引火之物，分派心腹看守，脅迫空智事事須聽自己吩咐，否則立時縱火，焚死空聞。其後事與願違，一切均非先前意料所及，一敗塗地之餘，便傳出號令，命心腹縱火，那是他破釜沉舟的最後一著棋子。只盼羣雄與僧眾忙於救火，他心腹人等便可乘亂將他救下山去。不料楊逍於大隊到達少室山之前數日，便已命厚土旗先行打下地道，通入少林寺中，本想是設法相救謝遜，可是謝遜卻並非囚於寺內，厚土旗人眾遍尋不得，卻乘機磨去了十六尊羅漢像背上的字跡。

後來張無忌與周芷若聯手攻打金剛伏魔圈，待得成崑現身，當眾與空智破臉，趙敏與楊逍便瞧出端倪。二人計議之下，請范遙率領洪水、厚土兩旗，潛入寺中相救空聞。只是成崑的布置極是周密毒辣，達摩院內外硝磺油柴堆積甚眾，一經點燃，立時滿院烈火，登時燒死了厚土旗的五名教徒。范遙與顏垣冒煙突火，救出空聞，但三人也被烈火燒得鬚眉俱焦，若不是從地道中脫險，勢必葬身火窟。達摩院及鄰近幾間僧舍為火所焚，幸而未曾蔓延，大雄寶殿、藏經閣、羅漢堂等要地未遭波及。

空聞與空智商議了幾句，傳下法旨，將成崑手下黨羽盡數拘禁於後殿待命。成崑在少林寺日久，結納的徒黨著實不少，但魁首受制，方丈出險，眾黨羽眼看大勢已去，當下誰也不敢抗拒，在羅漢堂首座率領僧眾押送之下，垂頭喪氣的下峯。

張無忌走到謝遜身邊，只叫了聲：「義父！」淚如雨下。謝遜笑道：「癡孩子！你義父承三位高僧點化，大徹大悟，畢生罪業一一化解，你該當代我歡喜才是，有甚麼可難過的？我廢去武功有何可惜，難道將來再用以為非作歹麼？」

張無忌無言可答，但心下酸痛，又叫了聲：「義父！」

謝遜走到空聞身前，跪下說道：「弟子罪孽深重，盼方丈收留，賜予剃度。」空聞尚未回答，渡厄道：「你過來，老僧收你為徒。」謝遜道：「弟子不敢望此福緣。」他拜空聞為師，乃「圓」字輩弟子，若拜渡厄為師，敘「空」字輩排行，和空聞、空智便是師兄弟稱呼了。渡厄喝道：「咄！空固是空，圓亦是空，我相人相，好不懵憧！」謝遜一怔，登即領悟，甚麼師父弟子、輩份法名，於佛家盡屬虛幻，便說偈道：「師父是空，弟子是空，無罪無業，無德無功！」渡厄哈哈笑道：「善哉，善哉！你歸我門下，仍是叫作謝遜，你懂了麼？」謝遜道：「弟子懂得。牛屎謝遜，皆是虛影，身既無物，何況於名？」

謝遜文武全才，於諸子百家之學無所不窺，一旦得渡厄點化，立悟佛家精義，自此歸於佛門，終成一代大德高僧。

渡厄道：「去休，去休！纔得悟道，莫要更入魔障！」攜了謝遜之手，與渡劫、渡難緩步下峯。空聞、空智、張無忌等一齊躬身相送。金毛獅王三十年前名動江湖，做下了無數驚世駭俗的事來，今日身入空門，羣雄無不感嘆。張無忌又是歡喜，又是悲傷。

空聞說道：「眾英雄光臨敝寺，說來慚愧，敝寺忽生內變，多有得罪，招待極是不周。眾英雄散處四方，今日一會，未知何時重得相聚，且請寺中坐地。」

當下羣雄下峯入寺，少林寺中開出素餐接待。眾僧侶做起法事，替會中不幸喪命的英雄超度。羣雄逐一祭弔致哀。

大事已了，張無忌心中卻仍有許多不明之處，謝遜去得匆匆，不少疑團未及相詢，但料想關鍵所在，必與周芷若有關。念及舊情，心想這些疑團也不必一一剖明，以致更損她的名聲。用過齋飯後，與史紅石及丐幫諸長老在西廂房中敘話，商議丐幫大事，忽有教眾來報；「教主，武當張四俠到來，有要事相商。」

張無忌吃了一驚：「莫非太師父有甚不測？」忙搶步出去，來到大殿，向張松溪拜倒，見他神色無異，這才放心，問道：「太師父安好？」張松溪道：「師父他老人家安好。我在武當山下得到訊息，元兵鐵騎二萬，開向少林寺來，窺測其意，顯是要不利於英雄大會，是以星夜前來報信。」張無忌道：「咱們快去說與方丈知曉。」

當下二人同至後院，告知空聞。空聞沉吟道：「此事牽涉甚大，當與羣雄共議。」於是命寺僧撞鐘，邀集眾英雄同到大雄寶殿之中。

羣雄聞訊，登時紛紛議論。血氣壯盛的便道：「乘著天下英雄在此，咱們迎下山去，殺他個措手不及。」老成持重的則道：「元兵來往調動，原是常事，未必是來跟咱們為難。」張松溪道：「在下會聽蒙古話，親耳聽到韃子的軍官號令，確是殺向少林寺來。」其時蒙古佔據中原已逾百年，漢人中懂得蒙古話的不在少數。張松溪聰明多智，頗擅各處鄉談土語，蒙古話也說得甚為流利。

空聞道：「眾位英雄，看來朝廷得知咱們在此聚會，只道定是不利於朝廷，因此派兵前來鎮壓。咱們人人身有武功，原是不懼韃子，兵來將擋，水來土掩，何足道哉……」他話未說完，羣雄中已有人喝起采來。空聞續道：「只是咱們江湖豪士，慣於單打獨鬥，比的若不是兵刃拳腳，便是內功暗器，這等馬上馬下、長槍大戟交戰，咱們頗不擅長。依老衲之見，不如眾英雄便即散去如何？」羣雄面面相覷，默不作聲。

張無忌道：「咱們若是就此散去，一來韃子只道咱們怕了他們，不免長他人志氣；二來少林寺中諸位師父如何？」

空聞微笑道：「元兵來到寺中，眼見寺中皆是僧人，並無江湖豪士，那也無可如何。這叫作乘興而來，敗興而歸。」

羣雄知道空聞所以如此說，實是出於一番好意，這次英雄大會乃少林派所邀集，雅不願由此生禍，致令羣雄血濺少室山頭。但羣雄皆是血性之人，臨敵退縮，那是決計不肯的。何況朝廷既已出動大軍，決不能撲了個空便即整隊而歸，定要騷擾少林寺，多半要將眾僧侶盡數殺害擒拿，一把火將寺燒了。蒙古兵向來暴虐，殺人放火，原是慣事。楊逍道：「韃子施虐，凡我漢人，皆有抗敵之責。以在下之見，咱們設法將韃子引開，在別的地方好好跟他們鬥上一鬥，免得千年古剎受戰火之厄。」羣雄紛紛叫好，說道：「正該如此。」

正議論間，忽聽得寺門外馬蹄聲急，兩騎馬疾馳而來。蹄聲到門外戛然而止，跟著兩名漢子在知客僧接引下匆匆走進殿來。羣雄一看服色，知是明教教眾。二人走到張無忌身前躬身行禮，一人報道：「啟稟教主：韃子兵先鋒五千，攻向少林寺來，說道寺中諸位師父聚眾造反，要踏平少林。凡是光……光……」空聞微笑道：「你要說光頭和尚，是不是？那也不用忌諱，但說便是。」那人道：「一路上好多位大和尚已給韃子兵殺了。韃子說道：『光頭的都不是好人，有頭髮的也不是好人，只要身邊帶兵刃的便一概殺了。』」

許多人哇哇叫了起來，都道：「不跟韃子兵拚個你死我活，恥為黃帝子孫。」其時宋室淪亡雖已將近百年，但草莽英豪始終將蒙古官兵視作夷狄，不肯服其管束。這時聽說蒙古兵殺到，各人熱血沸騰，盡皆奮身欲起。

張無忌朗聲說道：「眾位英雄，今日正是男兒漢殺敵報國之時。少林寺英雄大會，自此名揚千秋！」大殿上歡呼叫嚷，響成一片。

張無忌道：「咱們就欲退讓善罷，亦已不能，便請空聞方丈發號施令，我們明教上下，盡聽指揮。」空聞道：「張教主說那裏話來？敝派僧眾雖曾學過一些拳腳，於行軍打仗卻是一竅不通。近年來明教創下偌大事業，江湖上誰不知聞？唯有明教人眾，方足與韃子大軍相抗。咱們公推張教主發令，相率天下豪傑，與韃子周旋。」

張無忌還待遜辭，羣雄已大聲喝采。張無忌雖年輕不足服眾，但武功之強，適才力鬥少林三僧時已是人所共見，而明教韓山童、徐壽輝、朱元璋等各路人馬，在淮泗、豫鄂等地起事，攻城略地，聲勢大振。先前五行旗在廣場上大顯身手，這等羣鬥的本事，更非其餘門派可及。各派各幫的豪士均想除了明教之外，確是無人能當此大任。

張無忌道：「在下於用兵一道，實非所長，還請各位另推賢能的為是。」正謙讓間，忽聽得山下喊聲大振，兩名少林僧奔馳入殿，報道：「啟稟方丈，蒙古兵殺上山來了。」

張無忌道：「銳金、洪水兩旗，先擋頭陣。周顛先生、鐵冠道長，你兩位各助一旗。」周顛和鐵冠道人應聲而出。此時局勢緊急，不容張無忌再行推辭，只得分派道：「說不得師父，請你持我聖火令去就近調本教援兵，上山應援。」說不得接令而去。

大殿中眾英雄聽得元兵殺到，各抽兵刃，紛紛湧出。

楊逍低聲道：「教主，你若不發號施令，眾人亂鬥一陣，那是非敗不可。」張無忌點了點頭，搶步出殿，來到半山亭中察看，只見蒙古兵先鋒千餘已攻到山腰，被銳金旗一輪硬弩標槍，驅了回去。放眼遠望，一隊隊蒙古兵蜿蜒而來，軍容甚盛。其時距成吉思汗與拔都威震異域之時已遠，但蒙古鐵騎畢竟習練有素，仍是舉世無匹的精兵。

忽聽得左首喊聲大震，許多女尼和男女人等逃上山來，卻是峨嵋派一行，想是下山時途遇蒙古官兵，又被逼了回來。十多名漢子抬著擔架等物，被蒙古兵包圍在內，周芷若率領靜玄、靜照數度衝殺，雖殺了數十名蒙古官兵，始終無法救出陷入重圍的同門。

張無忌暗叫：「不好！這擔架上的是宋師哥！」叫道：「洪水、烈火旗兩旗掩護！范楊二使、韋兄，隨我救人。」縱身衝將下去。兩名蒙古兵挺長矛刺來。張無忌一手抓住一枝長矛，運勁一抖，兩名元兵摔下山去。他掉轉矛頭，雙矛猶似雙龍入海，捲入人叢。楊逍、范遙、韋一笑、彭瑩玉等跟隨其後，蒙古兵當者披靡，登時將周芷若等一干人都隔在身後。范遙一拳擊出，將一名元兵十夫長的臉打得稀爛，搶過擔架中的傷者，轉身便走。

張無忌見周芷若臉身是血，又已衝入了元兵陣中，叫道：「芷若，芷若，宋大哥救回來啦！」周芷若並不理會，揮鞭向前攻打，只是山道狹窄，擠滿了人，一時衝不過去。

張無忌見尚有兩名峨嵋弟子抬著一個擔架，陷入包圍，正挺刀與元兵死戰，心道：「看來宋師哥是在那個擔架之上。」斜身躍起，兩柄長矛在山壁上交互刺戳，以手代足，如踏高蹺般搶了過去。相距尚有丈餘，只見兩名峨嵋弟子先後中刀中箭，骨碌碌的滾下山去。

張無忌飛身躍起，左手長矛阻住擔架下落，見擔架中那人全身都裹在白布之中，只露出了一張臉，正是宋青書。張無忌拋去長矛，將他橫抱在手，只覺他身子沉重異常，白布中硬繃繃的似乎尚有別物。一時也不及細想，只怕扭動他震碎了的頭骨，左閃右避，躲開元兵攢刺來的馬刀長矛，腳下卻走得平穩異常。崆峒派的唐文亮、宗維俠雙雙攻到，仗劍護在他身側。雙劍倏刺倏收，元兵紛紛中劍。張無忌抱著宋青書穩穩走上山來。

數百名元兵列隊上衝。彭瑩玉叫道：「烈火旗動手！」烈火旗教眾從噴筒中噴出石油，一枝枝火箭射出，烈燄奔騰，當先二百餘名元兵身上著火，一團團火球般滾下山去。那邊廂洪水旗水龍中噴出毒水，也有數百名元兵被澆中了，死傷狼藉。元兵萬夫長下令鳴金收兵，眾兵將前隊變後隊，強弓射住陣腳，緩緩退下。彭瑩玉嘆道：「韃子兵雖敗不亂，的是天下精兵。」只見元兵直退到山腳下，如扇面般散開，看來一時不致再攻。

張無忌下令：「銳金、洪水、烈火三旗守住上山要道。巨木、厚土二旗急速伐木搬土，構築壁壘，以防敵軍衝擊。」五行旗各掌旗使齊聲接令，分別指揮下屬布防。

羣雄先前均想縱然殺不盡韃子官兵，若求自保，總非難事。但適才一陣交鋒，見識到了元軍的威力，才知行軍打仗，和單打獨鬥的比武確是大不相同。千千萬萬人一擁而上，勢如潮水，如周芷若這等武功高強之極的人物，在人潮中也是無所施其技。四面八方都是刀槍劍戟，亂砍亂殺，平時所學的甚麼見招拆招，內勁外功，全都用不著。若不是明教五行旗以陣法抵擋陣法，這時少室山頭定然已慘不堪言，少林寺也已在烈火中成了一片瓦礫了。倒是少林僧眾頗有規律，一隊隊少年僧眾手持禪杖戒刀，在年長僧侶率領下分守各處要地，但寡不敵眾，勢難擋住二萬蒙古精兵的衝擊。待見元軍退去，羣雄紛紛議論，才明白為甚麼前朝儘多武功高強的英雄豪傑之士，卻將大好江山淪亡在韃子手中。

張無忌將宋青書輕輕放在地下，探他鼻息幸喜尚有呼吸，回頭想招呼周芷若過來，卻不見人，問道：「宋夫人呢？」眾人適才忙於抵禦元軍，誰都沒留心周芷若到了何處。峨嵋羣弟子這時對明教也消了幾分敵意，均說沒見到掌門人。張無忌怕宋青書在混亂中又受損傷，解開裹在他身上的白布察看。

他身上裹了三層白布，待得第三層解開，嗆啷啷幾聲響，跌出四件斷折了的兵刃。

張無忌吃了一驚，叫道：「屠龍刀，倚天劍！」羣雄紛紛圍了上來，但見屠龍刀和倚天劍兩柄神兵利刃都已斷成了兩截。

張無忌提起半截屠龍刀來，入手仍是頗為沉重，霎時間百感交集，自己父母為此刀而喪命，近二十餘年來江湖上紛擾不休，皆是為了此刀。羣雄聚集少林，主旨也是為了這柄寶刀。怎想到寶刀出現，竟已斷折無用。他舉起斷刀，只見斷截之處中空，可藏物事，那倚天劍也是如此。刀劍中均是空空如也，如果曾藏過甚麼事物，卻也早給人取去了。

楊逍嘆道：「周姑娘一身驚人武功，原來是從此刀劍中而來。」

張無忌看到斷刀斷劍的模樣，心下恍然：原來小島上當晚刀劍齊失，卻是給周芷若取了去。不知她使下甚麼手腳，放逐趙敏、害死殷離，再以刀劍互斫，兩柄天下最鋒銳的利器就此兩敗俱傷。她取出藏在刀劍中的武功秘笈，暗中修練。

他越想越是明白：「是了，當時在小島之上，我以九陽神功替她驅毒，她體內竟有怪異內力，隱隱與我相抗，越到後來，這股怪異內力越強，顯是她修習的內功日有進境。唉！她為了急於求成，不及好好紮下內功根基，以致所習均是可以速成的陰毒功夫，終究達不到上乘武學的巔峯境界。她雖然打敗了俞二伯與殷六叔，但其實只是憑了怪異之極的招數，佔了出其不意之利，便如當日我敗在總教風雲三使手下一般。芷若的真正武功，畢竟與俞殷二位相差甚遠，日後倘再交手，她非死在武當諸俠手下不可……」

他正自沉吟，銳金旗掌旗使吳勁草上前說道：「啟稟教主，屬下是鐵匠出身，學過鑄造刀劍之法，待屬下試試，不知是否能將這寶刀、寶劍接續完好。」楊逍喜道：「吳旗使鑄劍之術天下無雙，教主不妨命他一試。」張無忌點頭道：「這兩柄利器如此斷了，確也可惜。吳旗使試試也好。」

吳勁草向烈火旗掌旗使辛然說道：「鑄刀鑄劍，關鍵在於火候，須得辛兄相助一臂之力。看這模樣，韃子一時不會攻山，咱哥兒倆便即動手如何？」辛然笑道：「生柴燒火，卻是兄弟的拿手本事。」

於是二人指揮屬下，搭起一座高爐，爐口火孔口徑不到一尺。吳勁草將屠龍刀的半截刀頭牢牢砌在爐中，斷截處對準火孔。烈火旗諸般燃料均是現成，頃刻間便生起一爐熊熊大火。吳勁草右臂已斷，只賸下一條左臂。他身旁放著十餘件兵刃，目不轉睛的望著爐火，每見爐火變色，便將兵刃放入爐中試探火力，待見爐火自青變白，當下左手提起鋼鉗，鉗起半截屠龍刀，和刀頭的半截拼在一起，在火燄中鎔燒。他上身脫得赤條條地，火星濺在身上，恍如不覺，直是全神貫注，心不旁鶩。張無忌心想：「鑄造刀劍雖是小道，其中卻也有大學問、大本領在。若是尋常鐵匠，單是這等炎熱已便抵受不住。」

忽聽得拍拍兩聲，拉扯風箱的兩名烈火旗教眾暈倒在地。辛然和烈火旗掌旗副使搶上前去，拖開暈倒的兩人，親自拉扯風箱鼓風。這兩人內功修為均頗不弱，這一使勁鼓風，爐火直竄上來，火燄高達丈許，蔚為奇觀。

過得半枝香時分，吳勁草突然叫道：「啊喲！」縱身後躍，滿臉沮喪之色。眾人吃了一驚，看他手中時，只見一柄鐵鉗已然鎔得扭曲不成模樣，屠龍刀卻是毫無動靜。吳勁草搖頭道：「屬下無能。這屠龍寶刀果是名不虛傳。」

辛然和烈火旗副使暫停扯風，退在一旁。二人全身衣褲汗濕，便似從水中爬起來一般。

趙敏忽道：「無忌哥哥，那些聖火令不是連屠龍刀也砍不動麼？」張無忌道：「啊，是了！」六枚聖火令中一枚已交於說不得下山調兵，尚有五枚，他從懷中取出，交給吳勁草道：「刀劍不能復原，那也罷了。聖火令是本教至寶，可不能損毀。」吳勁草道：「是！」躬身接過，見五枚聖火令非金非鐵，堅硬無比，在手中掂了掂斤兩，低頭沉思。

張無忌道：「若無把握，不必冒險。」吳勁草不答，隔了一會，才從沉思中醒轉，說道：「屬下多有不是，請教主原宥。這聖火令乃用白金玄鐵混和金剛砂等物鑄就，烈火決不能鎔。屬下大是疑惑，不如當年如何鑄成，真乃匪夷所思，一時想出了神。」

趙敏向張無忌橫了一眼，抿嘴笑道：「日後教主要去波斯，去會見一位要緊人物，那時你可隨同前去，向他們的高手匠人請教。」張無忌忸怩道：「我去波斯幹甚麼？」趙敏微笑道：「大家心照不宣。」又向吳勁草道：「你瞧，聖火令上還刻得有花紋文字，以屠龍刀、倚天劍之利，尚且不能損它分毫，這些花紋文字又用甚麼傢伙刻上去的？」

吳勁草道：「要刻花紋文字，卻倒不難。那是在聖火令上遍塗白蠟，在蠟上彫以花紋文字，然後注以烈性酸液，以數月功夫，慢慢腐蝕。待得刮去白蠟，花紋文字便刻成了。小人所不懂的乃是鎔鑄之法。」辛然叫道：「喂，到底幹不幹啊？」吳勁草向張無忌道：「教主放心，辛兄弟的烈火雖然厲害，卻損不了聖火令分毫。」

辛然心中卻有些惴惴，道：「我盡力搧火，若是燒壞了本教聖物，我可吃罪不起。」吳勁草微笑道：「量你也沒這等能耐，一切由我擔代。」於是將兩枚聖火令夾住半截屠龍刀，然後取過一把新鋼鉗，挾住兩枚聖火令，將寶刀放入爐火再燒。

烈燄越衝越高，直燒了大半個時辰，眼看吳勁草、辛然、烈火旗副使三人在烈火烤炙之下，越來越是神情委頓，漸漸要支持不住。

鐵冠道人張中向周顛使個眼色，左手輕揮，兩人搶上接替辛然與烈火旗副使，用力扯動風箱。張周二人內力比之那二人可又高得多了，爐中筆直一條白色火燄騰空而起。

吳勁草突然喝道：「顧兄弟，動手！」銳金旗掌旗副使手持利刃，奔到爐旁，白光一閃，挺刀便向吳勁草胸口刺去。旁觀羣雄無不失色，齊聲驚呼。吳勁草赤裸裸的胸膛上鮮血射出，一滴滴的落在屠龍刀上，血液遇熱，立化青煙嫋嫋冒起。吳勁草大叫：「成了！」退了數步，一交坐在地下，右手中握著一柄黑沉沉的大刀，那屠龍刀的兩段刀身已鑲在一起。

眾人這才明白，原來鑄造刀劍的大匠每逢鑄器不成，往往滴血刃內，古時干將莫邪夫婦甚至自身跳入爐內，才鑄成無上利器。吳勁草此舉，可說是古代大匠的遺風了。

張無忌忙扶起吳勁草，察看他傷口，見這一刀入肉甚淺，並無大礙，當下將金創藥替他敷上，包紮了傷口，說道：「吳兄何必如此？此刀能否續上，無足輕重，卻讓吳兄吃了這許多苦。」吳勁草道：「皮肉小傷，算得甚麼？倒讓教主操心了。」站起身來，提起屠龍刀一看，只見接續處天衣無縫，只隱隱有一條血痕，不禁十分得意。

張無忌看那兩枚入爐燒過的聖火令果然絲毫無損，接過屠龍刀來，往兩根從元兵手中搶來的長矛上砍去，嗤的一聲輕響，雙矛應手而斷，端的是削鐵如泥。

羣雄大聲歡呼，均讚：「好刀！好刀！」

吳勁草捧過兩截倚天劍，想起銳金旗前掌旗使莊錚以及本旗的數十名兄弟均是命喪此劍之下，忍不住眼淚奪眶而出，說道：「教主，此劍殺了我莊大哥，殺了我不少好兄弟，吳勁草恨此劍入骨，不能為它接續。願領教主罪責。」說著淚如雨下。

張無忌道：「這是吳大哥的義氣，何罪之有？」拿起兩截斷劍，走到峨嵋派靜玄身前，說道：「此劍原是貴派之物，便請師太收管，轉交周……交給宋夫人。」

靜玄一言不發，將兩截斷劍接了過去。

張無忌拿著那柄屠龍刀，微一沉吟，向空聞道：「方丈，此刀是我義父得來，現下我義父皈依三寶，身屬少林，此刀該當由少林派執掌。」

空聞雙手亂搖，說道：「此刀已數易其主，最後是張教主從千軍萬馬中搶來，人人親眼得見，又是貴教吳大哥接續復原。何況今日天下英雄共推張教主為尊，論才論德，論淵源，論名位，此刀自當由張教主掌管，那是天經地義的了。」

羣雄齊聲附和，均說：「眾望所歸，張教主不必推辭。」

張無忌只得收下，心想：「若得憑此寶刀而號令天下武林豪傑，共驅胡虜，原是眼前的大事。」只聽得羣雄紛紛說道：「武林至尊，寶刀屠龍，號令天下，莫敢不從！」下面本來還有「倚天不出，誰與爭鋒？」這兩句，但眾人看到倚天劍斷折後不能接續，這兩句誰也無人再提了。明教銳金旗下諸人與那倚天劍實有切齒大恨，今日眼見屠龍刀復原如初，倚天劍卻成了兩截斷劍，無不稱快。

眾人忙了半天，肚中都餓了。明教五行旗及少林寺的半數僧侶分守各處要道，餘人由僧眾接進寺裏吃齋。

堪堪天色將晚，張無忌躍上一株高樹，向山下瞭望，只見元兵東一堆，西一堆的聚在山下，炊煙四起，正自埋鍋造飯。他躍下樹來，對韋一笑道：「韋兄，天黑之後，你去探察敵情，瞧他們是否會在夜中突襲。」韋一笑接令而去。

楊逍道：「教主，我看韃子在前山受挫，今日多半已不會再攻，倒要防備他們自後山偷襲。」張無忌道：「不錯。請楊左使和范右使在此坐鎮，我到那邊山峯上瞧瞧去。」趙敏道：「我也去！」

兩人上得曾經囚禁謝遜的山峯來，眺望後山，不見動靜。張無忌撫摸三株斷折的松樹，望了望黑沉沉的地牢入口，想起今日這番劇戰，實是凶險之極，突然心中一動：「義父叫我看看地牢中的石壁，險些忘了。」說道：「敏妹，你在上面守著，我下去瞧瞧。」跳入石穴，取出火摺打著了火。其時石穴中積水已退，但兀自濕漉漉地。

只見四面石壁上各刻著一幅圖畫，均係以尖石劃成，筆劃甚簡，神韻卻頗為生動。東首第一幅畫上繪著三個女子。一個臥在地下，另一個跪著在照料，第三個女子的右手伸在那跪著的女子懷中。旁邊寫著「取藥」二字。

南首第二幅圖畫有一艘海船，一個女子將另一個女子拋向船上，寫著「放逐」二字。張無忌額頭冷汗涔涔而下，心道：「原來果真如此。芷若乘著敏妹在照料我表妹之時，從她懷中偷了十香軟筋散出來，下在飲食之中，再將敏妹擲上波斯人的海船，逼著他們遠駛。她幹麼不乾脆將敏妹殺了？嗯，倘若留下了敏妹的屍身，不能滅跡，那就無法嫁禍於她。如此說來，表妹被害，自也是她下的毒手了。」

在這幅圖的左下角，又畫著兩個男子，一個睡得甚沉，另一個滿頭長髮，側耳傾聽。張無忌暗暗心驚：「原來芷若幹這傷天害理之事，義父一一聽在耳中。他老人家好大的涵養，在島上竟不露半點聲色。是了，那時我和義父服了十香軟筋散後功力盡失，性命皆在芷若掌握之中。無怪義父當時一口咬定是敏妹所為，顯得憤慨無比。他知我胡塗老實，若是跟我說了，我言語舉止之中定會洩漏機密。」但見圖上濺滿了鮮血，正是日間謝遜與成崑在此血戰時所遺下一灘灘血漬，更顯得圖中的情景悽厲可怖。

再看西首第三幅圖，繪的是謝遜端坐，周芷若在他身後出手襲擊，外面湧進一羣丐幫幫眾，情景正與趙敏在大都「遊皇城」的戲文中命人所扮一模一樣。

待再要去看第四幅圖時，手中火摺燃盡，倏地熄滅。他叫道：「敏妹，你下來，拿火摺給我。」趙敏點著火摺，跳入地牢，一見到那幾幅圖畫，便即了然。

第四幅圖中繪著幾名漢子抬著謝遜行走，遠處有個少女在樹後窺探。這四幅圖畫筆法甚佳，但除了謝遜自己之外，旁人的面貌卻極模糊，分辨不出這少女是誰。張無忌微一沉吟，已明其理：「義父失明之時，連我也還沒出世，他只認得我和敏妹、芷若、表妹等人的聲音，卻不知我們的相貌如何，圖中自然畫不出來。」指著那少女道：「這個是你呢，還是周姑娘？」趙敏道：「是我。成崑到丐幫去將謝大俠劫了出來，命人送來少林寺囚禁，他自己卻一路上留下明教的記號，引得你大兜圈子。我數度想劫奪謝大俠，都沒成功，終於讓你做不成新郎，真是萬分的過意不去。」

張無忌心中那才是萬分的過意不去，怔怔的望著她，只見她容顏憔悴，雙頰瘦削，體會到這幾個月來她所受的折磨當真非人所堪，心下好生憐惜，伸臂抱住了她，顫聲道：「敏妹，是……是我對你不起。」他這麼一抱，火摺登時熄了，地牢中又是黑漆一團。他又道：「若不是你聰明機靈，胡塗透頂的張無忌要是將你殺了，那便如何是好？」

趙敏笑道：「你捨得殺我麼？那時你認定我是兇手，可是見到我時怎麼又不殺？」

張無忌一呆，嘆道：「敏妹，我對你實是情之所鍾，不能自已。倘若我表妹真的是你所殺，我可不知如何是好了。這些日子來真相逐步大白，我雖為芷若惋惜，卻也忍不住心下竊喜。」趙敏聽他說得誠懇，倚在他的懷裏。良久良久，兩人都不說話，仰起頭來，但見一彎新月斜掛東首，四下裏寂靜無聲。

趙敏輕輕的道：「無忌哥哥，我和你初次相遇綠柳山莊，後來一起跌入地牢，這情景不跟今天差不多麼？」張無忌嗤的一聲笑，伸手抓住她左腳，脫下了她鞋子。趙敏笑道：「一個大男人，卻來欺侮弱女子。」張無忌道：「你是弱女子麼？你詭計多端，比十個男子漢還要厲害。」趙敏笑道：「多承張大教主誇讚，小女子愧不敢當。」

兩人說到這裏，一齊哈哈大笑。這幾句對答，正是當年兩人在綠柳山莊的地牢中所說。只是當日兩人說這幾句話時滿懷敵意，今夕卻是柔情無限。

張無忌笑道：「你怕不怕我再搔你的腳底？」趙敏笑道：「不怕！」張無忌伸手握住了她腳，忽聽得西北角上隱隱有呼叱之聲，側耳傾聽，遠處有勁風互擊，顯是有人鬥毆，便道：「咱們瞧瞧去！」攜了趙敏之手，躍出石穴，循聲望去，只見三個人影正向西疾馳，身法迅速異常，均是一流高手。

張無忌伸手摟住趙敏腰間，展開輕功，疾追下去，遠遠眺見前面一人奔逃，後面兩人快步追逐。他腳下越來越快，追出里許，月光下已見到後面二人是兩個老者，正是鹿杖客和鶴筆翁。只見鶴筆翁左手一揚，一枝鶴嘴筆向前面那人擲去。那人迴劍擋格，噹的一聲響，將鶴嘴筆掠起，拋向空中。就這麼緩得一緩，鹿杖客已躍到那人身旁，鹿杖刺出。

那人斜身閃避，拍出一掌，月光照射在她臉上，只見她臉色蒼白，長髮散亂，正是周芷若。張無忌吃了一驚，忙帶同趙敏隱身樹後。

鶴筆翁接住空中掉下的鶴嘴筆，繞到周芷若左首，和鹿杖客成左右合擊之勢。

周芷若咬牙道：「兩個老鬼苦苦追我，到底幹甚麼？」鹿杖客道：「今日明教張無忌奪得屠龍刀、倚天劍，我們親眼看見，刀劍中的武功秘笈卻已不在，自是在宋夫人身上了。」張無忌一驚：「我奪刀救人之時，原來這兩個老傢伙早已躲在一旁，居然沒發覺。」只聽周芷若道：「武功秘笈倒是有的，我練成之後早已毀去。」鹿杖客冷笑道：「『練成』二字，談何容易？這屠龍刀、倚天劍號稱武林至尊，其中所藏秘笈豈同泛泛？宋夫人武功雖然出類拔萃，卻未必已到登峯造極的地步，否則的話，一舉手便可將我師兄弟二人殺了，卻又何必奔逃？」周芷若道：「我說毀了，便是毀了，誰有空跟你多說。少陪了！」

鹿杖客和鶴筆翁齊聲喝道：「且慢！」鹿杖、鶴筆同時揚起，攻向周芷若兩側。

周芷若長劍揮動，月光下如銀蛇狂舞。玄冥二老一杖雙筆，聯手進攻。張無忌先前只見到周芷若使鞭的功夫，這時見她劍招神光離合，在二大高手夾擊下竟是有守有攻，偶爾虛實變幻，巧招忽生。

再鬥數十合，周芷若劍招愈來愈奇，十招中倒有七招是極凌厲的攻勢。張無忌知她急謀脫身，但這般打法加速運用內力，若是偶一疏神，那便立遭凶險。他心下關切，悄悄從樹後出來，走近了幾步。

驀地裏周芷若一聲呼叱，向鹿杖客急刺三劍。鹿杖客閃身相避。便在此時，鶴筆翁雙筆脫手，向她背心猛擲過去，雙筆在空中噹的一聲互撞，分襲她後腦與後腰要害。周芷若聽著身後兵刃擲到，縮身閃避，卻沒料到雙筆在空中互相碰撞之後，竟會忽地變向。她讓開了襲向腦門的一筆，另一枝襲向腰間的鶴嘴筆卻說甚麼也避不開了。

張無忌縱身急躍，伸手抓住了那枝鶴嘴筆，橫掌擋開鶴筆翁拍來的一掌。周芷若驚惶失措之下，鹿杖客輕飄飄一掌拍出，正中她小腹。那是非同小可的「玄冥神掌」，周芷若氣息立閉，登時便暈了過去。

張無忌大驚，擲去手中鶴嘴筆，反手橫抱周芷若，斜躍丈餘，喝道：「玄冥二老，竟這等不要臉麼？」

鹿杖客哈哈一笑，說道：「我道是誰膽敢前來橫加插手，原來是張大教主。我們郡主娘娘在那裏？你將她拐帶到那兒去啦？」

趙敏從樹後閃身出來，將周芷若接抱過去，笑吟吟的道：「鹿先生，你整日價神魂顛倒的牽記我，也不怕我爹爹著惱麼？」

鹿杖客怒道：「你這小妖女，挑撥離間我師兄弟之情。我師兄弟與你父早已恩斷義絕，汝陽王著不著惱，干我何事？」

張無忌見鹿杖客下毒手打傷周芷若，又言語對趙敏無禮，更想起幼時中了他二人的「玄冥神掌」，不知吃了多少苦頭，舊恨新仇，霎時間都湧上心頭，說道：「敏妹，你且退後，這兩個老傢伙我見了便心頭有氣，今日要好好的跟他們打上一架。」

二老見他空手，便即放下兵刃，凝神以待。

張無忌喝道：「看招！」一招「攬雀尾」，雙掌推出。這一招使的是太極拳法，去勢甚緩，掌力中卻暗蓄九陽神功。太極拳在後世雖屬尋常，但其時張三丰初創未久，武林中極為少見。鹿杖客從未見過這等輕柔無力的掌勢，不知中間有何詭計，他對張無忌甚為忌憚，不敢便接，斜身閃開。張無忌轉過身來，「白蛇吐信」，左掌拍向鶴筆翁，右掌微顫，吞吐不定。鶴筆翁左手食指往他掌心虛點，右掌斜下，拍向張無忌小腹。

張無忌曾與玄冥二老數度交手，知道他二人本來已非自己對手，最近自己與渡厄等三僧三度劇鬥，武功又深了一層，要擊敗二人可說綽綽有餘。只是二人畢竟修為非同小可，卻也不敢輕忽，當下展開太極拳法，圈圈連環，九陽神功從一個個或正或斜的圓圈中透將出來。

玄冥二老漸感陽氣熾烈，自己玄冥神掌中發出的陰寒之氣，往往被對方逼了回來。

鬥到百餘合時，張無忌偶一轉身，只見地下兩個黑影微微顫動，正是月光照射在趙敏與周芷若身上的影子，心中一凜，側目望去，見趙敏不住搖晃，似有抱不住周芷若之勢，暗道：「不好！芷若中了鹿老兒一掌玄冥神掌，只怕抵受不住。她練的本是陰寒功夫，再加上這玄冥神掌中天下陰毒之最的寒氣，寒上加寒，看來敏妹也禁受不住了。」當下手上加勁，猛向鹿杖客壓去。

鹿杖客見他拳法斗變，便即猜知他心意，側身閃過，叫道：「師弟，跟他遊鬥。那姓周的女子身上寒毒發作，別讓他抽手解救。」鶴筆翁道：「正是！」躍出圈子，拾起鶴嘴雙筆，「通天徹地」，上下交征的砸來。

張無忌微微一哂：「有無兵刃，還不是一樣！」呼的一掌拍去，勁風壓得鶴筆翁氣也喘不過來。鹿杖客反手抄起鹿杖，挑向張無忌腰脅。

張無忌連變數路拳法，使出學自少林神僧空性的「龍爪擒拿手」三十六式來，「撫琴式」、「鼓瑟式」、「捕風式」、「抱殘式」，攻勢凌厲之極。

鹿杖客叫道：「這龍爪功練得很好啊，待會兒用來在地下挖坑，倒也不錯。」鶴筆翁道：「師哥，在地下挖坑幹甚麼？」鹿杖客笑道：「那周姑娘死定了，挖坑埋人啊！」他一說話，心神微分，張無忌飛起一腳，踢在他左腿之上。鹿杖客一個踉蹌，隨即站定，將一根鹿杖舞得風雨不透。

張無忌回頭又望趙敏與周芷若一眼，只見她二人顫抖得更是厲害了，問道：「敏妹，怎樣？」趙敏道：「糟糕！冷得緊！」張無忌吃了一驚，微一思索，已明其理，本來周芷若身中玄冥神掌，陰寒縱然厲害，也只她一人身受，這時連趙敏也冷了起來，想必是趙敏好心，伸掌助周芷若運功抗禦。她二人功力相差甚遠，周芷若的內功又十分怪異，以致趙敏救人不得，反受其累。張無忌雙拳大開大闔，只盼儘速擊退二老。但二老離得遠遠地，忽前忽後，只是拖延，不跟他正面為敵。

張無忌心下焦躁，叫道：「敏妹，你將周姑娘放在地下，別抱著她。」趙敏道：「我……我放不下。」張無忌奇道：「怎麼？」趙敏道：「她……她背心……黏住了我手掌。」說話時牙關打戰，身子搖搖欲墜。張無忌一驚更甚。

只聽得鹿杖客說道：「張教主，這周姑娘心好狠，她正在將體內寒毒傳到郡主娘娘身上，郡主娘娘快要死了。咱們來立個約，好不好？」張無忌道：「立甚麼約？」鹿杖客道：「咱們兩下罷鬥，我得周姑娘身上的兩本書，你救郡主。」

張無忌哼了一聲，心想：「這玄冥二老武功已如此了得，若再練成芷若的陰毒武功，此後作惡，再也無人制得了。」百忙中回頭一看，只見趙敏本來皓如美玉般的雙頰上已罩上了一片青色，滿臉上神色痛苦難當。張無忌退後兩步，左手抓住了她右掌，體內九陽真氣便即從手掌上源源傳去。

鹿杖客叫道：「上前急攻！」玄冥二老一杖雙筆便疾風暴雨般猛襲而來。

張無忌一大半真力用以解救趙周二女，身子既不能移動，又只剩下一掌迎敵，霎時間凶險萬分。嗤的一聲響，左腿褲腳被鶴嘴筆劃破一條長縫，腿上鮮血淋漓。

趙敏本來被周芷若的陰寒之氣逼得幾欲凍僵，似乎全身血液都要凝結，得九陽真氣一衝，漸覺暖和。但張無忌單掌抵禦玄冥二老，左支右絀，傳向趙敏的九陽真氣減弱。趙敏全身又格格寒戰。

鹿杖客呼呼呼三杖，杖上鹿角直戳向張無忌眼睛。張無忌舉掌運力拍出，將鹿頭杖逼開。鶴筆翁著地滾進，左手筆一招「從心所欲」，點向腰間。張無忌無可趨避，只得施展挪移乾坤心法，要將他一筆之力卸開，但鶴筆翁這一筆力道沉重，是否能夠卸開實無把握。忽聽得噹的一聲響，腰間一震，卻不感到疼痛，原來鶴筆翁這一筆正好點在他腰間懸著的屠龍刀之上。張無忌平素臨敵不使兵刃，和渡厄等三僧相鬥也只以聖火令當鐵尺使，但從來不使刀劍，是以屠龍刀雖然掛在腰間，卻一直沒想到拔出禦敵。

鶴筆翁這筆一點，登時提醒了他，當下大喝一聲，左腿踢出，將鶴筆翁逼得退開三步，回手拔刀，正好鹿杖再度刺到。張無忌屠龍刀揮出，嗤的一聲輕響，鹿杖上的鹿頭落地。鹿杖客大吃一驚，叫道：「啊喲！」鶴筆翁雙筆捲到，張無忌寶刀揚處，嗤嗤兩聲，一對鶴嘴筆又斷為四截。屠龍刀盤旋飛舞，化成一團白光。

玄冥二老再也不敢搶近，張無忌體內的九陽真氣便盡數傳到了趙敏身上。這一全力發揮，周芷若所中的玄冥寒毒立時便驅趕殆盡。但陰陽二氣在人體內交感，此強彼弱，彼強則此弱，玄冥寒毒一盡，九陽真氣便去抵銷她所練的九陰內力。

周芷若取得藏在倚天劍中的「九陰真經」後，生怕謝遜和張無忌知覺，只是晚間偷練，而時日迫促，無法從紮根基的功夫中循序漸進，因此內力不深，所習均為真經中落於下乘的陰毒武功。她中了「玄冥神掌」後，本想將陰寒之氣轉入趙敏體內，待得張無忌出手相援，只覺全身暖洋洋地十分舒適，正感氣力漸長，想要離開趙敏的手掌，一掙之下，竟似被一股極強的黏力吸住了，掙之不脫，自知適才趙敏的手掌被她背心黏住，此刻她背心反被趙敏手掌黏住，均是內力強弱有別之故，不禁大驚。

張無忌力驅寒毒，但覺自己的九陽真氣送將出去，趙敏手上總是傳來一股寒氣與之相抗，他只道玄冥神掌的寒毒尚未驅盡，不住的加力施為，那想到他每送一分九陽真氣過去，便消去了周芷若苦苦練得的一分九陰真氣。周芷若暗暗叫苦，卻又聲張不得，自知只要一張口說話，立時狂噴鮮血，真氣洩盡而亡。

趙敏體內融和舒暢，笑道：「無忌哥哥，我好啦，你專心去對付玄冥二老罷！」張無忌道：「好！」內力回收。

周芷若如遇大赦，脫了黏力，自知這麼一來，所中玄冥神掌的寒毒雖已驅盡，但自身的九陰內力卻也損耗極重，眼見張無忌舞動屠龍刀專心攻敵，當即伸出五指，揮手疾往趙敏頂門插落。

趙敏大叫一聲：「啊喲！」只覺天靈蓋上一陣劇痛，只道此番再也沒命了，卻聽得喀喇一聲響，周芷若痛哼一聲，急奔而去。

張無忌吃了一驚，忙回頭問道：「怎麼啦？」趙敏伸手一摸腦門，只嚇得魂飛天外，說不出話來。張無忌只道她已為「九陰白骨爪」所傷，一般的魂飛天外，右手舞刀擋住二老，左手去摸她頭頂，只覺著手處濕膩膩地，雖已出血，幸未破骨穿洞，心中一大塊石這才落地，安慰她道：「皮肉之傷，並不礙事！」心道：「奇怪，奇怪！」卻不知周芷若出手襲擊之時，他輸至趙敏體內的九陽真氣尚未退盡，而周芷若自己卻已內力大損，以弱攻強，非但傷對方不得，反而震痛自己手指。

張無忌這一分心，玄冥二老又攻了過來。這時他手中有了天下第一鋒銳的利刃，自覺仗此利器，勝人不武，反手將寶刀交於趙敏，內息極迅速的流轉一周，凝神專志，左手牽引，使出乾坤大挪移心法，將鶴筆翁拍來的一掌轉移了方向。這一牽一引中貫注了九陽神功，使的是乾坤大挪移第七層最高深的功夫。這層功夫最耗心血內力，絲毫疏忽不得，稍有運用不善，自己便會走火入魔，因此適才分心助趙周二女驅除寒毒之時，雖然情勢危急，卻不敢使用。玄冥二老是頂尖高手，如以第五六層的挪移乾坤功夫對付，卻又奈何二人不得。

這一撥之下，鶴筆翁右掌拍出，波的一響，正中鹿杖客肩頭。鹿杖客吃了一驚，怒道：「師弟，你幹甚麼？」鶴筆翁武功極精，心思卻頗遲鈍，一件事須得思索良久，方明其理，這一下事出倉卒，自己也莫名其妙，愕然難答，但知定是張無忌搗鬼，心想只有加緊攻擊敵人，方能向師兄致歉，於是運勁右腿，飛腳踢出。張無忌左手拂去，黏引之下，這一腳又踢向鹿杖客小腹丹田。鹿杖客驚怒之下，側身避過，喝道：「你瘋了麼？」

趙敏叫道：「不錯，鶴先生，快將你這犯上作亂、好色貪淫的師兄擒住，我爹爹重重有賞。」張無忌心下暗笑：「這挑撥離間之計果然甚妙。」他本想以挪移乾坤之法引得鶴筆翁去打鹿杖客，再引鹿杖客去打鶴筆翁，這時聽了趙敏之言，當下只是牽引撥動鶴筆翁的拳腳，對付鹿杖客時卻是太極拳的招數，叫道：「鶴先生，不用擔心，你我二人合力，定能宰了這頭淫鹿。汝陽王已封你為……封你為……」一時卻想不到合適的官職。

趙敏叫道：「鶴先生，你封官的官誥，便在這兒。」說著從懷中取出一束紙片一揚，讀道：「嗯，是大元護國揚威大將軍，快加把勁啊。」

張無忌右掌拍出，將鹿杖客逼向左側，正好鶴筆翁的左掌被他引得自左而右的擊到，成為左右夾攻之局。鹿杖客和鶴筆翁數十年來親厚勝於同胞，原不信他會出賣自己，但此刻眼見鶴筆翁接連五招，都是攻向自己要害，拳腳之中又是積蘊全力，直欲制自己死命，那裏還有半分情誼？他憤慨異常，喝道：「你貪圖富貴，全不顧念義氣麼？」

鶴筆翁急道：「我……我是……」趙敏接口道：「不錯，你這是迫不得已，為了要做護國揚威大將軍，得罪師兄，那也是無話可說了。」張無忌右手加了十成力，凝神牽帶，鶴筆翁一掌拍將過去，砰的一聲響，重重擊在鹿杖客肩頭。鹿杖客大怒，反手一掌，將鶴筆翁左邊牙齒打落數枚。鶴筆翁年紀已老，口中就只剩下左邊這幾枚牙齒，向來十分珍惜，這一來不禁也激發了怒氣，喝道：「師哥，你也太不分好歹，又不是我故意打你。」

鹿杖客怒道：「是誰先動手了？」他見聞雖博，卻不知世間竟有挪移乾坤第七層神功的偌大威力，以鶴筆翁如此武功修為，即令張無忌能勝他殺他，卻決計不能用借力打力的法門來倒轉他掌力，是以絲毫沒疑心到是張無忌從中作怪。

鶴筆翁急欲表明心跡，罵道：「賊小子，你搗鬼！」趙敏叫道：「是啊，不用再叫他師哥，罵他『賊小子』便了。」張無忌左掌壓住了鹿杖客掌力，右手一引，鶴筆翁一掌擊上了鹿杖客右頰，登時高高腫起。張無忌見鹿杖客憤怒欲狂，紅了雙眼，掌力源源催動，知道離間之計已成，喝道：「鶴先生，這淫鹿交與你了。」左足一點，縱身躍開，攜了趙敏的手便走。只見玄冥二老你一拳，我一腳，鬥得激烈異常。趙敏道：「鶴先生，你擒住你師哥後，屠龍刀中的武功秘笈可以借你觀看一月。快立大功，良機莫失。」

鹿杖客更是怒氣勃發，下手毫不容情。他二人藝出同門，武功半斤八兩，這一場惡戰，也不知鬥到何時方休。

兩人回到少林寺中，張無忌察看趙敏頭頂傷痕無礙，忽然想起一事，道：「敏妹，你身上湊巧帶著紙張，這一來不由得鹿杖客不信。」

趙敏笑吟吟的從懷中取出一束薄薄的紙片，在他面前一揚，笑道：「你猜這是甚麼？」

張無忌笑道：「你叫我猜的東西，反正我定是一輩子也猜不出的，也懶得費神了。」

趙敏將兩束紙片放在他手裏。張無忌就燭光一看，只見這些紙片其實非紙，乃是薄如蟬翼的絹片，密密麻麻的寫滿了細如蠅頭的工整小楷。第一束上開頭寫著「武穆遺書」四字，內文均是行軍打仗、布陣用兵的精義要訣。再看第二束時，見開頭四字是：「九陰真經」，內文盡是諸般神奇怪異的武功，翻到最後，「九陰白骨爪」和「摧心掌」等赫然在內。他心中一凜，說道：「你……你是從周姑娘身上取來的？」

趙敏笑道：「當她不能動彈之時，我焉有不順手牽羊之理？這些陰毒功夫我可不想學，但取來毀了，勝於留在她手中害人。」

張無忌隨手翻閱九陰真經，讀了幾頁，只覺文義深奧，一時難解，然決非陰毒下流的武學，說道：「這經上所載武功，其實極是精深，依法修練，一二十年之後，相信成就非同小可，若是只求速成，學得一些皮毛，那就害人害己了。」頓了一頓，又道：「那位身穿黃衫的姊姊，武功與周姑娘明明是一條路子，然而招數正大光明，醇正之極，似乎便也是從這九陰真經中而來。」

趙敏道：「她說甚麼『終南山後，活死人墓，神鵰俠侶，絕跡江湖』，這四句話是甚麼意思？」張無忌搖頭道：「日後咱們見到太師父，請教他老人家，或許能明白其中緣由。」

兩人閒談幾句，見山下軍情並無變化，當即分別安寢。

四十

不識張郎是張郎

周芷若手中長劍抵住他胸口，喝道：「今日便取了你性命，反正給殷離的冤魂纏上了，我終究是活不成啦。咱們一起同歸於盡。」說著提起長劍，往張無忌胸口刺落。

次晨張無忌一早起身，躍上高樹瞭望，見山下敵軍旌旗招展，人馬奔馳，營中號角聲此起彼落，顯是調兵遣將，十分忙碌。張無忌道：「敏妹！」趙敏應道：「嗯，怎麼？」張無忌微一遲疑，道：「沒甚麼，我隨口叫你一聲。」他本想與趙敏商議打退元兵之法，以她之足智多謀，定有妙策，但轉念一想：「她是朝廷郡主，背叛父兄而跟隨於我，再要她定計去殺自己蒙古族人，未免強人所難。」是以話到口邊，又忍住了不說。趙敏鑒貌辨色，已知其意，嘆了口氣，說道：「無忌哥哥，你能體諒我的苦衷，我也不用多說了。」

張無忌回入室中，徬徨無策，隨手取出趙敏昨晚取來的那兩束紙片，看了幾頁「九陰真經」，又再翻閱「武穆遺書」，披覽了幾章，無意中看到「兵困牛頭山」五個小字，心中一動，仔細看下去，卻是岳飛敘述當年如何為金兵大軍包圍、如何從間道脫困、如何突出奇兵、如何內外夾攻而大獲全勝，種種方略，記敘詳明。

張無忌拍案大叫：「天助我也！」掩住兵書，靜靜思索，這少室山上的情勢，雖與岳飛當年被困牛頭山時的情景大不相同，然用其遺意，未始不能出奇制勝。他越想越是欽服，暗想岳武穆果是天縱奇才，如此險著，常人那裏想得到，又想用兵之道便如武功一般，若是未得高人指點，高下巧拙，相去實不可以道里計。他以手指蘸了茶水，在桌上繪畫圖形，雖覺行險，卻未始不能僥倖得逞，心想以寡敵眾，終不能以堂堂正正之陣取勝。當下心意已決，來到大雄寶殿，請空聞方丈召集羣雄。

片刻間各路英雄齊到殿中。張無忌居中一站，說道：「此刻韃子兵馬聚集山下，料想不久便會大舉攻山。咱們雖然昨日小勝，挫了韃子的銳氣，但韃子若是不顧性命的蜂湧而上，究屬難以抵擋。在下不才，蒙眾位英雄推舉，暫充主帥。今日敵愾同仇，請各位暫聽在下號令。」羣雄齊道：「但有所命，自當凜遵，不敢有違。」張無忌道：「好！吳旗使聽令！」

銳金旗掌旗使吳勁草踏上一步，躬身道：「屬下聽令。」心想：「教主發令，第一個便差遣到我，實是我莫大榮幸。不論命我所作之事如何艱危，務須捨命以赴。」張無忌說道：「命你率領本旗兄弟，執掌軍法，那一位英雄好漢不遵號令，銳金旗長矛短斧齊往他身上招呼。縱然是本教耆宿、武林長輩，俱無例外。」吳勁草大聲道：「得令！」抽出了懷中一面小小白旗，捧在手中。吳勁草本人的武功聲望，在江湖上未臻一流之境，旁人對他原不如何重視。但自那日廣場上五行旗大顯神威，羣雄均知他手中這面白旗所到之處，跟著而來的便是五百枝羽箭、五百根標槍、五百柄短斧，任你本領通天，霎時之間也是成為一團肉漿，是以見他白旗展動，心中都是一凜。

原來張無忌翻閱「武穆遺書」，見第一章便說：「治軍之道，嚴令為先。」他知這些江湖豪士向來人人自負，各行其是，個別武功雖強，聚在一起卻是烏合之眾，若非申令部勒，令人人遵從指揮，決不能與蒙古精兵相抗，因此第一件事便命銳金旗監令執法。

張無忌指著殿前的一堵照壁，說道：「眾位英雄，凡是輕功高強，能一躍而上此堵照壁的，請一獻身手。」羣雄中登時有不少人臉現不滿之色，心道：「這是甚麼當口，卻叫我們來幹這無關緊要的縱高竄低？」有些前輩高手更覺他小覷了人，大是不愉。

張松溪排眾而出，說道：「我能躍上。」躍上照壁，輕輕從另一面翻下，武當派梯雲縱輕功名聞天下，以張松溪的能耐，要躍過這堵照壁可說不費吹灰之力，但他毫不賣弄，只老老實實的遵令躍過。

接著俞蓮舟、殷梨亭、楊逍、范遙、韋一笑、殷野王等高手一一遵行，只見羣雄如穿花蝴蝶，接二連三的躍過牆去，有的炫耀輕功，更在半空中演出諸般花式，躍到四百餘人，餘下便再無人試。這堵照壁著實不低，若非輕功了得，卻也不易一躍而上。羣雄武功修為不同，往往擅於拳腳兵刃的，輕功便甚平常，江湖上的成名人物無不有自知之明，決不肯當眾自暴其短。

張無忌見這四百餘人之中，少林派僧眾佔了八九十人，心想：「少林是武林中第一大門派，果然名不虛傳。單以輕功一項而論，好手便遠較別派為多。」於是傳令道：「俞二伯、張四伯、殷六叔，請你們三位帶同擅長輕功的眾位英雄，虛張聲勢，假裝寺中人眾盡數逃走，引得敵軍來追，一到後山，即便如此如此。」武當派俞張殷三俠齊聲接令。張無忌一一分派，何者埋伏，何者斷後，何者攻堅，何者側擊，俱各詳細安排。

楊逍等見他設計巧妙，而布陣迎敵，又如此井井有條，若有預謀，無不驚訝，卻不知他乃是襲用岳武穆遺法，只是因地形有異、部屬不同，而略加更改而已。

張無忌分派已畢，最後說道：「空聞方丈、空智神僧兩位，請率同峨嵋派諸位，救護死傷。」周芷若既不在山上，峨嵋派無人為首，張無忌自覺與峨嵋派嫌隙甚深，不便指揮，因此請空聞、空智這兩位德高望重的神僧率領，料想峨嵋羣弟子不致抗命。他號令一下，峨嵋派的男女弟子果然默然接令，並無異言。

張無忌朗聲說道：「今日中原志士，齊心合力，共與韃子周旋。少林派執掌鐘鼓的諸位師父，便請擂鼓鳴鐘。」羣雄轟然歡呼，抽刀拔劍，意氣昂揚。

烈火旗將寺中積儲的柴草都搬了出來，堆在寺前，發火燃燒，片刻間煙燄衝天而起。厚土旗在各處佛殿頂上鋪以泥沙，烈火旗再在泥沙上堆柴燒油，點燃火頭，如此縱火，不致延燒殿身，從山下遠遠望將上來，卻見數百間寺院到處有熊熊大火冒上。

山下元軍先聽得鐘鼓響動，已自戒備，待見山上火起，都道：「不好，蠻子放火燒寺，定要逃走。」

俞蓮舟率領一百五十餘名輕功卓越的好漢，從少室山的左側奔了下去。奔不到山腰，元軍已大聲鼓噪，列隊追來。羣雄四散亂走，好教元軍羽箭無法叢集射發。第二批由張松溪率領，第三批由殷梨亭率領。每人背上各負一個大包袱，包中藏的不是木板，便是衣被。在元軍看來，果是棄寺逃命的狼狽情狀，羽箭射中包袱，卻傷不到人。元軍於煙霧之中看不清人數多寡，當下分兵一萬追趕，餘下一個萬人隊留在原地防變。

張無忌向楊逍道：「楊左使，韃子將軍頗能用兵，並不全軍追逐。這倒麻煩了。」楊逍道：「是，此事確實可憂。」

只聽得山下號角響起，元軍兩個千人隊分從左右攻上山來，山坡崎嶇，蒙古小馬卻馳騁如飛，長矛鐵甲，軍容甚盛。待元軍先鋒攻到半山亭邊，張無忌一揮手，烈火旗人眾從兩側搶開，伏在草中。待敵軍二千人馬又前進百餘丈，辛然一聲呼哨，噴筒中石油射出，烈火忽發，都往馬匹身上燒去。羣馬悲嘶驚叫，一大半滾下山去，登時大亂。

元軍軍紀嚴明，前隊雖敗，後隊毫不為動，號令之下，三個千人隊棄去馬匹，步攻而前。烈火旗再噴火燄，又燒死燒傷了數百人，餘人仍是奮勇而上。洪水旗掌旗使唐洋揮動黑旗，毒水噴出，跟著厚土旗擲出毒砂，將元兵打得七零八落。雖有數百人攻上山峯，盡被銳金、巨木二旗殲滅。

猛聽得山下擂鼓聲急，五個千人隊人眾豎起巨大盾牌，列成橫隊，如一道鐵牆般緩緩推前。這麼一來，烈火、毒水、毒砂等均已無所施其技，即令巨木旗以巨木上前撞擊，看來也只能撞開幾個缺口，無濟於事。

空聞方丈眼見事急，說道：「張教主，請各位迅速退去，保存我中原武林的元氣。今日雖敗，日後更可捲土重來。」

正惶急間，忽聽得山下金鼓大振，一枚火箭衝天而起，跟著殺聲四起。楊逍大喜，說道：「教主，咱們的援兵來啦！」從山頂下望，瞧不見山下情景，但煙塵騰空，人喧馬嘶，援軍顯是來得甚眾。

張無忌高聲叫道：「援軍已到，大夥兒衝啊！」山上羣雄各挺兵刃，衝殺下去。張無忌又叫：「各位英雄，先殺官，後殺兵。」羣雄紛紛吶喊：「先殺官，後殺兵！」

蒙古軍每十名士兵為一十人隊，由什長率領，其上為百人隊、千人隊、萬人隊，層層統屬，臨陣時如心使臂，如臂使手，如手使指。張無忌傳令專揀元軍官長殺戮，若是兩軍對壘，列陣攻戰，此法難行，但此刻元軍在山坡上散戰，元兵雖精，官長武功終究不及中原英俠，幾名千夫長、百夫長登時被殺。一支蒙古精兵亂成了一團。

張無忌等衝到山腰，只見山下旌旗招展，南首旗上一個「徐」字，北首旗上一個「常」

字，知道是徐達與常遇春到了。徐常二人本在淮泗，此時恰在豫南，得到布袋和尚說不得傳訊，獲悉教主被圍少室山，盡起部屬，星夜來援。其時豫南鄂北一帶，明教義軍與元軍混戰經年，雙方所佔地域犬牙交差，說來便來，甚是近便，不到兩日，便已趕到。徐達與常遇春所率教眾都是久經戰陣之士，兼之人數眾多，逼迫元軍西退。

另一路元軍萬人隊追趕假裝棄寺逃走的羣豪，直追向西方山谷。俞蓮舟、張松溪、殷梨亭率同數百名輕功卓越的好漢，邊鬥邊退，逃入谷中。元軍萬夫長見山谷三邊均是峭壁，地勢凶險，但眼見敵人為數不多，谷中縱有埋伏，也儘能對付得了，於是揮軍緊追入谷。俞蓮舟等奔到懸崖之下，崖上早有數十條長索垂下，各人攀援而上。那萬夫長眼見中計，急令退軍，不料谷口烈火、毒砂、羽箭、毒水紛紛射來，巨木旗將一段段巨木堆起，封住了谷口。

便在此時，元軍第二路敗兵又到，見前無去路，便漫山遍野的四散奔逃。張無忌和徐達先後趕到，均叫：「可惜！」若是事先聯絡妥善，將元軍第二個萬人隊一齊驅入谷中，便可一鼓而殲。張無忌既沒料到元軍只分兵一半追趕，又不知援軍會來得如此神速。畢竟指揮戰陣，非其所長，「武穆遺書」上所傳戰法雖佳，但即學即用，終究難以盡會，若不是徐達、常遇春及時趕到，少林寺固然劫數難逃，而困入谷中的第一個元軍萬人隊，也終於會給友軍救出。

當下徐達號令部隊搬土運石，再在谷口加封，一隊隊弓箭手攀到崖頂，居高臨下的向谷中發箭。元軍身處絕地，無力還手，唯有找尋山石隱身躲藏。

不久常遇春率隊趕到，與張無忌會見，久別重逢，均是不勝之喜。常遇春大叫：「搬開土石，咱們衝進去將眾韃子殺個乾淨。」徐達笑道：「谷中無水無米，不出七八日，韃子渴的渴死，餓的餓死，何勞你我兄弟動手？」常遇春笑道：「總是親手殺的乾脆。」他年紀雖較徐達為長，但平時素服徐達智謀，又見張無忌附和徐達之言，當下也不再說。

徐常二人久經戰陣，每一號令均妥善扼要。張無忌自知遠為不及，即請徐常二人指揮，搜殺潰散的元兵。

這一晚少室山下歡聲雷動，明教義軍和各路英雄慶功祝捷。羣雄連日在少林寺中吃的都是素齋，口中早已淡得難過，這時大酒大肉，開懷飽啖。

席間張無忌問起常遇春身子如何，是否遵照他所開藥方調理。常遇春哈哈大笑，說道：「教主，你不必擔心，老常體健如牛，一餐要吃三斤肉，六大碗飯。打起仗來，三日三夜不睡覺也不當他一回事。」言下之意，自是說不必服甚麼藥。張無忌想起胡青牛昔日的言語，諄諄勸他須當服藥保重。常遇春唯唯答應，心下卻大不以為然。

徐達滿斟了一杯酒，奉給張無忌，說道：「恭賀教主，請盡此杯！」張無忌接過飲了。徐達說道：「屬下平日欽佩教主肝膽照人，武功絕倫，不料用兵竟亦如此神妙，實是本教之福，蒼生之幸。」張無忌哈哈大笑，說道：「徐大哥，你不用恭維我了。今日大勝，一來是徐常二位大哥來得神速，二來是靠了岳武穆的遺教。小弟實無半分功勞。」徐達奇道：「怎地是岳武穆的遺教？還盼教主明示。」

張無忌從懷中取出一束薄薄的黃紙，正是原來藏於屠龍刀中的「武穆遺書」，翻到「兵困牛頭山」那一節，遞了過去。徐達雙手接過，細細讀了一遍，不禁又驚又佩，嘆道：「武穆用兵如神，實非後人所及。若是岳武穆今日尚在世間，率領中原豪傑，何愁不把韃子逐回漠北。」說著恭恭敬敬將遺書交回。

張無忌卻不接過，說道：「『武林至尊，寶刀屠龍，號令天下，莫敢不從』，這十六個字的真義，我今日方知。所謂『武林至尊』，不在寶刀本身，而在刀中所藏的遺書。以此兵法臨敵，定能戰必勝，攻必克，最終自是『號令天下，莫敢不從』了。否則單憑一柄寶刀，又豈真能號令天下？徐大哥，這部兵書轉贈於你，望你克承岳武穆遺志，還我河山，直搗黃龍。」

徐達大吃一驚，忙道：「屬下何德何能，怎敢受教主如此厚賜？」張無忌道：「徐大哥不必推辭。我為天下蒼生而授此兵書於你。」徐達捧著兵書，雙手顫抖。張無忌道：「武林傳言之中，尚有兩句言道：『倚天不出，誰與爭鋒』？倚天劍眼下斷為兩截，但日後終能接上。劍中所藏，乃是一部厲害之極的武功秘笈。我體會這幾句話的真意，兵書是驅趕韃子之用，但若有人一旦手掌大權，竟然作威作福，以暴易暴，世間百姓受其荼毒，那麼終有一位英雄手執倚天長劍，來取暴君首級。統領百萬雄兵之人縱然權傾天下，也未必便能當倚天劍之一擊。徐大哥，這番話請你記下了。」

徐達汗流浹背，不敢再辭，說道：「屬下謹遵教主令旨。」將「武穆遺書」供在桌上，對著恭恭敬敬的磕了四個頭，又拜謝張無忌贈書之德。

此後徐達果然用兵如神，連敗元軍，最後統兵北伐，直將蒙古人趕至塞外，威震漠北，建立一代功業。

自此中原英雄傾心歸附明教，張無忌號令到處，無不凜遵。明教數百年來一直為人所不齒，被目為妖魔淫邪，經此一番天翻地覆的大變，竟成為中原羣雄之首，克成大漢子孫中興的大業。其後朱元璋雖起異心，迭施奸謀而登帝位，但助他打下江山的都是明教中人，是以國號不得不稱一個「明」字。明朝自洪武元年戊申至崇禎十七年甲申，二百七十七年的天下，均從明教而來。

羣雄歡飲達旦，盡醉方休。到得午後，羣雄紛紛向空聞、空智告辭。

張無忌見峨嵋派弟子七零八落，心下惻然，又見宋青書躺在擔架之中，不知生死如何，便走近前去，向靜慧說道：「我瞧瞧宋大哥的傷勢。」靜慧冷冷的道：「貓哭耗子，也不用假慈悲了。」

周顛便在左近，忍不住罵道：「我教主顧念你掌門人的舊日情分，才給這姓宋的治傷。其實這等欺師叛父之徒，人人均得而殺之。你這惡尼姑囉唆甚麼？」

靜慧待要反唇相稽，但見周顛容貌醜陋，神色兇惡，只怕他蠻不講理，當真動起手來，不免要吃眼前虧，只得強忍怒氣，冷笑道：「我峨嵋派掌門人世代相傳，都是冰清玉潔的女子。周掌門若非守身如玉的黃花閨女，焉能做本派掌門？哼，宋青書這種奸人留在本派，可汚了周掌門的名頭。李師姪、龍師姪，將這傢伙送回給武當派去罷！」抬著宋青書的兩名峨嵋弟子齊聲答應，將擔架抬到俞蓮舟身前，放下便走。

眾人都吃了一驚。俞蓮舟道：「甚……甚麼？他不是你掌門人的丈夫麼？」

靜慧恨恨的道：「哼，我掌門人怎能將這種人瞧在眼中？她氣不過張無忌這小子變心逃婚，在天下英雄之前羞辱本派，才騙得這小子來冒充甚麼丈夫。那知……哼哼，早知如此，我掌門人又何必負此醜名？眼下她……她……」

張無忌在一旁聽得呆了，忍不住上前問道：「你說宋夫人……她……她其實不是宋夫人？」靜慧轉過了頭，恨恨的道：「我不跟你說話。」

便在此時，躺在擔架中的宋青書身子動了一動，呻吟道：「殺了……殺了張無忌麼？」靜慧冷笑道：「別做夢啦！死到臨頭，還想得挺美。」

殷梨亭見靜慧氣鼓鼓的，說話始終不得明白，低聲向峨嵋派另一名女弟子貝錦儀問道：「貝師妹，到底是怎麼回事？」

貝錦儀當年與紀曉芙甚是交好，聽他問起，沉吟半晌，道：「靜慧師姊，殷六俠也不是外人，小妹跟他說了，好不好？」靜慧道：「甚麼外人不外人的？不是外人要說，是外人更加要說。咱們周掌門清清白白，跟這姓宋的奸徒沒半絲瓜葛。你們親眼得見掌門人臂上的守宮砂。此事須得讓普天下武林同道眾所周知，免得壞了我峨嵋派百年來的規矩……」

殷梨亭心想：「這靜慧師太腦筋不大清楚，說話有點兒顛三倒四。」向貝錦儀道：「貝師妹，既是如此，便盼詳示。我這宋師姪如何投身貴派，與貴派掌門人到底有何干係，小兄日後得須向家師稟告。此事關涉貴我兩派，總要不傷了雙方和氣才好。」

貝錦儀嘆了口氣，道：「以這位宋少俠人品武功，本來是武林中少見的人物，只是一念情癡，墮入了業障。我掌門人似乎答允過他，待得殺了張無忌，洗雪棄婚之辱，便即下嫁於他。因此他甘心投入本派，向我掌門人討教奇妙武功。前日英雄大會之上，掌門人突然聲稱自己是『宋夫人』，說是這宋少俠的妻子，當時本派弟子人人十分驚異。當日掌門人威震羣雄，懾服各派……」

周顛插嘴道：「是我們教主故意相讓的，有甚麼大氣好吹！」

貝錦儀不去理他，續道：「本派弟子雖都十分高興，但到得晚間，眾人還是問她『宋夫人』這三字的由來。掌門人露出左臂，森然道：『大夥兒都來瞧瞧！』咱們人人親眼見到，她臂上一粒守宮砂殷紅如昔，果然是位知禮守身的處子。掌門人說道：『我自稱宋夫人，乃一時權宜之計。只是要氣氣張無忌那小子，叫他心神不定，比武時便能乘機勝他。這小子武功卓越，我確是及不上他。為了本派的聲名，我自己的聲名何足道哉？』」

她這番話朗然說來，有意要讓旁邊許多人都聽得明白，又道：「本派男女弟子，若非出家修道，原本不禁娶嫁，只是自創派祖師郭祖師以來，凡是最高深的功夫，只傳授守身如玉的處女。每個女弟子拜師之時，師父均在咱們臂上點下守宮砂。每年逢到郭祖師誕辰，先師均要檢視，當年紀師姊……就是這樣……」她說到這裏，含糊其辭，不再說了。

殷梨亭等卻均已了然，知道貝錦儀本來想說當年紀曉芙為楊逍所誘失身，守宮砂消失，這才給滅絕師太發覺。殷梨亭與楊不悔婚後夫妻情愛甚篤，可是此時想起紀曉芙來，心下不禁憮然，忍不住向楊逍瞥了一眼，只見他熱淚盈眶，轉過了頭去。

貝錦儀道：「殷六俠，我掌門人存心要氣一氣明教張教主，偏巧這位宋少俠又對我掌門人癡纏不休，以致中間生出許多事來。只盼宋少俠身子復原，殷六俠再向張真人和宋大俠美言幾句，以免貴我兩派之間生下嫌隙。」

殷梨亭點頭道：「自當如此。我這師姪忤逆犯上，死不足惜，實是敝派門戶之羞，我倒盼他早些死了乾淨。」他心腸本軟，但想到宋青書害死莫聲谷的罪行，實是痛恨無比。

正說話間，忽聽得遠遠傳來一聲尖銳的呼喊，似乎是周芷若的聲音，呼聲突兀駭懼，顯是遇上了甚麼凶險無比的變故。

眾人突然之間，都不由得毛骨悚然，此刻在光天化日之下，前後左右都站滿了人，然而這一聲驚呼，卻如斗然有惡鬼出現一般。眾人不約而同的轉頭向聲音來處瞧去。張無忌、靜慧、貝錦儀等都快步迎上。

張無忌生怕周芷若遇上了厲害敵人，發足急奔，幾個起落，已穿過樹林，只見一個青影狂奔而來，正是周芷若。他忙迎將上去，問道：「芷若，怎麼啦？」周芷若臉色恐怖之極，叫道：「鬼，鬼，有鬼追我！」縱身撲入張無忌懷中，兀自瑟瑟發抖。

張無忌見她嚇得失魂落魄，當下輕拍她肩膀，安慰道：「別怕，別怕！不會有鬼的。你瞧見了甚麼？」只見她上衣已被荊棘扯得稀爛，臉上手上都有不少血痕，左臂半隻衣袖也已扯落，露出一條雪藕般的白臂，上臂正中一點，如珊瑚，如紅玉，正是處女的守宮砂。

張無忌精通醫藥，知道處子臂上點了這守宮砂後，若非嫁人或是失身，終身不退。他先前聽了靜慧和貝錦儀的言語，尚自將信將疑，此刻親眼得見，更無半分懷疑，霎時之間，心中轉了無數念頭：「嫁宋青書為室云云，果然全無其事。她為甚麼要騙我？為甚麼存心氣我？難道當真是為了那『當世武功第一』的名號？還是想試試我心中對她是否尚有情意？」轉念又想：「張無忌啊張無忌，周姑娘是害死你表妹的大仇人，她是處女也好，是人家的妻室也好，跟你又有甚麼相干？」但見周芷若實在怕得厲害，不忍便推開她。

周芷若伏在張無忌懷中，感到他胸膛上壯實的肌肉，聞到他身上男性的氣息，漸漸鎮定，說道：「無忌哥哥，是你麼？」張無忌道：「是我！你見到了甚麼？幹麼怕成這樣？」周芷若突然又驚惶起來，哇的一聲，熱淚迸流，靠在他肩上抽抽噎噎的哭個不住。

這時楊逍、韋一笑、靜慧、殷梨亭等眾人均已趕到，突然看到這等情景，相互使個眼色，都悄悄的退了回去。在明教、武當派、峨嵋羣俠心中，均盼周芷若與張無忌言歸於好，結為夫婦。各人於趙敏的昔日怨仇固難釋然，又總覺趙敏是蒙古貴女，張無忌若娶她為妻，只怕有礙興復大業。

周芷若哭了一陣，忽道：「無忌哥哥，有人追來麼？」張無忌道：「沒有！是誰追你？是玄冥二老麼？」周芷若道：「不！不是！你瞧清楚了，真的沒人……不，不是人……沒甚麼東西追來麼？」張無忌微笑道：「青天白日之下，有甚麼看不清楚的。」他聲轉溫柔，說道：「芷若，你連日使力過度，實在累狠了，想必頭暈眼花，看錯了甚麼。」周芷若道：「不會，決計不會的。我見了它三次，接連三次。」話聲顫抖，兀有餘悸。張無忌道：「見到三次甚麼？」

周芷若扶著他肩頭，顫巍巍的站了起來，回頭望了一眼。望這一眼似是使了極大力氣，立即又轉眼向著張無忌，見到他溫柔關懷的神色，心中一酸，全身乏力，軟倒在地，說道：

「無忌哥哥，我……我都是騙你的，倚天劍和屠龍刀是我盜的……殷……殷姑娘是我殺……殺的，謝大俠是我下手點的穴道。我……我沒嫁宋青書。我心中實在……實在自始至終，便只有一個你。」

張無忌嘆道：「這些事情，我都知道，可是……可是你又何苦如此？」

周芷若哭道：「你卻不知道我師父在萬安寺的高塔之上，跟我說了些甚麼。她將屠龍刀與倚天劍中的秘密說與我知曉，要我立誓盜到寶刀寶劍，光大峨嵋一派。要我立下毒誓，假意與你相好，卻不許我對你真的動情……」

張無忌輕撫她手臂，想起當年親眼見到滅絕師太發掌擊斃紀曉芙，見她在大漠中立誓殲滅明教，又見她手持倚天劍亂殺銳金旗旗下教眾，直至後來大都萬安寺塔下，她寧可身死，也不願受自己援手，可以想見她對明教怨毒之深、痛恨之切。周芷若既承她衣缽，受她遺命，種種陰狠毒辣的行徑，自必均是出於師父所囑。他本性原是極易原諒旁人的過失，向來不善記仇，又想到她幼時漢水舟中餵飯服侍之德，那日光明頂上惡鬥何太沖夫婦及華山派高矮二老，若不是她從旁指點，說不定自己當時便已死於非命；又想起她的所作所為雖然陰毒狡猾，但實是出於對自己的深情，這時她楚楚嬌弱，伏在自己懷中，不禁頓生憐惜之心，柔聲道：「芷若，你到底見到了甚麼，竟這等害怕？」

周芷若霍地躍起，說道：「我不說。是那冤魂纏上了我，我自己作惡多端，原是當有此報。我今日一切跟你說明白了，我……我已命不久長……」說著掩面疾走，向山下奔去。

張無忌茫無頭緒，心想：「甚麼怨魂纏上了她？難道是丐幫幫眾復仇，裝神弄鬼的來嚇她麼？」慢慢在後跟去。只見她走入峨嵋派羣弟子之中，貝錦儀取過一件外衣給她披上。周芷若低聲吩咐甚麼，羣弟子一齊躬身。

這時山下羣雄又走了一大批，空聞、空智二人忙著送別。楊逍、范遙等人都聚到張無忌身旁。張無忌道：「咱們也好走了。」

只見周芷若走到空聞跟前，低聲跟他說了幾句話，空聞臉色大變，怔了一怔，隨即搖頭，意似不信。周芷若再說了幾句話，忽地跪了下來，雙手合什，喃喃禱祝甚麼。空聞神色莊嚴，口誦佛號。

周顛道：「教主，此事你非得阻止不可，不阻止不行。」張無忌道：「阻止甚麼？」周顛道：「周姑娘要出家做和尚。她……她身入空門，你可糟了。」楊逍冷笑道：「周姑娘就算出家，也只做尼姑，不會做和尚，那有拜少林僧為師之理？」周顛用力在自己額頭上擊了一記，說道：「對，對！我一時胡塗了。那麼周姑娘求空聞大師幹甚麼？一個少林派掌門，一個峨嵋派掌門，分庭抗禮，不用跪下啊。」

只見周芷若站起身來，臉上略有寬慰之色。張無忌嘆道：「別人的閒事，咱們不用多管了。」回頭說道：「敏妹，咱們該得走了。」那知這一回頭，卻不見趙敏。

這些日來，趙敏伴在他的身旁，形影不離，張無忌微微一驚，問道：「趙姑娘呢？」心中暗叫：「不妙，莫要芷若伏在我的懷中之時，給敏妹看到了，只道我舊情不斷，竟爾捨我而去？」忙打發人尋覓。烈火旗掌旗使辛然說道：「啟稟教主，屬下見趙姑娘下山去了！」張無忌好生難過：「敏妹不顧一切的隨我，經歷了多少患難，我豈可負她？」當即向楊逍道：「楊兄，此間事務，請你代我料理，我先走一步。」於是向空聞、空智告別，又別過俞蓮舟、張松溪、殷梨亭等人，向周芷若道：「芷若，好生保重，後會有期。」

周芷若低目垂眉，並不回答，只微微點了點頭，數滴珠淚，落入塵土。

張無忌展開輕功，向山下疾馳。山道上一列數里，都是從少林寺歸去的各路英雄，他不願逐一招呼，從各人身旁一晃即過，卻始終不見趙敏的蹤跡。一口氣追出三十餘里，天色將晚，道上人跡漸稀，忽想：「敏妹工於計謀，她既有心避開我，多半不從大路行走。否則以我腳程之快，早就趕上了。莫非她躲在少室山中，待我走後，她再背道而行？」一時心急如焚，顧不得饑渴，在羣山叢中又兜了轉來，時時躍上樹顛高坡，四下眺望。空山寂寂，唯見歸鴉。

他直繞到少室山後，仍不見趙敏，心想：「不論如何，我對你此心不渝，縱然是天涯海角，終究也要找到你。」這麼一想，心下便即坦然，見東北角山坳裏兩株大槐樹並肩聳立，當下躍上樹去，找到一根橫伸的枝幹，展身臥倒。勞累整日，多經變故，這一躺下，不久便沉沉睡去。

睡到中夜，夢寐間忽聽得數十丈外有輕輕的腳步之聲，當即驚覺。其時一輪明月已斜至西天，月光下見山坡上一人飄行極快，正向南行。那人背影纖細，一搦瘦腰，是個身材苗條的女子。

他大喜之下，一聲「敏妹」險些兒便叫出口來，但立即覺察不對，那女子身形比趙敏略高，輕功身法更大不相同，腳步輕靈勝於趙敏，飄忽處卻又不及周芷若。他好奇心起：「這少女深宵獨行，不知為了何事？」本來此事與他毫不相干，更不願去窺探人家姑娘的私事，但不禁想到：「說不定能從這少女身上找到敏妹。倘若她與敏妹全然無關，我悄悄走開便是了，原也無礙。還是別輕易放過任何線索為是。」於是扶著樹幹，輕輕溜下。

他生怕被那少女發覺，不敢近躡，心想深宵跟蹤一個不相識的少女，難免有輕薄之嫌。只見她穿一身黑衣，正是往少林寺去，心道：「她即使跟敏妹無關，所圖謀的也必是武林中之事。若她意欲不利於少林，這件閒事我也得插手管上一管。」停步傾聽，四下更無旁人，知那少女並無後援。

行了約莫一頓飯時分，那少女始終沒回頭一次。張無忌覺得她背影隱隱有些眼熟，似乎從前曾經見過，心想：「是武青嬰姑娘麼？是峨嵋派那一位女弟子麼？」又行數里，少林寺已然在望。那少女轉過山坡，便到了寺旁。她放慢腳步，在樹木山石間躲躲閃閃，顯是生怕給人發見蹤跡。

忽聽得清磬數聲，從少林寺大殿中傳出，跟著梵唱聲起，數百名僧人一齊誦經。張無忌大奇：「少林僧人居然半夜三更還在唸經，且是這許多僧人，難道在做甚麼大法事麼？」

那少女行止更加閃縮，又前行數十丈，已到了大殿之旁。忽聽得腳步聲輕響，那少女在草叢中伏下，跟著四名少林僧手提戒刀禪杖，巡視過來。那少女待四僧走過，這才長身，縱身一躍，已到了殿外長窗之旁。這一縱躍飄如飛絮，已是武林中一流的輕功。張無忌見她雙手沒帶兵刃，孤身一人，不像是到少林寺來生事的模樣，要瞧明她究是何人，到底是否相識，於是彎腰從她身後繞過，斜行到大殿西北角上。他自知此時處境十分尷尬，若被少林寺中僧人知覺，以他身分，竟然深夜來寺窺探，對方縱然佯作不知，也是大損顏面，是以加倍小心，一步一動，輕捷有如貓鼠。

這時殿中誦經聲又起，他湊眼窗縫看去，見大殿上數百名僧人排列整齊，一行行的坐在蒲團之上，各人身披黃袍，外罩大紅金線袈裟，有的手執法器，有的合什低誦，正在做超度亡魂的法事。他登即省悟：「這次英雄大會傷了不少人，元軍攻山，雙方陣亡更眾。寺中僧侶連夜為死者超度，願他們往生極樂。」見空聞大師站在供桌前親自主祭，他右首站的卻是個少女。

張無忌一見，微微一驚，這少女正是周芷若。雖只見到她側面，亦已看出她神色怔忡不定，秀眉深蹙，若有深憂，心道：「是了。日間芷若在空聞大師面前跪倒，原來是求他做法事，想必是她深深懺悔自己所作所為，她爪下劍底，傷的無辜太多。」凝目向供桌上瞧去，只見中間一塊靈牌之上寫的赫然是「女俠殷離之靈位」七字。

張無忌一陣神傷，想起表妹身世之慘，對自己之一往情深，不由得怔怔的掉下淚來。

鐘磬木魚聲中，周芷若盈盈下拜，口唇微動，低聲禱祝。張無忌運起神功，凝神傾聽，依稀聽到：「殷姑娘……你在天之靈，好生安息……別來擾我……」他手扶牆壁，思潮起伏：「表妹命喪於她劍底，固然命苦，但芷若內心深受折磨，所受痛苦，未必比表妹更少。」腦海中突然隱隱湧起了當日在光明頂上聽到明教教眾所誦的幾句歌來：「生亦何歡，死亦何苦？憐我世人，憂患實多！憐我世人，憂患實多！」

周芷若緩緩站起身來，微一側身，臉向東首，突然臉色大變，叫道：「你……你……你又來了！」聲音尖銳，壓住了滿殿鐘磬之聲。

張無忌順著她目光瞧去，只見長窗上糊的窗紙不知何時破了，破孔中露出一張少女的臉來，滿臉都是一條條傷痕。張無忌嚇得身子發顫，忍不住一聲驚呼。

那少女臉上雖是傷痕斑斑，又無昔日的凹凸浮腫，卻清清楚楚便是已死的殷離！

他待要上前招呼，只是一雙腳一時不聽使喚，竟然僵住了不能移動。只見那張臉突然隱去，大殿中砰的一聲，周芷若往後摔倒。

張無忌這時再也顧不得少林派生嫌，大聲叫道：「蛛兒，蛛兒！是你麼？」卻無人回答。他微一定神，飛身往來路追去，只見冷月斜懸，滿地樹影，那黑衣少女已不知去向。他雖素來不信鬼神，但身當此情此景，禁不住出了一身冷汗，心中發毛，站定了腳步，自聲自語：「是她，是她！怪不得背影好熟，原來是蛛兒。難道她鬼魂知道少林高僧為她超度，特來領經麼？難道她死得冤屈，真的是陰魂不散？」

少林羣僧聽得聲響，早有數人搶將出來察看，見到是張無忌，都不禁呆了。一名年長僧人上前行禮，說道：「不知張教主夤夜降臨，未曾迎迓，伏乞恕罪。」張無忌拱手道：「不敢！」閃身便進殿中，只見周芷若雙目緊閉，臉上無半點血色，兀自未醒。他搶上前去，在她人中用力捏了幾下，再在她背上推拿數過。

周芷若悠悠醒轉，一見張無忌，縱體入懷，摟住了他，叫道：「有鬼，有鬼！」張無忌道：「此事好生奇怪，你別害怕。眼前這許多高僧在此，定能解此冤孽。」周芷若向來端莊穩重，這時實是怕得狠了，才在眾目睽睽之下抱住了他，聽他這麼說，臉上一紅，忙放開了他，站了起來，但兀自不住發抖，抓著他手掌，死也不敢放脫。

張無忌和空聞見過了禮，說起適才有人在外窺探之事。空聞和羣僧都沒見到，但窗紙新裂，破孔具在。

周芷若道：「無忌哥……張教主，我見到的，確然是她。」張無忌點了點頭。周芷若顫聲道：「你……你……見到的是誰？」張無忌道：「是殷姑娘，我的表妹殷離。」周芷若低低一聲驚呼，又暈了過去。這一次張無忌拉著她手，是以她並沒摔倒，略一昏暈，便即醒轉。張無忌道：「我見到了表妹，可是……她是人，不是鬼！」周芷若顫聲道：「她不是鬼？」張無忌道：「我一路跟著她到少林寺來。她行走如常，決非鬼魂。」這幾句話只是安慰周芷若，在他內心，可實是難以確定。

周芷若問道：「你當真見她行走如常，確非鬼魂？」

張無忌回想一路跟隨那黑衣少女來到少林寺，又見她躲在長窗之外向殿中窺探，一舉一動，全是一個身懷武功的姑娘，毫無特異之態，向空聞道：「方丈，在下有一事不明，要向方丈請教。人死之後，是否真有鬼魂？」

空聞沉思半晌，道：「幽冥之事，實所難言。」張無忌道：「然則方丈何以虔誠行法，超度幽魂？」空聞道：「善哉，善哉！幽魂不須超度。人死業在，善有善報，惡有惡報。佛家行法，乃在求生人心之所安，超度的乃是活人。」張無忌登時領悟，拱手道：「多謝指點。在下深夜滋擾，至為不安，萬望方丈恕罪。」空聞微笑道：「教主乃敝派的大恩人，數度拯救，使少林派得免於難，何必客氣。」

當下張無忌與羣僧作別，向周芷若道：「咱們走罷！」周芷若臉有遲疑之色，不敢離開佛殿。張無忌也不便強勸，拱手道：「既是如此，咱們就此別過。」說著走出殿門。

周芷若望著他的背影，突然叫道：「無忌哥哥，你還見我不見？我……和你一起去。」縱身奔到他身旁，和他並肩出了寺門。

二人離少林寺既遠，周芷若便靠到張無忌身邊，拉住了他手。張無忌知她害怕，握著她軟滑柔膩的手掌，身畔幽香陣陣，心中不能無感。

二人默不作聲的走了一陣，周芷若悠悠嘆了一口長氣，說道：「無忌哥哥，那日我和你初次在漢水之中相逢，得蒙張真人搭救，若是早知日後要受這麼多苦楚，我當時便死在漢水之中，倒也乾淨得多。」

張無忌不答，心中又想起了明教徒所唱的那首歌，忍不住輕輕哼道：「生亦何歡，死亦何苦？憐我世人，憂患實多。」周芷若聽著歌詞，握著他的手微微顫動。

周芷若低聲道：「張真人送我去峨嵋派，自是為了我好，但如他老人家收留我在武當山上，讓我歸入武當門下，今日一切又是大不相同。唉，恩師對我何嘗不好？可是……可是她逼我罰那些毒誓，要我痛恨明教，要我恨你害你，可是我心中……實在……」

張無忌聽她說得真誠，頗為感動，知她確有許多難處，種種狠毒之事，大都是奉了滅絕師太的遺命而為，眼見她怕得厲害，對她憐惜之情又深了一層。

山道上晚風習習，送來陣陣花香，其時正當初夏，良夜露清，耳聽著一個美貌少女吐露深情，張無忌不能不怦然心動，何況當時在小島替她逼毒時曾有肌膚之親，過去她既於己有恩，又有婚姻之約，不由得心中迷惘。

周芷若道：「無忌哥哥，那日在濠州你正要和我拜堂成親，為甚麼趙姑娘一叫你，你便隨她而去？你心中真的十分愛她麼？」張無忌道：「我正要將這件事跟你說知。咱們坐下來說。」說著指了指路旁的一塊大石。

周芷若道：「不，我此刻心煩意亂，聽不下去，走一會靜靜心再說。」張無忌點點頭，任由她攜著手，信步所之。周芷若帶著他走向一條小路，行了四五里路，說道：「好了，你跟我說罷。」走到一叢灌木前的一塊山石邊，兩人並肩坐下。

張無忌於是將趙敏手中握著謝遜一束金髮、引得他非走不可的諸般事情一一說了。周芷若聽畢，半晌不語。張無忌道：「芷若，你怪我麼？」周芷若哽咽道：「我做了這許多錯事，只怪我自己，還能怪你麼？」張無忌輕撫她肩頭，柔聲道：「世間事陰差陽錯，原難逆料，你也不用太過傷心。」

周芷若仰起頭來，說道：「無忌哥哥，我有句話問你，你須得真心答我，不能有絲毫隱瞞。」張無忌道：「好，我不會瞞你。」周芷若道：「我知道這世上曾有四個女子真心愛你。一個是去了波斯的小昭，一個是趙姑娘，另一個是……她……」她心中要說「殷姑娘」，但始終不敢說出口來，頓了一頓，道：「倘若我們四個姑娘，這會兒都好好的活在世上，都在你身邊。你心中真正愛的是那一個？」

張無忌心中一陣迷亂，道：「這個……嗯……這個……」

當日張無忌與周芷若、趙敏、殷離、小昭四人同時乘船出海之時，確是不止一次想起：「這四位姑娘個個對我情深愛重，我如何自處才好？不論我和那一個成親，定會大傷其餘三人之心。到底在我內心深處，我最愛的是那一個呢？」他始終徬徨難決，便只得逃避，一時想：「韃子尚未逐出，河山未得光復。匈奴未滅，何以家為？儘想這些兒女私情作甚麼？」一時又想：「我身為明教教主，一言一動，與本教及武林興衰均有關連。我自信一生品行無虧，但若躭於女色，莫要惹得天下英雄恥笑，壞了本教的名聲。」過一時又想：「我媽媽臨終之時，一再囑咐於我，美麗的女子最會騙人，要我這一生千萬小心提防，媽媽的遺言豈可不謹放心頭？」

其實他多方辯解，不過是自欺而已，當真專心致志的愛了那一個姑娘，未必便有礙光復大業，更未必會壞了明教的名聲，只是他覺得這個很好，那個也好，於是便不敢多想。他武功雖強，性格其實頗為優柔寡斷，萬事之來，往往順其自然，當不得已處，雅不願拂逆旁人之意，寧可捨己從人。習乾坤大挪移心法是從小昭之請；任明教教主既是迫於形勢，亦是殷天正、殷野王等動之以情；與周芷若訂婚是奉謝遜之命；不與周芷若拜堂又是為趙敏所迫。當日金花婆婆與殷離若非以武力強脅，而是婉言求他同去靈蛇島，他多半便就去了。

有時他內心深處，不免也想：「要是我能和這四位姑娘終身一起廝守，大家和和睦睦，豈不逍遙快樂？」其時乃是元末，不論文士商賈、江湖豪客，三妻四妾實是尋常之極，單只一妻的反倒罕有。只是明教源自波斯，向來諸教眾節儉刻苦，除妻子外少有侍妾。張無忌生性謙和，深覺不論和那一位姑娘匹配，在自己都是莫大的福澤，倘若再娶姬妾，未免太也對不起人，因此這樣的念頭在心中一閃即逝，從來不敢多想，偶爾念及，往往便即自責：「為人須當自足，我竟心存此念，那不是太過卑鄙可恥麼？」

後來小昭去了波斯，殷離逝世，又認定殷離是趙敏所害，那麼順理成章，自是要與周芷若成婚。不料變生不測，大起波折，其後真相逐步揭露，周趙二女原來善惡顛倒，幸好自己並未與周芷若成婚，鑄成大錯。趙敏更公然與父兄決裂，則此事已不為難。萬不料趙敏突然不告而別，而周芷若又有此一問。

周芷若見他沉吟不答，說道：「我問你的乃是虛幻之事。小昭當了波斯明教的處女教主，我又……又殺害了殷姑娘。四個女子之中，只剩下了趙姑娘。我只是問你，倘若我們四人都好端端的在你身邊，你便如何？」

張無忌道：「芷若，這件事我在心中已想了很久。我似乎一直難決，但到今天，我才知道真正愛的是誰。」周芷若問道：「是誰？是……是趙姑娘麼？」

張無忌道：「不錯。我今日尋她不見，恨不得自己死了才好。要是從此不能見她，我性命也是活不久長。小昭離我而去，我自是十分傷心。我表妹逝世，我更是難過。你……你後來這樣，我既痛心，又深感惋惜。然而，芷若，我不能瞞你，要是我這一生再不能見到趙姑娘，我是寧可死了的好。這樣的心意，我以前對旁人從未有過。」

他初時對殷離、周芷若、小昭、趙敏四女似是不分軒輊，但今日趙敏這一走，他才突然發覺，原來趙敏在他心中所佔位置，畢竟與其餘三女不同。

周芷若聽他這般說，輕聲道：「那日在大都，我見你到那小酒店去和她相會，便知你內心情愛之所繫。只是我還癡心妄想，若是與你……與你成親之後，便……便可以拉得你回心轉意，實在……實在……那是是萬萬不能的。」

張無忌歉然道：「芷若，我對你一向敬重，對殷家表妹心生感激，對小昭是意存憐惜，但對趙姑娘卻是……卻是銘心刻骨的相愛。」

周芷若喃喃道：「銘心刻骨的相愛，銘心刻骨的相愛。」頓了一頓，低聲道：「無忌哥哥……我對你可也是銘心刻骨的相愛。你……你竟然不知道麼？」

張無忌大是感動，握著她手，柔聲道：「芷若，我是知道的。你對我這番心意，今生今世，我不知要如何報答你才好。我……我真是對你不起。」

周芷若道：「你沒對我不起，你一直待我很好，難道我不知道麼？我問你：倘若趙姑娘此番不別而行，你永遠找不到她了，倘若她給奸人害死了，倘若她對你變心，你……你便如何？」

張無忌心中已難過了很久，聽她這麼說，再也忍耐不住，流下淚來，哽咽道：「我……我不知道！總而言之，上天下地，我也非尋著她不可。」

周芷若嘆了口氣，道：「她不會對你變心的，你要尋著她，那也很容易。」

張無忌又驚又喜，站了起來，道：「她在那裏？芷若，你快說。」

周芷若一對妙目凝視著張無忌，見他臉上大喜若狂的神情，輕輕的道：「你對於我永遠不會這麼關心。你要知道趙姑娘的所在，須得答允我一件事，否則你永遠找她不到的了。」

張無忌道：「你要我答允甚麼事？」

周芷若道：「這件事我現下還沒想起，日後想到了再跟你說。總之這事不違俠義之道，不礙光復大業，也於明教及你自己的名聲無損，只是做起來未必容易。」

張無忌一呆，心想：「當日敏妹要我做三件事，也說甚麼不違俠義之道，迄今為止，她只要我做過兩件事。那兩件事可真不易辦，怎麼芷若也學起她的樣來？」

周芷若道：「你不答允，自然也由得你。不過大丈夫言而有信，要是答允了我，事到臨頭，可不能推委抵賴。」

張無忌沉吟道：「你說此事不違俠義之道，不礙光復大業，也於明教及我自己的名聲無損？」周芷若道：「不錯！」張無忌道：「好，當真不違俠義之道，無損於光復大業，我便答允你了。」周芷若道：「咱們擊掌為誓。」伸出手掌，要與他互擊。

張無忌情知跟她擊掌立誓之後，便是在自己身上套了一道沉重之極的枷鎖，這個周姑娘外表溫柔斯文，但心計之工，行事之辣，絲毫不在趙敏之下，一時提起了手掌，拍不下去。

周芷若微笑道：「你只須答允我這件事，我教你頃刻之間，便見到你的心上人。」張無忌胸口一熱，再也不計其他，便和她擊掌三下。周芷若笑道：「你瞧這裏是誰。」伸手撥開了身後的樹叢。只見一叢樹葉之後坐著一個少女，臉上似笑非笑，卻不是趙敏是誰？

張無忌驚喜交集，大叫一聲：「敏妹！」

忽聽得身後數丈之外，一個女子聲音「咦」的一聲，似乎突然見到趙敏現身，忍不住驚呼了出來。這一聲驚呼聲音甚輕，但張無忌已聽得清清楚楚。

他一呆之下，心中轉過了無數念頭，緩緩伸出手掌去拉趙敏的手，雙掌相接，只覺她手掌頗為僵直，登時省悟，只道她日間不別而行，到處找她不到，原來卻是被周芷若擒住了，點了她穴道，藏在這裏，周芷若故意帶他到這裏來說這一番話，自是句句要趙敏聽見。倘若自己不忍令周芷若傷心，隨口討好，對她說些情濃言語，甚至摟住她親熱一番，可又墮入了她計中，那時趙敏可當真非走不可了。言念及此，不由得暗叫：「慚愧！」背上出了一身冷汗，順手一搭趙敏的脈搏，察覺氣血運行如常，並未受傷。

月光之下，只見她眉間眼角，笑意盈盈，說不盡的嬌媚可愛，想是他適才與周芷若這番對答，都教她一一聽在耳中。她雖然身不能動，口不能言，但聽到他背後吐露心曲，對自己竟是如此銘心刻骨的相愛，情意懇切，自是禁不住心花怒放。

周芷若彎下腰來，在張無忌耳邊低聲說了幾句話，張無忌低聲回答一句。周芷若怒喝：「張無忌，你竟全然沒將我放在眼裏，你仔細瞧瞧，趙姑娘中毒之後，還活得成麼？」

張無忌驚道：「她……她中了毒！是你下的毒麼？」俯身察看，剛翻開趙敏左眼的眼睛，只覺背心一麻，已被點中穴道。張無忌「啊喲」一聲，身子搖晃。周芷若出手如風，纖指運勁，又點了他左肩、腰脅、後心一共五處大穴。

張無忌仰天便倒，只見青光一閃，周芷若拔出長劍，抵住了他胸口，喝道：「一不做、二不休，今日便取了你的性命。反正殷離的冤魂纏上了我。我終究是活不成了，咱們一起同歸於盡。」說著提起長劍，便往他胸口刺了下去。

忽聽得身後一個女子的聲音叫道：「且慢！周芷若，殷離並沒死！」

周芷若回過頭來，只見一個黑衣女子從草叢中疾奔而出，伸指戳來。周芷若斜身閃開，那女子回過頭來，月光側照，只見她臉容俏麗，淡淡的布著幾條血痕。張無忌看得明白，這女子正是他表妹殷離，只是臉上浮腫盡褪，雖有縱橫血痕，卻不掩其美，依稀便是當年蝴蝶谷中、金花婆婆身畔那個清秀絕俗的小姑娘。

周芷若退後兩步，左掌護胸，右手中長劍的劍尖指住張無忌胸口，喝道：「你再上前一步，我一劍先刺死了他。」殷離不敢再動，急道：「你……你做的惡事還不夠多麼？」

周芷若道：「你到底是人是鬼？」殷離道：「我自然是人。」

張無忌突然大叫一聲：「蛛兒！」一躍而起，抱住了殷離，叫道：「蛛兒……你……你想得我好苦！」這一下出其不意，殷離嚇得尖叫一聲，被張無忌圍住了雙臂，動彈不得。

周芷若嘻嘻一笑，說道：「若非如此，你還是不肯出來。」回身去解開了趙敏的穴道，替她推血過宮，按摩筋脈。趙敏被她制住了大半日，冷清清的拋在這裏，心下好不惱怒，幸好後來聽到張無忌吐露心事，這才轉怒為喜。只是突然之間又多了一個殷離出來，卻更平添了無數心事，正是舊恨甫去，新愁轉生。

殷離嗔道：「你拉拉扯扯的幹甚麼？趙姑娘、周姑娘都在這兒，成甚麼樣子？」趙敏道：「哼，要是我和周姑娘都不在這兒，那就成樣子了？」張無忌笑道：「我見你死後還魂，歡喜無盡，表妹，你到底……到底是怎樣的？」

殷離拉著他手臂，將他臉孔轉到月光下，凝視半晌，突然抓住他的左耳，用力一扭。張無忌痛叫：「啊喲！你幹甚麼？」殷離道：「你這千刀萬剮的醜八怪！你……你將我活埋在土中，教我吃了多少苦頭。」說著在他胸口連搥三拳，砰砰有聲。

張無忌不敢運九陽神功相抗，忍痛受了她這三拳，笑道：「蛛兒，我的的確確以為你已經……已經死了，累我傷心得痛哭了幾場。你沒死，那好極啦，當真是老天爺有眼。」

殷離怒道：「老天爺有眼，你這醜八怪便沒眼。你連人家是死是活也不知道。我才不信呢。你是嫌我的臉腫得難看，沒等我斷氣，便將我埋在土中，你這沒良心的、狠心短命的死鬼！」她一連串的咒罵，神情語態，一如往昔。

張無忌笑嘻嘻的聽著，搔頭道：「你罵得是，罵得很是。當時我真胡塗，見到你滿臉鮮血，沒了呼吸，心又不跳了，只道已是無救……」殷離跳將起來，伸手又去扭他右耳。張無忌嘻嘻一笑，閃身避開，作揖道：「好蛛兒，你饒了我罷！」

殷離道：「我才不饒你呢！那日我不知怎樣醒了過來，上下四周冷冰冰的，都是石塊。你既要活埋我，幹麼又在我身上堆了些樹枝石頭？為甚麼不在我身上堆滿泥土，我透不過氣來，不就真的死了？」張無忌道：「謝天謝地，幸好我在你身上先堆了些樹枝石頭。」忍不住向周芷若斜睨一眼。殷離怒道：「這人壞透啦，我不許你看她。」張無忌道：「為甚麼？」殷離道：「她是殺死我的兇手，你還理她作甚？」趙敏插口道：「你既沒死，她便不是殺你的兇手。」殷離道：「我已死過了一次，她就作過了一次兇手！」

張無忌勸道：「好蛛兒，你脫險歸來，我們都歡喜得緊。你安安靜靜的坐下來，跟我們說說這番死裏逃生的經過。」殷離道：「甚麼我們不我們的。我來問你，你說『我們』這兩個字，到底那幾個人才是『我們』？」

張無忌笑道：「這裏只有四個人，那自然是我和周姑娘、趙姑娘了。」殷離冷笑道：「哼！我沒死，你或許還有幾分真心歡喜，可是周姑娘和趙姑娘呢？她們也都歡喜麼？」

周芷若道：「殷姑娘，那日我起下歹心，傷害於你，事後不但深自痛悔，連夢魂之中也是不安，否則今日突然在樹林中見到你，也不會嚇成這個樣子了。此刻見你平安無恙，免了我的罪孽，老天在上，我確是歡喜無限。」殷離側著頭想了片刻，點頭道：「那也有幾分道理。我本想找你算帳，既是如此，那就罷了。」

周芷若雙膝跪倒，嗚咽道：「我……我當真太也對你不起。」

殷離向來性子執拗，但眼見周芷若服輸，心下登時軟了，忙扶起她，說道：「周姊姊，過去的事，誰也別放在心上，反正我也沒死。」拉著她手，並肩坐下。殷離掠了掠頭髮，又道：「你在我臉上劃了這幾劍，也不是全無好處。我本來臉上浮腫，中劍後毒血流盡，浮腫倒慢慢消了。」周芷若心下歉仄無已，不知說甚麼好。

張無忌道：「我和義父、芷若後來在島上住了很久。蛛兒，你從墓中出來後，怎會不見到我們？」

殷離怒道：「我是不願見你。你和周姑娘這般卿卿我我，聽得我好不生氣。哼！『我此後只有加倍疼你愛你！我二人夫婦一體，我怎會給你氣受？』」她學著張無忌的口氣說了這幾句話後，又學著周芷若的口氣道：「『要是我做錯甚麼，你會打我、罵我、殺我麼？我從小沒爹娘教導，難保不會一時胡塗。』」她咳嗽一聲，又學著男子的嗓子說道：「『芷若，你是我的愛妻。就算你做錯了甚麼，我是重話也不捨得責備你一句。』」手指西天明月，說道：「『天上的明月，是咱倆證人。』」

原來當晚張無忌與周芷若定情時所說的言語，都讓殷離聽在耳中。這時她一一覆述出來，只聽得周芷若滿臉通紅，張無忌忸怩不安。他向趙敏偷瞧一眼，她一張俏臉氣得慘白，於是伸手過去，握住了她手腕。趙敏手掌一翻，兩根長長的指甲刺入他手背。張無忌吃痛，卻不敢叫出聲來，也不敢動。

殷離伸手入懷，取出一根木條來，放在張無忌眼前，道：「你瞧清楚了，這是甚麼？」張無忌一看，見木條上刻著一行字道：「愛妻蛛兒殷離之墓。張無忌謹立。」正是他當日在殷離墓前所豎立的。

殷離恨恨的道：「我從墓中爬了出來，見到這根木條，當時便胡塗了，怎麼？是那個狠心短命的小鬼張無忌？我百思不得其解，直到後來偷聽到你二人的說話，『無忌哥哥』長，『無忌哥哥』短的，這才恍然大悟。原來張無忌便是曾阿牛，曾阿牛便是張無忌。你這沒良心的，騙得我好苦！」說著舉起木條，用力往張無忌頭上擊了下去，拍的一聲響，木條斷成數截，飛落四處。

趙敏怒道：「怎麼動不動便打人？」殷離哈哈一笑，說道：「我打了他，怎麼樣？你心疼了是不是？」趙敏臉上一紅，道：「他是在讓你，你別不知好歹。」

殷離笑道：「我有甚麼不知好歹？你放心，我才不會跟你爭這醜八怪呢，我一心一意只歡喜一個人，那是蝴蝶谷中咬傷我手背的小張無忌。眼前這個醜八怪啊，他叫曾阿牛也好，叫張無忌也好，我一點也不喜歡。」她轉過頭來，柔聲道：「阿牛哥哥，你一直待我很好，我好生感激。可是我的心，早就許了給那個狠心的、兇惡的小張無忌了。你不是他，不，不是他……」張無忌好生奇怪，道：「我明明是張無忌，怎地……怎地……」

殷離神色溫柔的瞧著他，呆呆的看了半晌，目光中神情變幻，終於搖搖頭，說道：「阿牛哥哥，你不懂的。在西域大漠之中，你與我同生共死，在那海外小島之上，你對我仁至義盡。你是個好人。不過我對你說過，我的心早就給了那個張無忌啦。我要尋他去。我若是尋到了他，你說他還會打我、罵我、咬我嗎？」說著也不等張無忌回答，轉身緩緩走了開去。

張無忌陡地領會，原來她真正所愛的，乃是她心中所想像的張無忌，是她記憶中在蝴蝶谷所遇上的張無忌，那個打她咬她、倔強兇狠的張無忌，卻不是眼前這個真正的張無忌，不是這個長大了的、待人仁恕寬厚的張無忌。

他心中三分傷感、三分留戀、又有三分寬慰，望著她的背影消失在黑暗之中。他知道殷離這一生，永遠會記著蝴蝶谷中那個一身狠勁的少年，她是要去找尋他。她自然找不到，但也可以說，她早已尋到了，因為那個少年早就藏在她的心底。真正的人、真正的事，往往不及心中所想的那麼好。

周芷若嘆了口氣，道：「都是我不好，害得她這麼瘋瘋顛顛地。」張無忌卻想：「她確是有點兒瘋瘋顛顛，這是我害的。可是比之腦筋清楚的人，她未必不是更加快活些。」

趙敏心中所思量的，卻是另一回事，殷離來了又去了，然而周芷若呢？殷離既沒有死，謝遜也是好端端的平安無恙，倚天劍中所藏的武功、屠龍刀中所藏的兵書，連同那把刀，都已交給了張無忌，周芷若所犯的過錯，這時看來都沒甚麼大不了的了。當然，宋青書為了她而害死了莫聲谷。然而這是宋青書自己的罪孽，周芷若事先確是全不知情，也絕無唆使之意。張無忌曾與她有婚姻之約，他，可不是棄信絕義之人。

周芷若站起身來，說道：「咱們走罷！」趙敏道：「到那裏去？」周芷若道：「我適才在少林寺時，見彭瑩玉和尚匆匆前來尋他，似乎明教中出了甚麼要緊事。」張無忌一凜，心道：「我莫要為了兒女之情，誤了教中大事。」忙道：「咱們快去瞧瞧。」當下三人快步而行，不多時便到了明教教眾宿營之所。

楊逍、范遙、彭瑩玉等正命人到處找尋教主，見他回來，俱各欣慰，但見周趙二女和他同歸，又均詫異。張無忌見眾人神色沮喪，隱隱知道不妙，問道：「彭大師，你有事尋我麼？」彭瑩玉尚未回答，周芷若挽了趙敏的手，道：「咱們到那邊坐坐。」趙敏知她避嫌，不願與聞明教教內的秘密，於是與她並肩齊出。

楊逍、范遙等更是奇怪，均想：「那日濠州教主成婚之日，這兩位姑娘鬥得何等厲害，此刻卻是親似姊妹。不知教主是如何調處的，果然是能者無所不能，這門『乾坤大挪移』功夫，當真令人好生佩服。」

彭瑩玉待周趙二女走出，說道：「啟稟教主，咱們在濠州打了一個大敗仗，韓山童韓兄殉難。」張無忌叫聲：「啊喲！」極是痛惜。彭瑩玉又道：「眼下淮泗軍務，由朱元璋兄弟指揮。徐達、常遇春兩位兄弟得知訊息，已領兵馳去應援，韓林兒兄弟也同去了。事在緊急，不及等候教主將令。」張無忌道：「該當如此。」

正商議軍情間，殷野王匆匆進來，說道：「啟稟教主，丐幫中有人前來報知，陳友諒那廝的下落已然查明。」張無忌道：「在那裏？」殷野王道：「這廝竟混到了本教徐壽輝兄弟部下，聽說徐兄弟對他很是寵信。」張無忌沉吟道：「既是如此，咱們倒不便躁急行事。舅舅，煩你派人通知徐兄，陳友諒這廝陰險狡猾，留在身畔大是禍胎，千萬不可跟他親近。」殷野王答應了，又道：「不如一刀殺了，乾乾淨淨。就讓我去辦罷！」

張無忌正沉吟間，忽有教眾送來徐壽輝的一封緊急文書。楊逍皺眉道：「糟糕，糟糕！竟被他佔了先著。」張無忌拆開文書一看，原來是徐壽輝的一封長稟，說道陳友諒曾得罪教主，自知罪重，悔悟殊深，現下誠心投入本教，決意痛改前非，但求教主給予自新之路。張無忌遞給楊逍、殷野王等看了。

殷野王道：「徐兄弟受此人蠱惑，必有後患。」楊逍嘆道：「陳友諒這廝極是陰險，但咱們這時若是將他殺了，不免示人以不廣，顯得咱們心記舊怨，無容人之量，勢必寒了天下英雄之心。」張無忌道：「楊左使之言不錯。彭大師，你與徐兄交好，請你便中勸導，小心提防於他，切不可讓兵馬大權落入他手中。」彭瑩玉答應了。

不料徐壽輝並未受勸，對陳友諒極是信任，終於命喪其手。後來陳友諒統率明教西路義軍，自稱漢王，與明教東路義軍爭奪天下，直至鄱陽湖大戰，方始兵敗身死，數年之間兵連禍結，令明教英雄豪傑遭受重大傷亡。

當晚張無忌與楊逍、彭瑩玉等計議，分派人眾，赴各路義軍策應。待得計議已畢，已是深夜。次晨趙敏說道：「周姊姊昨晚已然離去，說不跟你辭別了。」張無忌惘然半晌，以和張三丰分別日久，甚是想念，當下帶同趙敏、宋青書，與俞蓮舟等齊上武當山去。

少室山與武當山相距不遠，不數日便到山上。張無忌隨同俞蓮舟、張松溪、殷梨亭三人入內拜見張三丰，又見了宋遠橋及俞岱巖。

宋遠橋聽說兒子在外，鐵青著臉，手執長劍，搶將出來。張無忌等均覺勸也不是，不勸也不是，一齊跟到了大殿。張三丰也隨著出來。

宋遠橋喝道：「忤逆不孝的畜生在那裏？」瞥眼見宋青書躺在軟床之中，頭上綁滿了白布，連眼睛也遮沒了，長劍挺出，劍尖指向他身上，但手一軟，竟是刺不下去。霎時之間，想起父子之情，同門之義，不由得百感交集，回過劍來，疾往自己小腹上刺去。

張無忌急忙伸手，奪下了他手中長劍，勸道：「大師伯，萬萬不可。此事如何處理，該請太師父示下。」

張三丰嘆道：「我武當門下出此不肖子弟，遠橋，那也不是你一人的不幸。這等逆子，有不如無！」右手揮出，拍的一聲響，擊在宋青書胸口。宋青書臟腑震裂，立時氣絕。

宋遠橋跪下哭道：「師父，弟子疏於管教，累得七弟命喪畜生之手。弟子如何對得起你老人家和七弟？」張三丰伸手扶他起來，說道：「此事你確有罪愆，本派掌門弟子之位，今日起由蓮舟接任。你專心精研太極拳法，掌門的俗務，不必再管了。」宋遠橋拜謝奉命。

俞蓮舟推辭不就，但張三丰堅不許辭，只得拜領。

眾人見張三丰斃宋青書，革宋遠橋，門規嚴峻，心下無不凜然。張三丰問起英雄大會及義軍抗元之事，對張無忌溫勉有加。

趙敏向張三丰跪下磕頭，謝過當日無禮之罪，張三丰哈哈一笑，全不介懷。俞岱巖終身殘廢、張翠山喪命，均與她昔日手下的阿大、阿二等人有關，但其時趙敏尚未出生，終究也怪不到她頭上。張三丰聽得她甘心背叛父兄而跟隨張無忌，說道：「好，好！難得，難得！」

張無忌在武當山上與張三丰等聚了數日，偕同趙敏前赴濠州。一路上連得本教捷報，又聽得各地義軍蠭起，姑蘇有張士誠，台州有方國珍，雖非明教所屬，但均是抗元的友軍，張無忌心下甚喜，與趙敏連騎東行，眼見河山指日可復，只盼自此天下太平，百姓得能安居樂業，也不枉了這幾年來出死入生，多歷憂患。

他不願多所驚動，一路均未與明教義軍將領會面，只是暗中察看，但見義軍軍紀嚴明，不擾百姓，到處多頌揚朱元璋元帥、徐達大將軍之聲。

這一日來到濠州城外，朱元璋得訊，命湯和、鄧愈兩將率兵迎候，接入賓館。湯和稟道：「朱元帥與徐大將軍、常將軍正在商議緊急軍情，得知教主到來，不勝之喜。只以軍務羈身，未克親迎，還請教主恕過不恭之罪。」張無忌笑道：「咱們自己兄弟，管這些迎送虛文作甚？自是軍情要緊。」

當晚賓館中大張筵席，湯和、鄧愈二將作陪。酒過三巡，朱元璋帶同大將花雲，匆匆趕到，在席前拜伏在地。張無忌急忙扶起。朱元璋親自斟酒，恭恭敬敬的向張無忌敬了三杯，張無忌一飲而盡。朱元璋又敬趙敏，趙敏便也飲了。席間說起各路軍情，朱元璋稟報攻城掠地的業績，言下頗有得色。張無忌大加稱讚。

正說話間，大將廖永忠大踏步走進廳來，拜見教主後，在朱元璋耳邊低聲道：「已擒住了！」朱元璋道：「甚好！」忽聽得大門外一人大聲叫道：「冤枉啊！冤枉！」張無忌聽得呼冤之聲正是韓林兒，奇道：「那是韓兄弟麼？甚麼事？」朱元璋道：「啟稟教主，韓林兒這廝勾結韃子，圖謀裏應外合，倒反本教。」張無忌驚道：「韓兄弟忠誠仁義，焉有此事？快帶他進來，待我親自問他……」一言未畢，突然頭暈，霎時間天昏地黑，不知人事。

待得醒轉，只覺手腳上都已綁上了粗重的繩索，望出來黑漆一團，他這一驚真是非同小可，幸好感到一個柔軟的身子靠在胸前，原來趙敏和他縛在一起，只是兀自未醒。一凝思間，已知朱元璋起了歹心，多半他料想明教日後成事，張無忌順理成章要做皇帝，是以在酒中下了極烈的迷藥，設計暗害。張無忌微一運氣，但覺胸腹間一無異狀，功力未失，心下暗暗冷笑：「這些繩索想要綁住我，卻也沒這麼容易，此刻敏妹未醒，不忙便走。待得天明，在諸教眾之前揭破他的奸謀。」當下靜靜養神。

過了一個多時辰，忽聽得有數人走進隔壁房中，說起話來，聽聲音是朱元璋、徐達、常遇春三人。

只聽得朱元璋道：「此人背叛我教，投降元朝，證據確鑿，更無可疑，令人痛心之至。兩位兄弟，你們看怎麼辦？」不等徐常二人答話，又道：「這人耳目眾多，軍中到處是他的心腹，咱們別提他名字。」只聽徐達道：「朱大哥，成大事者不拘小節，斬草除根，莫留後患。」朱元璋道：「但這小賊總是咱們首領，咱們可不能忘恩負義，這個基業，終究可說是他的。」常遇春道：「大哥若是怕殺了他軍中有變，咱們不妨悄悄下手，免得於大哥名聲有累。」

朱元璋沉默片刻，說道：「徐常二位兄弟既都如此說，便這麼辦罷。只是這小賊平素於本教教眾頗有恩德，兩位兄弟又跟他素來交好，這事可萬萬不能洩漏出去。唉，咱們今日要殺他，實是心中難受之極。」徐常二人都道：「為了復國大業，朋友私交，也不能顧了。」三人說著，便走出房去。

張無忌倒抽一口涼氣，當下運起神功，崩開身上綁縛的繩索，抱著趙敏悄悄越牆而出。他靠在牆上，不禁百感交集：「朱元璋這廝忘恩負義，那也罷了。徐常二位大哥與我何等交情，但為了一己富貴，竟也會叛我。他三人身繫義軍重任，我若去幾掌殺了，只怕義軍便要瓦解冰消。我張無忌原本不圖名位，徐大哥，常大哥，你們可把我忒也看得小了。」沉思半晌，帶同趙敏，悄然而去。

他到得城外，寫了一封信，將明教教主之位讓與楊逍，於濠州所遭，卻一字不提。

張無忌卻那裏知道，徐達與常遇春所說的「小賊」乃是指韓林兒而言，張無忌來到濠州之事，他二人全無知聞，一切皆是朱元璋暗中安排，要激得張無忌心灰意懶，自行引退。朱元璋一來憚忌張無忌神勇，二來他是本教教主，眾所敬服，要說殺他，究是不敢，縱然成事，倘若萬一洩漏，後果大是堪虞。他料張無忌素以復國大事為重，對徐常二人又是情若兄弟，只要這番話給他聽在耳中，定會悄然而去。果然一切皆如所料，張無忌武功當世無敵，說到機變計謀，與朱元璋可差得太遠，終於墮入這一代梟雄奸謀之中。張無忌雖然從來不想要做甚麼皇帝，但此後每當想起徐常二人的寡恩少義，終身不免鬱鬱。

至於韓林兒勾結韃子，圖謀叛變云云，也皆出於誣陷。原來韓山童死後，軍中奉韓林兒為主，朱、徐、常等均成了他的下屬。朱元璋假造了韓林兒通敵的親筆書信，又以重利買通韓林兒的心腹向徐達、常遇春告密。徐常二人深信不疑，堅欲除卻。朱元璋反而假仁假義，一定不允，直至徐常二人說至再三，方勉強許可。

他將張無忌與趙敏囚在鄰室，料得以他武功，要崩壞身上繩索自是舉手之勞，生怕他脫縛後前來尋仇，與徐常說了這番話後，立即躲起。張無忌一去，朱元璋便命廖永忠將韓林兒沉入河中浸死。這一箭雙鵰之計，竟是不露破綻。

後來楊逍雖繼任明教教主，但朱元璋羽翼已成，統兵百萬之眾，楊逍又年老德薄，萬萬不能與他爭帝皇之位了。朱元璋登基之後，反下令嚴禁明教，將教中曾立大功的兄弟盡加殺戮。常遇春因病早死，徐達終於不免於難。

趙敏見張無忌寫完給楊逍的書信，手中毛筆尚未放下，神色間頗是不樂，便道：「無忌哥哥，你曾答允我做三件事，第一件是替我借屠龍刀，第二件是當日在濠州不得與周姊姊成禮，這兩件你已經做了。還有第三件事呢，你可不能言而無信。」張無忌吃了一驚，道：

「你……你……你又有甚麼古靈精怪的事要我做……」

趙敏嫣然一笑，說道：「我的眉毛太淡，你給我畫一畫。這可不違反武林中俠義之道罷？」張無忌提起筆來，笑道：「從今而後，我天天給你畫眉。」

忽聽得窗外有人格格輕笑，說道：「無忌哥哥，你可也曾答允了我做一件事啊。」正是周芷若的聲音。張無忌凝神寫信，竟不知她何時來到窗外。

窗子緩緩推開，周芷若一張俏臉似笑非笑的現在燭光之下。張無忌驚道：「你……你又要叫我作甚麼了？」周芷若微笑道：「這時候我還想不到。那一日你要和趙家妹子拜堂成親，只怕我便想到了。」

張無忌回頭向趙敏瞧了一眼，又回頭向周芷若瞧了一眼，霎時之間百感交集，也不知是喜是憂，手一顫，一枝筆掉在桌上。

（全書完）

後記

「倚天屠龍記」是「射鵰」三部曲的第三部。

這三部書的男主角性格完全不同。郭靖誠樸質實，楊過深情狂放，張無忌的個性卻比較複雜，也是比較軟弱。他較少英雄氣概，個性中固然頗有優點，缺點也很多，或許，和我們普通人更加相似些。楊過是絕對主動性的。郭靖在大關節上把持得很定，小事要黃蓉來推動一下。張無忌的一生卻總是受到別人的影響，被環境所支配，無法解脫束縛。在愛情上，楊過對小龍女之死靡他，視社會規範如無物；郭靖在黃蓉與華箏公主之間搖擺，純粹是出於道德價值，在愛情上絕不猶疑。張無忌卻始終拖泥帶水，對於周芷若、趙敏、殷離、小昭這四個姑娘，似乎他對趙敏愛得最深，最後對周芷若也這般說了，但在他內心深處，到底愛那一個姑娘更加多些？恐怕他自己也不知道。作者也不知道，既然他的個性已寫成了這樣子，一切發展全得憑他的性格而定，作者也無法干預了。

像張無忌這樣的人，任他武功再高，終究是不能做政治上的大領袖。當然，他自己根本不想做，就算勉強做了，最後也必定失敗。中國三千年的政治史，早就將結論明確的擺在那裏。中國成功的政治領袖，第一個條件是「忍」，包括克制自己之忍、容人之忍、以及對付政敵的殘忍。第二個條件是「決斷明快」。第三是極強的權力欲。張無忌半個條件也沒有。周芷若和趙敏卻都有政治才能，因此這兩個姑娘雖然美麗，卻不可愛。

我自己心中，最愛小昭。只可惜不能讓她跟張無忌在一起，想起來常常有些惆悵。所以這部書中的愛情故事是不大美麗的，雖然，現實性可能更加強些。

張無忌不是好領袖，但可以做我們的好朋友。事實上，這部書情感的重點不在男女之間的愛情，而是男子與男子間的情義，武當七俠兄弟般的感情，張三丰對張翠山、謝遜對張無忌父子般的摯愛。

然而，張三丰見到張翠山自刎時的悲痛，謝遜聽到張無忌死訊時的傷心，書中寫得太也膚淺了，真實人生中不是這樣的。

因為那時候我還不明白。

一九七七・三

金庸作品集19

倚天屠龍記

4 少林大會

The Heaven Sword and the Dragon Sabre, Vol. 4

作者／金庸

副總編輯／鄭祥琳
特約編輯／李麗玲、沈維君
封面與內頁設計／林秦華
內頁插畫／姜雲行
排版／連紫吟、曹任華
行銷企劃／廖宏霖

發行人／王榮文
出版發行／遠流出版事業股份有限公司
地址／臺北市中山北路一段 11 號 13 樓
電話／（02）2571-0297 傳真／（02）2571-0197 郵撥／0189456-1
著作權顧問／蕭雄淋律師

1987 年 2 月 1 日 初版一刷
2023 年 1 月 1 日 五版二刷
平裝版 每冊 380 元（本作品全四冊，共 1520 元）

ISBN 978-957-32-9795-6（套：平裝）
ISBN 978-957-32-9794-9（第 4 冊：平裝）
Printed in Taiwan

YL 遠流博識網 http://www.ylib.com E-mail: ylib@ylib.com
金庸茶館粉絲團 https://www.facebook.com/jinyongteahouse

倚天屠龍記 . 4, 少林大會 = The heaven sword and the dragon sabre. vol.4／金庸著 . – 五版 . -- 臺北市：遠流 , 2022.11
面； 公分 --（金庸作品集；19）
ISBN 978-957-32-9794-9（平裝）

857.9 111015840